闲趣坊

07

秋禾 少莉 编

舊時書坊

生活·讀書·新知 三联书店

Simplified Chinese Copyright © 2012 by SDX Joint Publishing Company.
All Rights Reserved.
本作品版权由生活·读书·新知三联书店所有。
未经许可，不得翻印。

图书在版编目（CIP）数据

旧时书坊／秋禾，少莉编．—北京：生活·读书·新知三联书店，2012.11（2016.8重印）
（闲趣坊）
ISBN 978-7-108-04244-6

Ⅰ.①旧… Ⅱ.①秋…②少… Ⅲ.①散文集－中国－当代 Ⅳ.①I267

中国版本图书馆 CIP 数据核字（2012）第 214212 号

责任编辑	卫 纯　郑 勇	
封面设计	康 健	
责任印制	宋 家	
出版发行	生活·讀書·新知 三联书店	
	（北京市东城区美术馆东街22号）	
邮 编	100010	
经 销	新华书店	
印 刷	北京市松源印刷有限公司	
版 次	2012年11月北京第1版	
	2016年8月北京第2次印刷	
开 本	850毫米×1168毫米 1/32 印张13.5	
字 数	267千字	
印 数	5,001－8,000册	
定 价	29.00元	

目录

1 书坊旧事(代前言)

　　　　　　姜德明

辑一　坊间旧影

3 扫叶山房创始年代考

　　　　　　杨丽莹

18 琉璃厂的古旧书店

　　　　　　郭子升

23 来薰阁琴书店

　　　　　　吉川幸次郎

27 琉璃厂后记 吉川幸次郎

32 琉璃厂今昔　　知非

35 中国书店五十年 许嘉璐

39 中国书店竞拍三记
　　　　　　　　谢其章

46 值得一记的中国书店
　　"购书告白"　　王晓建

49 上海书肆回忆录 高霞川

83 上海书林梦忆录 陈乃乾

101 上海的旧书铺　黄　裳

110 我淘旧书的经历和故事
　　　　　　　　陈梦熊

122 记得自忠厚书庄的善本书
　　　　　　　　黄永年

128 杭州旧书业回忆录
　　　　　　　　朱遂翔

132 民国杭州旧书业 褚树青

139 济南书肆记　　张景栻

158 济南古旧书店变迁小史
　　　　　　　　赵晓林

160 长沙旧图书业概况
　　　　　　　　吴起鹤

165 访长沙古旧书店 王晓建

167 扬州书店和旧书摊

张　南

170 朱甸清与萃文书局

林海金

185 李光明书庄及其他

杨心佛

188 半世纪前南京买书小记

黄永年

194 西安书市漫忆

王新民

201 福州南后街旧书铺

郭风

205 福州中洲岛旧书摊记

江少莉

212 吴门访书　苦竹斋主

217 苏州的书市　黄裳

222 昆明旧书摊　汪曾祺

224 南牖旧书铺　朱有年

229 大江南北淘书记 薛　冰
250 旧书摊 黄尚雄　韩维君
257 乐淘在神州旧书店
　　　　　　　　　　韦　泱
261 访书琐忆　　　　黄　裳

辑二　书友漫志

271 海王村人物　　　张祖翼
273 琉璃厂畔话"三卿"
　　　　　　　　　　石继昌
275 《贩书偶记》和孙殿起
　　　　　　　　　　吴晓明
282 余之购书经验　　周越然
291 善识古书的陈乃乾
　　　　　　　　　　陈伯良
294 古籍版本目录学者陈济川
　　　　　　　　　　常来树
297 以书会友的郭纪森
　　　　　　　　　　卢来江

302 忆雷梦水　　　　　赵　洛

308 卖旧书的老人　　　姜德明

312 从买书想起雷梦水

　　　　　　　　　　鲍世远

314 我与旧书店　　　　姜德明

317 记郭石麒　　　　　黄　裳

321 记徐绍樵　　　　　黄　裳

326 记传薪书店　　　　黄永年

331 魏隐儒和他的《中国古

　　籍印刷史》　　　慕　湘

336 卖书人徐元勋　　　辛德勇

343 古旧书店的老师傅

　　　　　　　　　　陆　昕

346 走在潘家园　　　　李　辉

辑三　贩书偶记

353 藏书家伦哲如　　　孙耀卿

357 我的从业经历　　　雷梦水

361	一位古旧书商的从业经历　　王继文
365	古书店从业记　　马栋臣
373	我在上海旧书店当学徒　　尹善甫
375	故纸情深　　虎闱
379	故纸堆中不老松　　虎闱
382	旧书店之美谈　　虎闱
386	贩书杂记　　魏广洲
393	《书林琐记》及其他　　黄裳
400	说说《中国旧书业百年》的书香　　童翠萍
406	坊间书友何在（代后记）　　徐雁

书坊旧事(代前言)

姜德明

去年年初,我收到中国书店退休老店员刘珣先生给我的一封信,附件复印了唐弢先生于1974年1月13日致他的短函。这是一位新文学的藏书家与一位资深的贩书者之间的友谊见证,充满了书香氛围。原来刘先生久居北京东城西石槽胡同,这里要拆迁,他在整理旧物时发现了唐先生写于三十年前的这封旧信。他说:"唐先生因病不能去书店访书,爱书之情,跃然纸上,令人慨叹。今寄上一影印件,请先生把玩。"出于我的职业习惯,我即动员他把此信和唐先生托他找书的事写出来,亦书林一段佳话也。可惜一年多过去了,毫无音讯,如今也不知刘先生迁往何处了。

刘先生一生经营外文旧书,当然懂外文,也熟悉民国版旧书。北京旧书坊的老店员中藏龙卧虎,像他这样的能人,现在几乎见不到了。刘先生在西城中国书店,我是在灯市口的中国书店与他相识的,常从他那里听到一些书林趣话和文坛掌故。例如他过手的旧书,就有徐志摩送给陆小曼的签名本,也有光绪年间涉及我国最早出版法的刻本。我收藏的日本东京版增田涉译鲁迅的《中国小说史略》，便是他帮我找到的。唐弢给他的信则是感谢他为自己找到了斯诺编译的《活的中国》英文本，信中说："此书第一部分全为鲁迅作品，我想从编者的序言中了解他对鲁迅的评价，供研究参考之用。兹特送上书款五元，请即交来人带下为感！"研究家和贩书人的友情，就是这样建立起来的。

让刘珝更加感叹的是信中如下的话："我因心脏病，久不出门，在家做些工作，如健康稍佳，当来看书，闻何其芳、戈宝权、孙用等同志言及，他们是常来的，并闻其芳同志收得不少德、法文版诗集，宝权同志且购有周作人之藏书，不胜钦羡。问老尚、老关等同志好。"后两人亦中国书店老店员。信中所述种种，我亦曾亲历，除了何其芳外，我在旧书坊还碰到过曹葆华、林辰、吕剑、林林等人。为了说明当时北京旧书业的实况，我愿摘引1974年5月9日何其芳致诗人方敬的一封信：

北京旧西书铺有些收缩的样子，西城的已和东城的合并了，只此一家……未合并以前，(西城那家)收了两个人死后的西书，一个章士钊，文学书很少，一个是盛澄华的，主要是纪德和象征派诗人的作品。我去的可能迟了一些，有名的大家作品没有怎么买到，只买了司汤达的三卷作品集，葆华来见到，说是法文书的好版本了。其实也不过印度纸精装而已，仍是普及本，算不上豪华本。诗集多是小家的集子，只买到凡尔哈仑的诗集七种，算是一次较丰富的收获。

不过查书目,这个作者的作品还有好几种,盛澄华大概也没有买全。……回想起来,那是错过了一次机会,堆得地下都是书,不少人都挑着选,李健吾也去了……(见方敬著《何其芳散记》,四川教育出版社1990年4月出版)

"文革"后期,一批历遭劫难的文人,仍然奋不顾身地追求知识,他们寻访旧书的情景,实在令人难忘。

由四川来京的方敬也随何其芳去了旧书店,看到不少盖了"志摩遗书"章,以及贴有"褐木庐"(宋春舫)藏书票的外文书。他还听到有位老店员对何其芳说:"您老不来,就只这点老底了,挖完不就得啦。"方敬说:"这种滋味多年来已没有尝过。好像在隆冬严寒中忽然看见了一丝阳光的微笑。"我怀疑那位满口京腔的老店员,也许正是刘玿先生。

(原载《文汇读书周报》,2005年6月24日)

辑一　坊间旧影

扫叶山房创始年代考

杨丽莹

我国古代有许多书坊,往往由一个家族世代经营,历久不衰,为书籍的保存和文化的传播做出了积极的贡献,著名的扫叶山房就是其中的一个代表。但是,扫叶山房到底创建于何时,经营了多长时间,学术界对此尚无确切统一的观点。本文拟对相关著述中存在的各种说法进行分析,并结合新发现的材料,来考订扫叶山房的创始年代。

1、关于扫叶山房创始年代的不同观点

扫叶山房创始于明代万历年间是比较为人认同的一种观点,这一观点从民国时期开始流行,以叶九如和朱联保二人的说法为代表。叶九如是民国年间上海书业公所的组织者之一,他说:

> 远在明万历年间,松江席氏买下有名的毛氏汲古阁《二十二史》等书版,与苏人洪、谢、陆三人合资在松江开办扫叶

山房,不久移设苏州阊门内。

同样在民国时从事过出版业的朱联保,在其《解放前上海书店、出版社印象记(四)》一文中这样介绍扫叶山房:

> 扫叶山房,是旧中国历史最长的一家书店,有四百多年历史,创于明朝万历年间,先设于苏州阊门内,后于1880年设分店于上海城内彩衣街,又在租界棋盘街设立支店,称为北号,另设分店于松江,共有四家。店主席氏,先世居苏州洞庭东山,于明末清初,得常熟毛氏汲古阁各书版本而设此扫叶山房。

二说除了创始时间相同以外,在创始人席氏的籍贯、创设的地点及创设缘起上都有较大区别;而认同朱氏说法的人较多。如现代学者魏隐儒在《中国古籍印刷史》一书中即称:

> 扫叶山房相传创设于明万历年间,最初设在苏州,主人为洞庭席氏。毛氏汲古阁《十七史》书版散出后,辗转归席氏所有。

这与朱氏就比较接近。此后,李致忠在相关著作中也基本沿袭这一看法,只是补充了扫叶山房曾为席鉴所有的情况,但并没对席鉴做进一步介绍。直到20世纪90年代出版的《中国印

刷近代史》(初稿)一书,始明确提出了具体创建人,并对扫叶山房之名的寓意有所涉及:

> 明万历年间,洞庭席端樊、席端攀兄弟在苏州开设扫叶山房,取"校书如扫落叶"的寓意。

这一记载非常简单,虽与前三者的说法有所不同,但仍以明万历年间为扫叶山房的创始年代。上引四说提出的时间一直从19世纪末延续到20世纪90年代,几近百年,可见扫叶山房创于明万历年间的观点相当流行。

然而,细加分析,其中疑点重重。第一,以上观点都没有交代材料的来源。扫叶山房在民国期间仍有经营,叶九如和朱联保的说法,看似来自同时期扫叶山房后人相沿的陈说;但是明万历到民国初年有三百多年之久,时间相距甚远,因此沿袭之说难以确证,不足为凭。第二,以上观点都没有提供扫叶山房刊于明万历甚或明代的印刷实物作依据。魏隐儒等学者注意到了这一点,并对此作了如下解释:

> 扫叶山房刊于明朝的书,近些年来已不见传本,也不见于著录。所见最早的是其补刻汲古阁本《十七史》中的《旧唐书》、《旧五代史》。

李致忠继而指出,《旧五代史》原已失传,清乾隆修《四库全书》时,才从《永乐大典》中辑出《旧五代史》行于世,所以扫叶山房所刻《旧五代史》必在乾隆四十四年(1779)之后。查现存扫叶山房本《旧五代史》,正为覆刻武英殿本;殿本《旧五代史》最早刊于乾隆四十九年(1784),那么,扫叶山房本《旧五代史》的刊刻时间不可能早于乾隆四十九年。书坊以赢利为目的,所刻书籍必当数量多且流传广,才可能赖以长期生存。像古代著名的坊刻世家建安余氏,经营时间历宋元明三朝,各朝所刻的书籍在今天都还能找到一二存本和知见传本。若扫叶山房创自明万历一说成立,那么,从万历初年(1573)至乾隆四十九年有两百余年的时间,即使其明朝所刻之书不存,也应有知见者,然而目前并未见到有清乾隆以前扫叶山房刻本的记录,因此认定失传的理由是不够充分的。第三,上述观点中有三例都提到了毛氏汲古阁板与扫叶山房的创设有关。值得注意的是,汲古阁主人毛晋生于明万历二十七年(1599),所刻书籍主要集中在天启至崇祯年间,其中《十七史》始刻于崇祯元年(1628),历经十余年刻完。入清后,毛氏因修补各书板以致变易田产,家道中落;至顺治十六年(1659)毛晋卒后,其子孙逐渐将汲古阁书板典质,到康熙年间书板已四散殆尽。因此席氏得汲古阁板的时间至少应该在顺治十六年以后,说席氏在万历年间买下毛氏书板而创设扫叶山房显然是不可能的。又据清人郑德懋《汲古阁刻板存亡考》的考证,汲古阁书板除《十七史》板存苏州扫叶山房外,余者散及各家,因此朱联保称"席氏得常熟毛氏各书版本"的说法也与事实不符。基于以上三方面的疑点或错误,扫叶山房创于明代万历年间的观点殊难成立。

在万历说之外,还有创于明季一说,时间上比万历晚五十多年。如宋原放等主编《上海出版志》:

> 扫叶山房,初见于明季刻书,时吴中(今苏州、常熟)一带,席启寓雕板印行《十三经》、《十七史》行于世,又辑唐人诗百家付梓印行,所刻板心均有"扫叶山房"字样,盖取"校书如扫落叶"之意。

该书认为书坊创始人为席启寓,并提到了所刻书籍。但是席启寓生于清顺治七年(1650),不可能在明季刻书。扫叶山房民国期间的出版物上也称本坊创自"明季",如扫叶山房民国三年(1914)发行的《文艺杂志》创刊号上有一篇"启事"就说:

> 本坊创自明季,迄今三百余年。先设于苏垣,继分于沪城。迨沪城北辟作商埠,又于租界设立支店。

民国十三年(1924)的《扫叶山房书目》上也登有内容相同的启事。但有趣的是,更早问世的光绪八年(1882)《扫叶山房书目》卷首对本坊历史的介绍却是这样的:

> 窃本坊创建历百数十载,家藏经史子集各书籍板,乾嘉年间已驰名远近,发兑各省书店。庚申之乱,于上海重整规

模。苏省肃清,施复旧业。迄今又二十年矣。

  这条材料虽然没有提供扫叶山房创始的具体时间,但从"历百数十载"的描述推断,扫叶山房的创设时间最早可以上溯至清康熙四十年(1701)前后,其时距光绪八年为一百八十年左右,可谓"历百数十载";若早于此,则可称"近两百年"。而从明季到光绪八年已近两百四十年,如果扫叶山房确实创始于明季的话,其主人没有理由少说近百年时间。民国《青浦县续志》卷十六中记光绪年间扫叶山房主人席威的情况,也称其"家故有扫叶山房书肆,历百余年",从侧面又提供了一个旁证。由此可见,光绪八年时"历百数十载"的记载,到三十年后的民国三年摇身一变成了"三百余年",显然是出自民国初年扫叶山房主人为凸显老字号的优势而作的有意夸大。因此,"明季"的说法同样不足凭信。

  近年来,始有黄镇伟在《坊刻本》一书中,提出了不同于"万历"和"明季"的观点。他虽然没有直接对这两种说法进行否定,但是指出"扫叶山房刻书自席世臣始,既与席鉴无关,也与席启寓无涉",席世臣刻书则"始自乾隆末年"。而席世臣刻书的时间,与现存扫叶山房最早印本的刊刻时间,席氏得汲古阁《十七史》板的时间,以及光绪八年《扫叶山房书目》"历百数十载"的说法均比较接近,因此他的观点可能更符合事实。不过,黄氏在书中并没有提供席鉴等人不可能创立扫叶山房或席世臣首创扫叶山房的具体证据,难以令人信服。所以,要得到正确的答案,我们还必须进一步调查洞庭席氏相关人物的情况及其获得汲古阁板的具体经过,这是考订扫叶山房创始年代的两个关键因素。

2、洞庭席氏与扫叶山房

扫叶山房的主人为苏州洞庭席氏,诸家对此的看法是基本一致的。因此,我们首先从洞庭席氏的情况入手,来考察他们与扫叶山房的关系。

据康熙元年席启纮纂修《席氏家谱》、雍正间席鏊纂修《常熟席氏族谱》、道光间席存震纂修《洞庭席氏支谱》等谱,知洞庭席氏的始祖为唐武卫将军席温,他在黄巢起义时因避乱而由安定郡(今属河南)迁居苏州洞庭东山,世称洞庭席氏。洞庭席氏子孙繁衍,支系众多。曾为各说提及的席端攀、席启寓、席鉴、席世臣都系出洞庭席氏右源公一支,相互之间有直接的亲属关系,因此他们的情况容易被混淆。以下对他们四人的生平稍加叙述(下文关于席氏相关人物的材料出于此三种家谱者不再标注):

席端攀(1570—1638),字公援,别号右源,世称右源公,为席温二十八世孙。他在明万历间与同母兄端樊弃儒经商,以青浦为基地,沿运河、长江贩运布匹和粮食等,不曾涉及刻书行业。但他创造的财富,为子孙后代从事出版文化活动打下了雄厚的物质基础。

洞庭席氏中最早从事刻书业的是席端攀的孙子席启寓。席启寓(1650—1702),字文夏,号治斋。他好古嗜学,因慕常熟一地藏书刻书之风,于康熙四年(1665)迁居常熟。期间"每购唐集宋椠本，必校对精详，雕刻行世"，经三十年汇编成《唐诗百名家集》二百九十七卷。康熙三十八年（1699），康熙皇帝南巡至太湖时，席启寓便精选其中四册进呈，以供"乙览"，从此席刻《唐诗百名家集》名扬天下，"一时言诗者返之正音焉"。在席启寓的影响下，他的两个儿子，长子永恂（1667—1727），次子前席（1669—1711），也参与了《唐诗百名家集》的校订，还整理刊刻过陆陇其的《三鱼堂文集》等。父子三人所刻书籍，内封多题"琴川书屋藏版"，但迄今未发现他们用"扫叶山房"之名刻书的记录。

席启寓的后代分为两支，长子永恂有七子，其后代仍居常熟，次子前席有三子，后迁往青浦。席启寓诸孙十人，"立志迈俗，发名成业"，其中以藏书闻名的是席永恂的第七子席鉴。席鉴（1700—1722），字玉照，别号茮荑山人；庶出，后入赘嘉定张靓光（1664—1719）家，年二十有三卒，无子。席鉴藏书较丰，有"虞山席鉴玉照氏"、"茮山珍本"等藏印，黄丕烈的书跋中多提及其所藏书籍。黄丕烈作为乾嘉间苏州著名的藏书家，对当时苏州书坊的情况应该相当清楚，但是他的书跋中并没有席鉴刻书的记录；其《甲乙集》宋刻本"跋中，先后提到席氏扫叶山房和席鉴，也未指出二者有任何关系。我们从黄氏书跋中获得关于席鉴最多的信息是，他的藏书大多获自汲古阁。可能正是由于汲古阁板与扫叶山房的创立很有关系，人们因此误把席鉴和扫叶山房联系起来。席鉴仅活了二十三岁，关于他的资料甚少；但从席鉴本身的情况和年龄来看，似乎不大有时间和精力经营一家有着较大规模的书坊。

小席鉴两辈的席世臣则出于席启寓次子席前席一支。席世臣祖父席襄(1705—1756)，字成叔，号蓼塘公，为前席季子。他成年后举家移居青浦朱家角，历任汤溪县令、浙江盐运使司副使等职，不曾从事刻书业。世臣父席绍容(1725—1784)，是席襄惟一的儿子，字敬堂，号守朴，以例授户部山西司员外郎。席世臣，则为席绍容长子，字邻哉，一字郢客，乾隆四十九年(1784)以商籍学生充任四库三分书总校之一，乾隆五十一年(1786)钦赐举人，其具体的生卒年不详。据席氏家谱，其母蒋氏生于雍正五年(1727)，乾隆九年(1744)嫁入席家；沈叔埏《祭席母蒋恭人》一文记，沈氏于乾隆三十一年(1766)夏入席氏家塾授业，时世臣"年甫羁丱"，因此可推断席世臣当生于乾隆十九年(1754)左右。又，嘉庆二十年(1815)青浦人周郁滨(1780—1834)所修《珠里小志》中记席世臣"其殁也，里中识与不识无不为之慨惜焉"，可知席世臣的卒年不可能晚于嘉庆二十年(1815)。《珠里小志》是对乾嘉年间青浦县朱家角的历史记载较为详实的一部乡镇志，其中对席世臣的经历就有较多的记载，如卷十八《杂记》云：

> 世臣自校三分书归，开雕秘笈，肆设漕坊，费以巨万计。

该志的撰者周郁滨，与席世臣同里，生活时代也基本相近，所记应较为可靠。根据他的记载，席世臣在《四库全书》三分书结束后开设书坊，时间当不早于乾隆五十一年，这与光绪八年《扫叶山房书目》中所言"百数十载"历史的起始时间，扫叶山房本《旧五代史》的刊刻时间都比较接近,因此从时间上可以初步推断扫叶山房应由席世臣所创。

此外,"扫叶山房"名称的寓意也可佐证扫叶山房为席世臣所设。《珠里小志》卷十二记席世臣"刻秘书数十种,亲自雠校,犹惧未尽,故以扫叶颜其室"。"雠校"和"扫叶"相关联的典故,最早可能与宋代著名藏书家宋绶父子有关,如沈括之《梦溪笔谈》卷二十五云:"宋宣献博学,喜藏异书,皆手自校雠,尝谓校书如扫尘,一面扫一面生,故一书三四校,犹有脱谬。"后来,古人常把书中的讹误比喻为尘埃风叶,勘定讹误则有如扫尘或扫落叶。洞庭席氏中如席启寓父子等虽然都曾校刊书籍,但并未以此为职业。而席世臣则担任《四库全书》校书官达三年之久,此工作经历在当时应该是一件非常令其自豪的事;因此席世臣在校完四库三分书后,继续以校书刻书为职业,并在书坊的命名上体现这一职业特点,应当较席氏其他人更符合情理。由此看来,上文中有些说法虽然弄错了扫叶山房具体的创始人,但其中提到扫叶山房名取"校书如扫落叶"之义,却是符合事实的。关于"扫叶山房"名称,还有另一种说法,如曹之在《坊刻本史略》一文说:

> 扫叶山房为席鉴玉照氏所开,因与同行叶氏争利,故名"扫叶",意即把叶氏一扫而光。

该文未注明出处,不知本源为何。从上下文来看,这里的席鉴当是明代人。经查,明代的确有一位席鉴,但他是弘治年间山东青州经历,与洞庭席氏没有什么关系,也更没有与苏州叶氏争利的可能。系出洞庭席氏的席鉴为清康熙年间人。而康熙时苏州名医薛雪,有斋名为"扫叶庄",并曾用此名刻书;由于"扫叶庄"与"扫叶山房"的名字相近,医界也常误传薛雪为扫叶山房之主人,可见二者极易混淆。曹氏的说法很可能就是受到了薛雪与苏州另一名医叶桂之间的传闻影响,实与席世臣扫叶山房无关。

3、汲古阁《十七史》书版与扫叶山房的创设

通过上文中对洞庭席氏相关人物情况的梳理,可以初步确定扫叶山房创始人为乾隆时期的席世臣。下面我们就进一步着手调查席氏购藏汲古阁《十七史》书版的经过,并由此推断扫叶山房的创始年代。

邓之诚《骨董琐记全编》卷七有"汲古阁《十七史》"一条,文曰:

> 淄川唐济武《日记》云:毛子晋十七史板,以逋赋质之故粮道卢澹岩,得四千金。已而卢负官库将还,以子晋无以偿也,乃再质之洞庭席氏。席氏,洞庭巨室也,以史板故,分一子往常熟,然则席氏史本毛子晋原刻也。

唐济武即唐梦赉(1627—1698),山东淄川人;卢澹岩即卢纮

(1604—?),湖北蕲州人,于康熙元年(1662)任苏松督粮道。据此可以推断,汲古阁《十七史》板典与卢氏的时间当在康熙元年之后;再典给席氏的时间,就应在康熙元年至唐氏卒年即康熙三十七年(1698)之间。此时,上述席氏诸人中席鉴、席襄、席绍容、席世臣均未出生,因此不可能从卢氏手中买下书版;只有席启寓父子的生活时代与卢、唐二人接近,而席启寓于康熙四年由东山迁居常熟,其家又世有质库(按:即典当行),因此邓氏所说得汲古阁《十七史》板之席氏极有可能就是席启寓。康熙间人张云章(1648—1726)所撰《工部虞衡席君传》一文中称席启寓"于学者有雕本《十三经》、《十七史》行于世,又辑唐诗百家付之梓,于是世之人读席氏书者为多"。此文中所说的《十七史》可能就是席启寓重印汲古阁《十七史》本。据张秀民《中国印刷史》一书的记载:

> (汲古阁)《十七史》板片先是四千金质押卢某,卢氏又卖给洞庭席氏,席氏派一子在常熟经理印书,先将各书大题下"毛氏汲古阁印"图记割去,补刻"洞庭席氏"图记。

虽然目前笔者没有见到有"洞庭席氏"图记的《十七史》,但从这一记载可以推知康熙时期席氏是以"洞庭席氏"的名义重印汲古阁《十七史》,而并未用"扫叶山房"之名。

那么,汲古阁《十七史》板是怎么和扫叶山房联系起来的呢?席世臣所撰《皇清诰授中宪大夫户部山西司员外郎加三级显考守朴府君行述》一文记：

> 府君才周绮甲，虽体中素羸，而精力犹强。年来息鞅里门，综核家务。偶从虞山故里购得毛氏汲古阁《十七史》版片，因出武英殿各史，手自校雠无豕。日有课程。

上述文字是目前所见惟一由席氏本人所提供的购入汲古阁书版之材料。根据所记，汲古阁《十七史》板由席世臣的父亲席绍容辞官后购入，购板时，席绍容已"周绮甲"（按：即花甲），时为乾隆四十九年。席绍容从常熟故里购得此板，很可能是从同宗之亲戚手中购得，也有可能辗转从别人手中购得。上文中曾提到席启寓家世有质库，他去世后质库归长子永恂。叶凤毛于乾隆二十八年（1763）为席永恂长子席鏊所作《哀辞》中记其"兄弟七人共以质库，既而质库废，景溪（席鏊）竟为婆人"。席氏家谱中也有一些资料表明，雍正至乾隆早期，席永恂的几个儿子相继变卖房产以度日。因此，汲古阁《十七史》板在乾隆时由席启寓的孙辈再次质于他人，或者有钱的亲戚如席绍容，也是符合情理的。席绍容得到此板后出所藏武英殿各史与之校勘，应当是为重印作准备；但据上述行状所记，他得板后不过数日就已去世，因此不太可能有时间重印《十七史》，这一工作实际上由长子席世臣接手完成，此有谢启昆（1737—1802）所撰《宋辽金元别史》序为证。其文云：

常熟席君世臣,博雅好古,藏书尤富。……一日,以所刻宋辽金元五书来质于予。《东都事略》、《南宋书》者,宋别史也;《契丹国志》、《大金国志》者,辽金别史也;《元史类编》者,元别史也。其为书或先正史,或杜史后,要其详赡典则,足与正史补苴参证,则一也。予以此叹席君之能识其大矣。近代刻书家,毛氏最盛,以经史有功于艺林甚巨。今毛氏《十七史》板,席君既购藏之,又将广搜别史开雕,为诸正史之附庸。吾知扫叶山房之名与汲古阁并寿于世,甚为席君期之。

此篇撰于嘉庆三年(1798)的序,提供给了我们这样一个信息:乾嘉时期,汲古阁《十七史》板实归席世臣所有,此时已有扫叶山房之名。席世臣可能正是从汲古阁《十七史》板中获得了开设书坊的资金和动力,其《宋辽金元别史》的刊刻也说明了这一点。该书在内容上与"正史补苴参证";在版本特征上,所含五种书的行款均为每半叶十二行二十五字,左右双边,白口,单鱼尾,同于汲古阁《十七史》;所刻字体扁方,也力求与汲古阁《十七史》风格相似。

因此,从席绍容购汲古阁《十七史》板的时间、席世臣为补《十七史》而刻《宋辽金元别史》的时间推断,席世臣得汲古阁《十七史》板而创设扫叶山房的时间也当不早于乾隆四十九年(1784)。

综上所述,笔者认为:扫叶山房当创始于乾隆后期,创立人为席世臣。在此之前,席世臣的四世祖席启寓开始用琴川书屋之名刻书,并有所成就,为子孙辈从事出版业树立了良好的榜样;在他的影响下,席世臣的父亲席绍容成了藏书刻书方面的有心人,因此在购得汲古阁《十七史》书版后,悉心校勘,为席世臣的创业提供了契机。谢启昆所言"吾知扫叶山房之名与汲古阁并寿于世",可能也正是席世臣父子所期待实现的目标。于是在乾隆后期,席世臣仿效毛氏以刊印经史振名于学林,创设扫叶山房,而以刊刻史部秘籍为主业。此后,子孙后代世守其事业,经营得力,至20世纪初才歇业,历时近两百年。

(选自《图书馆杂志》,2005年第3期)

琉璃厂的古旧书店

郭子升

书店古称"书肆"、"书坊"、"书铺"、"经籍铺"等。叫"书店"、"书局"、"书馆"是以后的事。

北京的书肆历史悠久。1974年在山西省应县佛宫寺释迦塔（俗称应县木塔）内的塑像中，发现大量的辽代刻经，其中有很大一部分是由北京的书肆刊印的。由此推算已经有近千年的历史了。

北京有记载最早的书店，是位于崇文门外东打磨厂的老二酉堂。创业于明代后期，以刊印《百家姓》、《三字经》、《千字文》、《弟子规》等启蒙课本和"五经"、"四书"为主，清光绪时大量刊印京剧唱本等通俗读物，很受欢迎，获利颇丰。书店的字号为什么叫老二酉堂，还得从秦始皇"焚书坑儒"说起。秦始皇焚书时，南方一些文人学士和藏书家，为了自己的书不被焚毁，便把收藏的善本珍本图书，隐藏在湖南沅陵县境内的大酉山、二酉山的山洞里。秦亡之后，这些书由山洞里取出刊行于世。以二酉为书店之名，标榜本店刊印之书，也和大酉、二酉山中藏书一样,皆为珍本善本。

早先北京书店分散开设在隆福寺街、打磨厂、西河沿、琉璃厂等地。城隍庙、报国寺、灯市等庙市上,都有流动书商摆摊售书。一年一度的春节厂甸庙会,全市书商争来设点营业,而且互相竞争,把最好的书摆出来待价而沽。清乾隆以后,书店多集中在琉璃厂。过去书店较多的隆福寺街,一些书店也来琉璃厂设立分店,有的就迁到琉璃厂。琉璃厂的书店乾隆时是三十多家,光绪时达到顶峰,发展到二百二十余家,以后逐渐没落,但到1926年还有六十九家。昔时的书店经营的完全是古籍线装书。后来上海的商务印书馆和中华书局以及专门影印书画碑帖的有正书局等也相继在琉璃厂开设了分店。印刷也不是木版一种,铅印、石印、珂罗版等在当时较先进的印刷技术也进入琉璃厂的书店,使印刷品更多样化。

琉璃厂的书商在清同治、光绪以前多为江南人,以江西人为多。以后逐渐为河北冀中一带人所代替,称为"北直书行",如肄雅堂主人丁梦松是束鹿县人,文奎堂主人王云瑞也是束鹿人,松筠阁主人刘际唐是衡水人,来薰阁主人陈济川是南宫县人。其原因可能因太平天国革命,交通受阻所致。20年代前后,还有翰文斋、文光楼、宏道堂、邃雅斋等多家古书店。新书书店除商务印书馆几家外,还有神州国光社、直隶书局、文明书局等多家。

琉璃厂的书店,不论新书还是古书,都不是单纯售书,多是编、印、发行三位一体,一般是前店后厂。经营方式灵活多样,既刊印了大量通俗读物,起到普及知识作用,也刊印不少大部头名著。至于商务印书馆和中华书局的教科书更是功不可没。

在图书流通上,书商起到关键作用。旧时交通和通讯手段都极落后,由于他们吃苦耐劳,长途跋涉,足迹遍及全国,使很多重要典籍名著重见天日,各得其所。其活动范围有时超越当时的"国界"。据记载北宋苏辙出使辽朝时,在辽南京(即北京)见到其兄苏轼所著《眉山集》。此书由北宋流传到辽,不是北京的书商由开封带回北京,就是开封的书商送至北京。

琉璃厂的古旧书店,店堂布置得古朴典雅,清扫得一尘不染,高大整齐的书架上,摆满了各种线装书,琳琅满目。书套的一端夹着一张印着红界线的签纸,写明书名、作者、时代、版本,一目了然,供客选购。服务态度更是主动热情。客人进店,伙计主动打招呼,可以逐架参观,随意取阅,不论看多久,不论买与不买,都热情接待。如果买好书,不论多少远近都可送书到家。如是熟人老主顾,就要先让到柜房里或客房里休息,敬烟献茶,你提出书目,小伙计给取来供挑选。如果对想买的书,一时拿不定主意,也可把书带回去慢慢考虑,如留下,写封信或打个电话来取钱,不要就把书取回。每一个书店都联系着一些专家、学者、教授,对他们谁需要什么书都了如指掌,一旦发现就主动送书上门,如一时钱不方便,还可赊账。

修理受潮霉坏的旧书,是琉璃厂书店的一绝。一本破旧霉蛀的书,到了高明师傅的手里,即使凝结成块,也能重新拆开,一张一张地摊平,去掉霉痕,补好蛀洞,托上衬纸,再一张一张折拢,理齐,压平。再配上旧纸护页和栗壳色或瓷青色旧纸书皮,用粗丝线订好,贴上旧纸书签,配上蓝布、牙签书套。一本破烂的旧书顿改旧观,又成为面目一新的善本书了。装裱字画,特别是揭裱旧画也是琉璃厂书店和南纸店的一绝。

古书店的主人多是学徒出身,尽管读书不多,但由于经常与书打交道,用心钻研,大都精于版本目录学。有的还博学多才,著书立说。不仅与专家、教授有共同语言,很多还是要好的朋友。书店的经营作风多数是规矩的,对待客人是诚恳的,利润也是合理的,这是琉璃厂的一种好风气。但也有个别店的个别人,也弄虚作假,至于在外地以低价收购到善本书,回来高价出售者也时有所闻。结交权贵以势压人者也有之。最典型的例子是宝文堂主人徐志佃。

徐志佃字苍岩,安徽人,清咸丰时开设宝文堂书店。此人手眼通天,"交易多当时老官僚"。传说同治年间,一日徐不在店中,有现任五城都堂乘车从他店前经过,不意将该店招牌撞掉,店伙计也仗势欺人,非令乘车人亲自给挂好,仆从不得代劳,都堂不得已下车给挂好。徐归后得知此事,知道店伙计给惹了祸,地方官如何能得罪?赶紧准备酒宴,翌日请五城都堂的老师和一些官员来店里吃酒。五城都堂带差役来要封宝文堂的门,走到门前见车轿盈门,进门一看,见他的老师和一些比他大的官在饮酒,只能作揖打恭,辞别老师恨恨而去。

琉璃厂店铺鳞次栉比,生意兴隆,是寸土寸金之地,一般店铺只有一两间门脸,为了扩大营业面积只得向纵深发展,所以大部分店铺的房子都是两进,甚至三进、四进,北京称这种房子为"勾连搭"。在琉璃厂有三间门脸就是阔店了。宝名斋书铺一溜九间门脸,在琉璃厂街上是独一无二的。故有"琉璃厂,一条龙,九间门面是宝名"的谚语。至于后来商务印书馆在西琉璃厂建的三层楼房,更是鹤立鸡群了。但这都不能与今天琉璃厂街上的三个大户,中国书店、北京市文物公司、荣宝斋相比。

来薰阁琴书店
——琉璃厂杂记

吉川幸次郎

昭和三年到六年,即 1928—1931 年,也就是民国十七年到民国二十年,这三年间,我作为留学生,在北京生活。这期间的记忆,值得反复回味的美好印象:不在剧场和戏院,不在饭馆和餐厅,而在古书街市。城内的隆福寺,城外的琉璃厂,占去了我北京生活的三分之一的时间。将这份记忆草草成文,甚觉可惜,但被人要求写一篇关于书籍的随笔,首先想到的题目就是这个。

北京的内城是宫殿地带、政府办公地带、住宅地带;北京的外城是商业地带,将内、外城隔开的就是北京的城墙,城墙四方有四个门。出城墙西侧的和平门,越过铁路线,往南走二三町,过了师范大学的大门,有个十字路。以这个十字路为中心,就是北京最大的古书店街——琉璃厂。

我的人力车,一般总是先在十字路口往西拐,向前行至南侧的第三家门面即来薰阁琴书店前停下。书店中可见的,虽与其他书店并无二致,一样是函装的中国古书,但这里不愧是琉璃厂第一新派人物陈济川经营的书店,在进门处改装成了全幅的玻璃门面,因此,我的车一到,店内透过玻璃门就能看到。这时,急忙走出相迎的,是主人的弟弟——二先生。而我的人力车费,一般就由他交付。

"吉川先生来了!"

他身边的四五个伙计,也都一齐站起来,向我点头行礼。而这里只是朝向街面的一间,不是接待我这样的老顾客的地方。这里,书都一律沿墙往上堆积,一直充斥到屋顶,而且都是那些通常惯见的书。

"请!请!"

我穿过这里,又穿过一个小的院子,来到最里面的屋子。

主人陈济川就在这间屋里。但他非常非常地忙,转眼间就离开这屋的情况也很多。或是出去接阅、分检同行不知从哪里买来的一大堆书,或是到书业总会去碰头见面。

但是只要接到店里派出的小使的通知,他一般就能回来。一跨入房间的门,就说:

"先生好!"

照例是灰色的长袍,北魏佛像那样的容颜。

我也立即站起来回礼道:

"陈先生好!"

没有敬语的中国做法。中国商人一般不使用卑微的语言。特别是学者和书店之间,是对等的关系,彼此文雅而交。

我们俩就面对面促膝而坐,抽着烟,喝着茶,开始闲聊。话题多半是关于学者们的传闻。

然后,我就开始巡视那由书帙堆积起来的古籍的书壁,而对地上堆放的散书也捡起来翻翻,问:

"最近又进了什么新书?"

"喂,小二……"

随着他的声音,一个小伙计走上前来。他把一些装在书帙中的,或是没有装入书帙的裸书,恭恭敬敬地放在我的面前。书店里有十来个这样的小伙计,刚来北京时,我不知道怎样称呼他们好,后来,问了陈老板,他的回答也仍然是"先生",很雅的称呼。

"因为学者与书店之间是以朋友相交的。"

原来,在中国,"先生"一词不像在日本一样,是那么庄重的敬称。

我翻看着由这些小"先生"们搬来的书,他自信地说:

"是好书吧!"

"不错,说得正是。这个,我买了!"

钱当然不是立刻付。而只是在每年的5月5日、8月15日和年终三次分付,而即使是到了这三个时间,全部付清书款的顾客也属少数。与他谈得欢时,有时就留下吃饭。端菜盛饭的也是小伙计——这些被称为"先生"的工作人员。我每次来,呆在这间里屋里的时间,不超过两小时的很少。

他是琉璃厂几十家古书店中惟一有创新意识的人。在那与日本人做买卖的书店还很少的时代,积极主动地与日本人交朋友的,就是他。他还两度来日本,在东京、京都、名古屋开图书展卖会。同行们对他这种海外兴业行动,半是嫉妒,半是观望,而他以可观的收益证明了他的成功,也给同行中的观望者一个漂亮的回答。

另外,在民国初年,当北京大学崛起一批年轻的思想家时,其他的书店无动于衷,不予理睬;勇敢地与这些人接近的,也是他。与此相关联,对于以往的古书店从不关心的戏曲、小说类书籍的热心收集和买卖,也是他。无论是在日本,还是在中国,研究中国口语文学的人,而没有得到过他的帮助和恩惠的,绝无仅有。

进入新中国,北京的古书店据说大半都倒闭了。他怎么样了?他曾是现任中国科学院院长郭沫若先生的朋友圈中,有着"蒙古人"诨号的豪爽直率的一个人,大概还照常做着他的老本行吧?但确切的消息一点也没有。

陈济川,是我最想相见的中国人之一。

书店名叫来薰阁琴书店,是因为其祖父辈是做琴生意的,这,也照例是在里屋间闲谈时听来的。

1951 年 5 月 29 日
(钱婉约 译)

琉璃厂后记

吉川幸次郎

以前,东京堂出版有一份叫《读书人》的杂志。其1951年7月号,登了我的一篇副题为《琉璃厂杂记》的文章,正题为:《来薰阁琴书店》。

这篇文章的大概是:琉璃厂是北京的古书店街,来薰阁是我昭和初年北京留学时很相熟的古书店,其主人陈杭,字济川,是我认识的中国人中,最值得怀念的人物之一。

"进入新中国,北京的古书店据说大半都倒闭了。他怎么样了?他曾是现任中国科学院院长郭沫若先生的朋友圈中,有着'蒙古人'诨号的豪爽直率的一个人,大概还照常做着他的老本行吧?"我在文章的最后结尾处,这样推测着他的健在。这篇文章收在创元社出版的《现代随笔全集》第二十一卷的我的集子里,可备读者参阅。1951年,正是人民共和国成立甫始,我们之间的交往比今天更为不便,我想像着他的照常无恙,但能够证实这想像的消息则全然没有。

然而,去年,神保町山本书店的店主山本敬太郎去了北京,证实了我的想像是确实的。陈济川不愧是书林的英豪,有领时代之先的英明识断,在面对革命,其他书店都张皇失措之时,他很好地与新的政局协调了步调,成了古籍工会的工会长,很是活跃。这是我在前几日访问山本君的书店时听到的。对于老友的健在我十分高兴,同时,我把随笔全集中写陈济川的这篇文章,寄给了山本君。不久,得到山本君的回信:

我拜读了您关于来薰阁的随笔,去年在北京的情形又浮现在眼前。"北魏佛像那样的容颜"至今未变,矍铄有神,"这个"、"这个"的口头禅仍留存在我耳边。"只要接到店里派出的小使的通知,他就立刻回来",也仍是这样。不同的是从他口里不断地涌现"社会主义"一词,而自信地推荐给人看的古书却没有了,我还在剧院和饭馆受到了招待。

还同信给我寄来了在隆福寺街的饭馆里一起就餐时的照片。左起第二位,那个嘿嘿笑着的,毫无爽失的就是陈济川,简直与三十年前的模样没有不同。其他人大概也是书店业中的人吧,大家都穿着人民装,只有他悠然地穿着长袍,这或许也表示了他在其中的地位吧。身后的墙壁上,可以看到"全世界无产者联合起来"、"中苏友好合作万岁"这样的宣传牌。

自信地推荐给人看的古书没有了,是因为近年来,中国对五十年前的书籍,一律禁止出口。山本君从中国回来后的结论是:

只就古书这一方面看,现在的北京不怎么有意思了。

除来薰阁外,值得我追忆的琉璃厂的古书店,还有几家。

从来薰阁往东走至第五家店面,也是南边一侧的,是一家叫邃雅斋的价钱很贵的精品书店。这书店据说与湖南文人兼藏书家的何绍基家有特殊关系,不断能取出何氏的藏书来卖,且像不尽的泉水那样,汩汩不歇地摆上这家书店的书架。我所收藏的惟一明版,盖有高唐王府之印的《艺文类聚》就是从这里买得的。

过了它东面的十字路口,再往东行,也是在南侧,有一家叫翰文斋,它在整个琉璃厂也算是门面高大的大店。主人姓韩,他专营宋元版书,对我要买的"清朝本"书,叫作"新书",口称没问题。他对我这个异国的白面书生,无疑也是十分热情的。

再回到十字路口,走上向南的大街,东侧是通学斋,其主人是孙殿起,因脸上有麻子,故有孙麻子的绰号。他的店也像主人一样不大清洁,但孙殿起对清朝考据家的书籍十分精通,如有神明,写有《贩书偶记》、《丛书目录拾遗》等书,记录他一生的见闻。这书店的东家——即资本拥有者是伦明教授,他是清朝文物的搜集家,为了更便于自己的搜集活动,才让孙麻子替他开店。但有一段时间,伦先生与孙麻子之间的关系似乎有些微妙,孙麻子到考据学的重地安徽、江苏去买书,回来之前把东西邮寄到北京,并瞒着东家伦先生,让我也不要泄露。后来,伦先生发现了什么线索,有一天,一大早来到我的宿舍,要看我昨天买的什么书。这些事，如今都成了令人回味的怀念，伦先生、孙麻子、翰文斋的韩氏，现在都已作古，从山本君的话中得知，他们的店也都没有了。

通学斋的北邻是文德堂，是由天津藏书家李木斋为东家的书店，也是一家精品书店。再往北一家是松筠阁，专门经营民国以来的杂志，这在当时是很稀罕的，现在都不知怎样了？

与城外琉璃厂相并列的，可谓城内隆福寺的古书店街。那里的老铺文奎堂，与来薰阁一样，是我三年留学中最经常去的书店。特别是这里的年轻文雅的老板赵君，与我的年龄相仿，因此，也更加合得来。

文奎堂在北京是屈指可数的老店，来薰阁的陈济川，也曾在这里做过徒弟，后来才独立出来，自己开店。年轻的赵君对于师兄的独立，似乎未必感到高兴：

"每年年底，陈先生也要来店里，向我们店的老主人叩拜。"

接着，赵君又同我商量他自己的事儿，他也想独立出来，拥有一家自己的店面。

我表示不赞成：

"你是店里老主人的心腹兼功臣，老主人老死后，有你在，这个店就能维持。我不是不理解你的心情，但不可能人人都是英雄，陈济川是英雄，而你不是，你是秀才；成为文奎堂年轻的主人，难道不是你最好的工作吗？"

笃厚实在的他把自己的前程大事与我这样的外国人商谈，对我来说是件欣慰的事；而对我的忠告，他或许也是听取的，终于也没有独立出来。文奎堂关门了,这使他的孤忠付于东流了。从山本君的话中知道,现在隆福寺只有一家国营的古书店,它的主管者是一位姓赵的,对书籍非常熟悉,那是否就是他呢?我默默地祈望着。

1958 年 5 月

(钱婉约 译)

琉璃厂今昔

知 非

琉璃厂是个古老的地方,今年经过一番整理,又面貌一新,返老还童。

琉璃厂这两条狭窄的街道,以出售旧书文物著称,一向被称为北京的文化街。

琉璃厂在辽代(10世纪)名海王村,明朝在这里设立琉璃窑厂,为当时北京五大厂(神木厂、台基厂、黑窑厂、大木厂、琉璃厂)之一,专门烧制砖瓦供皇家使用。清初吴梅村诗:"琉璃窑厂虎房西,月斧修成五色泥,遍插御花安凤吻,绛绳扶上广寒梯。"便是咏琉璃厂的。《光绪顺天府志》卷十四说:因为窑厂前面空地很大,名为厂甸。到了明末清初,这里已逐渐成为旧书、文物的荟萃之所,一直到现在。

清朝乾隆年间,李文藻写过一篇《琉璃厂书肆记》,曾提到明朝的旧书铺"二酉堂"。清朝末年缪荃孙又写了一篇《琉璃厂书肆后记》,叙述琉璃厂的变迁和发展。他们都是居京时在琉璃厂朝夕流连,出京后对琉璃厂怀念不已,于是把平日所到的书店和所得的书籍大略地记载下来。那时还没有公开的图书馆，一般专家学者要想做研究工作，确实困难。而琉璃厂书店为学者们提供资料，使许多人感到方便。这是琉璃厂的优良传统，到现在更加发扬光大。

几百年来，琉璃厂这个地方曾不断地培养、训练出来许多专家为文化事业服务。他们各搞一门，积累数十年的经验，成为某一行业的行家（即专家）。李文藻在《琉璃厂书肆记》中常称赞书店的人"颇深于书"，就是说他们很懂得书，对于书有深透的了解，这个"深"字评价很高。以旧书店的人员来说，他们确是钻得很深，他们有专门研究宋元版本的，有专门注意单本史料的，还有专门搜集名人信札的。书画方面，有专门鉴别宋元人字画的，有专门看重明清的，还有专门搞"四王、吴、恽"的。其他对于古铜、陶瓷等等，也是如此。大都各抱一门，深入下去。他们并不单凭经验，而是确下苦功钻研。如对于图书和字画来说，他们从纸的质料、墨的色泽，即可辨别出是何时何地的产物，这些原料，在什么时候最时兴，在什么时候有所改变或消失，他们都一望而知。搞瓷器的如对于一对青花瓶，他们不用拿起来仔细观察，从青的颜色上即可辨识哪一个是明朝的，哪一个是清朝的，他是从颜色本质的特点来观察分析，是有科学根据的。在技术上裱画铺和旧书铺的整理修补的手艺，更是神乎其技，他们能把一幅破旧的画，整旧如新；能把一包破碎不堪的书，装订成册；古玩铺能把打碎的陶瓷，粘合起来使它还原。

解放后更发挥了他们原有的特点和专长，因而业务有了飞跃的发展,特别繁荣。现在的琉璃厂,如供应古旧书籍的来薰阁,整配期刊的松筠阁,收售古今名人字画的宝古斋、荣宝斋,经营碑帖墨砚的庆云堂,搜集金石陶瓷的韵古斋等,在今年都充实了内容,改进了陈列,面貌一新。文物商店的主持者鉴于过去铺店分散,经营的方针不明确,有计划地把带有文化传统性的如书画、碑帖、金石陶瓷等商店加以整理充实,系统地恢复起来,提出"文物回老家"的口号。并且配合春节在宝古斋、荣宝斋作汇报展览,展出文物七百余件;来薰阁古书店亦展出珍善本书籍约两千种。有些收藏家自动地把个人所有的珍贵文物送来陈列,参加展出。许多人在参观后的题词中说"古为今用",又说"这是一件好事"。的确,琉璃厂各文化商店门市部的改观,不只是北京文化界的一件大事,也是今年春节中的一件喜事。

(原载《人民日报》,1961年2月26日)

中国书店五十年

许嘉璐

一提到中国书店,心里就涌出一股难以言喻的亲切感和对已逝岁月的怀念。

我和中国书店发生关联是从二十二岁大学毕业开始的。四十多年来它始终是我生活的一部分。

毕业后我跟随陆宗达(颖明)、萧璋(仲珪)先生学习"小学",这是我和中国书店、和古书结缘之因。

老一辈人文学者教导后学,一般都是从目录学开始,弄"小学"更是如此。《书目答问》、《四库全书总目提要》(和《简明目录》)、《小学考》、《经义考》等就是我入门的书,常翻的书。等学识稍长,才去接触《隋书·经籍志》之类以及现当代人写的书目(例如《四库提要辨证》、《贩书偶记》等)。

只读书目和提要而不见书,犹如旅游而不到其地,只读导游小册子。北京师大图书馆的藏书是丰富的,但"非本馆人员不得入内",于是逛古旧书店就成了我见识古书的常规。隆福寺、西单、东安市场的旧书店,尤其是琉璃厂的通学斋(当时已不景气)、来薰阁、中国书店,是我几乎每个星期天必去的地方。1959年毕业,正赶上为了"防修反修"而冻结工资,于是五十六元一拿就是十九年。这点钱,要买需要的或喜爱的古书,颇似现在工薪阶层想进五星级饭店去"潇洒"一番,谈何容易?记得有一次看到一部不错的《汉魏丛书》,没钱买,于是回家抱来才买不久的《鲁迅全集》卖掉,然后把《汉魏丛书》抱了回去。为这事我得意了好些天,但却要做妻子的工作:《鲁迅全集》可以从图书馆借,而《汉魏丛书》则可以在家从从容容地读!既然"囊中羞涩",我的逛,当然就是翻看多而购买少。翻者,打开来了解其版式、纸张、墨色;看者,读序、览目,有自己需要的内容则细读。这是一座不要特许、不需花钱的书库,任我驰骋;旁边还站着有问必答的指导教师——书店的师傅们。到这里来无异于享受。

　　去得多了,和琉璃厂几家书店的师傅渐渐熟识起来。常常是我踱进书店正在翻书,忽然,背后一声"许先生您来啦",转脸看,师傅笑眯眯地过来了。有些师傅的名字已经忘记,让我受益最多的两位则永远难忘。一位是王炳文,一位是马春槐(原本写作"怀"),都早已退休。马师傅已经多年不见了,听说身体还好;王师傅则还在店里帮忙,偶尔和我通通电话,每次中国书店拍卖古籍他都要寄来一本卖品介绍,大概知道我虽已不便随意到店里去,却一直关心着他们的事业吧。他们分别长我几岁、十几岁,并没有上过大学,却都身怀丰富的知识和经验,不但熟悉版本和书籍的流传,而且对学界掌故、人事动态也都了如指掌。哪位先生藏书如何,近来身体怎样,哪位最近来过,正在写什么,需要什么书，几乎无所不晓。他们了解吴晓铃、启功以及赵元方诸先生并不奇怪，令我惊讶的是对并不常来这里的颖明、仲珏先生的学问和藏书情况，居然也都很了然。书店里还有一位雷梦水先生，早已从师辈那里知道他的造诣；及至当面请教，信然，不但经见的书多，而且诲人不倦。只可惜见他的次数太少。他们是我增长古籍知识的真正的师傅，也是帮我了解前辈、领悟书海生涯的益友。

我至今怀念那时书店的布局和气氛：四周书壁，上可达顶，满室书香；屋子中间安一长桌，铺一白布，上有茶盘茶杯，两侧几把木椅。顾客可以随意从架上取书，坐到桌边不慌不忙地看，也可以请师傅代取，这时师傅还要给倒上一杯茶。有意购买，可以请师傅帮助找出其他本子以便比较；如不买，道一声"谢谢"即可离去，师傅还要送至门口："您慢走，有功夫您再来。""来的都是客，招待十六方"，他们对所有顾客一视同仁，有名的藏书、购书家来了固然有此款待，连像我这样小而穷的助教也能得到同样的礼遇，也被尊称为"先生"。我则因为是常客，主人已知所需，因而还获得了进入后面书库的特许，前年我又去了一次海王村中国书店和来薰阁，王师傅恰恰不在，失去了和他畅叙的机会。店里读者比过去多多了，还有不少外国人，所列几乎都是铅印本，也没有了当年那种诱人的感觉。

老师傅们对顾客的尽心尽力是现在的人们想像不到的。记得有一次我找《龙龛手鉴》，店里没有。马师傅说："您先回去，我到大库里去找找。"像这样麻烦他，已经多次了，我于是再次道谢。几天后，他足踏自行车竟然找到了我家，满头大汗地把书送上楼来了。我一时真是无以为对。道声"谢谢",奉上一杯热茶,实在不足以表达我当时的心情。"文革"结束不久,第一批研究生入学了。在经过了文化浩劫之后,线装书,哪怕是石印本也都很难见到,学生们更无从摸到买书的门路。不得已,我又找到马师傅拜托。不久,一大堆经学、小学书就送上门了。马师傅说:"大库的库底都让我翻过来了。不收进书来,别人甭想买了。"当学生们(现在都已经是教授了)争先恐后地"抢"书时,我想,只有我能想像得出马师傅为此花了多少时间,费了多大劲,这里面饱含着多少非语言可以表达的情谊。

颖明先生是章黄学派的巨擘,《说文》之学海内第一;仲珪先生始治金、甲文,继而徜徉于高邮王氏之学,晚年彻底服膺金坛段氏。他们二位都不是著名的藏书家,但是对古籍版本目录极熟,买书讲究实用。我既受钞票的制约,更受老师的影响,也是专拣便宜而质量好的买。所以虽然我的书不算少,却没有一册善本。但是我对它们格外珍惜,因为在那淡淡的书香和发黄的书页中,不但浓缩着中华民族的智慧,还记录着我这一代人与书、与中国书店及其中人的关系,这也是中华文明的一个角落啊!

现在中国书店已经为越来越多的人所熟悉,无形中成了传播文化尤其是中国传统文化的场所。我喜见它的发展,祝愿它更为发达,同时感谢它对我的陶冶,永远记住那已经难觅的独特的情调。

2002 年 10 月 29 日于日读一卷书屋

中国书店竞拍三记

谢其章

有人把爱书人形容为"书痴"、"书淫"、"蠹鱼弟子"。我倒认为,不妨直率一些,称这些人为"瘾君子",几日不读书不买书,那股难受劲为"不吸一口就过不去了"庶几近之。爱书有三样快乐,一曰开卷有益,二曰藏书之乐,三曰访书之趣。近年,旧书店日渐"名存实亡",旧书源亦日渐枯竭。书朋书友互通音讯,多是大叹苦经,久久无一册像样的旧书入手,急煞也。七八年前,古旧书刊拍卖异军突起,至今,已成为淘书者的"围猎场","热了拍卖,冷了门市",确是实情。稍够档次的书谁都知道往拍卖公司送,碰上二三"互不礼让"的书迷竞争起来,兴许就卖出个天价。笔者一直关注古旧书拍卖,收集有较全的拍品目录。每逢拍卖,必去现场,买不起还看不起吗?"上手过目"平日难睹芳容的珍本佳籍,增广见识,悄悄算计算计自己手中存书能值几个钱,于"书荒"时节也添一乐。"不见可欲,其心不乱",旁观了几回,不甘心只当看客,也不自量力地在"有钱人"面前举了几次牌,失败的几回就甭提了,单说三次竞拍成功的事吧。

一、《小说月报》竞拍记

我参拍的几次,都是中国书店在琉璃厂举办的拍卖会。这里有两个原因,一是与中国书店的人比较熟,边看边聊,很随便,不像那些在五星级饭店举办的拍卖,隔着玻璃柜,你想看哪本请小姐取哪本,你看着书,小姐看着你,不自在不踏实。二是中国书店拍的书,面比较宽杂,价比较适中,总有一款适合你。平装书和旧杂志,大公司不愿拍,嫌买卖小。我既以集藏旧杂志为主项,当然特别关注拍卖中的期刊了。1998年秋,中国书店例行的"秋拍"目录惠寄寒舍,"秋拍"是大拍,拍目是彩色精印,书影悦目,令人跃跃欲试。第190号为《小说月报》,书影刊出四帧,呈扇面状,书品不错,底价为一千五百元,不算离谱,当下决定参拍一搏。

《小说月报》的同名杂志很多,最著名的是被称为"二十年代文坛第一刊"的由茅盾主编的《小说月报》,后来书目文献出版社将其全套影印,化一成万,流传甚广,知道的人多。相比之下,我所追寻的《小说月报》知道的人不会太多。此《小说月报》于1940年10月在上海创刊,编辑者顾冷观,此公还编过《茶话》、《上海生活》。《小说月报》作者群有包天笑、郑逸梅、秦瘦鸥、周瘦鹃、范烟桥、张恨水、程小青、王小逸、徐卓呆、陈蝶衣诸人,按通行说法,他们该属于"鸳蝴"派作家。太平洋战争爆发时,《小说月报》出至第十五期,沦陷后继续出版,是极少数跨"孤岛"到

"沦陷"而没有停刊的文艺杂志。《小说月报》处变不惊,曲忍抗争,始终保持民族气节,不登汉奸文学一字一句,一直坚持未与日伪沆瀣一气,在那段特殊的历史环境中殊为难得。有评论说,一直不受好评的"鸳蝴"派作家群,在民族存亡之际无一人落水,此现象颇发人深长思之。

《小说月报》整套四十四册,前面两年二十四期还各有函套呵护,所以书品犹佳,宛若新梓。看罢样展,我志在必得,但又担心不是有钱人对手,越是心仪的东西越是怕别人也相中,爱书者恐怕都有此阴暗心理。《小说月报》底价千五百元,我给自己定了个"约价"三千元,超过此数即忍痛收手。按照拍场规律,拍品叫到底价的两倍以上,竞叫双方(或多方)就不是考虑物值几何了,而是心有所好,非买到手不可,此时的价格极有可能冲破理智价位,现场的气氛也是催化剂,该收手时忘了收手,所以给自己定个"上限"很有必要,书要买,饭要吃,不能饿着肚子而"一掷千金"。"书林哄传"的"豪举",吾辈小家小户做不出来。

心理准备得充分,事情就向好的方面转化。拍卖师叫到190号时,我举牌应叫,全场沉寂,无人竞叫,甚出意外。难挨的十数秒,拍卖师连问三声,一记槌落,《小说月报》归我!小姐款款走来请我签单。前排坐着藏书家田涛先生,回头对我说:"这书不错,封面真漂亮!我也想要,一看是你,就没举,我用时跟你借吧。"以底价得拍品,于我是第一回,这样的好事,今后还会有吗?

二、《文史》竞拍记

在拙文《静向窗前阅〈古今〉》中，已透露了一点关于《文史》竞拍的起因，这里不妨再啰嗦几句。《古今》入藏之后，读郑逸梅《书报话旧》，始知《古今》还拖着一短尾巴，剩下的文稿被金性尧拿去编了三期《文史》，你有了《古今》，也不能漠视《文史》，一并藏之，始称圆满。三期《文史》中有一期"读书特辑"，一期"日记特辑"，光听篇名，就够馋人的。1996年冬，当看到中国书店"小拍"只有书名而无书影的目录，其第129号拍品下面的几行字明确无误地告诉我，寻觅多年的《文史》出现了：上海文史出版社1944年11月16日创刊出版，一册，纸本，提要称此刊内收周黎庵、梅岑、载匋等著名学者的文章，底价三百元。

"踏破铁鞋无觅处"的《文史》怎么鬼使神差地跑到拍卖会上来了？本来一本旧杂志搁地摊，也就块八毛钱，要个五块十块就算宰人的价了。而眼下，底价就是三百元，让人倒吸一口凉气。清人孙庆僧在《藏书纪要》中称，买书有"八道六难"，我这下赶上了"两难"。买吧，贵得没道理，不买吧，惊鸿一瞥，机会再无。权衡再三，还是看了样展再说。一看，《文史》的书品没得挑，买吧，这么贵的一本杂志不会有人和我一样犯傻。拍卖那天，我没多带钱，目标单一，直扑《文史》。全场拍程过半，轮到《文史》，拍官报价，我迅速举牌，占领底价，没料到，斜刺里一位仁兄也举了牌，竞叫阶梯是百元，我再举就是五百了。举不举？

不容多想，拍官木槌将落未落之际，我举牌过顶，槌声即落。《文史》归我，事后想想，如果那位仁兄再举，我该怎么办？参拍真不是闹着玩的。还有，假如报底价时，我等到最后一刹那再举牌，如那位仁兄先举，我则占领四百之价位，仁兄不知《文史》底细，不太可能举五百，这样可以省百元。竞拍有技巧，但是太想要的书，不能玩技巧。加上百分之十的"佣金"，再花二十元买个证书，《文史》共用银五百七十元，创下单本杂志的一个新纪录。书之癖，深如此，改亦难。

三、《初期白话诗稿》竞拍记

有人把"书话"当散文读，我是把"书话"当"购书指南"读，尤其是那些藏书家写的"书话"，我深信之，奉为藏书宝典，亦步亦趋。很早就知道有《初期白话诗稿》这么一部好书，查《鲁迅日记》1933年3月1日记"得静农信，并《初期白话诗稿》五本，半农所赠"。鲁迅后来将复本赠许寿裳、茅盾、端仁。据北京鲁迅博物馆编《鲁迅手迹和藏书目录》中线装本子部第七艺术类记有：《初期白话诗稿》，刘复辑，民国二十二年北平星云堂书店彩色影印本一册，白纸本另一部。朱金顺先生在《新文学资料引论》一书中有"新善本"一节，他把《初期白话诗稿》称之为新文学书籍中的"新善本"，等同于《海上述林》、《尝试集》、《新月诗选》这些名书。对《初期白话诗稿》鼓吹最力，对我"煽动"最猛的是胡从经先生的文章《新诗人的鸿爪，先行者的足迹——〈初期白话诗稿〉》。胡从经所藏新文学珍本书既富且精,他的"书话"自成一体,有人嫌其长,但长得有理,有趣,读了不觉困倦,长又何妨。此篇文章几近五千字,是长了点,但把《初期白话诗稿》从形式到内容说了个完备,使未见其书的读者如见其书,加上胡从经不俗的笔调,真真勾起了我必得此书而后快的欲望。胡文80年代初还在香港读书杂志《开卷》上刊出过,文字略有不同之处。

1998年1月的中国书店书刊资料拍卖会上第272号拍品为《初期白话诗稿》。此书分棉连纸与毛边纸两种版本,毛边纸本尚可见到,有二书友以三十元低价于琉璃厂书市购得,棉连纸本却少见。拍目文字如下:《初期白话诗稿》,刘半农旧藏,1933年星云堂书店影印本,一册,纸本线装,无底价。说明中的"刘半农旧藏"给人以误解,以为是刘半农的藏书,其实不然,是书封面题签:《初期白话诗稿》,刘半农藏版,星云堂藏印。已经说的够清楚了。只怕没见过原书的人,一听是刘半农藏书,就较上劲了。现场情况果真如此,无底价是从五十元开始,五十元一台阶,好像有三四个人与我争叫,十来个回合,我叫到六百元,正好是我的"约价"上,旁人止步了,《初期白话诗稿》换了新主。加上百分之十佣金,费银六百六十元,是个吉利数。事先也有几位书友欲得此书,但我私下做了工作,姑念我爱书心切,放我一马,莫在拍场与我火拼。书友们是退出了竞争,但素不相识的爱书人为了一个共同的目标,争将起来,谁管得了?"同是爱书人,相煎何太急?"拍场即战场,挺残酷的,怪只怪好书太少了,爱书人太多了。

竞拍三记写罢,想起了托马斯·哈钦斯的《穷爱书人之歌》,想起了前辈爱书人的感叹:"始信百城难坐拥,从今先要拜钱神。"没钱,钱少,离拍场远着点,免得因书伤神。

(原载《藏书家》第三辑)

值得一记的中国书店"购书告白"

王晓建

"文革"以前,北京的中国书店以经营古旧书为主。"文革"开始后,大部分古旧书成了"四旧",中国书店遂改为兼卖新书。其实,那年月新书的种类也很少,一个偌大的店堂里,摆着的书往往超不过百十种。

待到"文革"结束,中国书店里的旧书才又多起来。但好景不长,没几年工夫,真正为淘书人寻觅的书就越来越少见了。询问店里熟识的老师傅,他们的回答几乎众口一词:"收不着书,没法子呀。"

1993年夏季,我忽然在中国书店的琉璃厂、东单、灯市东口、隆福寺、新街口等好几个门市部看到一则"告白"。我粗读了一遍觉得有趣,便将全文抄录了下来:

近年来读者们常喟叹旧书的稀少,想找十年前的出版物很困难,而且由于研究专业的变化,欣赏兴趣的转移,居住空间的限制等等原因,意欲出让的闲置图书日趋增加。

一方面想买旧书不易,另一方面想卖旧书也不得门而入。大量有价值的书反被走街串巷收废品的贩子拿走,充当造纸或者卷炮竹的原料,实在太可惜了。各位如有出让的书,不妨送到这里来。

"告白"的旁边,还贴有一份"超原价收购书目",我随手记下了部分书名和价目:

《大唐西域记》,1.40×4;《一千零一夜》,2.81×4;《骆驼祥子》,0.85×3;《傲慢与偏见》,1.65×3;《阿英散文选》(1981年版),1.30×2;《洪波曲》(1979年版),1.40×2;《黄胄画集》,25×2;《战争风云》(1—3集),2.55×2.5;《鲁宾逊漂流记》,0.77×2.5。

书目里,书名后面是书的原定价;乘号后面是书店开出的收购价。例如《大唐西域记》的原定价是1.40元,×4是四倍,那么它的收购价就为5.60元。

在我印象中,以往中国书店收购新中国成立后出版的书,是既不出原定价,更不会超过原定价,再不可多得的好书,也只能在原定价的基础上打折收购。而20世纪50年代至80年代前期出版的书,一般定价都十分便宜。此后情况发生了变化,书价以惊人的速度升了上去。如果书店收购旧书时,依旧在原本低廉的定价上再打折,变成了低上加低,这就很难让想卖书的人接受了。

上述那则"告白",可以说为中国书店在收购旧书方面顺应时代变化开了个好头。超原价收购旧书,既有利于卖书人,更有利于买书人。我记得似乎就是从那时候起,中国书店各门市部里旧书的种类又逐渐丰富起来。自然,我和书友们去得也更勤了。

上海书肆回忆录

高震川

（一）

常常有青年同志问我："解放前的古书店是个啥样？"为了解答这个问题，我想回忆一些解放前（主要是40年代）的古书店的点滴情况，供同志们参考。

我是1942年8月由北京来到上海来薰阁书店的。原址在威海卫路永吉里93号，当年就迁到广西北路281号。店主人叫陈济川，职员有张世尧、孙景润、郭钦周等数人。

解放前上海有几家专业古书店呢？根据1948年8月15日"上海市书商业同业公会会员名录"记载，当时上海共有书店、出版社、杂志社等计六百零七家。其中专业古书店只有十八家。现将专业古书店的店名及店主人姓名摘录如下：

文都书店，金原佑；

抱经堂书局，朱遂翔；

文海书店,步恒猷;

春秋旧书店,严慕陵;

文汇书店,王世臣;

修文堂书店,孙实君;

秀州鼎记书店,朱惠泉;

富晋书社,王富山;

来青阁书庄,杨寿祺;

温知书店,孙助廉;

来薰阁书店,陈济川;

萃古斋书局,于士增;

受古书店,翁培裁;

传薪书局,徐绍樵;

忠厚合记书庄,黄廷斌;

汉文渊书肆,林子厚;

汉学书店,郭石麒;

积学书社,曹声涛。

除了十八家专业古书店外,还有未登记的古书店,如艺林书店(店主人孔里千)、文元书店(店主人袁庚西)等。另外还有经营古书的个人劳动者(上海称掮客,北京称耍人的),如:韩步青、崔梓桢、张馥荪等人。除此以外还有一些小本经营的旧书店、旧书摊,也都兼营古书。

解放前古书店的分布,主要是在黄浦区汉口路、福州路一带。如:富晋书社、积学书社、来青阁书庄、忠厚合记书庄、抱经堂书局、汉学书店、文海书店等都在汉口路上。受古书店、汉文渊书肆、文汇书店、传薪书局等都在福州路上。

每家古书店大都是同一个地方的人居多,所以有南方人开的古书店和北方人开的古书店。北方人开办的古书店大多数是北京琉璃厂、隆福寺古书店的分店。如:来薰阁书店、富晋书社、温知书店、修文堂书店等。南方人开办的古书店,大多是苏杭的分店。如:来青阁书庄是苏州来的,抱经堂书局是杭州人开的。

北方人开的古书店的从业人员,多数来自河北省冀县、深县、衡水县、南宫县、枣强县和束鹿县等地方。南方人开的古书店的从业人员,多数是苏州、杭州、扬州人,也有少数福建上杭人。

各家古书店的经营业务虽然没有明确分工,但是他们所经营的重点均有所不同。如来薰阁书店以经营大部头丛书、类书、历史考古书、戏曲小说书和一般常见书为主。来青阁书庄、修文堂书店、文海书店等以经营版本书、抄校本为主。富晋书社以经营地方志书、旧期刊配套为主。汉文渊书肆以经营中医书为主。这种经营上的特点,是由他们各自的业务专长或其他历史因素所形成的。

古书店经营方式也各有不同。来青阁书庄、来薰阁书店、富晋书社、修文堂书店等资本比较雄厚,收购来的书以直接供应给学术单位和读者为主。传薪书店、秀州书店、春秋旧书店、汉学书店等本小利微,收购来的书以供应本外埠同业为主,类似批发商。当时有人说"传薪书店徐绍樵收购来的书不过夜",虽反映了这些书店的本小书少,但也是过分夸张之词。在上海这个交通发达、人口集中、文化交流频繁的中心城市,这些资力过于微小的书店,是难以久存的。

"麻雀虽小,五脏俱全"。解放前的古书店规模都比较小,没有现在我们古籍书店那样大的气派,但是在业务上不论收购、门市营业、仓库管理、修补装订,哪一样都有,因此从业人员从进店那一天起,就什么都要干。他们既是营业员,又是收购员、保管员,而且也是装订修补员,在各项业务活动的过程中,逐渐培养了一批古书业务的多面手。

(二)

来青阁书庄是民国初年上海的古书店中开设较早的一家。原在福州路,后来迁往汉口路706号,在上海书肆中颇有名声。店主人杨寿祺是苏州人,经常走访上海的旧藏书家,作风正派,对待藏家出让的古书,收购价格比较合理,深受社会上文化界人士的好评。

1947年前后,湖南长沙有一位书商李某,收购到一部南宋书棚本《江湖群贤小集》,此书曾经清代曹寅(字楝亭,号荔轩,曹雪芹的祖父)收藏。李某和北京琉璃厂邃雅斋书店主人刘英豪(字子杰,河北深县人)是好朋友,收到此书后专门写信给刘英豪,并附去麻砂纸样一块。刘英豪看到来信后,认为经过八九百年的兵荒马乱,社会变革,根本不会再有这种珍本古书出现的可能了。还认为李某见到的只能是民国十年(1921年)上海古书流通处据明汲古阁景宋抄的影印本。就不再给予重视,很长一段时间,都没有给长沙李某回信。

李某久未接到北京邃雅斋书店的回信,就委托便人,携带了《江湖群贤小集》的样书,乘火车来到上海,送到古玩市场某人处,再由此人介绍给汉学书店主人郭石麒(上海松江人)。郭石麒原是上海中国书店的职员,精通古书版本的专家。因为刚脱离中国书店和杨金华(浙江嘉兴人),筹办开设了"汉学书店"(汉口路693号),汉学书店本小利微,根本无力购进这部高价大书,明知这是部好书,也只得放弃,就介绍给来青阁书庄。

杨寿祺也是一位精通古书版本的老前辈,一见到是南宋书棚本,当然不会轻易放手的,就和史家荣等人与对方婉言商量,总算把样书留了下来。接着又给来人一些款子作路费,叫他马上乘火车回长沙。不久果然将全书带到了来青阁,经过磋商,大约以十两黄金的价格,把书买了下来。解放前夕,由于物价一日三涨,只有用黄金代币,在市场上公开流通。后来才知道,这部书是抗日战争爆发时,藏书者携带了逃难,在兵荒马乱之际,把书遗忘在长途汽车的顶篷上,被人拾到了,售给长沙书商李某的。杨老先生拿到书后,立刻派人请徐森玉再鉴定一下。徐森老是位学识渊博,治学严谨的古书专家,他一见这部宋版书,连声拍案叫好。不多久,郑振铎先生从徐森老处听到了消息,立即乘车来到来青阁看书。见了此书,又是赞叹不绝。杨老先生虽然没谈起此书的售价多少,本来想二三十根大条黄金的价格就满足了,见到此情早已成竹在胸了。

继徐、郑二老之后,知道来青阁购到宋版书的人,是来薰阁书店主人——陈济川(名杭,河北南宫人)。此人是位能说会道,"无风能起三尺浪"的人物。见到这样货真价实的宋版书,便手舞足蹈,逢人就说,消息传到北京琉璃厂邃雅斋书店主人刘英豪的耳朵里。他仍然不肯相信,马上乘飞机到上海,由萃古斋书店马栋臣陪同,来到来青阁书庄。书一拿到手,刘英豪顿时面红耳赤,连一句话也没说,就走了。回到北京后,饭也不想吃,觉也睡不着,责备自己不该粗心大意,坐失良机。后悔莫及。

消息又传到了南京中央图书馆馆长蒋复璁(字慰堂)的耳朵里。蒋馆长马上乘车来到上海来青阁,一见书就立即决定购下。徐、郑两公虽有购藏此书之意,无奈钱财权势都无法和蒋馆长竞争,眼看着这稀世之宝被蒋复璁以大量黄金购去。南京解放前夕,此书运往台湾,现藏于台湾中央图书馆。

来青阁书庄得到了这笔意外之财,据说,杨老先生给了古玩市场原经手某人黄金数两,郭石麒也拿到了一点,来青阁店中人员也分到一些,剩下的都归于来青阁书庄了。

来青阁赚到钱后,生活上有了很大改善。

(三)

在《古旧书讯》1983年第1期,我回忆了上海来青阁书庄收购到南宋书棚本《江湖群贤小集》,有些同志颇感兴趣。我想就自己所知,把这部书的流传情况叙述一下,供有关同志参考。

一、四十年前,南宋书棚本《江湖群贤小集》(下称《江湖小集》)出现的消息,传遍了上海古书业,其影响也波及北京甚至全国的古书业,为版本目录学家提供了新的原始资料。可惜这部书被运往台湾省之前,没有影印复制出来,也未曾拍下照片。虽然有的人当时翻阅过,但它的真实面貌,恐怕也难以记清了。

据记载:《江湖小集》麻纸印本,有白有黄,间有竹纸,因当时刻印有先后,故刻工有精有粗。行款以半页十行,每行十八字为最多。其中有的没有刻书人牌记,所以有人认为不全是书棚本。卷中有曹楝亭藏书印及白堤钱听默经眼、吴越王孙二印。尾有朱竹跋文。总的看,刻手精好,古香袭人,为南宋雕刻之佳品是没有疑问的。

我们应该感谢吴庠(字眉孙,江苏镇江人)先生,给留下来一份目录,从这份目录中也可回忆起一些《江湖小集》的概况,现将目录抄录如下:

邓林皇荂曲

胡仲参竹庄小稿

高似孙疏寮小集

高九万菊涧小集

林尚仁端隐吟稿

刘翰小山集

张良臣雪窗小集

俞桂渔溪诗稿、渔溪乙稿

张戈秋江烟草

叶绍翁靖逸小集

陈必复山居存稿

危慎巽隐小集

葛起耕桧庭吟稿

李涛蒙泉诗稿

余观复北窗诗稿

释斯植采芝集、续集

沈说庸斋小集

陈鉴之东斋小集

刘仙伦招山小集

杜旟癖斋小集

施枢芸隐横舟稿、芸隐倦游稿

吴汝鹹云卧诗集

毛珝吾竹小稿

许棐梅屋诗稿、融春小缀、梅屋三稿、梅屋四稿

王祖同学诗初稿

姜夔白石道人诗集附诗说

葛天民无怀小集

张蕴斗野稿支卷

吴中孚菊潭诗集

戴复古石屏续集

林希逸竹溪十一稿诗选

敖陶孙臞翁诗集

邹登龙梅屋吟

赵希櫎抱拙小稿

朱继芳静佳龙寻稿、静佳一稿

薛嵎云泉诗

刘过龙洲道人诗集

刘翼心游摘稿

黄文雷看云小集

叶茵顺适堂吟稿、甲乙丙丁戊五集

赵崇铦鸥渚微吟

黄大受露香拾稿

武衍适安藏拙余稿、藏拙乙稿

李龏翦绡集、梅花衲

陈允平西麓诗稿

林同孝诗

王琮雅林小稿

朱南杰学吟

利登骳稿

徐集孙竹所吟稿

姚镛雪蓬稿

何应龙橘潭诗集

周文璞方泉诗集

陈起芸居乙稿

释永颐云泉诗集

沙门绍嵩纪行集句诗

圣宋高僧诗选、前贤小集拾遗

曹楝亭藏本《江湖小集》得以保存,十分不易,其间曲折,颇有回味。据石门顾氏读画斋重刊《南宋群贤小集》所载鲍渌饮(鲍廷博,字以文,歙县人)跋云:"吴绣公云,曹楝亭所得宋刻归之郎温勤,今见于家石仓书舍者。温勤为三韩郎中丞廷极,石仓则钱塘吴元嘉志上也。宋刻最为温勤宝爱,常置座右,朝夕把玩。郎卒于官署,家人将并其平生服御烬之以殉。时石仓在郎幕,仓促间手百余金贿其家僮,出之烈火焰中,携归秘藏,非至好不得一见也。石仓殁后,家人不之贵,持以求售。厉征君鹗得之。以归维扬马氏小玲珑山馆。乾隆壬辰仲冬,予于吴门钱君景开书肆见之惊喜,与以百金,不肯售。许借校雠,才及三之一,匆匆索去,以售汪君雪礓。不数年,雪礓客死金阊,平生所藏书画尽化为烟云,而是书遂不可踪迹矣。"此跋作于嘉庆六年(1801)至是书重新发现,近百六十年,不知流落何处,辗转了多少藏家,才由上海来青阁书庄侥幸购得。难怪当时古书业同人引为骄傲。

二、明汲古阁景宋抄《南宋六十家小集》系汲古阁主人毛晋(1599—1659,字子晋,初名凤苞,常熟人)所抄藏。是书乌丝栏格,纸白如玉,挺括洁净,墨若点漆。精工手抄,字体秀美。每卷首页盖有"宋本"、"毛晋"、"汲古主人"等藏章十余枚。卷后并有"临安府棚北大街睦亲坊陈宅书籍铺印"牌记。

汲古阁景宋抄《南宋六十家小集》较曹楝亭藏《江湖小集》多下列七家：

赵汝鐩野谷诗稿

郑清之安晚堂诗集

岳珂棠湖诗稿

宋伯仁雪岩吟草

周弼汶阳端平诗隽

罗与之雪坡小稿

张至龙雪林删余

汲古阁景宋抄《南宋六十家小集》较曹楝亭藏《江湖小集》少下列三家：

李龏翦绡集、梅花衲

林同孝诗

释绍嵩亚愚江浙纪行集句及续编圣宋高僧诗选、前贤小集拾遗

自1921年上海古书流通处据明汲古阁景宋抄本影印《南宋群贤六十家小集》出版后，到60年代初，将近四十年。由于战争等因素，这部毛抄本究竟流落何处，一直是个谜。

1961年一位藏家来到上海古籍书店收购处，携来毛抄《南宋群贤小集》一本样书估价。收购员要求将样书留下，商量后再出价。这位藏家无论如何不肯放手，转身就走。后韩振刚、陈东升等人立即出动，探听消息。收购员王文四处奔走，找门路、探线索。通过当时的银行界人士陶轩、秦润卿、董建侯等人辗转介

绍,终于找到了藏书家王仲允。经过协商,总算把这部珍贵书收购了下来,并提供给上海图书馆收藏,为保护文物做出了贡献。据说,此书原藏吴门正暗居士邓邦述的群碧楼。因年关在即,邓家急于用钱,经友人介绍,以二千元大洋,押给上海垦业银行常务董事王伯元。由于王氏分家,便归了王伯元的弟弟王仲允。

来薰阁书店主人陈济川说:"如果宋刻本江湖小集尚未发现,汲古阁抄本就可当作宋版看待。"陈的话虽然有些夸张,一部五十二册完整无缺的毛抄本,在当时确也可称之为"国宝"了。

以前藏书家有句俗话:"宋版书犹如珍宝,处处有神物保护。"当然这是迷信,但也可说是收藏家对珍贵书的特殊爱护吧!

遗憾的是,汲古阁抄本中施枢《横舟稿》原缺11—20页,衬有十页空白纸。宋伯仁撰《雪岩吟草》、许撰《梅屋诗馀》非毛氏原抄,首页也无"毛晋主人"、"宋本"等藏章,确系后人所抄,可说是美中不足了。民国十年(1921)上海古书流通处据以影印,易名为《汲古阁景宋钞南宋群贤六十家小集》,附有鲍廷博辑《宋集补遗》、《南宋八家集》两种。《南宋八家集》由文海书店韩士保所收,经上海文管会主任徐森玉先生鉴定,认为非知不足斋原本,系后人伪造。

是书各种版本所收种数,有五十六、五十八、六十、六十四之别,这是南宋书铺雕刻宋人集时,刻一家、印一家、卖一家,究竟刻印过多少家,也无从查考。《江湖群贤小集》、《南宋六十家小集》、《南宋群贤小集》均是后来编印时的署名,从书内容看,只不过是同书异名而已。

(四)

杭州抱经堂书局主人朱遂翔(1902—1967),字慎初,浙江绍兴曹娥乡人,是一位有魄力的古书业活动家。光绪卅四年(1908),他由绍兴来到杭州清河坊文元堂书局作学徒,拜杨耀松为师,学习古书业务。朱在学徒期间虽然对书一窍不通,但他很有远见,随时留意老师怎样做生意。藏家喜欢什么书,什么书应该介绍给哪一方面的藏书家,他都一一记在心里。

据上海中国书店陈乃乾叙说:"杭州文元堂主人杨耀松以六十元从塘栖购得两大箧,启箧检视,但见每册皆有蝇头小字批注满幅,而无一棉纸书,大为失望,以为无利可获矣。他日试以数册示京估,每册索十元,京估欣然受之。后北京人相继追踪而来,索购蝇头小字之书。傅沅叔先生亦派专人来杭,所获较多,两月之间,销售一空。获利两万余金,杨氏以此起家。事后,始有人告耀松曰,所售蝇头小字书,皆劳季言批校本也。若持至京沪,每本当值百元以上。"朱遂翔看到买卖古书赚钱如此容易,就产生了自己开店的思想。后来脱离了文元堂,约在民国十六年(1927)在杭州城站,开设了抱经堂书局。

朱遂翔是一个善于和藏书家、同行交往的人,他经常奔走于浙江宁波、绍兴、金华、萧山一带,收购旧书(当时所谓旧书,实际上指的是古书)。杭州拜经楼主人朱立行、松泉阁主人王松泉等人,都是抱经堂书局的挚友。后来又和上海春秋旧书店严慕陵、秀州鼎记书店朱惠泉等人密切交往，他们一收到善本古书，总是先送到杭州抱经堂书局来。有时朱遂翔还借给他们一些钱，到外地去收书。所以杭州抱经堂书局的业务发展很快，几乎成了我国东南角上的一大古书店。

朱遂翔很会观测古书经营上的气候。他看到书店光靠门市上的小顾客，是发不了大财的，决心要找一个买书的大财主做后盾，才能生意兴隆，财源茂盛。杭州盐商九峰旧庐主人王绶珊，是抱经堂书局的大顾客。朱遂翔自结识王绶珊后，在书肆中才有了地位。凡抱经堂书局送到王府的书，几乎都要。据朱遂翔自称："故杭州各同业皆送书至沪，数年来所收之书，其价达四十余万元。其中铁琴铜剑楼宋板书及傅氏双剑楼、邓氏群碧楼藏书，仅此三部分之书，计价已不下十余万元。"朱遂翔对王绶珊家最为殷勤，可说是百依百顺。王氏藏书无人管理，朱亲自带人去整理清扫；有的书损皮破页，朱即为装订修补，而且分文不收。王绶珊得到这位不付代价而愿效劳的得力助手，当然从心眼里高兴。朱遂翔能和王绶珊这样的大商人达到亲如一家的地步，确也下了一番苦功夫。

王绶珊居住在上海，朱遂翔在杭州，往上海送书总觉不太方便。为了更好地满足这个大顾客，朱遂翔于民国廿七年（1938）间，在上海愚园路静安商场开了一爿抱经堂书局分店。王绶珊尤其喜欢购买全国各省、府、县地方志书。仅此一类经朱遂翔手卖给他的就有五千余种，朱从中赚了一大笔钱。朱遂翔在杭州购置了不少房地产，室名为慎初堂；又在绍兴老家买了几百亩土地。朱遂翔为了控制王绶珊购书,曾派他的学生顾和生等人,介绍到王府去装订修补古书,实际上也是窥测同行中和王绶珊来往购书的情况。同业送至王府的书,也要让朱遂翔先过目一下,拿出个意见,朱遂翔实际上成了王绶珊的购书顾问。

1940年朱遂翔又在汉口路704号开了抱经堂书局分店,从此上海的业务发展比杭州更快更多。所以朱遂翔全家,就全部搬到上海汉口路居住了,杭州抱经堂书局实际上成了一个后备仓库。约1942年静安商场分店撤销,中心店就完全转移到汉口路分店。

约民国廿八年(1939),辣斐德路(今复兴中路)春秋旧书店主人严慕陵(又名阿毛,是朱遂翔的同乡),收购到一部宋绍定刻本《吴郡志》,直接送到王绶珊处,索价一千元。王绶珊先征求朱遂翔的意见,朱一见书好,就想自己买下来,但在王绶珊面前又不敢直说,便对王绶珊说:"我看靠不住吧?非南宋刻本吧?今后我给你找一部宋刻宋印的《吴郡志》来。"王绶珊听了朱的意见,信以为真,就把书退了回去。春秋旧书店本小利微,哪里会买得起这样大书呢?严慕陵只好硬着头皮把书送到抱经堂来,向朱求售。朱遂翔心中早有打算,经协商以五百元成交。朱拿到书后,喜出望外,即将书加以装订修补,衬纸、包角,把原来十册,镶衬后改装廿册,再配上木夹板,送至王府。朱对王绶珊说:"我已给你搞到一部宋刻宋印《吴郡志》了",一开口就索价二千五百元。王甚为满意地购下,他哪里知道这种换汤不换药的技巧呢?俗语说"没有不透风的墙",时隔不久,严慕陵就知道了消息,亲自找朱遂翔算账,当场揭穿了他的秘密。后来经友人调解,朱又补给严慕陵二百元才算了事。

王绶珊故世以后,他的书大部分归了中国科学院南京地质研究所。王家收藏的瞿氏铁琴铜剑楼《资治通鉴》、《司马温公集》等十余种宋版书,分别归了北京、上海两大图书馆。

抱经堂书局业务正在兴旺的时刻,朱遂翔的儿子朱庭杰拜上海来薰阁书店主人陈济川为师,陈济川当然高兴。不久抗日战争胜利了,古书业生意一度发生困难,而文具业却大发其财。抱经堂书局很快就转向经销文具,代销金笔,后来将门市陈列的古书撤往内部,又将抱经堂书局招牌改为沪光钢笔厂,由朱庭杰经营。朱老先生就此退居杭州,不再掌管业务了。约1946年沪光钢笔厂被窃,从此沪光钢笔厂的业务就逐渐走了下坡路。

(五)

来薰阁书店总店开设在北京琉璃厂180号,店主人陈连彬(1883—1947),字质卿,河北省南宫县人。清咸丰年间在北京琉璃厂开设来薰阁琴铺,专业收售古琴。光绪丙戌(1886)刻本《增补都门纪略》即载有"来薰阁琴室,袁希祖题匾"。1921年陈连彬接手后改为来薰阁琴书处。1925年扩建为两开间门面,由书法家成多禄写了"来薰阁"、"琴书处"两块匾额。陈连彬是一位艰苦朴素循规守矩的老人,这家几个人的小店,经营的均是一般木刻本和铅、石印本书籍,所以生意一直未有起色。

自从陈连彬的侄子陈杭(1902—1968,字济川)到来薰阁书店以后,业务才逐步地好转。陈济川原是北京隆福寺文奎堂书店王云瑞(字辑五,河北省束鹿县人)的学生。当时文奎堂是旧京城内屈指可数的古书店之一。生意兴隆,名扬国内外,尤其是日本学者和文奎堂来往甚为密切。陈济川满师后,1922年左右到来薰阁书店,掌管店中的业务。

陈济川善于交往,活动能力强,又有事业心,他把文奎堂好的传统和一些多年交往的老顾客带到来薰阁书店。其中有日本的学者,如东京帝国大学教授服部宇之吉、长泽规矩也,京都帝国大学教授狩野君山,东北帝国大学教授青木正儿等人。1928年长泽规矩也等人还专门请陈济川去日本展销古书。陈济川抓住这一有利机会,四次东渡日本展销。在日本又结识了日本专营古书的文求堂、临川书店、汇文堂书店等老板。陈济川不会日语,狩野君山等是来过中国的日本留学生,义务为陈济川当翻译。陈济川在日本期间,就住在青木正儿、吉田锐雄家中。经几次展销,来薰阁书店的名声从此大振,古书业务也顿时活跃起来。

陈济川虽和日本的一些有名学者有交往,可是他的注意力仍注重于国内。把大部分精力用于和国内学者的交往。例如:抗战期间,后方图书资料相当缺乏,沦陷区与后方邮政不通。陈济川将于省吾编著的《双剑誃殷契骈枝》、《双剑誃古器物图录》等书,拆散后分装在信封内,陆续寄往成都给著名甲骨文专家胡厚宣教授。抗战胜利以后，胡教授见到陈济川，要付他书款，他怎么也不要。据胡厚宣教授说："来薰阁陈先生，这种深厚的情谊，我非常感激！"

陈济川对我国南北方的藏书家十分熟悉，有很深厚的私人交情。1937年间和天津宏雅堂书店主人张树森合伙购进了上海著名藏书家张钧衡（字适园，浙江南浔人）的全部藏书。张家的藏书以元、明刻本、抄校本居多。张钧衡还刻印了《适园丛书》、《择是居丛书》等书。张家卖给陈济川的书中，《适园丛书》、《择是居丛书》就有上百部之多。这批书由上海装船运至天津，再由天津陆运北京。装载了五六卡车，数量之多，在当时是罕见的。后来陈济川又收购到南浔刘氏嘉业堂、庐江刘氏善斋藏书。来薰阁库藏古书的规模也就可见一斑了。

陈济川曾患过一场大病，也和购买藏书有直接关系。有一次陈济川经人介绍收购了著名国画收藏家庞元济（1864—1949字莱臣，浙江吴兴人）的虚斋藏书。据说收购价约五六万元。正待付款取书之时，陈济川在南浔张家上海账房管理处打牌取乐。他兴高采烈地说："我买定了庞家一批书，其中有某某善本，可有大钱赚了……"无意中泄露的这一消息，却被有心的钱某人得到了情报，藏书即被抬价购去。等陈派人接洽付款时，全部藏书早已被车拉走了。得此消息，陈懊丧之极，因此得了瘩背疮，几个月卧床不起。

来薰阁随着业务不断发展，于1941年在上海威海卫路永吉里93号开了分支机构。1942年中秋迁往广西北路281号，正式开了分店。北书南来,南书北运,当时在文化交流上,来薰阁书店的确起了一定的积极调剂作用。

来薰阁京、沪两店都是陈济川直接经管的,上海的代理人张世尧(河北省南宫县人)是陈济川的表弟,陈济川不在上海时,店中业务都是由张世尧经营。解放初期,陈济川和张世尧发生了矛盾,张世尧认为,上海分店的业务搞得还不错,没有功劳,也有苦劳,希望陈济川能给他一定的股份或奖励。陈济川毫不理会,一口拒绝张世尧提出的要求,张世尧一气,就离开了来薰阁书店,为前文化部副部长郑振铎整理、装订古书去了,后来回到原籍河北省南宫县病故。

陈济川还精通明清戏曲小说之书。几十年来曾收购到不少绘图精刻之戏曲、小说等书,为戏曲研究工作者提供了丰富的资料。例如:1949年在山东济南收购到的明弘治戊午季冬金台岳家重刻印行的《新刊大字魁本全相参增奇妙注释西厢记》两册,该书上图下文、图文并茂、书品宽大、所刻之精,可称为海内孤本,这是部世上仅有传本《西厢记》的最早刻本。现藏于北京大学图书馆,已收入《古本戏曲丛刊》第一集。

陈济川对于宋元版本书,和其他几家大的古书店相比,就显得欠缺。所以来薰阁京、沪两店业务,一直是以金石考古、地方志书、大部头丛书为主,这也和陈济川业务上的局限性有关。公私合营后,陈济川任北京中国书店副经理职务,于1968年在北京去世,卒年六十六岁。

（六）

汉学书店主人郭石麒（1889—1962），上海松江县人；杨金华，浙江嘉兴人。郭石麒、杨金华两人原均是上海中国书店的从业人员。

中国书店开设在西藏中路、南京东路口大庆里内。店主人金颂卿（浙江秀水人）作风正派，结识了江南一带的文化界、学术界人士。他和江南的藏书家如嘉业堂刘氏、适园张氏、艺风堂缪氏、宝礼堂潘氏来往密切。他善于与全国各地同业交往，特别是北京地区的书店经常来往于中国书店。当时中国书店业务的兴隆，可真能以"生意兴隆通四海，财源茂盛达三江"来形容。自从金老先生逝世以后，中国书店人心一散，业务上很快就走下坡路了。有的人另找东家各自开店，也有的几个人合伙筹资办店，中国书店不久即歇业了。郭石麒、杨金华两人在汉口路693号合伙开设了汉学书店。店中还有从业人员曹有福（江苏苏州人，解放后在上海图书馆修补古书，现已逝世）和方键（河北省冀县人，现在原籍工作）。全店共四人。

上海古旧书行业中曾有公认的两面旗。一是来青阁书庄杨寿祺，另一即汉学书店郭石麒。两人都是精通目录学、鉴别古籍版本的专家。他们经常走访沪、苏、杭、甬之间著名的藏书家，对藏家出让的书籍，在收购上，估价比较合理，作风纯朴，待人和气，深受社会上文化、学术界人士的好评。郭石麒、杨金华筹建汉学书店时,本身并没有多少资金,在郑振铎先生帮助下,总算把书店开了起来。但书架上陈列的古书,空空荡荡,寥寥无几。他们只能靠门市和从藏家收购来的古书,勉强维持生活。

郭石麒是个平易近人的老好人,嗜烟酒,有时饮酒过量,说话一多,往往自己会把和藏家的关系透露出来,被一些见缝插针的人物挖去货源,在经济上受到损失。杨金华在汉学书店,和各学术界人士交往密切,活动能力很强,而对古书版本目录学并不精通。他在1940—1945年间,生意搞得相当活跃。当时旧书业有的人说,杨金华发财,靠的是两个人:其中一位是郑振铎先生。郑先生自己喜欢古书,在1940年左右还为当时的北平图书馆和中央图书馆抢救了大量的珍本古籍,其中有些书就是杨金华、郭石麒两人经手供应的。同时杨金华还为郑先生联系影印古籍,赚了一些钱。郑先生编辑《中国版画史图录》、《顾氏画谱》、《玄览堂丛书》、《明季史料丛书》、《长乐郑氏汇印传奇》等书,基本上都是经杨金华的手印制的。敌伪时期,在印书出版方面郑先生不宜公开出面,于是多由杨金华出面联系。当时郑先生一度经济上相当困难,但是给杨金华的车马费,还是比较充足的。

另一个是伪内政部长陈群。杨金华经常进出伪内政部给陈群送书,送去的书,可说是送多少要多少,开价多少算多少。这样的买卖,既省力,又赚钱。别的书店送到陈家之书,有时还要听听杨金华的意见予以取舍。所以后来北京同业带来的样书,有的就直接委托杨金华代办,一转手就赚好多钱。杨金华花钱大手大脚,来得容易,去得也便当,到头来仍然是两手空空。

1945年抗日战争胜利前夕,陈群畏罪自杀,杨金华就回到他的家乡去了。

杨金华离开汉学书店以后,汉学书店的担子就落在郭石麒一人的肩上。郭先生再有多大的能耐,单靠捐书做生意,也难以维持书店开支,汉学书店约于1952年左右就关门停业了。此后,郭石麒每天只是走街串巷,来往于老藏书家和同业之间,作作捐客,来维持一家的生活。1956年上海古籍书店成立,郭石麒被聘为上海古籍书店顾问,于1962年因病逝世,享年七十一岁。

(七)

上海古书业中有两个牛兄,大牛兄传薪书店主人徐绍樵;小牛兄秀州鼎记书店主人朱惠泉。古书业中毫无根据的传说,经他们两人叙述出来,就像讲故事一样,讲得活龙活现,头头是道。人们在茶余饭后,就喜欢听他们聊天,所以就给他两人起了大牛兄和小牛兄的外号。

徐绍樵以前和王昭美(江苏扬州人)合资,在汉口路714号开设大酉书店,以后搬到汉口路663号改为二酉书店。最后因两人不睦分开办店,王昭美在福州路397号开设文汇书店,徐绍樵就开设了传薪书店。

传薪书店开设在福州路260号(现中国科技图书公司对面),一开间门面。店主人徐绍樵(1896—1960),江苏扬州人。传薪书店在书业中是个有名的买卖破烂书的古书店,书架上的书东倒西斜,长短不齐。台上、地板上乱七八糟都是书,甚至一部书散在几处。读者挑书、可乱翻乱扔,他也不管。徐绍樵是个大大咧咧的人,什么事情都马马虎虎。正由于此,读者到传薪书店选书不受拘束,较为随便,尤其是一些年轻贫穷的读者,更愿到传薪书店翻书买书。有一些喜欢淘旧书的老顾客,一有工夫就蹓到传薪书店,甚至每天不去转一转,好像失去了点什么一般,这大概就是所谓逛书店迷之特性吧。这些经常上门来的老顾客,来时有目的,翻书也熟悉,确也买了很多少而精的好书。

徐绍樵做书生意也比较灵活,对待老顾客有时价格也确实公道。前文化部副部长郑振铎先生,经常走访传薪书店搜珍觅宝。郑公在传薪书店确也买到不少珍本好书,在郑振铎编著《劫中得书记》一书中,曾谈到向徐绍樵买到得意之书,不下几十处。郑公在《劫中得书记》一书中,谈到《十竹斋笺谱初集》时说:"余收集版画书廿年,于梦寐中所不能忘者惟彩色程君房《墨苑》,胡曰从《十竹斋笺谱》及初印本《十竹斋画谱》等三伟著耳。"徐绍樵经常奔走于苏北扬州、泰兴、南通、如皋等地。曾在淮城某藏家看到一部明崇祯刻本胡曰从编《十竹斋笺谱》,告知郑公,郑公欣喜若狂,连连催促,徐绍樵总算设法收购了下来,送给郑公。郑公在《劫中得书记》中详细记述了这一经过——"绍樵突抱书二束至,匆匆翻阅,笺谱乃在其中,绍樵果信人也。"《十竹斋笺谱初集》四册,郑公于1940年间请北京荣宝斋用木刻水印,五色套版翻印出版,刻印之精,不亚于原刻本也。此书已收录于1940—1942年郑振铎编辑《中国版画史图录》一至四辑之中。

传薪书店老顾客之一,是周越然(浙江湖州人,字之谚,堂号言言斋)。周越然收藏了不少的精刻秘本、词曲小说。多数是经徐绍樵之手购买的。古籍书店收进吴兴周越然珍藏的、清王奕清等撰《御制词谱》四十卷,康熙五十四年(1715)内府刻本,朱墨套印,开化纸,书品宽大,衬订四十册,均盖有"曾留吴兴周氏言言斋"、"言言斋善本图书"两印。周越然和徐绍樵在买卖书上既有协作,在价格上又有矛盾。周越然到了晚年,除了戏曲传奇另售外,其他书基本上是由徐绍樵经手出让的。

徐绍樵在收购书上,也有他的一套手法,他敢于和来青阁、抱经堂等所谓大书店相对抗,这是因为有的藏家出售书,却偏偏要卖给传薪书店。大书店成交不了的书,传薪书店却能买到手。徐绍樵在业务上,也有他的专长。"高价收,低价卖,流转快,利润薄"。有的书他可以少赚钱,甚至不赚钱,蚀本也卖。这是所谓大书店无论如何也不肯干的。所以读书人喜欢到传薪书店常来逛逛,也真是有道理的。有人说:"传薪书店收来的书,不在店里过夜,就要当天处理掉。"虽然反映了这个书店本小书少,但也说明读者喜爱到他书店淘书的事实。

旧社会里,传薪书店包括家属有七八口人之多。全靠徐老先生一人奔波,维持全家一餐丰饱的生活,确也不易。1948年国民党即将垮台,人心惶惶。古书店一度到了"山穷水尽"的地步,传薪书店的日子更加困难了。这时,徐绍樵只有把自存的一部商务印书馆影印《四库全书珍本初集》一千九百六十册,仅留下《六艺之一录》和《西清砚谱》二种,毅然论斤卖掉,总算度过了难关。

解放以后在党的关怀下,情况不断好转。1956年公私合营,传薪书店并入上海古籍书店,徐绍樵和职工贾元虎、董吉春等人,均得到妥善安排。

（八）

上海富晋书社开办于1930年左右,是北方古书店在上海开设分店比较早的一爿老店。坐落在汉口路722号(云南路口)。店主人王富山(1893—1982,字一峰,河北省冀县人),是一位忠厚的生意人。他的文化水平虽然不高,但古书业务搞得还是比较活跃。由于他排行第三,后人称他"三掌柜"。说起上海富晋书社的开办,还有一段趣闻呢。

原来北京富晋书社开设在前门外琉璃厂东首,杨梅竹斜街青云阁商场内。店主人王富晋,字浩亭(王富山长兄)。1930年间扬州王某拟将清朝仪征吴引孙测海楼藏书出售的消息,写信告诉了北京直隶书局主人宋魁文(字星五,河北省南宫县人)。宋魁文接到扬州王某的来信,很是高兴,马上给王某回信,约定双方在上海洽商。宋魁文及其伙友彭、阎等人同来上海,经过初次协商后,即由王某陪同去扬州吴引孙家看书。吴氏测海楼全部藏书计五八九箱。当时吴家要价现大洋四万元。吴氏测海楼藏书的特征是每种书第一册封面后,序目前,均标明此书几册,买价若干元,每种书首册并钤有"真州吴纸有福读书堂印记"。

据出让书人吴福茨（吴引孙之子）说："我们要价四万元，是根据每部书上买价统计的。我家不是做生意的，也不想在出售祖产上赚钱，但也不能蚀本。"当时宋魁文等人左商量右考虑，最多只肯出价三万六千元。一直拖到将近春节，仍不能成交。宋魁文等人急于回北京过年，又以为吴家这批书，主人不愿公开出面兜售，是逃不掉的。待春节后再来进行，也不会变化。所以只留下伙友彭某在扬州，静等成交的佳音。

　　宋魁文等人回到北京后，一方面筹划欢度新年；另一方面也时时想到，吴家的这批书如果能买到手，今后可赚一大笔钱。白花花的银元，就会像潮水一样，破门而入，到那时候，我们就大发其财了。可是，不知道是哪个人在饭后闲谈之中，泄露了机密。这个消息被有心的生意人王富晋知道了。王富晋立即来到扬州，和急于等钱过年的吴家碰头。王富晋看了吴家这批书很高兴，决意买下来。但是王富晋也想到宋魁文等人煮熟了的米饭，他一人端走独吃，宋魁文等人是不会甘休的。为此王富晋特地拜访了宋魁文的扬州代理人彭某，说明了两家合伙购买的意图，以免"鹬蚌相争，渔人得利"。可是彭某人趾高气扬，根本也没把王富晋看到眼里，只说了几句模棱两可的话。王富晋看联合购书已无法实现，又见彭某十分气愤，于是来了个"明修栈道，暗度陈仓"的手法。一方面继续与彭某协商，另一方面直接去吴家订立了合同，交付了定洋，以四万元购妥。彭某直到王富晋交款取书的时候，才得到了消息，于是急得像热锅上的蚂蚁溜溜转。只得一面往北京发急电呼吁，一面去吴家阻挠王富晋取书。宋魁文等人接到电报后,又惊又急,到处乱撞,扬言愿出四万五千元购下,甚至再多出些钱也可以。又在暗地里怂恿当地绅士出面造谣,向当地政府告状说:"王富晋这批书是代日本人买的,不能外运,不准出口"。这一闹,确给王富晋在提书问题上带来了很多困难。王富晋取书受到阻拦后,只得先回到上海,请著名教育家蔡元培(1868—1940,字鹤卿,号孑民,浙江绍兴人)、司法部长董康(字授经,江苏武进县人),代写呈文,向法院起诉。又请上海书业知名人士陈乃乾先生,委托当时江苏民政厅长胡朴安(1879—1947,原名韫玉,安徽泾县人),办理此案。据胡道静先生所撰《片断回忆业师陈乃乾》一文中说:"扬州吴氏(引孙)测海楼藏书求售,为北帮书业富晋书社购定,而当地书商起妒,造谣说富晋实代日本所购,人们儆于世纪之初,日本岩崎爵氏挥金易去皕宋楼藏书,捆载以东之事,哗然禁止运出扬州,当时在书林闹得满天星斗。富晋主人大伤脑筋,请陈老师设法斡旋,剖析真相。恰好我伯父那时任江苏民政厅长,案件系属主管,经陈老自沪去镇江(当时省会所在地)阐明内情。我伯父说:如其流出国外,自应在国境截留。如其在国内流通,哪有在省境、县境设卡阻拦之理!据理批文,一言而定。吴氏之书共五八九箱,遂在一九三〇年岁杪运抵上海。"宋魁文等人至此回天乏术,垂头丧气了好多天,一场让书、购书的竞争才告结束。

吴引孙当时购书,采取"人弃我取,意在取其完备,不必精益求精"的原则,选购了大量古籍。测海楼藏书五八九箱计八千零二十余种。虽然没有宋元旧刊,其中却有明朝刻本及精抄方志三十余种。如:明弘治刊本《八闽通志》、《延安府志》,明嘉靖刊本《广西通志》,均是少见孤本。陈乃乾先生根据测海楼藏书中旧刊本、善本、每书行格、序跋、藏印辑成《测海楼旧本书目》四卷,于一九三二年排印出版。这些善本书当时为了避免不必要嫌疑,出售时先由北京图书馆、上海涵芬楼、中华书局图书馆、大东书局选购。其余还有各类大丛书一百五十余种及其他各书就留在上海出售,开办了富晋书社上海分店。

据说,仅测海楼这批书,富晋书社就赚了现大洋五万余元。王富晋在北京琉璃厂西街盖了一座楼房,从此富晋书社就迁移到琉璃厂营业,生意也就更加兴隆了。此后王富晋又在河北省冀县造了三幢楼房,兄弟三人每人一处。并买了不少的土地,以备晚年回到原籍休养生息。从此以后京沪富晋书社的业务就更蒸蒸日上了。

富晋书社在三四十年代,还影印复制了不少古籍。例如:索引式的《禁书总录》、《太霞新奏》、《殷契钩沉》、《说契孳契枝谭》、《新定九宫大成南北词宫曲谱》、《文镜秘府论》、《述均》、《说文古籀补》、《绘图新校注古本西厢记》、《四声切韵表》等书。

富晋书社后来又发展经营地方志书、大部头丛书、旧期刊集配等业。凡是这类书的整部、半部或零本,只要价格公道,可以说有多少,要多少。以配成全套,供给有关学术单位,为学术研究提供资料做出了贡献。

(九)

文都书店主人金原佑(浙江绍兴人,杭州抱经堂书局朱遂翔弟子),聪颖过人,精力充沛。二主人张馥孙(1917—1972),又名张福顺,河北省枣强县人,1931年进北京富晋书社当学徒,于1932年调到上海汉口路722号富晋书社分店工作。张馥孙忠诚老实、勤奋好学,平易近人,业务经验丰富。在富晋书社学了一年装订维修古书的好技术,还读了一些有关版本目录学的书。1942年张从上海富晋书社出来,在云南中路摆书摊为生,1943年和金原佑在愚园路静安商场内开办了文都书店。张馥孙一生艰苦朴素、勤勤恳恳,从事古籍工作四十余年。1972年患肝癌,医治无效,不到一个月就逝世了,卒年五十四岁。金原佑、张馥孙两人原计划把杭州抱经堂书店和北京富晋书社的顾客拉过来以扩大财源。可是抱经堂的主人朱遂翔、富晋书社主人王富山做生意很敏感,时刻在窥测古书店动向,对于自己的顾客,一点也不放松。可是他们只有在汉口路上几家较大的古书店中,取点样书,送给顾客而拿点佣金过日子。静安商场偏于上海西区,只有几家小小的古旧书店,也吸引不到大主顾上门,再加上文都书店架子上陈列的古书少得可怜,所以支撑到1948年解放前夕,就停业了。文都书店1943年创办,1948年关闭,仅仅五年的时间,可以说是上海古书店中寿命较短的一家。

文都书店歇业以后,金原佑和张馥孙两人,又在文都书店旧址筹办了"大昶服装商店"。金原佑自幼聪明，人才出众，一听就懂，一学就会，不久就成了衣着行业中内行人。可是张馥孙是一位安分守己、老实巴交的商业人，对服装行业一窍不通，所以金原佑、张馥孙只好再次拆伙，各奔前程了。1955年张馥孙又到长乐路上摆书摊，干起老本行来了。1956年上海古籍书店建店时，才被吸收到国营书店。

1960年间，张馥孙在某藏书家处收购到江安傅氏双鉴楼藏元刻本《资治通鉴》。1962年间有个浙江农民乘小船到上海，寻至古籍书店收购处，请人去看书。来人说："我带来一套《金瓶梅》，小船停在杨树浦路某码头。"我们半信半疑，决定请老张前去收购。到了晚上七八点钟，还不见老张回来，我们心里很担心。小船停在黄浦江边，天上又下着蒙蒙细雨，上下船很危险，一不小心就有跌进江里的危险。而且《金瓶梅》又是一部明显禁书，当时我们真有点忐忑不安。到了晚上十点，老张终于回来了，买来了一套康熙刻本《金瓶梅》，又名《第一奇书》，我们才放了心。

张馥孙比我大几岁，可以说是我的师傅。我确也跟着他在业务上学到了不少知识。1965年10月领导派我俩带了一批明清刻本样书，去长沙、武汉、西安、兰州等地流动供应和展销，整整跑了三个多月，走遍了四个省市，我们的收获还是很大的。每到一地，总是白天展销，晚上拆包、结账，工作虽然忙了一些，由于我们协作得较好，也觉得很愉快。展销一结束，我总是跟着老张去当地书店选些需要的书，另外拜访一些藏书家和老教授。

兰州大学历史系赵俪生教授不但选了我们一些书,而且还把他所藏的复本古书,卖给我们一批,在查书估价时,张馥孙不论整部或另本,总是公平合理,认真估价。他这种认真负责的精神,博得了赵教授的信任和赞扬。

张馥孙常对我说:"选书时要注意考据书。"什么是考据书呢?我一点也不懂。经过老张同志耐心介绍,才明白清乾隆、嘉庆年间,出现了一派考据学大师,如:钱大昕、段玉裁等人,以汉儒治经、注重考订训诂,在学术界贡献很大。这就是老张同志所说的考据学家。

1967年上海文管会主任徐森玉先生,请上海古籍书店派人去造纸厂,从废纸中抢救可用的图书。张馥孙被派到上海漕河泾宏文造纸厂。他有时站在烈日下,有时站在传送带旁,从又脏又臭的废纸中进行挑选,确实抢救出了大量可利用的珍贵书,还抢救出了数张1931年中央苏区发行的粮票等珍贵文物,受到了上海文管会领导同志的表扬。后来他又调到文清组整理古书。他认真负责,拾金不昧,一次在虎丘路仓库内,从一批书籍中整理到了二十根大条黄金,计二百两,立刻上缴给领导,归还了原主。

张馥孙同志是我的同乡,又是我的良师益友,他的高尚品德和为古籍而献身的精神,是我学习的好榜样。

(十)

"忠厚传家久,诗书继世长"。从前过春节,许多人家喜用这个对联,迎接新的一年。忠厚书庄可能也是取的这个吉利名称吧。自从1941年黄廷斌、袁西江两人投资进店,与原来店主人李紫东合资经营以后,改为忠厚合记书庄。忠厚合记书庄地址在汉口路708号。店主人黄廷斌(河北省深县人,现居原籍),北京富晋书社王富晋的学生。袁西江(河北省束鹿县人,现退休回原籍),北京南阳山房张凌贵(字敬亭,河北省深县人)的学生。李紫东为河北省衡水县人。

自从经营古书业务的上海中国书店歇业以后,袁西江分了一部分存书,作价入股,投资于忠厚合记书庄。黄廷斌平常节约下来的钱,也投资于忠厚合记书庄。李紫东以原来忠厚书庄生财投资入了股。这样一来,忠厚合记书庄就重打锣鼓,再次开张了。书架上原来只有一个角落堆点书,现在却陈列得满满的。书源充沛,书店的主人也精神焕发了。

黄廷斌是一位不善于言辞的耿直人。规规矩矩,面孔铁板,几乎有些不可接近的样子。其实,和他熟了,他的话匣子一开,比谁都多。平常也爱开开玩笑。他对于店中的账目一清二楚,业务费用管理得头头是道,是一位善于理财的好当家。他从富晋书社出来,也把富晋书社的好风气和经营特点带到了忠厚合记书庄。

袁西江是一位未曾开口先带三分笑的人物。人们都称他好好先生。袁西江熟悉古书版本,精通目录学。古书流传掌故,肚皮里很多,讲也讲不完。自从经营忠厚合记书庄以后,藏家出让书、专家单位购书基本上是袁西江出面联系。袁西江对于一般古书也非常精通。他常说我们书店工作人员要练好基本功。例如：需要什么书，闭着眼睛也能从书架上找出来；书架上的书即使没有标签，也能说出它的书名、册数和定价；看到书名就能讲出它的卷数、著者和刻本。由于袁西江待人和气，同业中的人都和他来往，合伙购买的大批书，都有忠厚合记书庄的一份。袁西江从未和人板过面孔、吵过架。和气生财是忠厚合记书庄的经营作风。

黄振华（廷斌子）读书毕业后，就留在忠厚合记书庄参加工作。他年富力强，忠诚老实，很快就掌握了一般古书业务，对于新进店的接班人，能耐心帮助学习业务。1956年上海古籍书店成立以后，担任组长。因患癌症，医治无效，于1979年9月病逝，卒年四十七岁。

忠厚合记书庄生意兴隆、财源茂盛，除了上述条件外，还有个有利条件是黄廷斌有位家兄黄斌卿，在上海天津路元懋钱庄工作，负责主要业务。黄斌卿也比较关心忠厚书庄的业务。遇有大批古书用款，黄斌卿一句话，随用随取。有这样后台，哪有生意不兴隆的呢？

李紫东、黄廷斌、袁西江等人都是所谓河北下五处人（冀县、深县、枣强县、衡水县、束鹿县）。因为这个地方人口密集，在外地经商较多。特别是京沪古书店里，多数是这个地方的人。这个地区来的能吃苦耐劳，勤恳好学。文化程度并不高，大多是小学毕业。北京通学斋冀县孙殿起、北京文禄堂任丘王文进等人，自学成才，已被人们誉为版本目录学家。

1946年日寇投降后,汉奸陈群畏罪自杀。徐森玉、郑振铎等先生领导接管陈群藏书。我和袁西江因此相处了一段时间。我觉得袁西江不但平易近人,而且还毫不保留地把自己的业务专长传给别人。在这段时间里,我确实跟着袁西江学到了不少业务知识。

解放以后,周总理建议编写中国善本书目。"四人帮"打倒后袁西江被聘参加了上海图书馆鉴定善本书、编写善本书目的任务。在工作中勤勤恳恳,从不马虎,得到上海图书馆好评。

忠厚合记书庄于1942年左右曾与温知等几家书店用上海联合书店名义缩印《清史稿》精装二册。同时还和温知书店合伙影印了甲骨文专著《龟卜》。从1941年至1956年,忠厚合记书庄为积累中国古代文化,为学术研究提供资料做出了贡献。

上海书林梦忆录

陈乃乾

寒家自经太平天国战争之后,向山阁旧藏图书,荡焉无存。先府君乡举后,即弃学经商,尝终岁作客于外,不甚顾及家事。故余髫年就傅时,家塾中仅经史读本数簏而已。迨入苏州东吴大学,从黄摩西受国文课,日就图书馆借阅,于是益沉酣于书。假日则流连于玄妙观及大成坊巷诸书肆中(当时大成坊巷中有书肆三家,其一曰大成山房。近年书肆皆聚居于观前护龙街一带,而大成坊巷中诸店停歇久矣),择其卷帙较少而价廉者购之。归里后,同里有父执徐蓉初者,力裕而嗜书,遇故家散出者辄购留之。又有费景韩时馆南浔张家,常回里为其府主访书,今适园丛书中所采海宁先贤遗著,皆当时费氏所访得者也。余既与此二公交游,因得略识版本。遂觉前此所购尽为糟粕,而浸渐于旧椠名钞之癖矣。

辛亥后,移家上海,所见渐广。比馆徐氏积学斋,遂得与海内藏书家往还。课余之暇,辄徜徉书肆中。诸书友亦以一日之长见推,苟有所得,必先举以相示。版本价值,每参与商榷。故三十年来几无日不与书友为伍,而江南藏书家之盛衰流转,亦历历在目。

昔之藏书者,皆好书读书之人。每得一书,必手自点校摩挲,珍重藏弆,书香之家,即以贻之子孙,所谓物聚于所好也。近来书价骤贵,富商大贾,群起争购,视之若货物、若赀产。以此贸利者有之,以此为屯货者有之,以此为书斋陈设者亦有之。且富商大贾之财力,赢绌无定,故书之流转变动亦较速。而真能好书读书者,反无力购致矣。

业旧书之商人,与藏书之家,关系最密。在乾嘉时,有卢文弨、黄丕烈、吴骞、顾广圻等真知笃好之藏书家,于是有陶正祥、钱听默诸商人为之奔走收罗。陶、钱诸人不特精鉴版本,其学问词章皆有可观。余常见袁绶阶家牡丹画册,听默与黄、顾诸人倡和题咏其后。盖当时藏书家视书贾为商量旧学风雅切磋之友。又如孙星衍为陶正祥作墓志云:"与人贸易书,不沾沾计利。所得书若值百金者,自以十金得之,止售十余金。自得之若干金者,售亦取余。其存之久者,则多取余。曰吾求赢余以糊口耳。"呜呼!若此者安可求诸今之人哉。今日藏书家既为不识书趣,甚则目不识丁之富商大贾,则书贾自与普通市侩无异。藏书家既以书为屯货而贸利,则书贾亦非伺色要挟沾沾计利不可,此事势之必然者也。

在今日而作书贾,其趣味地位固与乾嘉时悬殊。即以沾沾谋利言,亦往往得不偿失。或谓业旧书者以贱值收进而昂价售出,一转手间,获利十倍,远非他业所可企及;但事实则不然:他业之进货必自工厂,工厂造成货物,志在推销,一则愿销,一则愿进,故进货之交涉甚简易。惟旧书业之进货,必从向有藏书之旧家;此种旧家,虽因中落或他故而售及藏书,而旧家之气焰,依然仍在,故其态度常在可卖与不卖、似卖与非卖之间,若不运用手腕,便无成交之望;且旧家不常有,非若工厂之日夜造货也。此旧书业进货之难不同于他业也。雇主入肆购物,自必胸有成竹,看货付价,交易而退,此常例也。但旧书店之雇主则异是:入肆任意抽阅,其欲购何书,本无定见,其态度亦常在可买与不买、似买与非买之间;甚或留阅样本,至经年累月不决,书贾虽累次登门守候,卒因主顾事忙而无见面之机会,于是书贾亦不得不运用手腕以求成交。此旧书业售货之难不同于他业也。总之不论购进售出,皆须运用手腕。手腕者何?质言之:即贿赂旁人及奴颜婢膝说好话耳。

业书者在买卖手续上之困难既如此,而获利更无把握。初闻某旧家有书出售之消息,不便径往叩询,必先觅得彼此相识之人作介绍。在既看书而未讲定价格之时,必与其家之佣仆戚友及有关系之人极力周旋酬应,或许以报酬,或陪其嫖赌吃看,或借钱供其使用,一则恐其谗言破坏,二则恐其另行招致他人争购。迨既已讲定而书未携出之时,尤须与此等人交好,防其在大部书中抽去几本,则损失颇重大也。书将运走之时,若常地人缘不佳,则又有绝不相干之人,托保存本地文献等美名,藉端拦阻。经过若干次险阻艰难,幸而完璧携归,则书价、佣金、运费等正项开支以外,其例外消费已不赀矣。且进货必须付现金,而售出往往欠账，进货则巨款整付，而售出则零星收入，若并成本、利息、人工及例外消费而统计之，则百元购进之书，虽售至百五十元，亦无利可言也。

当地人藉端阻止之说，骤闻之似难置信，然事实上则屡有之。余所目击而尚在记忆中者有三事，其结果皆不同：

民国二十年，扬州吴氏测海楼藏书出售，初由当地人黄锡生介绍于北京直隶书局主人宋星五（今直隶书局已易主），拟价未谐，忽为北京富晋书社主人王君购成。王君已将书价付清，而书则尚待装运。锡生欲向其分利不遂，因扬言于众，谓富晋实代某国人经手，书将流出外洋；于是县长及国民党部出而阻止，禁其装运；惟对于善后处置则绝不提及。当时吴氏已收之书价既不肯付还，而地方上亦无力筹款以图保存，事成僵局。后经余与蔡子民分向民、教两厅解释，保证决不装运出国，乃由两厅令江都县长放行。此一事也。

后二年，杭州崔永安之遗书售于上海书贾李紫东，已谈妥付定洋矣。时杭州富商王某购书之兴正浓，使人言于李，请全数转让，李不肯，王怒，遂托褚辅成转嘱省会警察局派警监视，不许书籍运出崔氏之门；复倩人言于崔夫人，愿照李氏原价购其书。崔夫人亦怒，既以定洋还李，并拒绝王氏之请，其书保存至民国二十七年之秋，始遭乱散失。此又一事也。

宁波藏书家以范氏天一阁、卢氏抱经楼最为著名，别有冯氏醉经阁者，亦多藏善本，较之范、卢两家，仅差逊一筹耳。惜其家保守不密，自民国初年以来，时有散出，至民国二十三四年时，始检点存书,得合族同意,整批售出。承购者为吴人李某,亦成交付定洋矣,为当地豪绅所阻;交涉历数月不决,卒由当地钱商某出赀承购。其所还定洋,李某不愿领回,遂分给当地诸介绍人,作为奔走之酬,楚弓楚得,其事始寝。

综上三家,测海楼有自刻书目流传于世,自归富晋书社后又另编书目,其中重要善本,大半为北平图书馆购藏。崔氏书善本不多,其收集亦在光宣之间,在藏书家系统上不占重要地位,虽无目录流传,亦不足惜。惟醉经阁则明刻善本甚多,即早年散出者几无一非棉纸精品,今其书存亡不可知,并目录亦不可见,所能确知者,中有武英殿聚珍版丛书完善无缺而已。

宁波自明季以来,故家藏书大都保守无恙。民国初年,凡江浙及北方书贾,每常年株守其地。其时生活程度低廉,住宁波城内旅馆中,开大房间,连膳食每月仅十八元。本地捐客甚多,每日奔走四乡,苟有发见,尽是明刻棉纸,故流寓书贾,无不利市百倍。

宁波人乡土观念甚重,每逢大批书出售于外省人时,往往发生波折。不独醉经阁如此,前此之天一阁、抱经楼皆如此也。天一阁藏书,既名闻全国,在当地则妇孺老幼无不知之。自薛福成编见存书目后,族人相继保存,迄无散失。至民国三年,有乡人冯某串同党徒,贪夜越墙而入,窃出书籍数千册,陆续运带至沪,初售于交通路六艺书局主人陈立炎,每册仅二角许,后改售于来青阁,得价稍善。立炎所得者仅数十种,散售于各家,《适园藏书记》著录之书经注疏其最著也。来青阁所得甚多,去其畸零不全者，尚得七箧，转售于食旧廛书肆。食旧廛者，金、罗二人所合组，专以中国旧书售于日本。既得此，将编目寄日本；编目甫成而事发，遂以书归乌程蒋氏，得价八千元。陈立炎及来青阁之购冯某书也，知其行不由径，故出价极廉。然亦深自虑祸，急欲脱售，方冀由食旧廛转售日本，则更可灭迹，而不知其无及矣。

冯某之窃天一阁书也，同时窃出碑帖数种及范氏祖先小像手卷。碑帖为何，今不可考，惟宋拓麓山寺碑后归藏园傅氏者，确为其中之一。窃书后三月，沪市渐有传闻，而范氏则未之知也。时江阴缪筱珊（荃孙）以前清遗老作海上寓公，负版本目录学重望，上海藏书家若张氏适园、刘氏嘉业堂皆月致修脯，请其鉴定藏书及编校丛书。闻天一阁事，亲往食旧廛求一观，食旧廛坚不肯认，筱珊怒，因驰函范氏究其事，范氏检视阁藏，始知确有遗失，遂派人来沪侦访，历旬日，不得踪迹，乃设计在申新各报大登广告，略谓："阁中被盗，失去书籍多种，但无关重要，不愿收回。惟有先祖遗像手卷两件，自明以来历经名人题识，世代保藏，务请送还，当以万金为酬，决不追究"云云。冯某利令智昏，亲赍手卷往，冀得万金之赏，遂被拘入捕房。讯问后，招出售于何家。于是六艺书局、来青阁、食旧廛三家皆对簿公庭矣。时租界尚为会审制，开庭数次后，判决冯某及同党监禁十年，三书店皆罚金了事。但范氏则尚不甘服，越四年，陈立炎以购抱经楼书至宁波，范氏即就地拘之，念旧恶也。

陈立炎名琰，杭州人，营新书业于上海。其所设六艺书局，涉讼时与食旧廛同时闭歇，翌年复设古今图书馆于交通路。于旧书不求甚解,苟有所遇,则低价买进、高价卖出,以糊涂赚钱而已。但其为人颇有胆识,善结交,书业公会之成立,多赖其匡助,故同业诸商颇信任之。抱经楼藏书之出售也,价在二万元以上。其时上海旧书店寥寥无几,营业皆狭小,资本亦短浅,对此无敢问鼎。立炎得沈知方、魏炳荣之助,毅然往购。比至宁波,为范氏所知,诉于当地官绅,援旧案拘之。上海书业公会同人联名电请保释,复倩人再三疏通,历旬日而事解。卢氏书虽全部运沪,惟其中旧刻《四明志》数部,则仍留归甬人保藏。时知方任中华书局副经理,别自设进步书局编辑所于三马路惠福里,遂辟进步书局楼下西厢房,以陈抱经楼书,而颜曰古书流通处。

三十年来,大江以南言版本者,书肆以古书流通处为第一,藏书售出者以抱经楼为第一。古书流通处初开幕时,列架数十,无一为道光以后之物,明刻名抄,俯拾即是。入其肆者,目眩神迷,如堕万宝山中。今之抱残守阙自命为收藏家者,曾不足当其一鳞片甲也。抱经楼藏书目录,钱竹汀曾为之作序,但仅记书名册数,尚未刊传,余拟据原书勘对,笺其板刻。但古书流通处主人以迫于偿债,匆遽散售。其第一批售于某君者,不论抄刻,任选一千册,获值一万元。书皆原装,每册厚至二三百叶,且大半有曹倦圃、朱竹垞诸人手跋。若在今日,每一册加衬纸,可改装六册,其价当百倍矣。李慈铭《孟学斋日记》记抱经楼藏书云:

> 凌子廉工部言,天一阁范氏书为贼卖于氓,尽碎烂之,更作粗纸,无孑遗者。抱经楼书多谢山全氏故物。贼据宁

波时,或以洋钱六百枚购之,流转上海,为今苏松道杨坊所得,坊亦鄞人,故不知书。宁郡士夫本谋鸠资买之,俟事平,或畀卢氏购还,或公建藏书阁以借人读,而为杨半道纂去。

以上所记,似为传闻失实之言。天一阁书当时或散失一部分,若曰"无孑遗者",则其书固至今犹为范氏子孙保守也。至古书流通处所得抱经楼书,是否全璧,未敢确定;惟证以卢青手定之目,则散失者当不逮十分之一,是杨坊纂去之说,亦非事实。然有可疑者,则综观抱经楼诸书,大半为曹倦圃、汪季青旧物,而绝无全谢山藏印或题记,意者杨坊所纂去适为全氏旧藏之一部分欤?

沈知方晚年亦好聚书,尝编印粹芬阁藏书目录一册。在当时则专力于出版事业,故于抱经楼书不留片纸,惟《尺牍大观》(中华书局出版)、《笔记小说大观》(文明书局出版)两书,则取资于卢氏书为多。

其时三马路惠福里弄口有博古斋书肆(今艺苑真赏社隔壁),与古书流通处仅隔数武地,新得莫友芝藏书,插架亦富。主人柳蓉春,苏州洞庭山人,外号人称"柳树精"。虽未尝学问,但勤于研讨,富于经验,且获交于江建霞、章硕卿、朱槐庐诸前辈,习闻绪论,遇旧本书,入手即知为何时何地所刻,谁家装潢,及某刻为足本,某刻有脱误,历历如数家珍。家本寒素,居积致小康,每得善本,辄深自珍秘,不急于脱售。夜深人静时,招二三知音,纵谈藏书家故事,出新得书,欣赏传观。屋小于舟,一灯如豆,此情此景,至今犹萦回脑际也。影印大部丛书之事,博古斋实开其端,所印有士礼居、守山阁、墨海金壶、拜经楼、百川学海、津逮秘书、六十家词诸种,以一人之力而翻印旧书至数千册,可谓豪矣。蓉春殁后,其子元龙有神经病,初则广置田产,忽而长斋绣佛,曾不数年,隳其家业。

江宁人钱长美者,不事生产,有古侠士风,金钱到手辄尽,家无隔宿之粮,然亦屡印巨帙。如《佩文斋书画谱》、《渊鉴类函》、《式古堂书画汇考》诸书,皆成于其手。凡有力者所徘徊筹划历久而不能定计者,长美以旦夕成之,不稍犹豫。自清季以来三十年间,通都僻壤之以贩售旧书为业者,无一不识长美,而达官富商之喜储书者,亦无一不折节与长美交好。声气之广,一时无两,亦书林之怪杰也。

古书流通处自惠福里迁麦家圈仁济医院隔壁,再迁广西路小花园,前后九年,规模阔大,俨然为同业巨擘。凡藏家之大批售出者,悉为其网罗,如百川之朝宗于海焉。其中最著者为缪筱珊之艺风堂及嘉定廖谷似(寿丰)两家之藏。筱珊退隐沪上,宦囊不丰,既与张、刘两家联络,亦时藉旧书买卖以补修脯之不足。其《艺风堂藏书记》正续编中最精之宋本,若魏鹤山《渠阳诗注》、《窦氏联珠集》等,生前已转归他人,死后,其子僧保、禄保以遗书悉数售于古书流通处。当时依据《藏书记》点交,虽仅缺二十余种,然所存者,大抵为后印模糊或残缺抄配之本,抄本书亦什九新抄,几无一完善精品,殊无以副其藏书之盛名。所幸购书者以耳为目,只须有艺风堂云轮阁藏印而为藏书记著录者,即声价十倍；其抄胥传录之新本，而筱珊以朱笔校改误字者，则视为艺风手校本，声价更高。其时购书者之无识，真堪发笑。缪氏点校之藏书记上，每种有筱珊手批定价，约比时价高出二三倍，盖其临终时已预为其子售书计矣。昔人以鬻书为不孝，今筱珊之贻误乃如此，亦可见寒士之苦心矣。嘉定廖氏书无特殊高贵之品，惟百数十箱皆完整初印之书，其书箱尤精美绝伦，今为余姚谢氏所得。

在民国十年前后，上海藏书家最著者，为刘氏嘉业堂、蒋氏传书堂、张氏适园。三家皆浙江南浔镇人，其搜罗之方法及性质互异：适园所购以抄校本为多，为刻适园丛书计也；嘉业堂主人刘翰怡宅心仁厚，凡书贾挟书往者，不愿令其失望，凡己所未备之书，不论新旧皆购之，几有海涵万象之势。其时风气，明清两朝诗文集，几于无人问鼎，苟有得者，悉趋于刘氏，积之久，遂蔚成大观，非他藏书家所可及；至其所藏《明朝实录》、《永乐大典》残本，则海内孤帙也。传书堂主人蒋孟苹，精力过人，除经营其轮船垦牧诸实业外，余事购书，旁及书画，皆亲自鉴断，不假手他人。海上学人若沈子培、朱古微、张孟劬、王静庵诸人每晚集其家纵论古今，主人以口酬客，以手抄书，其所影抄宋板《魏鹤山集》六十四巨册，首尾工整，无一率笔，可谓真知笃好之士矣。张、刘两家皆延缪筱珊编藏书目录，孟苹独以此事嘱之静庵，亦具卓识。

静庵为传书堂编藏书目录，甫成经、史、子三部及集部迄元末，忽奉宣统南书房之召，遂弃而北行。后孟苹商业失败，以书质于××银行,即据静庵所编之目录移交,故明人集部独留,其经、史、子三部中之最精宋本数种,亦为蒋氏截留。当时××银行点收之人非知书者,且以此为暂时抵押性质,故不注意及此。迨抵押期满,书为涵芬楼收购,亦即由银行移交。时传书堂善本书虽全部归于涵芬楼,而宋刻《草窗韵语》、《新定严州续志》、《吴郡图经续记》、《馆阁录》、《朱氏集验方》诸书独归他姓,而明人集部六百八十余种,则别售于北平图书馆。

同时尚有南海潘明训,专购宋元刻本庐江刘晦之,亦广罗宋元善本,并欲以各种原刻本及抄本配成四库全书。武进陶兰泉,则致力于开化纸书及丛书,遇有缺页缺字及缺封面者,皆命工摹刻配全。是皆于藏书中别具风格,寻常收藏家虽折轴喘牛而终望尘莫及也。今潘、陶二君已逝世,陶氏书且易主久矣。

筱珊晚年以代人编藏书目录为生财之道,人亦以专家目之,造成一时风气。已刊行之丁氏《善本书室藏书志》、《适园藏书记》,自撰之《艺风堂藏书记》,及未刊之《积学斋藏书记》、《嘉业堂藏书志》皆出其手。然筱珊对于此事,实未经心,仅规定一种格式,嘱子侄辈依样填写而已。余为拟其格式于下,世有藏书家欲编缪式藏书记者,请依式而为之,不烦另请专家也:

×××几卷

××××撰(撰人上有籍贯或官衔须照原书卷首抄写)××刊本(何时刊本须略具鉴别力)每半页×行,行××字,白(或黑)口,单(或双)边,中缝鱼尾下有×××几字,卷尾题××××(此记校刻人姓名或牌子)前有××几年×××序,××几年×××

重刻序,后有××几年×××跋。××字××,××人,××几年进士,官至××××(撰人小传可检本书序跋或四库提要节抄),书为门人××所编集(或子侄所编或自编),初刻于××几年,此则××据××刻本重刻者。×氏××斋旧藏,有××印。

编书目,尚有一最重要之先决问题,即何者为善本可收入目录,何者非善本不可收入目录是也。在昔藏书家皆自编书目,各有旨趣,取舍之间,亦各有用意,不必求合于人也。今编目既成为职业化,于是筱珊应运而起,制定善本与非善本之界限,其说如下:

(一)刻于明末以前者为善本,清朝及民国刻本皆非善本;

(二)抄本不论新旧皆为善本;

(三)批校本或有题跋者皆为善本;

(四)日本及高丽重刻中国古书,不论新旧,皆为善本。

自缪氏发明此项条规后,一时奉为金科玉律,其影响于藏书家及书店者甚大。盖藏书家必循此条规以购书,方可编成目录,以享藏书家之名;而书店售书者尤不得不准此以迎合藏书家之意。于是抄本书不论内容如何,尽成善本,若加盖数方藏印或写几行题跋,更可要索善价。其康、雍、乾、嘉诸刻本,不论校刻若何精善,传本若何难得,皆不足当藏书家之一顾。尝见宁波沈某家中雇用抄胥十余人,取粤雅堂知不足斋等普通易得之丛书,悉用佳纸工楷传抄,每册衬纸精装,册首钤藏印数方。已抄成数十箱,惜精力不继,不克编成目录以侪于藏书家之列;后来一并售去,曾未得抄费之什一。若沈某者,可谓误信缪说附庸风雅者矣。

前文刊布后,有友驰书以两事质疑,谓过夸古书流通处而苛责艺风也,兹请分别言之:

以版本及抄校本言,则海上三十年来,殆无一书店足与古书流通处抗衡者,惟近代化之善本,若传奇、若明刻绘图本、若彩色套印书,则流通处似始终未尝经售及之,此则时代限之也。流通处所印书目,世当有保存之者,惜至佳之本每在编目前为人购去,今无从稽考矣。余时任进步书局编辑事,月入甚微,无力购书,但性之所好,时或勉致一二。其得自流通处者,有宋书棚本《王建诗》半卷、万历本《国朝圣政》、《万历疏钞》等,每种之值,均不出百元,流通处末年以存书悉数售于中国书店,作价万元,善本尚不少,其最不能忘者,有《明人碑传集》四十巨册,不著编者名氏,其书以各种明板文集割集而成,不啻一部明版留真谱也。书既售完,主人将束装回杭州,余往话别,复从乱纸堆中检得宋刻《北磵文集》三卷。凡此琐屑,胥为当时流通处所不甚重视者,若在今日遇之,则无一非稀世之秘帙矣。

艺风德高望重,其事业文章,自有定评,非后生所愿妄谈,且亦不在本文范围以内。惟对于书林,则功过参半。其引起上海富商兴趣,使分其一部分财力以从事藏书,而造成一时风气,则艺风之功不可没。至其制定机械式的编目法及规定善本与非善本之界限,在当时或自有其不得不如此应付之苦衷;而曾不数年,流弊至此,殆非艺风始料所及矣。

中国书店之初创也,余实主其事。余性木讷,不善贸易,更不善与人论价,故旧书买卖与余个性极不相宜。其所以毅然任此者,盖抱两种改革希望,欲藉此以自试也。当时买书者与卖书者皆注意善本书,开卷之前,必先问棉纸乎抑竹纸乎?黑口乎抑白口乎?藏印为谁?题跋为谁?至其书之内容何若,异同何若,悉可不问。但得棉纸印者必是佳书,黑口者当然更佳,有名人藏印及题跋者自必格外可贵,而清代之精校精刊,以及极有价值之经史要籍,反束之高阁,弃若敝屣。学者苟欲求一参考书,询之旧书店,率瞠目不能对,即郑重托其搜访,而书贾以不能获重价,不为措意。迨中国书店开幕后,力矫此弊:凡清儒著述之有用者,极力提高其价值,有较时价高至十倍者;而遇普通旧本书,则极力贬抑之。一时同业咸为惊异。富商购藏善本书,例须由书肆先将样本送阅,数日后再行选择议价,惟至中国书店购书者,必照章付价取书,绝不宽假,亦无登门送阅之事。若南北学者苟需用某类参考书,则尽力为之搜求;即一时无力偿值者,或赊或借,各如其愿。此种做法,似非一般商人正轨,然业书者自当为学者服务,此为余决心改革之一端,而上海各旧书店之注意近代刻本自此始。

以前业旧书者,以为旧书买卖必须亲见其书,方可谈交易。盖同一书名,同一刻本,同一纸张而尚有印本先后,纸张宽狭诸分别,价值即随之差异;故仅能与本地人交易,而决无与外埠通信成交之理。如北京人欲购上海某店之书，非托上海友人代购不可。各地书店，亦闭关自守，各自为政。在苏州开店者，不知上海市价，故上海书贾往苏杭各地游历者，挟书以归，无不获利。自中国书店目录标明定价后，力求与外埠主顾通信交易，嗣后来青阁、抱经堂等继起仿效，渐次造成通信交易之习惯。而各地同业亦消息灵通，不如以前之隔阂矣。近年各书店营业较中国书店未开以前增至数十倍，而外埠交易常占十之七八。此亦余改革之一端也。

此两事在今日视之，已觉平庸无奇，然中国书店未开以前，其情形绝不如此也。余主中国书店仅一年，以不任酬应繁剧而退，然此两种改革，当为日后谈旧书掌故者所不废也。

购书者之好尚，常因时变易。光复以前之藏书家，大抵以《四库简明目录》及《书目答问》为主，入手先购经史要籍、唐宋大家诗文集，行有余力，再求旧刊善本。其意以为《书目答问》所载为必备之书，《四库简明目录》所载为应备之书，两目所不载者，等之自郐以下，可有可无；若传奇小说之类，则不登大雅，宜屏而不观者也。民国初年，受《国粹学报》之影响，争购禁毁之书，然正统观念未尽澌灭；故所珍视者亦仅钱注杜诗、牧翁未刻诗文及吕留良、屈翁山数家而已。民国十年以后，思想逐渐解放，购书者志愿益宏，于是一反成规，以为四库所已收者无足惊奇，惟存目所载及四库所未收者，当为搜集，而收禁书者几欲依违碍书目而尽得之。其别树一帜者，或专收绘图本，或专收词曲，或专收殿版，因各地消息之灵通，通信交易之利便，故其收罗之富，直使前辈藏书家闻之舌挢不下也。

昔之购书者,必循资渐进,未有阅肆未久,经验不深,而敢轻斥千金以市宋版书者。今之藏书者异于是,不购则已,着手即不惜重价以购珍奇秘帙。往往入其室,观其所藏,无一非稀世善本,然询其最普通常用之书若十三经、廿四史为学人所必不可无者,则一无所有。此种情形,固二十年前藏书家所未有也。

凡经营商业者,必精于其事,始能获利,惟业旧书者则未必然。以余所见,江浙两省因旧书而致小康者,除柳蓉春外,无一知书者也。光绪末年,杭州文元堂主人杨耀松,以六十元从塘栖购得旧书两大篋,启篋检视,但见每册皆有蝇头小字批注满幅,而无一棉纸书,大为失望,以为无利可获矣。他日试以数册示京估,每册索十元,京估欣然受之。嗣后北京人相继追踪而来,索购有蝇头小字之书;傅沅叔亦派专人来杭,所获较多。两月之间,销售一空,获利两万余金,杨氏以此起家。事后,始有人告耀松曰:"尔所售去蝇头小字书,皆劳季言批校本也。若持至京沪,每册当值百元以上。"耀松大为悔恨,因伪刻劳氏藏印,苟得刻本稍旧而有批校者皆钤之。如是数年,钤伪印者皆得善价。

古书流通处亦尝伪刻抱经楼等藏印,且雇抄胥三人,每日以旧棉纸、桃花纸等传抄各书,钤印其上,悉售善价。其所影印毛抄本《宋人小集》,后另附八种所谓知不足斋抄本者,即抄胥从读画斋刻本传抄之赝本也。其底本亦为某藏书家购去,《缘督庐日记》尝言及其书,而未能辨白,亦可见作伪手段之高妙矣。

各书店之尝造伪抄本及拥有伪藏印者甚多,余不愿发其覆。

所以记此二事者，以见书之能销与否，及业书者之能获利与否，皆不可以常理测也。

书价之低昂，常随物价之升降而变迁，然自有其独特性。若以地域言，则苏、杭、宁、扬各地之价，不如上海；上海之价，不如北京。惟近三年来，上海以商业特别繁盛之故，经济宽裕者兴奋逾常，故书价高于北京。往年北京各书店常派人来沪购书，南方旧书贩运北移者，不可数计，近年则反见北书南运之象矣。李莼客、叶鞠裳二人，同光间在北京购书之价，载于日记；试取与"九一八"前上海市价相校，相差无几，若在当时，则南方市价当不逮此。依此约略推测，则南方与北方书价之比，及同光间与六十年后书价之比，当为二倍或三倍。惟旧本及难得之书，则其价之高涨，不可以道里计。如叶鞠裳记光绪十一年购《万历会计录》残本一册，价三十文；十七年购陈仁锡《无梦园集》，价四元；二十年购《谈经苑》，价三元；二十七年董绶经购法梧门抄《宋元人小集》八十册，价八元。此等书若在"九一八"前数年，其价当百倍以上，今日遇之，且千倍矣。

民国初年，除宋元本外，所谓善本书者，每册一二元而已。民国十一年，潘明训以重价购世彩堂《柳文》，震动一时，其价亦仅四千五百元。数年前傅沅叔在北京以万元购《周易》单疏，佥谓空前巨价。至于今日，因物价之高涨，有力者以旧书为趸货，其价遂高至无标准可言。前月报上有广告谓有《四部备要》出售，实价八万元，读之几疑身在梦中矣。

自富晋书社购测海楼藏书后，即设分店于上海，为北方势力南渐之先声。近年来薰阁亦南下设肆,修文堂主人亦赁屋长住上海。此后上海旧书业,当成南北两派并峙之势矣。此两派做法不同,习尚各异。北方人秉性勤俭,开支较省,每得一书,不急于求售,既估定售价若干,虽累年不能销,亦不轻于减削;对待主顾,殷勤恭顺,奔走侍候,不以为劳。南方人则较为高傲,视主顾之去来,任其自然,不甘奔走侍候;购进之书,志在急售,不愿搁置。故北方之多年老店,常有善本书存储,南方则绝无仅有而已。

(选自《古今》第20、21期、27、28期、30期,1943年)

上海的旧书铺

黄　裳

上海从前有许多旧书铺子,现在都消失了。这也是文化街上的一种景致,似乎应该为之留下一点记录。北京有个琉璃厂,天下知名。乾隆中李南涧写过一篇《琉璃厂书肆记》,百年后缪荃孙又写了一篇后记,详记书铺字号,贩书名色,为人们所爱读。后来孙殿起又写了三记、四记,为琉璃厂留下了一笔总账,史实加详,但可读性却不高。记上海书肆的,有陈乃乾的《上海书林梦忆录》,所记为民国初年的情状。抗战前后书林兴废,则散见于郑西谛的藏书题记中,没有专文。这里所写的是抗战胜利以迄50年代的见闻,正是我热衷于跑旧书店的时期,旧日记中留下了不少记事。汪曾祺1948年从北京给我的信里,有这么两句,"他们打牌,你干吗呢?在一旁抽烟、看报,翻弄新买的残本(勿怪)宋明版书耶?甚念甚念。"这应是见于"文献"的较早记录了(曾祺全集最近出版,此信收入卷八)。说实在的,以我当时的眼力、资力,买书也只能买些残卷,事虽可笑,实无足怪。

上海的旧书铺大体上可分南北两派。南派是土著,以苏州、淮扬两地为主;北派则是从北京移来的分店。修文堂孙实君、修绠堂孙助廉兄弟可为代表。他们都在北京隆福寺设肆,南来发展,修文堂肆名仍旧,修绠堂则别署温知。修文堂在霞飞路上的五凤里,只是一所弄堂房子,别无店招。实君温文尔雅,一袭长袍,满口京西风味的北京话,是地道北京书店掌柜风度。他善谈,到他的店里,可以不买一本书而闲聊半天,是极好的休闲去处。解放前后,书市不景气,他常常叹息,能有二三十位经常跑书店的客人就好了。可是不济事,生意还是牢落。解放后"三反"、"五反",他忙起来,不大容易看见。老板娘有时向我诉苦,说实君开会一去半天,交代总是通不过。常被申斥说,不坦白就拿来枪毙。吓得了不得,人也瘦了。但不久也就过去了,仍旧笑嘻嘻地招呼客人。

实君眼光好,也有魄力。跟藏书家很熟,常能找到好书,不过要的价也真贵。我在他那里见到过一部中统本《史记》,其实是明初游明翻刻,纸墨俱精。有女史沈虹屏楷书小跋,是平湖陆氏奇晋斋旧藏。又见一部万历刻初印的《花草粹编》,明时原装,外有樟木匣。这都是书林名物,要价奇昂,只能摩挲一遍而已。不过有时也能得到善本,如宋刻小字本《通鉴纪事本末》残卷,尚是宋时蝶装原样,历数百年而展卷如新。实君又从刘晦之家收得宋本书影一束,曾以宋刻《隋书》两页见赠,纸墨晶莹,夺人目睛。有昭文张氏藏印,至今犹在箧中。

实君曾从上海城内买得旧书一批,中多残册。有吴氏拜经楼抄本《汲古阁珍藏善本书目》一册，兔床手校，藏印累累；又鲍以文抄本《巨鹿东观集》一册，我初收抄校本，见此狂喜，终以所藏旧本书一车易得，也算得是收书以来豪举。

  无锡孙氏小绿天遗书散出。孙毓修是张菊生丈的老朋友，孙家以书目请菊老批价，菊老久不入市，不知书市已一落千丈，仍按十年前书价拟定。很久无人过问。最后由孙实君、孙助廉和苏州古董商孙伯渊合资买下，书陈列在伯渊宅内，实君数次陪我去看书。其中最精的是几种明初铜活字本书，由徐森玉丈为国家收去。我所得只是一些小品。孙毓修重视乡邦文献，收得安氏桂坡馆活字本书之余，更得安国《游记》及《游吟小稿》等数种，都是罕见佳本，终为我所得，是为小绿天书中白眉。又清初刻余澹心别集数种，也是孙氏旧藏，却从书友郭石麒处买得。这批书的散出，应是解放初上海书市中的大事。

  有一次徐绍樵（传薪书店）从九峰旧庐买得一批书，我去选购，实君也去了。有残明蓝雪堂活字本白居易诗半部，定价极高，他不问价收去了。有一部雍正刻《张匠门集》，以平直为我所得。实君当场斥责绍樵，说不该定价过低，绍樵听了不响。于此可见他选书之精，可当稳、准、狠三字；也可见他对南方书客的轻视，和他在上海旧书业中的威望。后来公私合营，他当了古籍书店的副经理。一次他陪我去书店库中选书，我抽出两册旧抄本诗集，无撰人姓氏，书口刻有读书堂集字样，是康熙中写本。我告诉实君，这是钱塘汪景祺的诗集。汪是雍正中因年狱而被杀的。实君大惊，随口骂徐绍樵不知书，竟当做了通常写本。那时徐已加入古籍书店,专管定价。

修绠堂在上海的分号是温知书店,在三马路转角的一角小楼上,也没有招牌。孙助廉北京、上海两面跑,他一来,上海的书市就热闹了。助廉五短身材,微胖,跟老兄不一样,是极喜交际的。他收书的本领不下于乃兄,除古书外还兼营珂罗版金石画册、学报、学术书刊。当时脂砚斋评乾隆抄本《石头记》为燕京大学买得,尚无影印本,为一般学人渴欲一见的秘册。助廉就曾拿出一部照片本给我看。可见他眼界之宽广和手段之灵活。当然他的主攻方向还是古籍善本。

三马路抱经堂主人朱遂翔一直是为王绶珊收书理书的。王氏身后九峰旧庐藏书的部分精本为朱遂翔所得,藏在小楼上秘不示人。他的店还开着,也还是满壁琳琅,但他并不靠这个挣钱,在另处开了一爿小工厂,专造金笔,生意很好。他就天天在柜台上闲坐。孙助廉找他闲话,称赞他目光远大,看得准,适应了当时文化建设的潮流,比老本行出息好得多。说得朱遂翔飘飘然,接着叹气道,可惜本小力微,能再添一笔投资就好了。说来说去说到了那批书上,现有的资产为什么不变成活钱增资开厂呢?终于打动了朱遂翔的心,不久,温知楼上的长案就摆满了王家的善本。

差不多每天中午饭后,我总要到温知楼上去看书,真是奇书异册,应接不暇。这中间就有著名的杭州府猫儿桥书肆刻的三十卷本《文选》的残卷。助廉取出《临安志》给我看,其中正有猫儿桥在。原书纸墨晶莹,书香袭人,纯是北宋风格。虽然赵万里据书手年代定为南宋刻本,但仍不能推翻改临安府之前的杭州题名,也否定不了灼然可见的北宋刊书风格。最后还是不能不收入《中国板刻图录》为开卷第一书。没好久,助廉竟从青岛又收得同书的另一残卷,真不能不佩服他搜书手段之奇妙。

50年代中曾在北京与助廉重晤,那时他已不再是修绠堂的主人了,境遇奇窘,一袭土炕,别无长物,但仍留心旧书,告诉我卧云山房范大澈抄本《离骚草木疏》的踪迹,终于收得。后来从书友处打听得孙氏兄弟已同于"文革"中去世,这是不问可知的。

三马路是一条不折不扣的书店街。由西向东,这里有富晋书社,是北京迁沪的分号。主人王富晋、王富山,因收得扬州吴氏测海楼书,就在上海开了分店。王氏兄弟门庭高峻,主顾不多,但存有不少好书。曾给我看过一部明刻小说《隋史遗文》,白棉纸精图,厚厚一叠,真是惊心动魄的东西。他们好像并不以经营旧本书为重,而以收售珂罗版金石书及近代大部丛书为重点。有一次收得一部四部丛刊三编,中缺一本《三辅黄图》,懊恼得很。店中恰有一册嘉靖四明薛晨刻本《黄图》,恨恨地说,要是一册丛刊本就好了。在他看来,嘉靖白棉纸书是比不上近代石印本的。

再往西,依次是扬州曹氏书肆、袁氏忠厚书庄、抱经堂、来青阁和对过的文海书店。

解放前夕,嘉业堂的藏书几乎全部都陈列在文海书店里。

真是洋洋大观。宋元刻本、明抄精校,俯拾皆是。不过引起我注意的却是郑西谛的藏书也有一批在这里寄售。西谛有一册手写的《纫秋山馆行箧书目》作为全目也放在书店里。书并不精,多半是常见的明板书,索价也不甚高,听说已有受主了。但辛苦聚集的旧本,一旦流失,总不免为之可惜。少年好事,真想设法为他救出来。找到一位朋友,愿意拿出若干银元(当时称"大头")和一只小黄鱼(一两金子),按照与书店议定的价码,匆匆到黑市上把"大头"换了。拎着一袋法币赶回书店时,发现议定的价码不算数了。当时黑市行情,真个是瞬息万变。这可傻了眼了。总不能再拎回黑市上去,也绝不可能换回原有的"大头"。下了狠心,就用这一袋法币买下十来部嘉业堂书。这可真有点像书林豪客,是想也没有想到的事。这些书至今仍留在手边的只剩下一部万历翻宋本《唐宋诸贤绝妙词选》,白棉纸印,有牌记和天一阁藏印。后来又从富晋买得《中兴以来绝妙词选》,配成全书。

来青阁主人杨寿祺,是书市中老辈。年纪大了,长住苏州,偶来上海。好吸鼻烟,鼻子下方总是黄黄的。好像有什么病,一直摇头不已。他和西谛是熟人,每收曲本附图者,必归西谛。老辈自有收书途径,曾收得宋本《江湖小集》,哄传书林。一次在苏州,他取出"镇店之宝"两部书给我看。一部是明初黑口本《虎丘志》,天一阁旧藏;另一部是明初刻《三国志通俗演义》,是商务印书馆影印底本。说是年纪大了,打算让出。他每来沪,囊中总带来几本旧书,虽非铭心妙品,也有颇有意思的。我曾得到一册清吟堂本《绝妙好词》，是吴枚庵手批本，丹黄杂下，后有贝简香跋，是从吴氏遗书中选得的。

来青阁有点像三马路上的一座文艺沙龙，买书人无事多来店里坐坐，海阔天空地聊一气，话题总离不开旧书。中国书店歇业后，经理郭石麒成了行商，他的根据地就在来青阁。石麒是老辈，为人温文敦厚，同行中有吃不准的版本问题，总要请他来掌眼。他囊中时有奇书，清初汲古阁刻余澹心集三种、张宗子《琅嬛文集》稿本就是从他手里买得的。不像北方书贾，他不居奇，人也随和，所以人缘极好。山阴祁氏澹生堂遗书论斤入市，是他首先发现的。这批书之免于还魂纸厂，石麒是有功绩的。最初出来的，没有人要，我跟石麒说，不论抄刻，不论完缺，都要留下。一直到发现了祁彪佳的远山堂《曲品》、《剧品》稿本，阿英、西谛、惜华都知道了，这才轰动京师。

来青阁座上有一位妙人，孙伯绳。他是一位地产商人，好玩古董。兴趣随时变换。最初买书画，虽无宋元巨迹，明清人妙墨是有的。后来请商务印书馆用珂罗版印成一册《虚静斋名画集》，就此洗手，改玩鼻烟壶。最后是收书。他立下了一种规矩，不取抄校，只收明刻白棉纸本，要雪白干净，无缺页。至于内容全可不计。我就在来青阁案上看到过他退还的书，注明所缺页数。他又多疑，有一本宋刻《尚书图》，是极好的建刻本，绝初印，有胡心耘跋。他疑心不可能是宋本，或是翻刻，退还了。后为我收得，带到北京给郑西谛看。西谛一见高兴得跳起来。不由分说，立刻送到展览会上去了。

不知怎样一来,经来青阁介绍,他居然买得结一庐朱氏旧藏宋本四种。其中最煊赫的是宋本《花间集》,是席玉照的旧藏。他曾约我到他家里去看书,真不愧是惊人秘籍,纸墨莹洁,藏印累累。他是极得意的。除了遍加藏印,还取一页用锌板制成笺纸,大几近尺。他还打算毁去原装,重付装池,终因徐森老的苦劝才住手。没有好久,他又把藏书一股脑儿卖给北京图书馆了。还油印了一小册书目,送给我一册。看看《花间集》和别的大明板放在一起,实在有些不伦不类。

还应该提到四马路河南路口的传薪书店,主人徐绍樵,江北人。他是一个大胖子。说起话来唾沫横飞,时弄小小狡狯,尤喜赌咒发誓。总是说他的书来价如何之高,忍痛低值出让之类。我买书不弃丛残,他又总是信誓旦旦地声明,这书原是全的,余册还在书主家中,不难配齐。但有些残本在我这里放了多少年,依旧是残卷。张宗子的几种书,他一会儿说是出于桐庐山中,一会儿说是绍兴乡下。其实是从交通路的书摊上找来的。但绍樵确有访书本领,能得到异书。他曾为郑西谛从苏北访得《十竹斋笺谱》,西谛在书跋中甚致感谢,其意可知。只要能为你找到中意的书,书友总是值得感谢的。

绍樵又有些大而化之,卖书时只随笔在底封写个数目,并不细看内容。因此他才屡受孙实君的斥责。一次他收到一批书,把通常本子弃置灶下。我从这里发现了一部王昶的《春融堂集》。书是嘉庆刻,貌不惊人。但却是吴兔床、陈仲鱼两家藏本,有仲鱼批校、兔床题词。这些都是他不在意的。

公私合营以后,传薪书店改为古籍书店的廉价部,更趋零落了。未几绍樵病废,随即去世。书店门首,春节时再也不见"传书恨无秦前本"的大红春联了。

1999年2月22日写讫

(原载《收获》,1999年第5期)

我淘旧书的经历和故事

陈梦熊

谈起这个话题,无疑触及我生平中最大的嗜好。说来不信,自从我进入初中校门以后,直至今天,仍旧沉迷于这种嗜好之中。现在因为年纪大了,又患上了髋骨劳损,行动不便,不大出门。况且,现在的旧书摊也近乎绝迹,难以满足我这个引以为悦的要求,实在无奈。正因为如此,我所经历淘旧书的情况和故事是不少的。眼下就记起的几则写下,以后觅得机会再慢慢地道来可也。

上海市旧书店的分布

我自进入初中校门,因为家贫,买不起课本,而校方又在学期之初,公布各科使用课本的名称和版次,允许学生携带旧课本上课,这样我便和几位家贫的同学上旧书摊店淘觅旧课本就读。当时学校坐落在爱文义路(今北京西路)、卡德路(今石门二路)之间,校门对面就是旧书摊点的集中之处,穿过马路就可前去浏览。因此在中午休息或放学以后,我经常前去各个书摊搜觅旧课本。次数多了,不仅搜觅旧课本,也翻阅文艺性的书刊。旧杂志是放在柜台上的,可以随意翻阅,只要不损坏,店方是不会干涉,所以我浏览过的旧杂志很多。遇到喜欢的而且书价低廉的也会买下几本,慢慢积累起来,过了一段时间重新翻阅,很有回味,渐渐地就培养起买书和藏书的兴趣了。约一年后,我与几位同学转学到临近静安寺附近的一家中学就读。恰巧愚园路上红庙弄附近和不远的梵航渡路又是旧书摊店的集中区域,这正中我辈穷学生的胸怀,抽空继续前去翻阅和挑选。这时的兴趣,已不是文艺性杂志,而是新文艺的作品了。记得买到一本巴金的《家》,睡在灯光暗淡的二层阁楼上,一个夜晚就读完了。次日与二三爱好文艺的同学饶有兴趣地谈起它的内容,眉飞色舞,好不自在。因此,巴金是我走上文艺领域的领路人。梵航渡路靠近中山公园一头就是圣约翰大学(今华东政法学院)的所在地。静安寺(今南京西路)是热闹市区,因此这里好几家较具规模的旧书店有西文和大型画集出售,当然,这类高档旧书不是我辈穷中学生所敢问津的。由于与好几位爱好文艺的同学经常交往,故而在暑寒假或假日结伴去其他地区的旧书摊店淘书。常去的有福州路近山东中路,尤其是昭通路,现在仁济医院附近,这里是旧书摊点的大本营,摊位多,品种齐,值得挑选,但书价也高一些,因为摊主都是在行的,懂得一些书的内容,我选购的书并不多。有时也去辣斐德路(今复兴中路)至萨坡赛路(今淡水路)一带淘旧书。偶尔也去南市的文庙选购。以上是我从40年代初期到1956年公私合营的上海旧书店成立以前的主要去处,也是上海市区旧书摊店的主要分布地区。

上海旧书店成立以后,主要去福州路的总店,也去静安寺对面、南京西路江宁路、四川北路武进路附近等分店选购,因为各个分店是独立核算的,供应的书也不相同。由于旧书货源稀少,各个分店逐渐息业,只存福州路总店和湖北路一家分店仍在营业。在"文革"前,上海旧书店在总店的二楼设有内部供应处,要凭介绍信才能入内选购。由于我已是出版社的编辑人员,就可自由出入了。该店还设有特殊的供应部门,专供中央首长选购,据说胡乔木同志是常客,我未去过。在出版社工作时,每逢周四要去该店仓库劳动一天,见到了各类各色的书刊,也就扩大了我的眼界。

此外,现在仍在营业的有上海旧书店退休职工合作开设的上海新文化服务社两家,一家原开设在长乐路、成都路附近,后迁去瑞金二路272号上海古籍出版社相近的弄堂里,另一家开设在福建南路,近民国路的一头。再则,在襄阳南路靠近南昌路,有一家私人开设的旧书店。还有新闸路,靠近沙市路有相邻的两家。一次,我去共康五村拜访亲戚,见弄口有一家稍具规模的旧书店。有位残疾女青年在营业。我入内挑选,配得久缺的《民国人物传》第五集,甚为高兴。不久进来一位长者,立刻与我招呼,交谈中得知,他是上海旧书店的退休职工,家住村内,又因女儿残疾,居委会同意在弄口开设这家旧书店,让残疾女儿就业,父亲给予照顾和指导,因此颇具规模也。更意想不到的,他还说"文革"前曾借用我的一本书,尚未归还,至今存在家中。说实话,这件事我早已遗忘了,还是他主动提起,并且从家中取来还我。细看书的内页,确有同学的签名,正是这位同学所赠,且作配套之用。这次老朋友相见,颇有外乡遇故知之感。我在他的摊位上还买到一本自费编印的旧体诗集,其中有沈尹默的题词和严独鹤等的诗作,后来我借给现任《新民晚报》社副刊部主任严独鹤之孙严济平先生,至今尚未取回呢。由于长期淘旧书刊,认识许多旧书摊主和营业员,但大都记不得他们的姓名,只是面熟。有时也打打招呼。现在他们大都退休了,部分由子女顶替,仍在从事这个行业。有位绰号"小公鸡"的营业员,偶在地铁车厢相遇,他告诉我已经脱离上海旧书店,自己开了一家书店,做了个体户。并且递给我一张名片,希望我常去他的书店购书,十分友好。

遇上了"笔名大王"

在旧社会,旧书业是属于废旧货行业中的一支。它的利润和收益是很难预测的。如果从收破烂处购进,完好的旧书报刊都作废纸论斤收入,然而分类成套的书报杂志卖出,其利润是十分惊人的,所以有"黑吃黑"之说。我遇上的这位"笔名大王",起初就是专做这种行当的人。抗战胜利后,上海市区仍有串巷入弄上门收购各种旧货的挑担子的小贩。他们每天下午三时左右就集中到赫德路(今常德路)近星加坡路(今余姚路)的旧货集市交易。各个旧货担子一字长蛇阵地停列在赫德路旁,陈列着当天收购的各类旧货,供买主选购。交易时也用"切口"(即行话,主要是数字的行话)。这位"笔名大王",姓陈,南通人,原在上海中央储备银行当练习生,此时汪伪的银行停业了,他也失业了。无奈之下,他就带了个小得多的弟弟,一起跑赫德路旧货集市,专门收购各类旧书和杂志,然后出卖到各大书摊或旧书店去,购进与售出的差价是很大的,获利颇丰。他做了一段这样的二道贩子以后,积累的书刊和本钱也多了,便在玉佛寺附近(后迁移到南汇路)摆了固定的书摊,摆脱了二道贩子的身份。正因为这样,他的进货价比别人的低得多,利润也就丰厚,到1956年公私合营进入上海旧书店时,他的资本是领前于其他人的。他又怎样成为"笔名大王"的呢?这要从他进入上海旧书店的工作说起。

　　他入上海旧书店后,被分配在收购处工作。除了门市收购外,还要去全国各地收购,因此他跑过许多城镇,见闻较广。书店为了提高业务水平,动员各方力量,油印了《笔名索引》和各种分类目录及价目,并且编印了《古旧书讯》。他就在这份《笔名索引》的基础上,参考了发表在《文史》杂志上张静庐的《辛亥革命时期笔名录》以及其他同类书刊的笔名,抄录在卡片上,每个笔名一张卡片,积累了大量卡片,遂自诩"笔名大王"了。"文革"期间,上海社科院院长黄逸峰同志因系上海三次武装起义时期的老干部,抗日期间又搞国共合作部队,为重庆方面委以中将军衔,历史上七次被捕,七次无重大政治问题等原因,曾被长期关押和审查。其间陈先生利用长女与黄女儿的关系给予种种照顾和关注,加上同乡等原因,在黄院长官复原职以后,他要求从上海旧书店调入上海社科院工作。黄院长考虑到他长期在旧书店工作,又无高等学历,便安排在院图书馆工作,这是很恰当的。岂知他入图书馆后,不愿按规定每日上班,而要求按科研人员办法,每周上班两天,以便在家研究笔名。这样与馆方领导产生矛盾,也不安心于馆内工作。善于钻营的他,又与以前因买书而相识的当时文学所负责人攀上关系,要求转入文学所搞科研。负责人员同意了,但院的相关部门不同意,只好改用商借工作名义,便使他在文学所站住了脚。为了扩大自己研究笔名的影响,他又通过《文汇报》年轻记者写专访,报道称:他所掌握方志敏的笔名为方的夫人和子女也不知道,得到方志敏家属的称赞,以显示其研究笔名的成绩。其实方志敏发表文章是早在读书期间,作为学生时期的活动,为其夫人和子女所不知,完全正常,有什么可以宣扬的呢?由于他屡次通过报刊广泛宣传,致使中国社科院文学所搞中国现代文学的研究者遇到生疏的笔名时,趁来沪之便,就登门请教。交谈结果,问题无法解决,使来访者产生厌恶情绪,事后对我所同事说,倒足了胃口,今后再也不上门了。同样情况,所内一位中年同事,本来对他编纂的笔名专集甚为欣赏,还撰文在报纸上推荐。当他参加一部书稿编写时,发现几个笔名不了解是谁,就向他请教,结果也一无所获。事后向我谈起此事,并出示笔名,希望我予以解答。经我查考后,原来都是王礼锡的笔名。问题解决了,他也满意了。说到笔名,必须慎重,绝对不能"对号入座"。例如"佩韦",就我所知,在同一时期,鲁迅、茅盾、王统照、宋云彬等都署用过。张叶舟、王小逸都有两个,其他同名的也很多。遇上这种情况,就要查考文章的发表年月、详细出处及文章内容、风格等等,作细致的考辨才能得出正确的结论。这些原始材料,在他编纂的书内是不具备的。尤其从别的笔名书刊中转录来的,更无法提供了。严格地说,笔名研究是门专门学问,值得深入探讨。每个笔名,必定有它产生的动因、背景、含义和故实或典故等等。要弄清这些问题,实非容易。非要有广博的知识,深厚的学术功底不可。如果写成文章,必须是篇传奇性、可读性都能吸引读者的掌故性的随笔呢。如果弄错了,就会剥夺他人的著译权。如果在环境十分复杂的特殊年代,揭发一个笔名,等于出卖一个革命同志,其重要性也由此可见。这位朋友,尽管做不到深入研究,却积累了这么多的笔名,提供了材料,可供后人参考。也恰如孙殿起编纂的《贩书偶记》一样,其积累素材的业务功不可没,还是值得肯定的。

旧书店里也会冒出对敌斗争的硝烟

在上海的日伪统治时期,进步作家郑振铎、王统照和翻译家耿济之等,处境十分险恶。为了避免日寇、汪伪的追捕和迫害,他们都改名易姓,离家出走,设法躲避。郑振铎化名陈敬夫,王统照化名王恂如,耿济之化名耿孟邕。约在1942年,为求有个歇脚和交谈之处,经郑振铎提议,获得耿济之等的同意,在善钟路(今常熟路)、海格路(今华山路)小局场附近开设了一爿旧书店,取名蕴华阁,店中只雇一位职工,便于他们在此交谈、会客和秘密联络等。当时他们自己的生活也非常艰苦,耿济之依靠开明书店预支少量的翻译稿酬维持。每天早出晚归,经常买一副大饼油条或烤山芋充饥。正由于这样,他才躲过了日寇上门搜查的厄运。王统照在开明书店当编辑,书店营业清淡,收入微薄,度日艰难。至于郑振铎,更无固定收入,全赖变卖家私度日,自己却东藏西躲,甚至去了苏州、无锡诸地。而这爿旧书店,本不是以营利为目的,尽管很小,只有一间门面,用一个伙计,还得要独本支撑。这样苦苦维持了好几年,实在不容易。我在参加编辑《上海抗战时期文学丛书》时,特意将他们三人发表在这段时期的文学作品,编为一集,取书名为《蕴华集》,就是纪念开设这爿旧书店时期的苦难经历的。

郑振铎是著名的大藏书家,因此他与各家旧书店主人与员工较熟。一次,当他进入一家旧书店选书时,冷不防一个陌生人,穿入店堂,神气地问店主人说:"郑振铎来过没有?"店主人警觉地感到此人来路不明,又不认识郑振铎,显然不怀好意。便回答说:"来过后走了。"郑振铎听得清楚,心里也很明白,便不声不响地溜走了。正是这位店主人的机警,才使他甩掉这个尾巴,避过了一场祸害。因此,在日伪统治时期,上海的旧书店里也会冒出对敌斗争的硝烟。

抗战胜利以后,中共地下党员翁逸之,为了有个公开职业,便于掩护,在辣斐德路(今复兴中路)、平济利路(今济南路)转角处开了一爿旧书店。店面不大,只有一间半光景,我曾去买过旧书,当时我是不知情的。还是几年前,他在上海人民美术出版社当编辑时的同事告诉我的。当时他除了开设这爿旧书店外,还与沈子复(中共地下党员)等编辑综合性杂志《月刊》,我至今还收藏了几本,不齐。翁是位画家,也会写文章,可惜他生前我没有见过,十分遗憾。

许和先生

我和许和先生相识是十分偶然的。约在1948年的下半年,我在《文艺春秋》杂志上,或其他报刊的小型广告上,见到有人需要补配《文艺春秋》的几本缺期,而我手头恰巧有相符的期数,便去应征出让。先去《文艺春秋》编辑部,经办人员告诉我,征配者名叫许和,并抄录了联系地址。来到该处,原来是德孚洋行的办公室。许和先生是位颇为热情的中年人,看来是该行的资深职员。他见我是个单纯的文艺青年,十分高兴。从交谈中,得知我们都喜爱"五四"以来的新文学,而我对淘旧书尤为熟悉。他对周作人、俞平伯和废名的作品,更为欣赏。双方的距离更近了,也更投机了。我偶见他的写字台上,放了一本英文杂志的合订本,杂志的主编是许和。我问他说,您的英文程度一定很好吧?他谦虚地回答说:没有,我的英文程度不好,这是朋友们推举我才挂上主编的署名的。一般说来,如果没有较高的英文程度,是不可能在洋行任职的,因此许和先生的英文程度应是较好的。

经过几次接触后,他认为我为人老实可靠,便主动邀我去他家中闲聊。原来他家在南市区的一座旧宅里,家中有比他年龄稍轻的师母,是苏州人,据说是评弹演员出身,也较文雅。一个儿子,正在攻读师范,瘦瘦的身材,年龄比我小一些。我尤感兴趣的,是他家壁上、柜中放满了新文学书刊,可说琳琅满目,美不胜收,怎不令人羡慕呢?他一面向我介绍其中的珍品,一面抽出原书给我欣赏。我看到了不少稀见的版本,甚感珍贵。他还收藏了二三十年代的文艺和综合性的杂志,并且是成套的。例如《逸经》、《宇宙风》(甲、乙刊)和《人世间》等等。至此,我暗暗地为自己交上了一位藏书家的朋友而高兴。为此经常去他的办公室或家中,他也乐意与我这个年轻人交朋友。有时我们一同上旧书摊店淘书,有时抄出书名、作者和出版单位,托我访觅。我也乐意前去访觅,每有所得,立即送去,他总以感激的心来对待我,我的心里也乐滋滋的。说实话,当时我处在失业失学之际,平时白天淘淘旧书,晚上读夜校,生活全赖家庭负担。因此,迫切地要找一份工作,谋求独立生活,不再依赖家庭负担。后来,我向他吐露了这种窘状,他便对我说,不要急,慢慢来,我正在找一处合适的店面,开一爿旧书铺,资金由我提供,店铺由您负责经营,目的不在赢利,而是把喜爱的书刊留下,自己收藏。又说:我是个爱玩的人,过去玩过金鱼,在镇江办了一个金鱼场,各色品种齐全,可惜被日本鬼子毁了。我听了自然高兴,只是合适的店面难找,旧书店最终没有开成。但他却与我做了一桩十分有意义的事,值得在此记述。我应王士菁先生的嘱咐,为当时已由新华书店华东总分店编辑部调入由冯雪峰主持的鲁迅著作编刊社工作。该社设在武进路上,初创伊始,缺乏图书资料,我为他们借用有关资料。该社的工作人员,除王士菁夫妇和一位姓赵的书记员,还有杨霁云、孙用两位,后来林辰也调来了。我见到冯雪峰先生即在该社,由士菁先生介绍的。经与许和先生相商,并获得同意后,我当时出入许家和该社之间,送去书刊,用完了又进行调换,成为二处的常客。所以"文革"前借调到人文社鲁编室工作的包子衍兄,生前曾与我说起赵先生(可惜名字忘了,现在也该退休了)回忆起我当时留下的印象和活动等等。借用的主要是整套的旧杂志,记得有《逸经》等,单本书籍较少。许和先生总是有求必应,从无回绝。我也从无遗失或延误过。更可贵的许和先生从未收受该社一分钱的资料费,我也没有收受路费和餐费,完全是尽义务。无疑许和先生借给该社的书刊发挥了较大的作用。后来,我由士菁先生介绍,进入海燕书店当校对员,晚上在诚明文学院中文系读书。该院后并入上海学院中文系,最后并入复旦大学中文系,我因正在海燕书店工作,家庭也有负担,所以没有随校并入复旦就读。上海鲁迅著作编刊社后来也迁去北京,并入人民文学出版社,成立了鲁迅著作编辑室。正由于这样,我与许和先生见面的机会也少了。记得有一次见到他,人也变瘦了,穿了一套适时的人民装,情绪很消沉。这与他的处境有关。因为德孚洋行,是德商开设的化工原料的机构。抗战胜利后,被国民党政府接收,所以他们的主管是什么处长。上海解放后,该处当被上海市人民政府接管,他的收入受到大幅度的减少。而他的开支,除南市一家外,还有近老西门的一家,我曾随他去过,见到一位较为粗俗而凶狠的女人和一个读小学的女儿,住在一家店面房屋的楼上。显然他是不喜欢这个家的,我们坐了不久就离开了。在旧社会,一个外企职员往往有大小老婆,这是不足为奇的。上海解放初期,他要负担两个家庭,确实难以支持。况且,还有人际纠葛,更会生出烦恼。又过了一段时间,我去南市他家,师母对我说:老许已经病逝了,是生黄疸病死的。我感到突然,无以相对,一阵悲痛向胸中袭来……

许和先生,虽是一位普通职员,没有什么突出贡献,但他为人善良,爱好和收藏新文学书刊执著而真挚,为我所效法。我写下这些,也算纪念这位爱书朋友。

2005 年 3 月 4 日增补和修订于梅陇新居南窗下

记得自忠厚书庄的善本书

黄永年

上海的福州路,即通称为四马路的,一向有"文化街"之称,因为当年这里的书店特别多,不过多数是出售新书的。经营线装书的旧书店除传薪、汉文渊等少数几家在四马路外,几乎都开设在三马路即汉口路。其中袁西江君主持的忠厚书庄算得上是家老店,看傅沅叔先生的《藏园群书题记》,就常提到这位袁君,说在忠厚书庄获得什么什么善本。

吾生也晚,在上海正经地买线装善本书,已在1950年从复旦大学毕业,统一分配,任交通大学政治课教师之后。此前在复旦读书时对文史考证之学感兴趣,买的多数是商务、开明出版的学术新刊新著。这时改行从事思想政治工作,无暇重理所学,就以讲求版本为工余的娱乐。因此尽管头两年供给制每月折合三十元左右(注:当时用旧人民币三十万元左右。下同。不再一一出注),星期天仍有兴去旧书店。到1952年院系调整,在高校任教的改为薪给,每月工资多至八十余元后,自更多余钱可跻身购买善本书的行列。要知道,彼时大学生每月伙食为十二元多,已吃得很好,教工食堂吃再好的也不过十五元光景。而很好的明刻本、抄本、批校本,除非部头特大者,少则每部三五元,多则七八元。我从忠厚书庄得来的就是其时这种价钱的善本书。

回忆起来,在忠厚书庄袁君手里买到的第一部善本书,应是明覆宋十卷本附拾遗的《韦苏州集》。半页十行、行十八字,白口单鱼尾,左右双边,细白棉纸印,衬装两厚册。每卷多加钤"天籁阁"、"项子京家珍藏"、"墨林山人"以及"陆岳之印"、"南式"、"杏庄"等印记。书尾还题有"康熙五十五年平原杏庄珍藏"一行,则项氏诸印当是这康熙五十五年归陆氏前就伪加以充宋本的。因为这部明覆宋也实在覆得精彩,有些页简直和南宋早期的建本无大差别,而不像嘉靖时覆宋本老是呈现方板的欧体字格局。好在我和袁君都没有把它当作真宋本,所以买来只花七元人民币,记得这是1952年秋天的事情。

不过得说明,这明覆宋本的《韦苏州集》,印本尚颇有流传。前些年台北友人寄赠《中央图书馆善本书目》,这个本子就著录有六部。试检1987年的《北京图书馆古籍善本书目》,也有三部。可刘承幹的《嘉业堂善本书影》居然把它当作真宋本印了进去。因此想起谢刚主先生《三吴回忆录》里讲到嘉业堂在上海的秘籍佳椠,有《韦苏州集》在内,自即是此充宋的明覆本了,当缘它刻印得可爱,刘氏就留在手头把玩吧?我这部有"旧山楼秘笈"、"赵宗建印"等印记,当在清季入藏常熟赵氏旧山楼,又加钤"虞山沈氏希任斋劫馀"印。可惜每册首页都缺失,印纸破损处间已损字。1986年成都徐无闻兄来西安,我请他补写完善,以他是真书法家,其妙楷足为此书增光彩也。

大约就在这以后不久,我又从忠厚书庄接连欣得两部善本好书。

一部是鲁九皋《山木居士集》的旧抄本,素纸大本装四册,原为周越然所藏,钤有"曾留吴兴周氏言言斋"长条白文印,洁净可观。有孔继涵题记,谓:"《山木居士集》,同年江西建昌府新城县鲁洁靟兄所著。乙未之冬,寄周书昌兄,借抄其福。孔继涵记。"并钤"孔继涵印"、"荭谷"两印。这"福"即是副的意思,并非"福"字。乙未是乾隆四十年。周书昌名永年,是彼时的藏书家、文献学家。民国三十三年沦陷区中华日报社出版周越然的《书书书》,其中有一篇讲此书的文字。周氏大约解放后才去世,但藏书已陆续散出,在忠厚书庄我还见到他藏过的嘉靖本《古乐府》。

再一部是钱谦益的《绛云楼书目》,毛太纸印黑格抄写,半页十一行、行二十一字,白口单鱼尾,左右双边,分订两册,钤有"塘栖朱氏结一庐图书记"朱文大方印、"遂翔经眼"白文印以及九峰旧庐藏书诸印,是清咸同时朱学勤旧藏,入民国后经杭州书商朱遂翔手售归王绶珊九峰旧庐,50年代又从王家散出之书。取与通行《粤雅堂丛书》所刻有何焯学生陈景云批注的本子相对勘,发现这陈注本的分类已经重新编排,非本来面目,还漏掉了一些书,漏注了不少版本,还有不少错字,如把《东坡外集》错成《东坡外传》之类,都可据这黑格写本一一勘正。这黑格写本"玄"字概不缺笔，而字体则像宣统元年神州国光社影印的经钱谦益手校的写本《李义山诗》，不过比《李诗》的字迹要幼稚纤弱。我推测它是顺治七年十月初二夜绛云楼失火焚毁之前钱家僮仆抄写的账簿式书目。从全书上下两册都没有加上"绛云楼书目"之类的标题，只在下册天文类之前顶格写上"绛云楼"三字，呈现出只是个草目的样子，也可以证实我的推测。为此，我后来写了篇《影印清顺治抄原本绛云楼书目缘起》，发表在全国高等院校古籍整理研究工作委员会主编、1992年出版的《古籍整理与研究》第七期上，只是这影印之愿至今仍未能实现。因为这种好书未必多有识者，影印出来是赚不了钱的。

顺便再说一部过去颇负盛名的《绛云楼书目》抄校本，即丁日昌《持静斋书目》著录的郁氏宜稼堂收藏过的陈景云批注本。它多至七十四卷，其实只是以原目的一类为一卷，除第七十四卷补遗及所附曹溶《静惕堂书目》外，不仅内容并未增多，据叶德辉《郋园读书志》绛云目条说"小注宋元字样及作者姓名"还不及粤雅本详细，不过叶氏还说："此本硃书蝇头小字，行草兼工。"可1956年上海古旧书店全行业"合营"后，我见到这个本子，是由持静斋转归孙毓修，又经黄裳藏过的，硃书行草其实卑弱欠工。当时虽只标价二十多元，仍引不起我的兴趣，今不知流入何处。

当时我去得更多的是汉口路广西路口的温知书店和福州路的传薪书店，再就是淮海路某里弄1号的修文堂，还有也在汉口路的来青阁，去忠厚书庄的次数不算太多，可能由于它地方窄狭,只占半间店面,不像温知书店、修文堂那样可坐下来休息闲谈。但给我的印象,在旧书业中它的档次还是高的,袁君是懂版本的。只是当时好书太多,往往顾不上买。记得有一次在忠厚书庄的架上看了几部书,一部《江村消夏录》有翁方纲的蝇头小字批注,可惜缺了一册是用没有批的补配。而我当时有个想法,每个名人的批校本有上一部也够了。前在传薪已买过翁批的《经典释文》,这部翁批又有补配就放弃了。还有一部是明都穆的《金薤琳琅》正德刻本,一部是明杨士奇的《东里文集》正统刻本,都因为是明人著作不感兴趣,尽管《东里文集》的黑口赵体字也很可爱。再有一部是世德堂本《荀子》,过录惠栋的批点,而我向来不喜欢《荀子》,认为读起来远不如《韩非子》有趣味,也都没有买。其实这几部标价都在十元以内。

大约在上海古旧书店全行业"合营"之前,我还在忠厚书庄买过两部善本书,即经批校的万历时马元调刻本《元氏长庆集》和《白氏长庆集》,也都是从常熟沈家散出的,钤有"虞山沈氏希任斋劫馀"印。《元集》是沈宝研之子沈鸿字秋田者过录何焯的批校。沈宝研名岩,何焯的学生,也是校勘名家,他还在书上亲笔写了两段跋。可能袁君不曾仔细考究,廉价二元半卖给我了。《白集》也有名堂,批校出孙淇字竹乡者之手。此孙淇还同时校有《元集》,不知何故与此《白集》失群而为瞿氏铁琴铜剑楼所得,今藏北京的国家图书馆,而我买这《白集》也不过三四元。其详我已写在一篇《买书经验杂谈》里,发表在《藏书家》第五辑上,这里不再细说。

也就在这时,袁君给我看过忠厚书庄所藏旧本书的清单。我记得其中有部明嘉靖闻人铨刻本《旧唐书》,解放初我在苏州琴川书店见到过,标价三十元,袁君定价似为六十元,也不算太贵,不过我早在传薪买到了卢氏抱经楼旧藏的一部。

1956年我随交通大学内迁西安,此后与袁君未通音问。袁君比我年长得多,其晚年情况我没有问过上海的朋友。

就写这一些,作为对这位袁君和这家忠厚书庄的一点纪念。

杭州旧书业回忆录

朱遂翔

余自清光绪三十四年(1908年)来杭学习书业于杭州清河坊文元堂书局,拜杨耀松为师,当时对旧书不甚注意,兼营所及,略事点缀而已。嗣有西湖水竹居主人刘问刍收购旧书为装饰品,所置书籍,均需写宋字书根,装配银杏木夹板,务求外表美观,其售价率讲本数。杭州旧书之有衬纸及用洒金纸书面与耿绢包角,以求其形色之斋皇典丽,亦肇始于此时。良以工料丰赡,工资低廉,只求装潢,以事招徕,作之俑者,文元堂也。至今思之,旧书之遭殃,实无过于此。数年之后,皆为虫蛀,无复有完好之本,此实不懂旧书之保存,其目的仅在骗钱而已。且亦不懂版本。某书为少见,某书为足本,某书为复刊,但知明本是好书;关于精抄之稿本,亦不加以研究。余习业时,有梅花碑经香楼朱成章者,业师之叔岳也,在塘栖收书,值劳季言兄弟之书全部求售,朱成章不懂,央及业师杨耀松协助。业师对旧书,原亦不懂,因资本充足,敢于作为,结果塘栖劳氏之书,全部由彼二人收来,计二大皮箱,收价六十余元,内有抄本、校本及蝇头细字之批校本,余曾见之,业师既不了了,余亦无从请教。此类旧书,后为北京同业丁骏臣、解松泉、韩子元辈先购去少数,每本价约五元、十元不等。不久,彼等又来选购,每本价增至三十元。余知内中有一本为阮文达手抄本,彼等出三十元购去。事为北京藏书家傅沅叔探悉,专程来杭,亦购去少数。旋有杭州吴晓帆家之藏书出售(1954年间北京图书馆向杭州文汇堂书店购去之太平天国史料多种即其中之一部分),由梅花碑汲古斋书店主人侯月樵介绍业师往购,索价一万数千元,业师患得患失,不敢着手,其书品目甚多,后为上海南洋中学教员汤济沧出二千五百元全部购去,实在价廉之至。南洋中学选剩后,将余书另设利川书室出售,聘杭州多福弄口摆书摊之杨炳生为经理,杨任意挥霍,营业败坏。利川书室结束后,杨又在上海福州路自设集成书局,出版石印书籍不少。其时有杭州杨雪渔之子见心收购旧书,比较刘问刍为内行,但亦喜购衬纸之书。民国元年,浙江朱瑞大购旧书,由陈天翰(平湖人)代为经手其事;同时又有兰溪刘琨住杭州蔡官巷,亦喜收旧书,但本人不出面,由李某传达,故去取之间与李甚有关系。又硖石费景韩为上海张石铭及嘉业堂刘翰怡二家代购书籍,亦从中图利,一月必来杭数次。余在湖州荻港章硕卿家收到宋版《李贺歌诗集》二本,计七十二页,有季沧苇、徐乾学、传是楼藏印,每页后面有方印官章及乾、道二年年号字样,字皆长方形,后为费景韩借口与余合作取去,售与袁克文。嗣是旧书流通之风气大开,市上设肆经营者日多,以此书价逐渐上升。当时营业最兴盛者为古堂书局,主人郑小林其子即长发也。当时有嘉定廖寿丰托其购书,故营业极佳,凡上门来购者无一定之标价,随便讨价还价,结果都能成交,盖旧书之利益厚也。民国五年(1916年)上海有古书流通处之创设,主人为海盐陈立炎,颇有阅历,初出书目,但无定价,仍以讨价还价之方式行之;至第二期书目,各书始有定价,凡同行或熟人及图书馆向购可打九折,门市则无折扣。如是经营,营业大盛,购者亦称便利,外埠邮寄往来,殆无虚日,各省内地读者亦可购到喜爱之书。盖旧书价格之高低,本无一定,要视各人之看法及其需要如何耳。外埠均依定价来购,而有几种书往往因论价未谐已为他人购去,故要者遂不敢再论价即汇款来,甚至有通电报约定然后汇款者。杭州出书目最早者,为余所设之抱经堂书局,开始即逐部标明售价,以示毋欺。但事属创举,信用未著,购者未见踊跃;而杭地同业检我店书目内相同之书,在顾客前宣传:我定十元,只需五元,故本地营业不见热闹,来购者反以外埠为多,数年后营业蒸蒸日上。抱经堂书局尚有一种临时书目,藉补正式书目之不足。各同业以利之所在,亦皆纷出书目,从事竞争。在上海方面,应以隐庐及中国书店所出之书目为最好,且最完备,每年出一次,日本人购者为多。富晋书社及来青阁等书店亦先后继起,发刊书目;而彼时之北京书目,都不肯南寄,因定价较高,恐南来购书受其影响也。自此以后,南北书店皆有书目,亦皆有定价,其价格率互相参考而订定之。其时,各地图书馆为充实内容计,亦大购旧书,此为旧书业最称兴盛之时期。我杭继朱瑞购书者有旧军人徐允中(青田人),但亦不懂,由科员徐冰(杭州湖墅人)经手,即现在市上流行之东海楼书目是也。此后因各店均有书目，营业均好，无上门送售之必要。直至民国十六年，有杭州盐商王绶珊大量收购旧书，尤喜购各省府县志，因本人居上海，故杭州各同业皆送书至沪，数年来所购之书，其价达四十余万元。中有铁琴铜剑楼宋版书及傅氏双鉴楼、邓氏群碧楼藏书，仅此三部分之书，计价已不下十余万元，十年以来当推王氏购书为最多，且多为善本，皆为经目而代编入书目者。余一年之中，在他处接洽业务，约有四月，在杭时除自主书局外，兼为王氏理书，王曾在其杭州田家园老宅旁建藏书楼一所，甫工竣，不幸日寇侵杭，事以中辍，堪为扼腕。现此屋已售与浙江大学之附属医院，所藏书已星散，王氏在抗战时期亦溘然长逝。自抗战以后，沪杭各同业皆停出书目，间有一二家有编印者，亦难为继。解放以前，旧书遭受严重摧残，称担计斤，视同废纸，诚亘古未有之浩劫，其损失岂可以代价计算耶！迩者，党的"百花齐放、百家争鸣"方针提出以后，国人对古籍又趋重视，自1956年下半年以来，旧书价格竟贵于抗战以前，需要之殷切，于此亦可想见。余自愧衰年，诚已不足有为，然窃尝思之，营旧书业者固当精熟版本、目录之学，尤需阅历广泛，不断观摩，俾理论与实际相结合，不致蹈入空虚。设肆经营者，要当在党领导下，以搜集和保存文化遗产为己任。我同业继起多才，目光远大，当不河汉斯言也。

民国杭州旧书业

褚树青

书肆业,古已有之。据文献记载,汉时就已萌芽,至宋元而备盛。降至明代,由于士大夫极度崇尚宋元刻本,出现了"搜罗宋刻,一卷数金"的现象。更有甚者,著名藏书家毛晋,竟以页论价。常熟乡里由此有"三百六十行生意,不如鬻书与毛氏"的谚语。高额的利润,使得以营利为目的的书贾队伍,旋即分化成两种经营方式:一为重营当代刻本者,一为专贩宋元旧椠者。后一种书贾经营即成为现代意义的古旧书业了。

浙江是人文荟萃之地,而杭州不但具东南形胜,更兼三吴都会,商旅发达,文化进步,是以书肆一业,出现甚早,且负盛名。旧书经营规模,虽不及北京琉璃厂,却也在全国书业中占有重要地位。尤其进入民国,上海作为新型工商城市迅速崛起,成为东南巨埠。文化事业也执我国牛耳。各种现代技术印刷的图书与新型书店目不暇接,出现了著名的福州路文化一条街。在此情势下,杭州书肆界则借自宋迄清均为刻书中心的声名和多藏书家、藏书楼的优势,向旧书业的方向发展,终至形成旧书经营一枝独秀的局面。当然,这种局面的造成并非仅只上述原因。更主要的是时正值欧风东渐,固有的封建经济崩溃加速,赖此基础为生的世家大族急剧没落,所藏典籍星散云飞。故古籍书源丰厚,贩者有书可贾。又抗战事起,一些流氓、盗贼乘机洗劫。据健在的杭城旧书业前辈回忆,日军占领前后,从旧家大户流失出来的古旧图书多不胜数。一些旧书业主乘机廉价收购(一三轮车只需银洋一元),加以储藏,为日后抗战胜利旧书业中兴打下了物质基础。再者,自明以来对宋元旧椠的推崇,至民国并未改变,且扩大到明清版本也属珍物。不仅藏书家,学者广为搜访宋、元、明、清之善本、秘本,甚至富商大贾,也群起争购,视典籍为财富。因吴越为文献大邦,是以搜求者均十分看重杭州。缘此,整个民国时期杭城旧书业都较兴盛。据笔者搜集到的资料统计,有四十四家之多,内中还不包括某些分店、书摊。

杭州旧书店,没有像外地那样稳定集中在某一条道路上,以形成颇具特色的文化街。而是分散几处,相对集中。且经多次迁移,相对稳定而已,如前期,主要在梅花碑、清河坊、花市路三处。主要的旧书店有文元堂书店、古欢堂书店、问经堂书店等。中后期则主要散布在城站福缘路、新民路、湖滨、延龄路等路段。如抱经堂书店、宜新书店、文汇堂书店、松泉阁书店、天泰书店、维新书店奎记等。从前后期的变化分布,可一窥杭城格局变化,市区中心迁移的具体情况。

从经营情况看,总的标准有二:一是兼具"湖贾"与"居贾"两种性质;二是印刷古籍,涉足出版业。

所谓"湖贾"与"居贾",是早期书肆经营的两种方式。"湖贾"谓四处游走的贾书者;"居贾"为开有店号的固定经营者。民国时期,由于杭州地处江南,近接上海,受资本主义影响较深,经营上颇具灵活。"居贾"与"湖贾"的界限已不甚分明,也可说是合二为一了。业书者往往稍有积蓄,便在城区租赁房屋,挂牌开张,或雇伙计二三,或是夫妻小店,架上书满,触目琳琅。遇有客来,则和颜悦色,奉前趋后,极尽店主之谊。为保证书源,经营者又携款外访,四处搜购。利用江南水乡优势,"扁舟轻棹,往来吴越",行动迅速,且沿路边收边贩,边贩边收。以故家有业架之储而子孙不才者为主要购访目标,以学者士人而又家资饶富者为售书对象。一俟购到珍本、善本,更是游走兜售,居奇而沽,常常利润百倍,一跃而脱贫致富。

书业主们在搜书过程中,还极为重视对古籍刻版版片的收购。尤其印本存世不多的原刻版,在购进某书版片后,往往先将其排比整齐,清尘剔垢,缺字少角部分,则补刻完备。然后影印千百,上柜出售。每书卷后除署上店号、版刻渊源外,还印上"版权所有,翻印必究"字样,一如现代之版权法。计抱经堂书店印有《榆园丛书》(仁和许氏校刊)、《范氏三种》(乾隆范氏原刊)、《白华绛跗阁诗集》十卷(李氏原刊)等二十五种,文元堂书店印有《红楼梦图咏》、《西湖导游》、《西湖游览志》等数种,余不赘述。但这些具有出版性质的活动,实为杭州旧书业经营水平超越于国内同行的重要标志,也为杭州在中国近代出版史上挣得了一席之地。

杭州旧书经营规模最大,声誉卓著者,当推朱遂翔之抱经堂书店。终其一生,他致力于旧书经营,从一目不识丁的乡下佬,到创业开店,成为海内外知名的旧书店老板,成为殷富,成为版本目录学家,成为藏书家,富有传奇色彩。时人将他与《贩书偶记》的作者孙殿起合视为旧书业南北领袖,称"南朱北孙"。朱氏业书的最大特点:"信诚业书、不沾沾计利,常常投桃报李,故大可人意。"以下故事或可佐证:

朱遂翔曾收到一部明翻元《六子全书》。当时,因是熟人介绍而来,故朱氏未及细察,就充作元版购进。适著名版本学家、藏书家傅增湘来访,见几旁之书,拿起翻阅,竟也失眼,认作元版,以三百元欢喜携归。回京后,傅仔细考究,大呼惭愧。即书函告朱。遂翔阅信后,立即汇回书款,并告书由傅先生自裁。此事一时传为美谈。

朱遂翔鉴于古书无定价,无准则,书价常随买者之多寡而定,因此,难免有敲竹杠之事,乃仿效上海中国书店,汇编了《抱经堂书目》,书目中有目有价,一书一价。一改过去作风,信誉大增,营业蒸蒸日上,邮购的生意远至日本、美国。特别是编印《残本书目》,次为读者补配图书之用,更是大力地节约了读书人的访书时间。遂翔从民国十年开始编印书目,直至歇业,共出版目录三十余册。在他影响下,杭州有实力的旧书店也纷纷群起效尤,印行书目,都欲以诚取信顾客,以利竞争。如朱立行的《拜经楼书目》、屠叙臣的《文艺书店书目》、朱菊人的《经训堂书目》、金元达的《矛华堂书目》、杜国盛的《文汇堂书目》、顾立章的《复初斋书目》和朱宝庭的《汇古斋书目》等。郑振铎先生曾就杭州发行的书目,在《西谛书话》中写道:"今岁书市因平(北京)贾之麇集而顿呈活跃,各家皆出书目。杭州诸肆亦每寄临时目录来。……前在中国书店见杭州某肆目中有《鹤啸集》,名目较僻,即托其代购。"其影响可见一斑。

诚然,也不讳言,在众多的书目中,也有少数著录时以假乱真,以劣充好者。但从总体而言,书肆目录的编印,其主流毕竟是好的,是值得肯定的。

由于朱遂翔为人诚实,又精研版本,遂被"九峰旧庐"主人、大藏书家王绶珊赏识,委以全权代办收书业务。遂翔替王氏收书,最得意的几笔生意有:以58000元之价,收进常熟瞿氏铁琴铜剑楼宋版书八种;以6836元,收进苏州邓氏群碧楼宋、元版二十四种;以14088元,收进北京傅氏双誉楼宋、元版书十五种。王绶珊自民国十六年(1927)开始收购旧书,至民国二十六年(1937)抗日战争止,共耗资五十万元左右,为近代藏书家花钱最多的一个。其中经朱遂翔手购进的,就达三十万元之多,朱氏因此获利十万元以上。俗话说:"长袖善舞,多钱善贾。"朱遂翔有了这十万元基础,在民国旧书业中,往来纵横,大获巨利。不特所营旧书店成为全国资金最雄厚,影响最大的一家。而且,自己也藏书满楼,从一书贾变成了藏书家。著名学者马一浮,曾不无感慨地为朱遂翔《抱经堂藏书图》题句道:"书中自有黄金屋,世上应无白眼人,一语告君勤记取,卖书能富读书贫。"

旧书业界,有一条不成文的规定,"谁不会修补古籍,谁就不算真正业旧书者。"因此,业主之间,修书技术水平虽然不一,但多少都会那么一手。其中技术较精的,不但能将虫蛀霉烂焦脆脱页的书翻旧成新,且能依然保持原书风貌。在书源不足,生活清淡时,这些人就会被藏书家重金聘请。有的索性放弃旧书经营,专司补书业务。杭州藏书家叶景葵先生在其《卷庵题跋·读史方舆纪要稿本》中言及的杭州修书人何长生,就是一个专以补书谋生的书业中人。虽然,补书人的目的在于盈利、赚钱,但实际上他们所做的工作,却已在有意无意间抢救了大批珍贵历史文献。许多善本图书也赖此得以保存下来。

和北京琉璃厂一样,杭州旧书业界也拥有一大批识版本、通目录的古籍专门人才。他们对版本目录学的研究,在某种程度上,并不亚于专业学者,故深为学界所重。章学诚先生在《文史通义》中,将业旧书而通版本之书贾,称之为"横通"——"书贾善于贩书……其闻见亦有可以补博雅名流所不及者,固君子之所必访也。……周学士长发以此辈人谓之横通,其言奇而确也。"

杭城"横通"较知名者,除朱遂翔外,尚有杜国盛、朱菊人、王松泉、徐子樵、金元达、李宝泉、韩学川、朱瑞轩等。其中前四人均为遂翔学生。他们虽都出身贫寒,也没有受过良好教育,但通过长年累月的实践积累,具有了丰富的鉴别常识和经验。至今健在的王松泉老人言及古籍版本流传情况,犹如闲话家常,能说出多种古纸名目,并能直接鉴别其名称,制作于何时、材料、质量及其价值。

这些杭州"横通"们,除将版本学运用到经营中,如搜书、编书目,还接受学者、藏书家之邀,代为鉴定版本真伪,考证某书源流,与他们称友道兄,宛如雅士高人。更有因其"品格风度见识,确是高人一等",而深受学者、藏书家信任,被委以代访善本、秘籍工作,并将所见所闻记录下来,成为现代研究版本学的重要资料。如《贩书琐记》、《遂翔所见书目》等。

　　可是,杭州旧书经营也有不尽如人意的地方,为赚取高额利润,有将衬纸夹于册页中变一册为二册的。甚至有不惜毁坏版本,乱盖赝章,剜改牌记,做假题跋,冒充善本的。令研究版本者,多耗费精力、智力来拂去人工的污垢。百业之首的营书业,也终因其局限性,摆脱不了"贾"的特点。不过,贾货营利,理之所然,由此而产生的种种弊端,亦实属难免。何况,小过不掩大节,书肆业终究是功大于过的,它们对保存、流通古籍方面的贡献,应当得到肯定。

　　旧书业发展到40年代末期,因国内战争、经济动荡,旧书经营遂显艰难。一些店家为谋生计,不得不新、旧书兼营。有的还开辟出租图书业务,千方百计维持营业,苦苦支撑以度危局。至中华人民共和国成立,旧书业先在合作化政策引导下,走上联营道路,成立了杭联书店、前进合作书店、建文合作书店、建新合作书店。到1958年,公私合营,上述合作书店全部并入新华书店,至此,杭州私营旧书业就彻底消失了。

济南书肆记

张景栻

读李南涧《琉璃厂书肆记》,辄为之神往。京师为人文荟萃之地,琉璃厂及隆福寺等处,书肆林立,文人墨客、达官贵人,日夕流连其中,屡见记载,传为一时佳话。济南仅为一省会,书肆之数量质量,较之京师,相去天渊。大抵规模狭小,多属个体经营,杂厕于古玩店之间,亦多兼营碑帖字画,而古玩店亦偶有兼售古旧书籍者。盖货源短缺,生意萧条,为谋衣食计,不得不兼收并蓄,以广开财路。书肆及古玩店,多设于城内省政府前街(旧布政司大街)、省政府东街(旧布政司小街),以及迤东之芙蓉街、东花墙子街、辘轳把子街、曲水亭街、后宰门街等处。

余生也晚(生于民国二年),涉足书肆之时,书业已呈颓势。及至日本侵华,战乱频仍,水深火热,每况愈下。七十年来,目睹书业之兴衰,书友之零落,俯仰今昔,曷胜怅惘!

集古堂

集古堂设省府东街西首路北，门市房二间，商号匾额为刘春霖状元所书。贡世卿、贡文毓、王茂卿三人合资经营。贡世卿与王茂卿先后退出，归贡文毓自营。然柜架全无，店徒四壁，陈书于地而卖之。不二年即退房歇业，于集市上摆摊撂地，潦倒穷困而终。文毓为贡世卿族侄，为人诚笃而讷于言辞，售书不持高价，零星书册则赠送不受值，乃书业中之君子。

贡世卿　附萧应椿、张英麟

贡世卿，河北省衡水县人，北京某书店学徒出身，流寓济南，以贩书为业。退出集古堂后，个体流动经营。50年代，生意萧条，难以维持生计，已准备还乡，至舍间辞行。适城内蕃安巷萧氏藏书散出，省府前街张英麟家藏书论斤出卖，陆续购售，获利甚丰，遂卜居于省府东街路南。1957年，公私合营，并入古籍书店。退休后病卒，年八十余岁。

萧应椿，字绍庭，号大庸，原籍云南昆明，父培元，字质斋，陈臬山左，因家济南。应椿清举人，官山东道员，入民国不仕，经办盐务。工书法，能诗，著《紫藤花馆诗集》二卷。收藏甚富，法书名画，多宋元以来名迹，碑帖亦重宋明旧拓，书籍搜求善本。其宋元精椠，秘置复壁，老房漏雨，尽数霉烂。明清刊本亦择善而存。殁后数十年,书画先散出,碑帖书籍继之,至是斥卖一空。

张英麟,字振清,济南人,故清翰林,官都御史。入民国,以遗老终。故居在省府前街南端路东,今已拆迁改建,其后人移居西乡。张氏藏书,质量逊于萧氏,而数量则远过之,前后散出不下万斤。其中清人集部居多,张氏殆欲聚有清一代之文献,藏之名山,传之其人。惜乎私人无力,公家不收,坐视其大秤论斤,包花生、卷炮仗,爱莫能救,徒唤奈何而已。

山根子

刘耀齐,乳名山根子,人皆以乳名呼之。济南人,原为瓦匠,后从事沿街收购故纸旧书,间及碑帖字画,于山水沟集日出摊售卖。住南关窑窝街,熟人多就其家交易。其人能大量寻找货源,买来即卖,并不存货,故售价亦廉。"文革"中停业,80年代病死。

尚志堂

主人王茂青,济南人,原为逢源阁书店伙友,于省府东街路南开设尚志堂书店,门市房二间。赴北京赊销一批"压架货",一时白纸大版,充物店中,生意颇为兴隆。抗日战争胜利后二年,患脑肿瘤病卒。

大观阁　附唐仰杜、庞镜塘

主人王殿检,绰号王疯子,济南人,主营书画。肆设于省府前街路西,匾额为王献唐所书。抗战军兴,献唐先生载书入川,济南沦陷,撤换为伪山东省长唐仰杜书。抗战胜利,唐仰杜锒铛入狱,又改为山东省国民党委员庞镜塘书。济南战役结束,庞镜塘被俘虏,关店大吉。三易其匾,人皆笑之。后改业收购废品。

唐仰杜,字露岩,别号露园主人,回教徒,世居济南西关徐家花园,仕宦后裔。先世喜收书画,颇蓄宋元以来名迹,后家道中落,斥卖殆尽。日本侵华,济南沦陷,继汉奸马良为山东省伪省长,大量收购书画,皆付工装裱,手自署签,间题作者小传。后以汉奸罪伏法,书画均散出。

庞镜塘,籍贯不详,抗战胜利后任国民党中央执行委员兼山东省党部主任委员。好聚书,旁及碑帖字画,书贾趋之如鹜。济南被围,妻杨宝琳乘机翔去,庞氏恋其书帖字画,未与偕行,游移之间,空运断绝,被俘死于狱中。

英宝斋

主人王揆三,济南人,肆设省府前街路西,门市房三间,专营金石书画。为人善交际,工于辞令。买卖走洋庄,与德国、美国、日本人常交往,沦陷时期曾任济南市古玩业公会会长。50年代初病卒,其子不能继父业,营业随即收束。

刘希增

刘希增,籍贯不详,肆设省府前街路西,门市房二间,专卖书籍。刘氏战前时期曾任山东省立图书馆小职员。50年代,济南市博物馆筹备处成立,有马某介绍其任副馆长。"文革"中以其在日伪时期曾任伪职,遽加揪斗。刘氏身体素弱,至是一病不起。据济南市博物馆职员王建浩君言:刘在伪公安局任挂名差使拿干薪,其实在局长家当家庭教师。

敬古斋 附霍介秋、王献唐

主人王仁敬,历城人,绰号王大个子。专营碑帖,肆设省府前街路东,门市房三间。战前时代,聊城杨氏海源阁驻兵,藏书被掠,一军人挟书一柳条箱至肆求售,内皆杨氏所藏善本书,王氏以贱值收得,陆续售出,获利无算。王卒后,其子王升甫能继其业,往来于潍县陈氏(陈介祺家)、新城王氏(王渔洋家),开辟货源。50年代中关店,移居尚书府街,与古玩商霍介秋同院居住。公私合营后,与霍介秋并入山东省文物总店。后病卒,年七十余岁。

霍介秋,历城华山人。精于鉴别瓷器。退休后归家病卒,年八十余岁。

王献唐先生于战乱（中原大战）中在敬古斋购得海源阁旧藏黄荛圃手校《穆天子传》、顾千里手校《说文解字系传》，镌刻印章曰"顾黄书窠"。50年代初，献唐先生告我"黄校《穆天子传》已出让于周叔弢"。余为之惊叹，坚请其顾校《说文系传》割爱时勿再让与他人。先生旋即举以归我。

春浦阁　附刘子逸

主人刘桂锡，字春浦，济阳人。文宝斋学徒出身。于鞭指巷北首路东斌兴店内租住北屋二间，主营文物书画，经常往来于曲阜故孔继涑府第，多得孔府遗物。公私合营后并入山东省文物总店。以癌症卒于千佛山医院，年七十余岁。

弟刘桂全，助其兄料理店务，兄死月余，亦病卒，兄弟皆无子女。

刘子逸，河北省南宫县人。主营字画，亦常住店内。以病胸膜炎归故乡，卒于家中。

奎文阁

主人赵级三，名连升，历城遥墙人。肆设省府东街路北，门市房一间。原逢源阁书店伙友，工于装修书籍。50年代初，营业不振，曾邀致舍间装书。旋歇业还乡，改习中医，四十年来，音问不绝。先人敝庐，圈地播迁，久未得其消息。

汉宝斋

字号匾额为王献唐所书。主人刘寿亭,济阳人,文宝斋学徒出身。肆设省府东街路北,门市房一间,专营字画文玩。曾于淄川西铺购得明户部尚书毕自严万卷楼遗书《度支奏议》,售得善价,载《山东省图书馆季刊》。50年代初关店,于集市出摊。南门外新桥街有住房一所,以兴建济南剧院被拆迁,流落以死。其为人颇豪爽,售物不居奇、不持高价,能谋取一醉而快然自足,可谓廉贾。

怀古斋　附吴友石

主人郑静轩,名广仁,历城人,文宝斋学徒出身。肆设省府东街路北。门市房一间。50年代中期,改营陶瓷盆碗用具,不久歇业,至萃宝斋干临时工,后退出病卒,年约七十岁。

郑氏曾购得吴友石家文物,获取厚利。人言其大发财源,城里买房,乡下置地,皆莫须有之谈。吴氏子闻之,不胜其忿,扬言将捣毁其门面店房,但查无实据,未敢造次,以不了了之。

吴友石,名鹗,原籍苏州,定居济南,供职于财政界。好聚书,建爱日楼以藏。收书重孤本秘籍,所藏书多旧抄本及原稿本,刊本亦皆稀见之品。王献唐先生尝言,济南之藏书家,以吴友石为第一。吴氏所藏碑帖亦富,不重旧拓,而新出土之精品,成套之石刻全份,数量众多,蔚为大观。吴友石卒后,所藏书籍碑帖,其后人陆续售于友竹山房。

忠雅堂

主人李荣华,肆设省府东街路北,门市房二间,经营旧书及碑帖、字画。约在抗日战争胜利后歇业。

缘古阁

主人李晋斋,济南人,文宝斋学徒出身,肆设省府东街路南,门市房一间,字号招牌为王献唐所书。经营书籍、碑帖,一度在南门集市摆摊。公私合营,其子李大经并入古籍书店。李氏八十余岁尚健在,而其子李大经先卒。

李杰三

李杰三,济南人,肆设省府东街路南,门市房一间,专营旧书,兼卖字画。其人举止阔绰而存货无多,未几,架上空空,改赴集市摆摊,同行间戏谓其"下野",后不知所终。

建古斋　附夏金年、黄西岳

主人孙积平,绰号小孙儿,济南人,肆设省府东街路南,门市房一间,字号匾额为夏金年所书。专营碑帖,粗能捶拓石刻,尝助我扛抬长梯登佛慧山,拓取宋人重镌大佛头题记。黄西岳常至肆中选购碑帖,每以贱价获得精品。60年代灾荒时期,营业停滞,以穷饿死。

夏金年,字丽生,云南曲靖人,定居济南。精金石之学,民国《续修历城县志》金石门为其撰写,成《历城金石志》。工书法,精篆刻,藏书颇富,间有善本,碑帖亦多旧拓精品。无子,以族侄过继为子。卒后所藏立即散出。

黄西岳,名肇莲,即墨人,定居济南。工书法,精金石碑版之学。为一时鉴定名家。收藏书籍、碑帖、字画颇多,沦陷时期病卒,年七十余岁。其子不能守,遗物散出。其所藏之金源拓本《沂州普照寺碑》归余。

宝丰泰

主人刘汉卿,绰号刘大脚,济南人。肆设省府东街路南,本业楠木制作,修理红木家具,亦能修治七弦古琴,兼营书画。公私合营后并入山东省文物总店,病卒于司里街寓所,年七十余岁。合营后,刘汉卿与刘春浦、霍介秋、王升甫,余戏呼之为商店四皓。

郑家书铺

主人郑某,佚其名,绰号郑大个子。肆设芙蓉街北首路东,门市房一间,专业旧书。郑氏售书好持高价,顾客议价不成交,出门离去;追回再议,仍不成交;再离去,再追回。三进三出,七擒七纵,仍未必成交,顾客苦之,多裹足不前。抗战胜利后歇业。

菇古斋　附台继武

主人钱汝英,绰号钱眼子,博山人。肆设辘轳把子街路南,门市房一间,而后座房屋院落颇宽广。专营古玩,兼及书画、旧书。钱氏精于鉴别古器物,不识字而能望气审定书画之真赝,亦一奇人。战前王献唐先生任山东省图书馆馆长时,常与其交易往来。50年代初,献唐先生与余同至菇古斋,其时钱氏已故,歇业已久,伙友杨疯子回张店原籍,店中惟存台继武留守。壁上尚悬钱氏遗像,旁挂王献唐题台继武手拓秦瓦量立幅,景况至为凄清。

台继武,潍县人。摹拓古器物得乡人陈篛斋家真传,后在山东省博物馆服务,退休后病卒,年八十余岁。杨疯子似名杨德新。

文宝斋

主人刘文启,肆设东花墙子街路东,门市房二间,经营古玩字画、碑帖书籍。培养弟子不少,如郑静轩、李晋斋、尤崇基、辛友三、刘寿亭及其族侄刘桂锡等,后皆独自经营,各立门户。约战前刘死停业。

聚文斋　附路大荒

主人彭辑五,河北冀县人。肆设东花子街路东,门市房三间,专营古旧书籍。伙友数人,能装修书籍、制作书套,破书烂册,皆能金镶玉嵌,修补完整。亦好作伪以欺人,手段不甚高明。约在沦陷时期病卒。留伙友二人,继续营业,支撑残局。后将店底倒与路大荒之亲戚某,由大荒主其事,不久即歇业。

路大荒,字笠生,大荒山人为其别号。淄川人。颇留意于乡邦文献,搜集乡贤蒲留仙遗文甚勤,辑有《聊斋全集》,战前经王献唐先生介绍在上海世界书局出版。50年代又加以补充整理在上海出版。卜居于大明湖畔秋柳园,后移居曲水亭街河东。于金石、书画、书籍皆有所藏,尤注意搜集乡贤手迹。晚年服务于山东省图书馆,"文革"中惨遭迫害,一病不起,卒年七十余岁。后平反昭雪,开会追悼,余挽之以联云:"网罗三百载,集聊斋之大成,柳泉故居共说鬼;论交四十年,忆秋园于旧梦,曲水新亭独怆神。"

彝古斋

主人王思训,绰号王长脖。历城人。家在唐王道口,肆设曲水亭街南首路西,门市房二间,主营古玩字画。50年代初歇业回籍,卒于家中。

高家古玩店

高老七,忘其名。肆设曲水亭路东,门市房一小间。50年代初以老病去世。其家人清理店房,店中旧存唐造像残塔,高二尺余,方尺许,生前悬高价不售,至是弃置道旁,无人过问。高亦有心人,沦陷初期,于山东省立图书馆废墟中捡拾汉魏石经残字碎石片,积成一篚,待价而沽。溥心畬来济南开画展,出资收之。亡友张海清代送至北京颐和园寓所。

居家书铺　附刘伯峰、盛北溟

主人居万祥,济南人。肆设曲水亭街路东,门市房一间,专营旧版书籍。刘伯峰先生时以藏书托卖,亡友盛北溟先生亦常与交易。居氏病死,学徒郑守珠继其业。郑历城人,公私合营后并入新华书店,售卖新书。郑于旧书版本颇为熟悉,用非所长,殊属可惜。退休后回原籍。

刘伯峰,名峙,河北省固安人。宦游山东,战前曾任沾化县县长。晚岁定居济南。工书法,精版本目录之学,藏书甚富。其所藏明刊精图《吴骚合编》、傅山手校《隶释》等善本书,辑印于《四部丛刊》行世。晚景凄凉,藏书散出殆尽。临殁前手写告别亲友文一通,排印散发,余得其一。

盛北溟，湖北省武汉市人。宦门之后，流寓济南。精词章之学，工诗，人贫而藏书颇富。貌奇古，酷似神州国光社所印行之屈原画像。为人不修边幅，破衣烂衫，口不择言，时发狂论，人呼为盛疯子。沦陷时期，执教于正谊中学，虽学识优长，而体貌衣着，不堪为人师表，校方谢绝其赴教室讲课，仅于家中批改学生课卷。月发薪金，入手辄尽，余日则蔬食饮水，怡然自得。蔡新雨、崔复瑗与余发起"湖上诗社"，邀北溟入社阅卷。后以年老无依，尽鬻其藏书于居家书铺，返回武汉，归骨故乡。女盛祖荣，有才名，嫁四川大学校长某，以发狂疾为夫所弃。抗战胜利后报刊曾载文称"盛祖荣流落街头"，后不知所终。

鉴古斋

主人李子谦，历城人，肆设曲水亭街北首路东，门市房二间。主营书画，间售旧书。问津乏人，门虽设而长关。年逾七十，日挟书画包裹仆仆于公共汽车道上，或彳亍独行于街巷之间，投人所好，送货上门。"文革"中，肆中字画书籍，扫数抄出，付之一炬，回家后郁郁而卒。

山东书局　附张韵皋

山东书局，创始于清末，原为官办，刊版印刷《十三经读本》、《农政全书》、《蒿庵集》、《圣武记》等书行世。入民国，书局撤销,改归私人经营。主人孙达卿,肆设后宰门街西首路南一院落内,北屋三间,除木版书籍外,兼售石印及排印本线装新书。余十余龄时,常随先父韵皋公至肆购书。约沦陷时期歇业。

韵皋公讳鹤元,其先自历城白土岗迁济南,已历五世,以耕读为业。韵皋公下帏攻读,设帐授徒,而屡举不第。科举废,改业医,任军医垂二十年,历职至陆军二等军医。工书法,能绘事。好聚书,尤重视医学书籍,广事搜求,有稀见之本则手自借抄。以日本人尚重视皇汉医学,著《医籍考》,发愿编写《中国医籍总目提要》,并从事辨伪考证工作。所收医籍,大部随身携置于后防医院,以供研读。时值军阀混战,前军败绩,所存医院之书籍,尽付劫灰,仅以身免。居家仍复购求著述不辍。晚年在济南哲院任医师,抗战胜利前一年冬病卒。时日寇败局已定,临终惟以不获亲见光复失地为恨。终年七十五岁。所遗之书籍及著述手稿毁于丙午浩劫。

逢源阁

主人王采廷,字贡忱,桓台县人,前清举人,入民国曾任山东省议会议长。肆设省府东街路南,主营旧书,兼营书画文物。王采廷为财东,以王茂青为经理,有伙友赵级三等。王茂青曾对我言,门市每收得善本书籍及书画精品,王采廷以原收购价自留,不入公账,因愤而辞柜。约沦陷时期歇业。据茹古斋杨疯子谈,"王所得善本书,多捎往芝加哥销售。"50年代,齐鲁大学以哈佛大学赠款收购书籍,聘王献唐先生来校参加鉴定工作。王采廷不知,以其子借自献唐先生之陶器拓片四巨册,委托书贾吕狼子赴校求售。献唐先生识为己之故物,当即予以扣留,并附函令吕贾带回。吕贾不敢持函复命。此函即留余所,今历劫尚存。

刘仲华书铺

刘仲华,济南人,好聚书。晚年在南关正觉寺街西首路北,租借门市闲房二间,出售自存书籍。书皆常品而持高价,盖老人不悉行情而惜售。问津乏人,不久即歇业。仲华旧藏多善本。

国华书局

主人冯国华,济南人。肆设正觉寺街西首路南,门市房一间,专营外文旧书。地区虽偏僻,距离外国教会所办之齐鲁大学、齐鲁医院、广智院等处较近,故生意尚能维持。歇业时间不详。

萃宝斋

主人辛友三,名长增,历城人,文宝斋学徒出身。肆设经三路纬一路,门市房三大间,附后院为自己住宅,经营字画、古玩、旧书。规模宏大,生意兴隆。公私合营后,加入人民公园门旁明古斋古玩店之杨肇江、书画商吕淦臣,以辛友三为经理。吕淦臣以奔父丧受暑病卒,加入怀古斋郑静轩为临时工。后辛氏以私生活不检点被撤销经理职务,勒令还乡,不久死去。萃宝斋改为济南市文物店。

尤崇基

尤崇基,绰号油罐子,济南人,文宝斋学徒出身。经营书画古玩,无固定场所,晚年移居南关离明街,以租赁小人书为生。工书法,精于小楷,而从不炫露,亦古玩业中之奇人。离明街后被拆除,不知所终。

侯素庵

侯素庵,济南人,多才艺,能书画及镌刻印章,经营字画文物旧书,以伪造书画为主业。尝伪刻汉砖数方托人运至山东图书馆求售,王献唐馆长识其伪而惜侯之才,约其来馆相见。时潍县上陶室郭氏尽鬻其所藏古砖瓦于日本人,在青岛为政府人员查获,运归图书馆,馆中整理捶拓,编制《上陶室砖瓦文录》。其中精好之数砖已为日本人事先携去,献唐馆长即命侯氏依照旧拓片重刻数方,辑入陶文集内,后注"侯素庵补刻"字样以志其始末。又图书馆自临淄运来魏造像二躯,其高等身,失其头颅,亦命其补刻,置于走廊,皆给厚酬。晚年赁居县西巷路西一宅内,家徒四壁,穷困无聊。后以老病赴北京依其女,卒于北京。

友竹山房　附栾调甫、陈冕、胡小琢、邹允中、范之杰、蔡新雨

主人吕川升,字小舟,绰号吕狼子,历城东乡人,后宰门街某书店学徒出身。父吕随舟,业碑帖,早卒。肆设南门内舜井街南首路西,门市房一间,专营古旧书籍,兼营碑帖字画。南门内外多旧家老户,如本街之陈冕、南门外东燕窝之范之杰、南关新街之邹允中、南关后营坊之胡小琢,皆富收藏,身后藏品大量散出,近水楼台,多就便与友竹山房交易。又吴友石家藏品,怀古斋郑静轩既被得罪,亦持来求售,故营业尚不恶。抗战胜利后,营业扩大,租赁对过门市房二间,并出资于附近葛贝巷购房一所另居。济南战役,南门一带,适当其冲,遭池鱼之殃,充栋之书,尽付劫灰。平定之后,重整旗鼓,迁回路西故址。公私合营,并入古籍书店,退休后病卒,年八十岁。余十许龄时,读书于南城根街之师范附属小学,课余常往友竹山房就近购书。嗣后交往频繁,垂七十年,书林旧友,无有如余两家历史之长者。

吕贾尝以自拓钱谱乞王献唐先生题识,先生题曰:"吕狼公以贩书起家,然较他人尚不甚狼。"余谓吕狼子居然升公爵,加官晋级。先生援笔续书曰:"以子爵升公爵,连升三级。"相与大笑。吕贾继以钱谱求栾调甫先生题,调甫题为"公"。又使余题,余题作"很公",盖欲使其从犬到人。献唐先生曰,狼公可传。

蓬莱栾调甫先生，以无学历又无资历，由学校学生推举而被聘在齐鲁大学国学系执教，课余常步至书肆，往往挟书而归，归则调朱研墨，伏案批注，孜孜不倦。积书盈室，仍日事搜求。尝笑余收书好买奇奇怪怪，然调甫先生其后收书亦好买奇奇怪怪。

陈冕，字冠生，占籍济南，光绪间进士第一，授翰林院编修。藏书颇富，兼及书画，室名"小墨墨斋"。《书画过目考》著录其所藏书画多种，所谓"陈冠生殿撰"即其人。故宅在城内鞭指巷北首路西，大门内旧悬"状元"二字匾额。南门内舜井街路西为其东宅。

胡小琢，名春华，济南人，以收藏金石书画名于时。身后所遗书画多归泰州宫子行本昂。子行殁后又归廉南湖泉，南湖之妻吴芝瑛手书《帆影楼纪事》，其中著录之"四王恽吴"绘画精品数十件，几全属胡小琢家旧物。

邹允中，字心一，湖北武昌人，宦游山东，定居济南。工书法，善绘事，收藏碑帖书画书籍甚富，殁于南新街寓所，所藏皆散出。

范之杰，字隽丞，又字瘖公，别号历山农。原籍浙江绍兴，入济南籍。光绪二十九年进士，授翰林院编修。入民国，任山东省议会副议长、湖北高等审判厅厅长等职。擅诗文，工书法，宗苏东坡，自号"佞苏居士"。收藏书籍字画多精品。50年代初，所藏由其侄辈经友竹山房吕贾手卖出，其中杨守敬先生旧藏日本卷子本一批，大都归余。时范隽丞先生尚健在，客居上海，被聘为上海文史馆馆员，济南家中藏品斥卖罄尽，尚懵然不知。1957

年卒于上海,年八十五岁。

蔡新雨,字元瀚,济南人。善属文,尤工于诗,见推为骚坛盟主。好聚书,所收多集部文学书类,藏书室名"抚壮室"。年廿二岁时任《新鲁日报》编辑。以毕业于法政学堂,服务于司法界,然值世乱,播迁无宁日。晚岁居上海,执教于卢湾中学,退休后回里,藏书荡然,或云为家中所用之保姆窃卖,疑莫能明。后以肺心病卒于南门外顺城街寓所,年七十岁。余与新雨中表亲为尊行,呼余为二叔而年长于余八岁。余十余龄时授我以诗古文数十百篇,皆熟读成诵,架上书随意借读,实不啻为余之良师益友。著有《紫桐花馆诗草》、《饷口文存》。

(原载《藏书家》丛刊第二辑,齐鲁书社2000年6月版)

济南古旧书店变迁小史

赵晓林

济南古旧书店建于1956年7月,是由当时几家私营书店与新华书店公私合营成立的。由原北洋书社经理鞠质夫任经理,但实际主管者是副经理尤全禧,尤是新华书店委派的。1959年正式改为国营性质,直属于济南市新华书店。

当时这是山东省第一家古旧书店,自成立到1966年上半年,向全省各地市及临近省、市、县收购、调剂古旧图书、期刊、资料等,收获颇丰。

经多年搜集,古旧书店收到过许多孤秘珍稀古籍版本,如宋版《杜工部草堂诗笺》,转给成都杜甫草堂珍藏;清抄本二十四卷本《聊斋志异》,由齐鲁书社影印出版;另外明版古籍种类也收到不少,还有许多地方志、族谱、"五四"以来的左翼作家论著,抗日战争、解放战争时期解放区的图书、报纸、杂志等,都有很高的资料价值。

1966年以前,常有国家领导人、专家、学者到古旧书店浏览、淘书,如郭沫若、于立群、戈宝权、朱学范、成仿吾等,省、市领导干部和山大、山师大等大学的教授、学者如殷孟伦、严薇青、蒋维崧、安作璋等更是常客。当时任山东省委书记的舒同还给古旧书店题写了店名,其手迹现仍藏于古旧书店。

古旧书店曾有几位老先生是省内少见的版本鉴定家:贡世卿、郑守珠擅长鉴定古籍版本,吕川擅长鉴定字画,张连珠对抗日战争前的旧书最熟悉。这些老先生虽未受过高等教育,但因他们经营古旧图书数十年,积累了丰富的经验,经手、经眼古旧图书无数,故无论遇到什么古籍版本、书画碑帖,均能准确作出鉴定,很少失误,为古旧书店购藏了大量的好书。

古旧书店随着形势、环境的变化,多次更名迁址,现将其历史变迁陈述于后:

1956年在城内泉城路路北,原名古籍书店;1959年改为国营,更名古旧书店;1966年6月,文化大革命开始,关门停业;1971年恢复营业,店址在泉城路旧军门巷西路南;1973年因市新华书店基建调房,迁至经二纬三路新华书店三楼;1976年迁到经三纬四路路北;1989年迁到东图大楼三楼,更名古籍书店,旧书收售业务暂停;1993年旧书收售业务在经三纬四路路南门市部恢复;1997年迁回经三纬四路路北,仍为古旧书店至今。

现在的古旧书店以经营全国各出版社新版古籍为主,品种非常丰富,但旧书的收售业务仍会干下去。

(原载《济南日报》,1998年6月12日)

长沙旧图书业概况

吴起鹤

长沙市有书店,始于思益书局,约在1886年,为清政府所创办的。局址设于定王台。自前清以来遗留的木刻版,均藏于此。各书店需要印书时,即向该局租印。1938年11月"文夕大火"付之一炬,实为书业界一个重大的损失。自1886年创办思益书局起,至1956年全行业公私合营时止,整整有七十年的历史。

书店的经营范围,大致可分为八个类型:(一)以经营木版书、石印书和标点书为主要业务;(二)以经营教科书和各种参考书籍为主要业务;(三)以经销文艺书籍和人文科学书籍为主要业务;(四)以经销文具为主兼售书籍;(五)以经销书籍为主兼售文具;(六)以经销军事书为主要业务;(七)以经销各种杂志为主要业务;(八)以经销儿童读物为主要业务。第一类书店,人们称它为旧书店;第二类书店,人们称它为新书店;第三类书店,人们称它为进步书店。

长沙市图书业所辖的书店,计有一百一十八家,分属上述八个类型。不过有因时局的变化和业务的发展,由甲类型转变为乙类型,或由乙类型转变为丙类型,所以也难确定它属于哪个类型。

各种类型的书店,就其资本来源来说,有独资的,有合股的;就其业务性质来说,有出版的,有经销的;就所属地域来说,有本帮的,有外帮的。这将在各个书店名下分别说明,或在某个类型概括说明。本文系以书业的发展为主线写的。对于有历史意义或代表性的书店,写得较详;对于开设时间短促或类似摊贩的书店,仅介绍一个大概,或者只提一下它的牌号。

这里首先把图书业的公会简单地介绍一下,然后分述各种类型的书店。

关于书业公会,原有两个组织,一叫"书业装订业公会",一叫"书业印刷业公会"。到 1915 年,始合而为一,叫"书业公会"。湘芬书局于 1928 年 1 月才参加公会。1931 年,书业公会改选,公推韦兰生为理事长,笔者曾当选理事之一。是时,文具业亦包括在图书业之内,因此,更名为"图书文具业同业公会"。其组织章程,设理事九人,监事三人,五年改选一次。工会无固定会址,常假中华书局、世界书局或集美堂开会。予倡议募捐,在新安巷口靠府正街处建筑会址。1935 年,工会应例行改选,人事大抵依旧。1940 年,时值"文夕大火"之后,商务印书馆迁至邵阳,韦理事长也到邵阳去了,又值改选之期,改选结果,由陈士荣任理事长。1945 年,日本投降后,再次改选,再推韦兰生任理事长。其余人选无多变更,余仍连任理事。是时新安巷口会址,已于"文夕"毁于大火。余又倡议再行募捐,于府后街二十四号另建新会址。1950年,长沙解放后不久,公会再次改选,进了一批新人,会推学习书店经理向贝罗任理事长,聘韦兰生先生当顾问,余得摆脱理事职务。嗣后关于书业公会的活动情况,我就不知道了。下面我再叙述各类书店的情况。

属于第一类型的书店,计有五十二家,有本帮的也有外帮的。本帮书店以经营木版线装书为主要业务,兼营装订、修补和经销字画碑帖,并收买古今书籍,或者向思益书局租版翻印少量的书出售,大抵系独资经营和分销性质。外帮书店规模较大,多自营出版,由石印发展到铅印,再发展到纸型板,多系集资而成,资本也较雄厚。兹就发展的具体过程分述如下。

以经销木版、石印、标点书为主的书店,继思益书局而起的,有翰墨园书局、博文书局、蕴古斋书局和谦善书局四家,随后又有集古书局。

翰墨园书局的创办人叫谭有道,博文书局的创办人叫魏芝阶,蕴古斋书局的创办人叫柳经玉,谦善书局的创办人叫谭仁德。这四家书店都创办于前清末年。集古书局创办于民国初年,创办人叫李少先。

这些人都对版本学有些研究。因为对宋、元、明、清各种版本,必须有师传,才能辨别,而且要具有装订、修补的技术。他们掌握的技术,实行代代相传。谭有道传授于谭厚坤,是为文善书局,地点在玉泉街;由谭厚坤再传于谭俊德,是为大雅书局,地点在南阳街。魏芝阶传授于魏鹤轩,是为广文书局,地点在府正街;魏鹤轩再传于苏时松,是为益雅书局,地点在老照壁。柳经玉传授于何德华、宋定安两人，一个开广雅书局，一个开经顺书局，地点均在府正街。谭仁德传授于赵善臣、贺玉阶两人，师兄弟合伙开古今书局，地点也在府正街。李少先传授于张剑秋，是为万卷图书局，地点在府正街；张剑秋再传于黄玉成，是为兴昌书店，地点亦在府正街。

以上各书店除集古、大雅、益雅、经顺、古今五家，于1956年公私合营时归并于古旧书店外，其余各家均于解放前后自动结束了。并入古旧书店的，还有文成、东善、富有、维新四家。只有益雅一家，因在解放后，由第一类型的书店，转变为第三类型的书店，得并入新华书店。此外进化、广智、集成、益雅、祥雅、文雅、文光、祥顺阁、国华、益友、楚宝、文远、晋大、正谊、有善、楚善、经济、思文斋、温古斋、守诚堂、南台实、杜樊川、成化、新民等二十四家，大抵集中于玉泉街一带。南正街还有吴三让堂，采用宝庆版和自刻木版印书，是旧书店中规模较大的。太平街有三益，西长街有大成，北正街有瑞文，三家规模都较小。以上各家书店，除进化书店的赵志庭、广智书店的余东初、集成书局的蔡桂煦已转营他业外，概于"文夕大火"后宣告结束。

外帮旧书店在长沙的仅有五家：（一）广益书局。经理为冯鹤萍，继任张葆臣；（二）锦章书局。经理为陈仕卿，继任胡宗尧；（三）鸿文书局。经理为朱舜臣；（四）春明书店。经理为樊建序；（五）崇正书局。经理为胡宗尧。以上五家书店，除崇正书局外，都是由上海分设而来的，是集股组成的，是旧书业的出版家。五家中以广益书局资本最雄厚，出的书最多。不过多是一些侠义小说和宣传迷信的书,说不上对文化有什么贡献。经、史、子、集等类古籍也出了好几种,可惜错字太多,不免贻误读者。锦章、鸿文、春明三家所出的书,大抵与广益书局相类似,都是把一些古典文学作品增注标点,叫"标点书"。这些书店,以广益开设最早,约在1912年就开办了,局址设在府正街。其次为锦章和鸿文,均设于南阳街。它们三家均因"文夕"一炬,宣告结束。春明和崇正两家,则是在抗日战争胜利后开办的,1956年公私合营时,一并于区办的文艺印刷局,一并于人民印刷厂。

此外,以经销教科书、参考书为主的新书店共计十六家,也有本帮、外帮之分,本帮七家,外帮九家。本帮书店,多系本省的教员创办的,资本微薄,只印行初中教本两三种至二十余种。外帮书店多由上海总书店分设而来,资本雄厚,居垄断地位。

(原载《湖南文史资料选辑》第二十三辑,1986年10月印行)

访长沙古旧书店

王晓建

路过长沙,下榻在蔡锷路上的省文化厅招待所。我照例询问招待所的服务员:"此地可有旧书店吗?"服务员一脸困惑地摇摇头:"没见过,也没听人讲起过。"

我有些失望地步出招待所。想起毛泽东早年在长沙求学时,曾于玉泉街的旧书店里花一块钱买到一部宝庆版的《韩昌黎集》,这样的机遇,恐怕再也不会有了吧?

不料,沿蔡锷路北行不过四五百米光景,路边蓦然出现了长沙古旧书店的招牌!

我兴冲冲地进得店来,发现这爿古旧书店的规模还相当不小——面积总有三四百平方米,书籍的种类也有七八千种之多。我觉得惟一美中不足的是:店中的旧书还是少了点儿,只有四五架。然而,尽管旧书只占据全店七八分之一的营业面积,吸引的顾客却最多。我注意到一个有趣的现象:凡走进书店的顾客,十个人中倒有八九个人先奔旧书而去;有的人翻拣完旧书再去看看新书,也有的人浏览过旧书之后便匆匆离去。

我也把大部分时间花在了旧书架前,选购到中华书局80年代出版的三种书:曾国藩在湘军中的幕僚李光锐所撰《日记》,原价一块二,减价为七毛;清人汪辉祖撰《元史本证》,上下两册,近六百页的篇幅,原价两块两毛五,减价为一块六;还有清末湖南维新派人士樊锥的遗文集《樊锥集》,原价四毛五,减价为三毛。三部书总共只花了两块六毛钱,若用来买时下流行的新书,怕是连一本也买不来。

有幸见到了书店的罗经理,攀谈中他告诉我:尽管经营旧书的利润远不如经营新书,但书店还是决心坚持经营旧书,并且逐步扩大收售旧书的业务。罗经理的话,使我甚感欣慰。一座文化古城,假如没有一家名副其实的旧书店,那么,不妨套用一句老话——读书人何以堪?说话间已到中午时分,店内的顾客骤然多了起来。

走出店门,我发现这一带颇有几间娱乐城和歌舞厅之类的场所,但接连好几个人都视"城"、"厅"而不见地走了过来,一头扎进古旧书店。此景此情令我忆起了阿英先生写在《城隍庙书市》中的一句话:"肯跑旧书店的人,总是有希望的……"

扬州书店和旧书摊

张　南

30年代的扬州，书肆林立。当时扬州最繁华的街道，有着大大小小的书店，书店林立，这话一点不假。多子街书店有会文堂，小东门外有聚文堂，教场街书店更多，除被烧毁的世界书局外，当时存在的有商务书局、梅枝书局、文海楼书店、陈恒和书林。以后还新开了建设书店、励文书店。

扬州书店不仅多，而且各具特色。各家都有侧重点，各做各的生意，应了古语"船多不碍港"这句话。

有些书店仅卖现有书籍，这些老店因历尽风霜，底气不足，只能将自家藏备的图书变卖，是找旧书的好去处，如梅枝书局、商务书局就属此列。有的书店专卖教科书，如文海楼。有的则以经营文化用品为主。而陈恒和书林重点则在经销自选自刻与扬州有关的书，特别是有许多不见经传的手抄本。

经这家书店选刻的《扬州丛刻》，内容丰富，里面有《扬州名胜录》四卷、《邗记》六卷、《扬州鼓吹词》、《项羽都江都考》一卷、《扬州十日记》一卷、《扬州梦记》一卷、《扬州御寇录》三卷以及

《扬州竹枝词》、《扬州琼花集》、《芍药谱》、《茰湾胜览》、《扬州水利》、《扬州水道编》、《扬州北湖续志》等,太平天国史学家罗尔纲曾经多次来扬亲访陈恒和书林老板,专搜有关太平天国运动的笔记与手抄本。

另外值得一提的是联合书店。该书店先借阅图书,后来发展成较有规模的大书店。此店为扬州人杨龄、杨克久、姜守仁三人联合经营,暗含三联书店之意。这个店多卖进步书籍,在日伪统治时期,正是这个店,使不少扬州人看到了进步书籍。当时巴金的爱情三部曲《雾》、《雨》、《电》和激流三部曲《家》、《春》、《秋》,以及茅盾的小说,一般人看不到,而这家书店公开出售,着实令人大开眼界。

扬州为历史文化古城。扬州人以读书为荣,当时不少扬州人喜逛旧书摊。旧书摊一般设立于街旁空隙地,任人选阅,买则欢迎,看亦无妨。每逢休息日,书摊前常常挤满了书籍爱好者。

扬州旧书摊,以小东门外汤姓的最为有名,此外,多子街外号小和尚的也好书连连,特别值得一说的是运司街的友谊旧书摊,该书摊书源足,有八千多册图书,它不仅给读者看书之便,而且还可借书在摊后旧衣店里喝茶小坐,畅谈读书心得与对形势的看法。该书摊卖的《东方杂志》小丛书,里面有专门介绍辩证法的,常常吸引一些学校老师和进步青年来此阅读,如当时私立扬州中学的陆勤、江寿慈二位老师,学生陈兆富、王复赓等,就是这里的常客。后来地下学联与之有联系,曾利用书摊上读者众多的有利情形,相机散发革命传单。

笔者曾于旧书摊偶获雍正年间《扬州府志》残本两卷,江上青主编的《阅读与生活》杂志三本。喜悦之情,笔所难书。

(选自《老扬州》,张南著,山东人民出版社2004年2月版)

朱甸清与萃文书局

林海金

萃文书局创立于清宣统二年,起初设局于南京夫子庙状元境内,后迁至太平路经营。书局的老板为江都朱长圻(1890—1960),其字为甸清。其侄朱善如为其书局继承人。萃文书局以经营收售国学古今善本线装书籍为主,兼营文化用品,其规模乃至影响在南京地区收售古籍线装书籍行业之中,位居第一。

萃文书局的老板开始经营书局时,对于线装古籍版本没有研究。民国元年(1911),辛亥革命胜利,国家政权发生了变化,清政府灭亡,民国政府成立。上海为我国最大的商埠城市,经济、文化等各项事业都非常发达。全国各大出版机构及发行团体,都聚集在上海,如:商务印书馆、中华书局、世界书局、扫叶山房、同文书局、广益书局、千顷堂书局等。有鉴于此,朱甸清先生也将萃文书局迁往上海,谋求更大的发展。朱甸清在萃文书局收售古籍的业务中,有幸认识上海著名藏书家,如:江阴缪荃孙(1844—1919,字炎之,一作小山,晚号艺风,光绪二年进士,官翰林院编修,江楚编译局主任,后任清史馆总纂,直至逝世。平生藏书极富，所得旧刻旧抄，四库未收之书以及名家孤传稿本几十万卷，并金石文献达一万一千八百余种，晚年寓沪，为我国近代著名藏书家），贵池刘世珩（1875—1926，字聚卿，又字继厂，号葱石，别号楚园，安徽贵池人。清光绪二十七年举人。辛亥革命后曾任北洋政府官员。藏书甚富，有宋本《玉海》，善本书籍亦不少，并刊刻了大量的古籍，流通市面，为我国近代著名藏书家），吴兴刘翰怡（1881—1963，名承幹、字贞一，别署求恕居士，浙江上虞人，后迁居上海。其藏书处嘉业堂为民国以来我国最大的私人藏书楼，所藏宋元本一百五十五种，精抄本近二千种，明刻本两千多种，另地方志一千二百多种，刘氏为我国近代大藏书家），吴兴张钧衡（1872—1927，字石铭，号适园主人。民国初年，寓居上海。藏书达十余万卷，所藏宋元古本一百六十二种，抄稿本、黄丕烈校跋本一百零一种，著有《适园藏书志》，为我国近代著名藏书家）。诸位先生对朱甸清在古籍版本目录上的帮助极大。当时，国内著名藏书家的珍本秘籍，均散出于上海的古旧书肆上。如：丰顺丁日昌之藏书、独山莫友芝之藏书、丰润张之洞之藏书相继散出。丁日昌（1823—1882），字禹生，又作雨生，一字持静，广东丰顺人，所藏图书极富，校刊尤精，每见宋元刻本，不惜重金，所藏图书大都得于黄丕烈、郁松年、顾湘舟、江标等故家藏书，藏书达十万余卷，以多藏善本名世。莫友芝（1811—1871），字子偲，号邵亭，晚号眲叟，藏书极富，间有宋元旧椠，最多明清精刊，名抄名校本，尤以藏居写本《说文解字》残本为著名。张之洞（1837—1900），字香涛，喜藏书，有宋本数种及明刻、旧抄等，著有《劝刻书说》、《书目答问》，流传极广。由于以上著名藏书家的藏书散出，上海的古旧书肆上常常遇到名家藏书的善本秘籍，但大多数为张石铭、刘翰怡诸先生所收得，朱甸清的萃文书局也收得不少。每当收到珍本秘籍，朱甸清均向缪荃孙、张石铭、刘翰怡等诸先生讨教有关版本知识，诸位藏书家们也不吝惜赐教，因此，朱甸清在版本目录学上有了很大的提高。但由于当时的生活所计，所收到的珍本秘籍，大都出售转让他人以及缪、张、刘诸先生所藏。

民国七年（1918），朱甸清又将萃文书局迁回南京夫子庙状元境内，继续进行收售古籍的业务。民国二十五年，朱甸清将萃文书局经营所得的部分资金，购下太平路南口417号，并将萃文书局迁往太平路南口417号，从此萃文书局有了自己的店面，用不着去租别人的店面，这为萃文书局的发展带来了新的利润增长。从民国二十五年开始，萃文书局不仅继续收售古籍善本，并增加了经营文化用品新的经营项目。由于萃文书局自迁回南京后，正逢物价低廉，加之萃文书局经营得非常好，书源丰富，珍本秘籍颇多，萃文书局的变化也很大。除了添置门面房，增加经营项目外，凡收到善本秘书，均暂不出售。至民国二十五年，所得元、明刊本、抄校本达一百多种，朱甸清先生并于此年写了有关版本目录的专著《珍书享帚录》，并由萃文书局印行，广为流传。其书中所录：

增广注释音辩唐柳先生集，二十卷，别集一卷，外集一卷，附录一卷，宋麻沙本，十二册

香溪先生范贤良文集,二十二卷,元刊本,黄麻纸,六册

酉阳杂俎,二十卷,元刊本,棉纸,六册

礼记纂言,三十六卷,元刊本,棉纸,二十二册

诗地理考,六卷,元刊本,六册

栾城集,五十卷;后集,二十四卷;三集,十卷,明嘉靖辛丑蜀藩活字本,棉纸,三十二册

唐陆定公集,二十二卷,明天顺刊,黑口本,棉纸十册

初学记,三十卷,明锡山安氏桂坡馆刊,棉纸,二十四册

双峰先生内外服制通释,七卷,旧抄本,二册

朝野类要,五卷,明抄本,棉纸,二册

海录碎事,二十二卷,乌丝栏,旧抄本,十二册

月屋漫稿,不分卷,知不足斋抄本,二册

千山文集,三卷,遗文、附录各一卷,抄本,二册

佩韦斋文集,二十卷,旧抄本,六册

山右石刻丛编,四十卷,缪荃孙手订稿本,四十册

复古篇补遗,不分卷,稿本,四册

以上书籍均为珍善本,朱甸清先生对《珍书享帚录》中的每一部书籍,都经过详细考证,对每一部书的作者、版刻年代以及书的流传、名家收藏、版本的优劣等都详细地交代给读者。因而这部《珍书享帚录》在版本目录题跋上更具有价值。

著名学者汪辟疆先生,其日记中有《购书》一则,其中写道:

……比年旧籍益稀,售值遂巨。通行典籍,在十年前所

谓易得之本，今皆以奇货视之。其原因，一以累经兵燹，版片散之；一以西方喜究东土学术，名都书藏以网罗中国旧籍为矜异，精椠名抄，轶在海外。即新刻通行之书，亦复捆载去国，宜古籍之益稀也。

金陵旧称文化之区，近则新书之短书小册充市间，花牌楼尤为总萃之地，其售旧籍者，则在状元境附近。收藏较多者有朱姓之"萃文书店"，张姓之"保文堂"，惜售值奇昂……

其中日记中提及朱姓之"萃文书店"即朱甸清所开设的"萃文书局"。这是民国十七年（1928）的事情。而南京另一位学者纪庸（号果庵）也写过一篇专记南京民国三十年代的书肆情况的《白门买书记》，其中也提及萃文书局，其文云：

太平路最南路东曰萃文，肇兴于状元境，亦老肆也，藏书颇有佳本，惜不甚示人，其陈于门面橱窗者，举为下乘，余买书于此店甚多，都不复记忆。去岁冬暮，天末游子，方有莼鲈之思，忽其主事者袁某人，曰有袁氏仿裴刻《文选》一部，精好如新，适余于数日前在莫愁路冷摊得同书首二卷残本两册，一存目录及李善表，一存卷一班赋，而书顶有"广运之宝"、方山（薛应旂）、董其昌、王世贞诸印，既以常识审之，证为赝鼎，又以其不全也，置之尘封中而已。今闻有全书，不禁怦然心动，乃索至八百元，犹假岁尾需款为词，介之某校，出至六百，袁坚持非七百不可，北中某估，与余稔，曰可市之,不吃亏也。余摒挡米盐度岁之资而强留之,始知为张氏爱日吟庐故物,凡三十一册,每册二卷,目录一卷,虽经装裱,纸墨尚新,因念明刊佳椠,近亦不可多得,如此书战前不过二百元,绝非可宝,今则诧为罕觏,后此书终以原价为平估窜去,至今惜之。他若明刻《文章正宗》之类,平平无奇,而索值极高,殊可恚恨。余曾入其内室,则见明覆宋小字本《御览》,商务初印《古逸丛书》及《续古逸丛书》,皆精佳,惟一明无出手之意,遂不能与之谈。

由此,可以了解萃文书局经营状况的一个侧面。

抗战爆发后,日军占领南京,震惊中外惨绝人寰的南京大屠杀发生了。日军不仅对南京人民进行大屠杀,而且对我国的资源、重要文物、古籍图书资料进行大肆掠夺。

早在日军占领南京的前夕,为避战火,保存萃文书局的古籍图书,朱甸清早已将萃文书局的古籍图书打包雇船运往苏北农村李典镇(今属邗江县)老家。南京、扬州沦陷后,日军对我农村频繁发动"扫荡",乡下烧杀掠奸、滔滔罪行不断发生,萃文书局藏于乡下的古籍图书的安全受到了冲击,加之当地的土匪也对萃文书局的古籍图书起了觊觎之心;朱甸清先生在形势十分危急的情形下,多次利用夜色的掩护,将图书分散到江南、江北分藏。时值江面日夜都有日舰巡江,稍一失意,生命就要受到威胁,朱甸清与萃文的伙计,心惊胆战,历尽千辛万苦,刚刚将书籍安置妥当,乡下的土匪后脚就扑上李典镇的老家,所幸图书已转移到安全地段。由于这一番惊心动魄的经历,朱甸清先生终于倒下了,身体状况极差,并常常吐血。朱善如等送其到鼓楼医院医治,医院竟不受理,此时朱善如急得给医生们下跪求救,由于被朱善如的救父之心诚而感动的医生们,终于答应给医治看一看,朱善如才呼出一口气来。经过一个多月的医治,朱甸清的身体才好转,所幸书局存书尚无大的损失,朱甸清先生心中特别欣慰。直到南京时局平静下来,朱甸清才将萃文书局的书籍陆续运回南京,并设专室保存。从此,对这些战火中珍藏下来的古本秘籍,基本上不出售,直到"公私合营"时,成为"合营书店"的公产。

朱甸清先生对乡邦文献非常重视和关心。曾于民国二十三年(1934)据甘泉黄奭所著《黄氏逸书考》的书版补刻校雠刊印,广为流传。《黄氏逸书考》为清甘泉(江都)人黄奭所辑,共辑自汉至六朝之遗书及逸书二百一十四种。朱甸清先生在《重印〈黄氏逸书考〉露布》云:

> 甘泉黄石原先生,虽起家贵郎,而晚从江郑堂先生游,故其著述,博瞻有根柢。所辑《逸书考》,网罗至数十百种,尤极翔洽。惜付刊甫竣,即遭洪、杨之乱,先生旋亦归道山。遗版寄僧庑,日就放失。书客某请于先生仲子沣,为之略事鸠脊,舍其不完整,泊潎浸过甚者,仅存二百二十余种,并妄更名为《汉学堂丛书》。未几,又辗转售之邑人王氏,因陆续搜补兼得江都秦更年君抄目,共增益五十九种,仍正其名曰

《黄氏逸书考》。惟王氏对于校勘颇疏,且匆促蒇事,缺版断叶之处,举未是正,学者病焉。民国二十年秋,江淮大浸,版复圮于水,乃缘作介再归敝局。清检后,不期残失近千余番。数思弃置不顾,惟念乡邦文献之系,有未忍恝然者。适知友叶君仲经,夙擅版本目录之学,与谋及此,慨以雠校为己任,历时三载,征引不厌求详,务祛黄、王两家因陋就简诸弊,遂使神明焕然,顿还旧观。又于扬州故家获得手稿数十册(按:此批手稿现藏南京古旧书店),靡特补订讹谬不少,且于王氏所印二百八十种外,复增入谢承《后汉书》、曹嘉之《晋纪》二种。恐当时原辑未刊或既刊而遗逸。虽尚不止此数,要对于右原先生,庶可忝附知己矣。至黄氏书,突出王仁甫、马竹君之右。学者夙有定评,无待词费。兹经四易寒暑,剞劂将竣,出版有日,因略述其缘起如此,聊当露布云耳,俟有定期,再售预约。

由上可见朱甸清对保存和出版乡邦文献所做出的贡献。今首都图书馆、云南省图书馆、南京中医学院图书馆等均藏有萃文书局据黄氏原版修补印本,萃文书局修补此书的原版片,今还存放于江苏广陵古籍刻印社内。1958年扬州古旧书店用萃文书局补刊版重印一次《黄氏逸书考》,1984年,江苏广陵古籍刻印社再次用萃文书局补刊版校补再印一次,广为流通。由此可见此书之重要性。

由于萃文书局在南京为最大的一家私营书局,且存书较多,业务上采用编目发售,即不定期出版《萃文书局书目》,来宣传推荐萃文书局书籍,这一点有点像现在新华书店的邮购部和出版社的读者服务部。从此可以看出萃文书局的经营方式是多元化的。今北京图书馆、上海图书馆、南京古旧书店等均藏有《萃文书局书目》(见北京图书馆出版社出版《民国时期总书目》社会科学、总类部分)。从现存《萃文书局书目》来看,其中古籍善本也是数不胜数。如民国二十三年出版的《萃文书局书目》第八期上所载:

苏氏易解,八卷,宋苏轼,明冰玉堂刊,初印八册,二十四元

周易本义,十二卷,宋朱子,内府刊,开化纸印,八册,五十元

尚书注疏,二十卷,万历本,灵岩山馆旧藏,全部经毕沅硃笔手批,十六册,一百元

皇明名臣记,三十卷,明郑晓,嘉靖本,十册,三十元

筹海图篇,十三卷,明胡宗宪,内有林则徐手批,明刊,白皮纸,十六册,一百元

读书录,二十四卷,明薛瑄,明嘉靖,黑口本,白棉纸,八册,五十元

大学衍义,四十二卷,弘治本,白棉纸,八册,八十元

朝鲜八道全图,内缺亲几道,明高丽绘本,五大本

无能子,三卷,明嘉靖,白棉纸,一册,八元

秘本火龙经,二卷,开化纸,旧抄本,二册,五元

登坛必究,四十卷,明刊本,六十四册,三十六元

耕织图,日本铜版,极精,二册,八元

东医宝鉴，二十三卷，高丽本，二十五册，八十元

旧抄本太乙神数，二十卷，明江南钛客著，二十册，三十元

奇门遁甲演义，三十六卷，明万历刊，白棉纸，二十册，七十元

五行类应，九卷，明武进钱青，万历本，白棉纸，八册，六十元

宣和博古图，三十卷，明泊如斋刊，白绵纸，初印，阔大三十册，四十八元

图书府印谱，六卷，西林释自彦，万历，白棉纸印，六册，一百元

印史，五卷，古吴何通，明刊，白棉纸，五册，八十元

荷锄杂志，十一卷，陈弘绪，旧抄本，笃素堂旧藏，八册，六十元

枫窗小牍，二卷，旧抄本，一册，三元六角

长江集，十卷，唐贾岛，景宋十行二十字本，旧抄，二册，二十元

东坡禅喜集，十四卷，明凌氏刊，硃墨本，白棉纸，六册，三十六元

考功集，十卷，明薛蕙，明抄本，蓝格棉纸，六册，一百元

战国策注，十卷，鲍彪注，明嘉靖年龚雷刊，十一行二十一字本，白皮纸，初印，八册，一百五十元

太平天国英杰归真，干王洪仁玕撰，影抄本，传本罕见，二册，六十元

稿本山右石刻丛编，四十卷，胡聘之撰，缪艺风校勘，四十册，一百六十元（注：此书后售南京大学图书馆）

抱朴子内外篇，八卷，嘉靖年鲁藩刊本，黄皮纸，八册，一百八十元

稿本说如是观，六十卷，文垣女史，二十册，五十元

弇州山人四部稿,明世经堂刊,白棉纸,弇州山人续稿,万历刊,竹纸,二百册,三百六十元

皇王命历考,善州金奭淮稿本,一册,二十元

历代制源典故考,三十二卷,乾隆年吴江吴寿昌稿本,二十册,三百元

……

从以上可以看出萃文书局的存书状况是很丰富的,而且珍本秘本颇多。曾听萃文书局小老板朱善如云:萃文书局曾收到一部宋昊撰《韵补》一书,系南宋刻本。抗战前夕,国民党元老于右任先生闻之,欲为收藏,出价四千银元,而萃文书局索价八千银元,因价差甚远,未能成交。抗战后,于右任先生惦记此书,又来问询,而此时萃文书局对抗战保留下来的此书,情有独钟,无论出何高价,均秘藏不售。结果,于右任先生为此事抱憾终生。所幸此书秘藏萃文书局,直到萃文书局公私合营后,转售南京图书馆珍藏。

特别值得一提的是《萃文书目》第八期所载"《四松堂集》,五卷,宗室敦诚,四册,二元"。此书是研究《红楼梦》作者曹雪芹的重要资料。著名红学专家胡适在跋《红楼梦考证》中提到:

> 我那时在各处搜求敦诚的《四松堂集》,因为我知道《四松堂集》里一定有关于曹雪芹的材料。我虽然承认杨钟义先生(《雪桥诗话》)确是根据《四松堂集》的,但我总觉得《雪桥诗话》是"转手的证据",不是"原手的证据"。不料上

海、北京两处大索的结果,竟使我大失望,到了今年,我对于《四松堂集》,已是绝望了。有一天,一家书店的伙计跑来说"《四松堂诗集》找着了!"我非常高兴,但是打开书来一看,原来是一部《四松草堂诗集》,不是《四松堂集》。又一天,陈肖庄先生告诉我说,他在一家书店里看到一部《四松堂集》。我说,"恐怕又是四松草堂罢?"陈先生回去一看,果然又错了。

由此可见《四松堂集》之稀罕重要。虽然胡适先生花了近一年的时间,寻到了《四松堂集》,但《萃文书目》上居然刊登了此书,且价格仅为二元,恐怕朱甸清及萃文书局对此书的重要性及流传多少了解不够吧!

1954年秋季,萃文书局将珍藏多年的《澎湖厅志》一书捐赠国家。此书系旧抄本,非常罕见。该书对台湾地区的澎湖列岛的历史、沿革、诸岛分布及诸岛的地理环境特征都有详细的记载。在当时,对我国解放台湾,有着重要的军事参考价值。鉴于该书的重要性,萃文书局将该书直接挂号寄往北京中华人民共和国国务院收,并附专信说明。不久,文化部转来奖状一纸,高度赞扬萃文书局的爱国之心。此举在整个南京广为传颂。由于该书萃文书局尚有一部传抄本,在萃文书局公私合营后,转售南京图书馆珍藏。1958年,南京古旧书店又向南图借出此传抄本《澎湖厅志》,由朱善如先生将该书刻制成版,复制约一百二十部左右,供应全国各大图书馆收藏,以适应学术研究之需要。

萃文书局不仅自己经营收集古旧图书的业务,而且多数在萃文书局当学徒的伙计,都学业有成,独自开设书局,经营收集古旧图书。如:扬州陈恒和先生,曾入萃文书局当学徒,后在扬州开设陈恒和书局,并刊刻印行自己的专著《扬州丛刻》,广为流传,影响极大。而后来设在贡院西街的问经堂书局老板陆子西以及设在朱雀路上的翰文书局的钱维,全都为萃文书局朱甸清先生之门徒。

纪果庵先生《白门买书记》中曾提到问经堂书局陆子西,中云:

> 贡院西街在夫子庙,书坊历历,惟问经堂最大,主人扬州陆姓,干练有为,贩书南北,结纳朱门,以乱前萃文书店之伙计,一变而为南京书业之巨擘。其人不计小利,而每于大处落墨,又中西新旧杂蓄,故门市最热闹,余取书甚多,不能详记。春间彼自江北道,得《越缦堂日记》全帙,向余索新币三百金,旧币四百五十金,余适有某刊稿费未用,力疾买之,而俄顷新旧之比已二与一,余则用新币也。虽然,不稍悔,盖余最喜读日记笔记,平日搜罗,不遗余力,《翁文恭日记》曾有海上某友人转让,索百八十金,以其昂漫礼之,而不日售出,遂悔不及,今遇此好书,岂可失之交臂耶!……昨余又过其肆,则陆某向余大辩其书价钱之廉,并愿以新币四百五十金挖去,余笑置之……

1955年4月23日,经江苏省文化厅有关部门批准,并派员参加领导组建的公私合营的萃文书局正式开业,店址在太平南路九十三号,公方代表稽盛林,私方代表朱善如(朱甸清继承人)。它是江苏省第一家省属公私合营的书店。当时合营时的萃文书局共有线装古籍图书一万多册,大都为抗战时期保留下来的珍本秘籍。其中包括宋刻本《韵补》、传抄本《澎湖厅志》等书。按当时的市值大约在十万元左右,当时萃文书局的主持人朱善如先生是个十分开明的人士,提出全部线装古籍均按每册五角钱作价计算萃文书局的财产,受到公方代表及国家的大力赞许。从此,此批线装古籍转入公私合营的萃文书局。但此种做法,朱甸清老人对朱善如先生颇有异议,因为该批图书为朱甸清老人一生心血所聚,他别无他好,惟嗜书如命。从此,老人一直忧忧郁郁,1960年,朱甸清先生怀着对古籍图书的浓厚的爱心与世长辞,终年七十岁。萃文书局的继承人朱善如先生为人诚实正直,一生光明磊落。曾于"文革"前夕,以匿名的方式捐赠钱款数百元于东北灾区。大跃进中,为响应党的号召,在全民炼钢炼铁的高潮中,将家中仅有的结婚所购置的铁床以及生活之用的铁锅送到书店,捐赠炼钢铁。从这里可以看出朱善如先生的爱国之心是多么伟大。朱善如先生淡泊名利,70年代后期,省政协、各民主党派均三番五次邀请他参加工作,朱善如先生都婉言谢绝。他工作勤勤恳恳,认真负责,在掌管古旧书店书库时,每逢乱风大雨,他都徒步来到书店查看书库的安全是否得到保障。他与很多名人学者都有很深的交往,著名国画大师傅抱石先生就是其中一个。每与傅抱石先生会晤,都要叮嘱先生,注意身体,少量饮酒。抱石先生总说"没事,没事",并特作画以赠朱善如先生。朱善如先生擅长书法,常常将书店中的孤本、稿本以及流传较少的古籍,传抄过录。并不计报酬,曾抄录一部古旧书店珍藏的清代禁书,流传极少,前后共用了近一年的时间才将此书抄录完毕。1980年,朱善如先生光荣退休,但古旧书店聘为古籍业务顾问。近年来,由于身体状况,去书店的时间较少,但还向有关部门呼吁,关心古旧书店的发展。

1956年,在"公私合营"的高潮中,以萃文书局与文雅书店、中学书局、问经堂、庆福书局、文库书局、泮池书社等十二家书店组成的公私合营"东方红旧书店"两家合并,组成"南京古旧书店",这是南京地区惟一经营古旧图书的收售业务的书店。从此,萃文书局在南京的图书市场上消失了。现南京古旧书店古籍部的许多善本线装书,均为原萃文书局之书。

李光明书庄及其他

杨心佛

民初南京线装书店首推状元境的李光明书庄（以状元巷秦氏家祠为作坊），其次为坊口大街（今升州路）汤明林书庄。两庄皆自刊线装古书，用毛边纸木刻版印行。通行书为四书五经、《春秋左传》、《古文观止》、《龙文鞭影》等。凡私塾学生启蒙之书如《益幼杂字》、《幼学琼林》、《对类指掌》、《三字经》、《百家姓》、《千家诗》等，皆赖两庄供应。

1923年前后，上海新书店像商务印书馆、中华书局、世界书局、开明书店等纷来南京开设分店，它们多集中在今太平南路的花牌楼、玉门帘桥一段，发行铅字本新书。装帧又复新颖，遂取而代之。两庄抱残守缺，遂致不支。李光明住宅在洋珠巷，小开李列保与笔者为"一高实小"同学，后忽玩"票"，以阔公子而串旦角，日久成习，举足投步，亦复顾影自怜，以是人多讥之。

古旧残书多分散在夫子庙附近，大都开架任人翻阅，从未闻有图书失窃者。金陵世家流散之孤版善本，有时能于地摊上得之。后来旧书摊且发展至四象桥、莫愁路等地，大概时随市移，但经营古旧残书的方式未变。

四象桥有家翰文书店,用铅字翻印古书名籍,目的在于炫奇牟利,校订极不认真,鲁鱼亥豕,错误甚多,然而孤本得以流传,其功亦不可没。余曾先后购得《金陵历代建置表》、《金陵历代名胜志》、《金陵图墅志》、《金陵梵刹志》、《新京备乘》、《新南京》等地方志十余种,惜均在"文革"中为人劫走。论版本固不足珍,论历史掌故则不可复得,不无眷念。

旧书摊

解放前知识分子逛旧书摊,另有一种乐趣,那情味大有鉴赏家之入古董铺,徘徊流连,乐而忘返。

南京旧书摊大都集中在夫子庙大成殿的东西两侧的摊贩市场。西市场一走进去就是一家一开间门面的书铺,靠墙放着书架,沿街摆着摊子,全是旧书。进入市场拐弯的地方,有几家矮小却具门窗的书店,里面全是书架,各种线装书整齐地堆在架上,纸色多暗黄,书册垂下的标签上开列书名。如需查阅,你就自己动手取下翻看,一些珍本古籍,多夹杂其中,就得看你破些功夫去沙里淘金了。里面有桌椅,可以任你盘桓,主人是不会下逐客令的。东市场有两处沿地设摊的书摊,陈列一些"五四"以后出版的旧书,还有一些鸳鸯蝴蝶派《礼拜六》、《玉梨魂》之类的著作,任你翻阅,如果合适,价格很便宜,有的甚至只售原价的十分之一。

更多的书摊是设在市场以外,像泮宫前的广场上,龙门西街和明远楼两侧都有,差不多是每走十几步就有一个书摊,它名副其实地是古旧书摊。从明清以来的线装书到民国以后的铅字本都有,就要看你自己的眼力了。南京报人张慧剑称这种书摊为"冷摊",常从其中淘宝。国民党监察院长于右任和中大教授胡小石都是夫子庙旧书店的常客。我知道陈群的泽存书库里就有一些善本,是从夫子庙旧书店里拣回去的。我自己有些书如朴社初版的《陶庵梦忆》、曹栋亭藏本《玉琴斋词》,也都是从旧书摊上拣回来的。

后来才有正式命名的"古旧书店",其实里面的书籍,"旧"则有之,"古"却未必了。不似现在一进入新华书店,就会望而却步。书籍都很娇贵,高居柜台里面的书架上,你想看看,就得劳神营业员大驾代你去取。

(原载《金陵十记》,杨心佛著,古吴轩出版社2003年10月版)

半世纪前南京买书小记

黄永年

这里以"半世纪前"为题目,只是取其整数,其实是讲抗战胜利的上一年即1944年,我在日伪统治下的南京读书时买旧书的事情,距今1998年已有五十五个年头了。

我读书的学校,现已正名为"中央大学1940年至1945年南京部分"。虽由日伪管辖,却仍有共产党的地下组织,和我同宿舍的徐志刚兄即是一位积极分子,胜利后回山东成为党的干部在泰山一带活动,现仍执教于济南大学。我则是个钻书本而且好玩线装书的人,觉得所选课程多欠精彩,一有空便跑旧书店,尽管穷学生囊中羞涩,总还想买几本过瘾。

我上高中时买过其时古今出版社出的《蠹鱼篇》,其中纪果庵的《白门买书记》是讲南京沦陷后旧书店的情况,不啻是篇买旧书的导游。不过记忆中第一次还是和初中时老同学吴敬业兄一起去的,是去夫子庙的小书店,只买了二册范希曾的《书目答问补正》,是国学图书馆1931年的初印本。吕贞白师曾在《书目答问》的原刻古本上作了详细的批注,我很想过录下去,后来未能如愿,只怪我懒于动笔。

当时南京大一点的旧书店多在朱雀路、太平路,《白门买书记》里讲到的有保文堂、翰文斋以及"国粹"、"艺文"、"萃文"、"庆福"等好些家。"国粹"等在我记忆中已无印象,"翰文"的印象是价贵态度又不好,常去的是一家门面最大的保文堂。因为它不光货色多,价钱也比较公道,从不乱敲竹杠。我第一次是和吕贞白师,还有老同学张寿平一起去的,在《回忆吕贞白先生》的文章(发表在《文教资料》1993年第4期)里曾讲了详细的经过。说我们看到了"一部嘉庆时张海鹏刻的《太平御览》,还有用各种原刻凑起来的所谓《苏斋丛书》,吕先生都很喜欢,只因要价大没有买。我看了一部缪日芑仿宋原刻黄纸印本《李太白集》,有卢氏抱经楼大方印,踌躇好久也嫌贵,只买了部价廉的陶兰泉影宋本《孟东野集》,回吕先生寓所后还请他在书上题了几行字"。1944年秋入学后,作者与张寿平同学曾陪同吕贞白夫妇至朱雀路"买旧书","旧书店看了几家,在一家叫保文堂的看的时间长一些"。

陶兰泉影印孟集所用的海源阁藏宋本归李盛铎后又转入北京大学,今年为庆祝百年校庆印制的《北京大学图书馆藏善本书录》里就有它精美的书影,而这个陶印本今天再要找恐怕也不容易了,不过当时自还不算怎么珍贵的货色。可珍贵的我居然也买到,而且并非在冷摊捡破烂捡来,仍是从保文堂这个大店铺按标价购取的。其中一部就是配在上面所说《苏斋丛书》里的《两汉金石记》,清汉军杨继振字幼云者的旧藏本,不仅印记累累,还在书尾行间写了许多题识,书衣签条尤其做得精致。我问能不能把它从《丛书》中拆出来单买,店里竟也同意,因为架上另有部《两汉金石记》的白纸印本仍可配进此《丛书》。加以店里对此杨藏杨批也不注意,价钱自然很便宜。还有一部也是金石书,是向受爱玩碑刻者珍视的刘喜海的《金石苑》,其便宜就更非意料所及了。我知道此书的道光原刻本一向少,所以民国时陶兰泉曾借徐钧字晓霞者的藏本按原大影印六厚册。影印本未作双色套印,上面的徐氏藏书图记当然变成黑色的,可保文堂架上放的两部《金石苑》中竟有一部的徐藏图记是朱红的。原来此徐钧是南京人,这一部有朱红图记的就是他收藏的原本,不知怎么和影印本混在一起流入了保文堂,被误认为也是影印本随便放在架上出售,标价自然和影印本一样。在这种场合我只好权且装糊涂,将错就错把这徐藏本当影印本买了下来,让营业人员包好后拿起来就走,生怕他们发觉了要反悔。

这两部是在南京得书中比较称心满意的,所以过不久就请龙榆生师分别写了题跋,榆生师还给《两汉金石记》题了两首诗:"苏斋此学古无俦,想见银灯细校雠。珍本流传谁护惜,吴门戈与贵池刘。""摩挲合遭有涯生,回首承平一怆情。犹喜汉唐文物在,宵深疑听忽雷鸣。"这里的"吴门戈"指书上钤有戈襄、戈载的印记,"贵池刘"则指此书复自杨氏归于刘世珩玉海堂,而刘乃安徽贵池人,所藏尤以唐人乐器大小双忽雷著称,所以诗里这么说。再顺便说一下,我往年买的旧书,在1957年扩大化后不得已卖掉了不少,自然还有许多未曾割爱。因此前年参与编撰《清代版本图录》时,得把这两部金石书摄成书影收进去以公同好。

除此以外,在这家保文堂购买至今仍留寒斋并影入《清代版本图录》的,还有清初高珩的《栖云阁诗》和嘉庆时吴志忠仿宋刻《四书章句集注》。前者乾隆原刻版初印,尚未增入后来的《补遗》,后者则已是后印。50年代在上海修文堂孙实君处还见过这吴刻《四书》的白纸初印本,是陶兰泉的藏书,只因已有了南京买的这一部就未重置。

再继续讲南京的事情。当时保文堂的书实在多,但回忆起来架子上没有见到什么明刻本,是否藏在里边就没有问了,自知明刻售价一般要比清刻贵,即使有也无力购求。加之吕贞白师提倡购藏清刻精本,我多少受其影响,也就没有醉心于明刻。记得有一天在另一个小书铺里见到部明万历时朱东光刻的《中都四子》,还是极少见的白棉纸红印本,只是缺掉了后两种《管子》和《淮南子》,虽然前两种《老子》、《庄子》齐全仍未想买,其实当时要价不高,还是买得起的。

在别的铺子里还买点什么?记得起来的有一部朱彝尊的《曝书亭集》。此书我上初中二年级时曾买过一部,只是看到这部印得早一些,而且要价不高就买下,并无更多的故事可说。可说的倒是部《百衲本二十四史》的零种《三国志》,仍是保文堂的书,黄纸印本又配了本白纸的,要价却不低,可能是因为名目好,而且此《百衲本》的零种也确实不易见到的缘故。吕贞白师则因为它是影印南宋建本配衢本,文字上有胜处,想买又嫌价贵,我当时也自无钱。直到临近寒假我决定休学回常州家里自己用功,把不想带走的热水瓶让给吴敬业兄,再凑上些钱才把它买了下来。可惜回家后并没有把它认真读完,后来仍和《曝书亭集》等先后易主不为我所有。

当时的中央大学南京部分是用汉口路金陵大学的房屋,从学校到朱雀路路很远,可我总是步行。这不光是其时年方十九,很能走,更因为南京在那时并无公共汽车之类可乘坐。记得有一个星期天上午我去保文堂买了部徐乃昌覆刻明末小宛堂本《玉台新咏》,薄薄两大册,用纸包好夹在腋下匆匆赶回学校吃午饭,遇到同学还以为我在新街口商场买了件高级衬衫。因为这书的尺寸大小看上去和装衬衫的纸匣子差不多,人家没有想到我会一早去朱雀路买书。

离学校近一点记得也有个小书铺,但其中尽是些平装、精装的旧书,我不感兴趣。朱雀路、太平路的旧书铺除保文堂等少数几家外也都带卖旧的新书,同样对我无吸引力,不知其中有无好东西。至于当时流行在社会上的杂志、小说,像张爱玲、苏青等人的,很抱歉概不阅读。而且不仅我个人,当时同学中读这些书的也确实很少见。

在抗战胜利之初,我还到南京去看过龙榆生师,顺便也去朱雀路转了一圈。保文堂门市依旧,而且还多了几部过去见不到的明刻本,只是多少都有点毛病,像有部玉兰草堂刻的《辍耕录》就抄配了一本。我买了钱谦益的《有学集》,康熙时金匮山房刻金镶玉装,也够得上善本,还有明嘉靖时耶山精舍刻白文《六子》中的《扬子法言》和《文中子》,棉纸印订成两小册。遗憾的是困顿时仍变了钱,不知流落在哪里?

这时南京书店里还有个景象,即多的是日文书,而且有大量印制确实精美的考古发掘资料和大型艺术类书籍,价钱则已大大压低,这自是日本战败侨民准备回国而贱售之物。只缘彼时我对此兴味不浓,更缺乏雄厚的财力,不能像郑振铎在上海那样广事搜罗。

南京还有一些私家藏书。1944年秋天我和张寿平兄陪同吕贞白师去看过一家。主人卢姓,已去大后方,其子留在中央大学南京部分上学,是读理科的。书不少,装了好些书籍、书柜,但多半是通行本子,并无明刻、抄校,更谈不上宋元。我挑了一部宋荦刻的《施注苏诗》,是因为书后附有一册罕见的康熙时马寒中刻软体字本《乌台诗案》。带回宿舍放了好久,还未讲价钱,那位卢君又说不卖了,只好让他拿了回去。所以像解放初赵敦甫君在南京以贱值买到甘氏津逮楼流出的宋本《金石录》,实在可称奇遇,说句笑话,鄙人就无此福分。至于赵君之能捐献此宝归公,让它进入北京图书馆的善本库,自也是很不容易的事情。

1999年4月

(选自《学苑零拾》,黄永年著,华东师范大学出版社2001年1月版)

西安书市漫忆

王新民

据史书记载,早在汉代,古都长安就出现了书市雏形,即中国最早的书肆——槐市,《太平御览》引《三辅黄图》:"元始四年,起明堂、辟雍长安城南,北为会市,但列槐树数百行为队……各持其郡所出货物,及经书传记、笙磬器物,与卖买,雍容揖让,或议论槐下。"这说明在公元1世纪初,汉长安城已有固定的图书交易市场,每月定期于朔(阴历初一)、望(阴历十五)两次开市,主要顾客是诸生(读书学生)。可见,长安槐市是世界上最早的图书市场。

唐代长安既是印刷术的故乡,又是唐王朝的首都,因而也是全国的出版业中心,历书等重要书籍大都是由这里出版并流通全国的。长安东市正是长安私营出版业的"书肆"所在地。书肆既是生产(雕印)书籍的作坊,又是出售书籍的店铺,因而又名"书坊",所刻印的书便叫"坊刻本"。中国最早的坊刻本出于唐长安的东市,存世实物一是"京中李家于东市印"的《新集备急灸经》,一是"上都东市大刁家"印的历书。后经宋、元、明、清诸朝代，随着印刷技术的不断更新，西安的书市也不断发展，渐成规模。

到了中华民国初期，在西安南院门、东大街和北大街已集中了一大批书店，成为颇具规模的三个书市，书店达四五十家。书市中的书店以民营书店居多，如南院门的大东书局、大成书店、亚光书店、商务印书馆西安分馆、世界书局，以及附近（大车家巷北口、南院门街路南、竹笆市南口路东）和平古旧书店、澍信古旧书店等七八家古旧书店（摊），至今薪火仍传的西安古旧书店、澍信古旧书店仍在南院门原址上维持和经营着，不过西安古旧书店已经解放后的公私合营而国有化，成为西安市新华书店下辖的国营书店。北大街书市的书店主要有张俊清书店、吉春生书店、辅世书店、经世书店、开明书店、生活书店西安分店、正中书局、中华书局西安分局。东大街书市主要有长安书店、拨提书局、新安书店等。那时的书局、书店无批发、零售之分，除发行图书外，还兼有出版、印刷诸功能，即书店往往集编、印、发于一身，尽管规模不大，却麻雀虽小，五脏俱全，堪称出版业产供销一条龙。

1949年5月西安解放后，人民政府对私营书店采取团结、保留的政策，私营书店、文化书社等继续经营图书。但与此同时，西安的新华书店发展很快。钟楼新华书店等所在位置处于市中心的商业街，营业面积大，书刊品种多，加之服务态度好，很快打开了局面。那时，新华书店出版发行的一般图书，每种都在一两万至四五万册，而私营书店出版发行的图书大多只有二三千册至一万册，有些书籍无人问津，随着时间的推移，私营书店营业萎缩，门市清淡，周转困难，甚至无法维持日常开支，而且图书质量无法保证，特别是政治思想上经常发生一些问题。因此，私营书店陆续倒闭，数量减少。至1954年，在西安影响较大的民营书店仅有经世书店、大新书店、辅世文具书店、大星书店、大中书局、群众书店、中兴书店、盟友书店、泰华书店、红光书店等十家。另外尚有二十余家私营小书店。有出版图书能力的私营书店仅有一家——长安书店。有的经营图书包不住，于是兼营文具，以弥补亏损。当地出版管理部门对出版发行健康图书、经营方向正确的长安书店予以扶植，西北军政委员会出版局除为长安书店明确业务范围、出版方针和发展方向外，还组织西北文联、陕西文联等部门成立了西北通俗读物编审委员会，帮助长安书店组织审查稿件，并且拨给二百令纸作为流动经费，使长安书店的出版发行工作得到了发展。

这从笔者的大学老师赵俊贤教授的《怀念王淡如先生及其长安书店》一文中可以得到印证：

1951年，我从农村考入山城的商县中学就读。少年学生，未曾涉世，人小胆大。1952年寒假时，我坐在老家的土炕沿，爬在炕边的老式木箱上，写成一个近万字的秦腔剧本《还牛》。过罢年进城上学后，将稿子投寄长安书店编辑部。那时投稿，将信封右上角剪个小口，写上"稿件"二字，即可免贴邮票。大约一个多月，即1953年3月中,长安书店编辑来信,大意说你的"大作"写得很好,经我们润色后已上报"西北军政委员会通俗读物审查委员会"(记忆未必准确,大概是这个名称),待审批后即可出版。我一方面很高兴,一方面又很担心"审查"是否通得过。只好耐心等待,又过一月多,似为1953年5月初,学校门房通知我有印刷挂号邮件。原来是《还牛》样书两册,同时收到汇单,得稿费三十六万余,这是旧币,即现在的三十六元多。诚然,1953年的钱比现今耐用,可供我作几学期的零用钱呢!

我打开铅印的剧本从头到尾细读一遍。天哪!编辑哪里是润色,简直是大改!对白改动较少,而唱词改动很多,甚至有些唱段竟是编辑重新写过。其时,一个十五岁的初中二年级学生,沉浸在出版作品的狂喜中,未曾有唱词写得不合格的悔恨心态,但是,感激编辑劳动的心情油然而生,而且,难以抑制。我乘兴向编辑写了一封感谢信。不几天即收到一封署名的来信。这是王淡如先生亲笔写给我的惟一信件。原信早已不存,只记得王先生轻描淡写地说,编辑加工稿件,是分内工作,不必言谢。他用了较多笔墨鼓励我多读文学作品、多练笔,甚至为我打气说:你有文学"天赋",只要你刻苦努力,来日必将在文学事业上"有所建树"。信虽散失,"有所建树"四字刻骨铭心地记了下来。

原来我只知道王淡如先生会编剧本,因为我在书店见到他改编的戏曲唱本,也知道他在书店工作,别的知之甚少。1957年我考入西北大学中文系后,去市中心东大街长安书店拜访王先生,方知他是书店经理,又负主编之责。长安书店坐北朝南,底层是书店的营业柜台,后院木板楼上是编辑部。王先生的办公室是隔开的一间小屋。先生中等个头,微胖,慈眉善目,满脸浮现出自然的微笑,说话低言慢语。他祝贺我考上大学,并说这是难得的深造机会,要珍惜它。我不断点头称是。

1958年,为了开展勤工俭学,我去找王先生。先生安排我在长安书店作业余编辑,一个星期去上两个下午的班,似乎一下午付酬四元。一月有三十二元收入,这在当时委实是一笔不小的数目了。为此,常有同学起哄,要我请客。所谓请客,无非是去马坊门的油泼面馆饱餐。其时,一碗令人垂涎的油泼面大约也只需一角几分钱,这客自然请得起。

长安书店撤并后,我去看过王淡如先生。他显得寡言,我不便呆坐,起而告辞。"文革"中,大约是1968年初秋,我在和平门里行走,邂逅王淡如先生,二人站在街边小聊片刻,当时不便长谈,匆匆分手。想不到,这就是和老先生的最后一面。

我不曾终生从事文学创作,而是从事高校文学教学与文学学术研究;但从宏观角度区分,还属于文学事业领域。王淡如先生是我的文学启蒙恩师,王先生是一位值得敬重、值得怀念的文化人,是陕西现代出版史上不可忽视的一位出版家。长安书店,是一家值得载入史册的出版社。所幸陕西《出版志》较为客观地叙述了他和他所创办的长安书店。

历史作出公正的记录,此举让后人感到欣慰。

1953年至1954年,随着北京、上海的私营出版业改为公私合营的出版单位,西安个体书店也实行公私合营,1953年10月,长安书店正式改为公私合营长安书店。在管理委员会下设编辑、出版、财务、排字、印刷、发行等小组,私方代表王淡如任经理兼编辑部主任,公方代表李蜇生任副经理兼业务部主任。出版局还拨款为长安书店修建了后楼,积极扶植其开展业务,长安书店的出版发行工作走上进一步发展的道路。直至1963年1月,根据中央"调整、巩固、充实、提高"的八字方针,长安书店并入陕西人民出版社。在私营出版物批发聚集地新安市场,成立了集体性质的西安市新安合作书店,后迁址在东大街菊花园口西侧;有一部分私营书店被合营到其他行业。但民营书店薪火未灭,西安市解放路西六路口上,个体书贩朱明发从1951年起摆摊至1980年,三十年中为新华书店代销图书一百多万册。他按时给新华书店结清书款,给国家交纳税金,被誉为"信得过"的图书代销员。又如,西安市雁塔区新华书店个体代销员王德琦,三十多年来一直坚持骑自行车带着一个特制的木箱流动售书。他长期奔波于城市的大街小巷,摸索出了流动售书的规律,在售书时间和地点上巧安排：早上到集市或公园"摆摊"；中午到机关、学校或工厂；下午到街头；傍晚到影剧院。每天售书时间长达十小时以上。

十年浩劫，文化遭殃，西安书市也难幸免，几乎断了香火。

(选自《走马书林》，王新民著，光明日报出版社2003年12月版)

福州南后街旧书铺

郭 风

40年代中叶,至福州定居以后,便开始与南后街有了某种缘分。那时,我还是一位阅世未深的年轻人,住在一条俗称西牙巷的小巷内。它虽与南后街相距甚近,却排不上分居于南后街两边的所谓"三坊七巷"的古老街坊之列。它也许只是一条陋巷,内无名宦大户之家,巷内民居简陋、破旧,不过就居室之建筑看来,属于福州一般的传统民居结构,所以平日出入于此陋巷,也往往有一种年代久远甚或古老的感觉。那时,生活的负担已经开始压在我的肩上,我除了固定职业(教书)外,还兼任两份工作,譬如报纸的副刊编辑,并忙于写些散文、小品乃至童话。那时,我似乎并不知世情、人生为何物,却又似乎对于自己的未来天地抱着某种期望、憧憬乃至某种追求和信念,心中有时点起一团希望的火焰。那时,肩上虽有生活的负担,工作也忙,倒也时或忙里偷闲,从西牙巷寓所到附近的南后街去逛旧书铺。

当时,南后街的旧书铺比起北京琉璃厂的旧书肆来,自不可同日而语。但对于一位阅历和学殖均浅的我来说,逛这些书铺有如自由进入一座又一座的书城,心中总想此书城里处处有智慧之泉可掬,能慰藉心灵的渴求。我现在已不大记得在这些旧书铺里买过一些什么书籍。但我记得,那时不知何因,我喜欢我国古代的一些笔记小说、笔记散文。这主要可能是因为这类作品往往写得简洁、隽永、大方;所写有些事迹可能显得怪异,但仍觉有益于启迪心智。

我记得从那些古旧书堆中间,曾找到诸如《世说新语》、《唐语林》以至《酉阳杂俎》、《梦溪笔谈》、《东京梦华录》;苏轼的《东坡志林》、陆游的《入蜀记》、柳宗元的《龙城录》(据云为他人所伪托)等外,还寻访到若干部记述八闽故实、风土民情、遗闻轶事的笔记,诸如《闽小记》、《闽别记》以及《浪迹丛谈》等等,这些笔记或为宦游福建的学人如周亮工等所作,或为闽籍学者如梁章钜等所作。十分有趣的是这些笔记散文、笔记小说(老实说,所谓笔记小说,大半是散文小品),至今还为我所喜读,闲时还时或翻阅,常有所得。此外不知怎的,当时我还喜欢寻找诸如《笑林广记》之类的古典的通俗作品。记得有一次偶然在旧书铺的书架上访得一部冯梦龙编纂的《古今谭概》,披读之余,觉得此公在当时历史条件下,如无卓见,不可能作此举。

我至今还觉得笑话是一种具有深刻人生见解的文体,往往以民间的诙谐,揭示某些人性的疮疤,嘲弄某些世态的丑陋,它固然使你发笑,但在心中感到沉痛。寒舍有一书橱,专放经常翻阅的书籍,其中至今还摆有《古今谭概》、《笑林广记》,虽非当年在南后街旧书铺所购得者(是近年新购得的),但阅读它们,有时还会念及当年获得这类书籍时的喜悦心情。

在当年南后街的旧书铺里,我过去曾寻访到30年代出版的一些文学期刊,譬如《北斗》、《拓荒者》等。我记得就在《拓荒者》上读到列宁有关无产阶级文学的一些文章。当时,上海商务印书馆编印了一套可能是由文学研究会主持的《世界文学名著丛书》,版式十分精致:小三十二开,布面烫银(不是烫金)。我就在南后街旧书铺中购得朱湘先生选译的《番石榴集》,书中选译英国维多利亚女王时代以及湖畔诗人等的诗歌。也寻访到卞之琳先生选译的《西窗集》。此书中除收入欧洲一些象征派诗人的诗歌,也收入包括纪德、里尔克、蒲宁等在内的具有现代主义倾向的作家的小说。这本书使我念念不忘的是,收入史密士、阿索林以及玛拉美等的散文诗,对于我的散文写作发生过影响。我至今还保存一册1934年出版的《西窗集》。

南后街的几家旧书铺的店主人和伙计,看来都是朴素的,专注于这份职业(以出售线装的古旧书为主的职业)的独特的生意人和行家。我常到的一家旧书铺,是把店主人居屋的厅堂以至天井等作为书库,排着一排排的木书架的古旧线装书。书架中间腾出一块方形的小小空间,店主人就坐在木桌前修补装订旧书和接待顾客。那时他大约五十出头?穿一件灰色旧长衫,戴一副老花眼镜。由于我常来,他已多少知道我欲寻访的旧书。我现在还记得,有一次他正低头在修补一部刘克庄(因为此公是我的故乡莆田人氏,所以记得清楚)的《刘后村文集》,可能听我走近的脚步声,他不觉摘下眼镜,一下子笑吟吟地对我说:

"我为你搜集到一部《酒池笔记》……"

这部苏东坡的小品文集,从那时起即成为我的重要的案头书之一。这部书对于我的散文见解,产生影响。

我到福州定居后,便与南后街结下一种良缘。

(原载《文汇生活散文精品》,百花文艺出版社1994年8月版)

福州中洲岛旧书摊记

江少莉

2005年8月9日下午,久违的福州城。我乘坐的火车终于抵达了这座我曾经生活过四年的城市。一出火车站,一种熟悉的感觉马上从四面八方席卷而来,那是夏季里火辣辣的热气,无所不在地散逸于城市的每个角落,直把人包围住了,就连靠近脚底的地方也是热腾腾的一片。

下午稍微整顿休息一番,到了傍晚时刻,白天的热气渐渐退去,时有晚风从闽江边上吹来,甚是凉爽。我当即约同福建师范大学的小曾前往中洲岛旧书摊买书。

中洲岛离师大不远,步行十五分钟即可到达。小岛坐落在连接仓山区和台江区的解放大桥边,原是闽江上的一块绿洲,现在被开发为中洲岛商业城。商业城的布局不错,设计的店铺具有欧洲古典建筑的味道,门前常有惟妙惟肖的侍者雕像,颇具欣赏性;但很多店铺却仍就是空荡荡的一间,当初预期的繁荣无奈地零落为"冷清"二字,惟独晚上摆放的小摊,还能给这座小岛带来一点生机。小摊规划齐整地分布在中洲岛广场上,摊位统一制作为铁皮架,沿江风景独好的地方卖的是餐饮,靠里的地方则摆着各式各样的小摊,有卖杂货的、有卖木具的、有卖唱片光盘的,也有卖旧书的。

小曾平日时常到中洲岛买旧书,一路上他告诉我中洲岛上有一个旧书摊老板,曾经当过老师,见识挺广的,自己还和他聊过天。

听了小曾的介绍,到了中洲岛后我们便直奔那位老板的摊位。老板看起来五十多岁,讲话挺斯文的。我们去的时候,他正埋头整理一些旧电话卡。

他的书摊占据了两个铁皮架的位置,上面从左到右依次摆放着一些旧杂志、旧电话卡和旧书。旧书中多有五六十年代的文学书,也有不少80年代的,90年代新出的书较少。

在电话卡和旧书的中间,几本"文革"时期的红宝书特别醒目,我拿了一本福建人民出版社1968年12月出版《毛主席诗词句解》(福建师范学院中文系、战地黄花战斗队编)问老板价钱,老板说得四十元,然后翻开书中的一页,告诉我们这本书的价值就在于有毛泽东的手书,另外书中还多次提到"林副主席";我顺手再拿起旁边一本人民出版社1964年4月第一版、1969年8月第三次印刷的《毛泽东选集》(一卷本),老板说只要十五元,虽然普通,但书的硬纸皮套上印有林彪手书的话。听他这么一说,我仔细看了看那上面的字,是竖排印着的一句话——"读毛主席的书,听毛主席的话,遵照毛主席的指示,做毛主席的坚强战士。"

放下两本红宝书,我继续往书堆里搜寻,还边淘书边和老板聊起来。这一聊,才发现老板其实很善谈,他说自己姓宋,人家叫他老宋,原来在金山高级中学当老师。现在白天有一份编辑的工作,晚上卖旧书只是副业,而且自己有双休日,周末还到花鸟市场或左海公园摆旧书摊。

听宋老板这么一说,我便明白他不是一般意义上的卖书人,他有文化、有自己的工作,卖旧书只是他的业余所好。那么,书摊上卖的这些书从何而来呢?宋老板说他卖的多是自己的藏书,家里还有十几箱的旧书呢,一般会先把藏书中那些品相不好、版本不好的书挑出来卖;另外,邻居、同事、或是旧品收购站的人知道他卖旧书,也会把不要的书拿到他家卖给他。

我在书摊上大概扫视了一遍后,看中了一本郑云波、吴汝煜主编的《中国古代通俗小说阅读提示》(江苏人民出版社1983年6月第一版第一次印刷),里面有几个作者的名字我比较熟悉,比如写作《"三言""两拍"和〈今古奇观〉》一篇的缪咏禾、写作《褚人获和他的〈隋唐演义〉》一篇的王星琦、写作《略谈〈儒林外史〉》一篇的何满子。缪咏禾先生写的《明代出版史稿》我最近刚好在阅读;王星琦先生在南京五台山先锋书店举办的东南大学出版社出版的《松叶文丛》新年专家座谈会上见过,他当时是作为文丛中《书林驿语》一书的作者代表出席座谈会的。我平时也听徐老师讲过,王星琦先生的书法写得很好;何满子老先生则经常在南京文人办的《开卷》杂志上发表文章,2005年岳麓书社出版的《我的书房》(《开卷》创刊三周年以"我的书房"为题的来稿结集)中也有一篇他描写自己的书房"六一居"的文章。

记忆在脑海中翻滚出这些信息后,加上我一向喜欢读些名著、小说的阅读提要,我当即决定要买下这本书。于是举着书问宋老板价格,他说得八元。我照例问能不能再便宜些,宋老板说自己的书是卖一本少一本啊,所以一般都不讲价的,"八块钱已经是很便宜啦,网络上这书的价格更贵。"

网络上的书?宋老板的资讯还挺灵通的。我紧追着问他是否也在网络上卖书,他摇头说没有,只不过那些在网络上卖书的人经常到他这淘书。"所以我的书都比网络上卖的便宜",宋老板不断地强调道。

看来八元钱是一口价了,绝无再还价的余地,我也便付了钱,挪向旁边一位女老板的旧书摊。

这个旧书摊上摆着不少过期的杂志,还有一些儿童读物、漫画、流行小说等,我和小曾的眼睛大致掠过一遍后,没看到感兴趣的书,便掉转身,往另一侧的旧书摊走去。

这一边总共有三个书摊,最前的是位中年女老板,看上去四五十岁的样子,见我们过去,忙打招呼让我们随便看,看中了挑出来即可。

我一下子看到了一本有关书籍装帧的书,是《书籍装帧入门》,广西美术出版社1996年出版。想到自己的同门师姐师妹中有人对这方面的书感兴趣,我便想替她们买下此书。于是问老板价格,她说这本书只剩一本了,便宜卖给我,"和这本一起,拿三块吧",她一边说着,一边拿来一本《国外书籍封面设计选》(上海翻译出版公司1986年出版)。价钱如此便宜,我也就二话不说,当即付钱要了这两本书。

买下这两本书后,我继续往跟前的书堆里寻觅,才发现这位老板的书的确不错,而且有不少是60年代的。我乐滋滋地以三元钱买了一本上海教育出版社1963年出版的《文言虚字》,著者吕叔湘;另外以一元钱买下了沈尹默书写的《毛主席诗词二十一首》,是上海教育出版社1962年2月第一版,1963年2月第三次印刷。呵呵,这样的价钱,在南京的旧书店是绝对买不到的。

接着我又买了一本《作家的怀念》(丁玲、巴金等著,四川人民出版社1979年6月出版),一本《艺海拾贝》(秦牧著,上海文艺出版社1978年5月第二版,1984年11月第七次印刷)。原本我只要前一本书,只是付钱时,老板又拿来后一本书,说别人告诉她那本书不错的,样子很是诚恳,似乎怕我错过了这样一本好书。我大致翻了翻,内容确实不错,而且问老板价格,也不贵,3元钱,也就连前一本书一同买下了。小曾看罢,在一旁直说老板懂得生意之道,还开玩笑地说,今天晚上就单卖我这些书,老板也赚够了。

老板却有趣得很,直诉苦道,现在的书不好卖了,特别是暑假,师大的学生放假了,人来得就更少了。而且这样的摊位,一个铁皮架一个晚上五块钱,她占用了两个,每晚还得交十块钱。

待我们和这位阿姨模样的老板聊得熟稔时,她告诉我们,自己是下岗工人,摆摊卖书是为了养家糊口。自己家里的书比这里还多,地板上到处都是书。"有位小弟,也像你们一样读书的,每次到我家挑书,都要挑七八十块。"

末了,我好奇地问老板,书都是从哪收购来的。她告诉我说,这些书都是平时到废品收购站收,或者有读书人家藏书散出,她过去挑选,一般以斤计算。普通的书一斤三块左右,大部头的书一斤五块,也有贵重的以本买来。

女老板的一旁是一位男老板,他的书摊比较小,卖的多是八九十年代的书,不过也有五六十年代的书。我们去的时候,一位中医学院的学生正拿着几本古旧的中医方面的书籍,和他讲价。

最后的一个书摊是一位年轻的女老板,她占用了三个铁皮架的面积卖书,卖的书多为时下流行的小说、励志书、商业类新书籍以及杂志、画册、字典,六七十年代的书比较少,不过我惊喜地看到了一本《天安门革命诗文选》(续集),和家里的那本一样。

小曾买了一本福州青年易学研究者余斌著的《如易——系统易学》,上海三联书店2000年12月第一版、2002年4月第三次印刷,书在短短两年间印刷了三次,可见销路不错。由于是新近出版的书,书的品相非常好,看起来有十成新,和新书无甚区别。书薄薄的,正文有一百六十页,标价十元,小曾以三元的价钱从女老板手中购得,大抵是行情价,三折左右。

低头和小曾淘书时,不经意间听到女老板和一位熟客聊天,才知道她女儿平常也会来一起卖书,但今天没来。估计老板的女儿年纪不大,应该上着小学吧,平日里和妈妈卖旧书,不知是否也培养起了爱书读书的感情。这是题外话。

小曾一直想买本世界或中国的地图册,便问这位年轻的女老板是否有卖。她拿出了一本三十二开本的《世界地图册》,

"喏,就这一本了。"

我们接过书翻到版权页一看,是1973年出版的,小曾直摇头说地图册太旧了,自己并不是要收藏,而是想要一本比较新的。这话刚落,先前那位中年女老板便凑过来,拿了一本也是三十二开的地图册问小曾是否要。不过那版本是1984年的,小曾也没买下。

快要离开中洲岛之前,我们又回到先前老宋的摊位,问是否有地图册。

"地图集有啊,但不好找的。"老宋边说便蹲下来在书摊的下面找。我们走进一看,才发现铁皮架下面是一个很大的储货柜,里面放着很多老板库存的书。于是我不禁好奇地问老板,平日是不是可以把书锁在里面。老板回答说是的。

"但不会被偷吗?"我有点顾虑地问老板。

"对,书就放在这里,晚上回去的时候锁起来。这里有保安的,没事。"

呵呵,我恍然大悟,这不和法国塞纳河畔旧书市场的铁皮书箱一样吗?

2005年8月10日 福州对湖

吴门访书

苦竹斋主

苏城风物,吴市烟花,余心向往者久矣。丙戌(1946年)之秋,承国立社会教育学院之邀,赴苏讲学,课余之暇,茗话园林,策杖荒郊,览古寻胜,几无虚日。有时则为结习所驱,躞蹀于玄妙观内,护龙街头,入坊肆,拨寒灰,冀获一善本而归。

吴门书坊,盛于前清乾嘉间,黄荛翁、顾听玉辈之风流韵事,至今犹为人所乐道。荛翁晚年,且自设滂喜园书籍铺于玄妙观西。其时坊肆林立,估人麇集,其人其事,虽无李南渊辈为之记述,而荛翁每获一书,辄题其上,追溯源流,委曲尽情,发人雅兴。间及坊主船友,叶焕彬复为录出,共得五十家。百余年来,战乱频仍,当年坊肆,不知几经沧桑,叶氏谓玄妙观前无一旧书摊,无一书船友,感慨无已!惟叶鞠裳日记所载,尚有绿润堂、世经堂、来青阁、述古书肆、大成坊书肆、书估侯念椿、陈某及曲阜孔某等。鞠裳晚年喜研金石之学,搜求碑版,不遗余力,然其所获善本,亦不在少数,足见吴门书业虽式微,而尚不至完全绝迹也。今护龙街之来青阁,为当年坊肆之硕果仅存者,主人仍为杨姓,分号设于上海三马路,苏店日趋衰落,故不得不兼营文具,以苟延残喘。廿年前,观前街尚有一肆名文津书林,规模颇大,主人周姓,殁后,其嗣改营新书文具,境况大佳,是即今之文艺书局也。又有含光阁书肆,主人陈方恪彦通,江西义宁人,为宿儒陈三立前辈之哲嗣,家藏图书千余箱,陈列店中,琳琅满目,缥帙之富,为一时之甲。惟彦通出身望族,雅好儒素,不谙商情,店务悉交一伙计主持,对书籍版本,完全外行,开业未久,其中善本,尽为沪估辇去,不数年间,即行歇业。余曾邂逅彦通于沪上某骨董店,面容清癯,发言时带咳声,与谈书林掌故,娓娓不倦。余问含光阁歇业原因何在?彼云:"某次,海军名宿杜锡来店购书,书款未付,屡催无着,最后清付时,不料为杜寓阍侍强索赏资数成,余出身儒门,受此奇辱,顿感商途可畏,乃将店屋连书全部顶出,仅得万余元。"言下犹欷歔不已!

　　文学山房在护龙街,从外表观之,尚能保持旧书店之本来面目,惟营业亦极清淡,闻近日售书与无锡江南大学,稍获济窘之资。主人江姓,沉默寡言,应对谦谨,惟店伙喜伪作旧刻,私造古今藏书家名章,熏染纸色,改头换面,蒙混顾客,凡与往还者,咸怀戒惧之心。余曾在该肆获初印本《居易录》、道光木活本《杜东原遗集》、汉阳叶氏平安馆翻刻初印《宋明状元图考》、明郭刻《欧阳文粹》等。某次,余访该肆,主人出示目录一本,首列宋版《诸儒校正唐书详节》六十卷,黑口,黄纸,每半页十四行,行二十四字,栏线上有每事标题,又帝纪列传俱记其名于栏线之左,宋讳缺笔,有海源阁杨氏藏书印,余试细审其纸质与书法,即疑非宋刻,及查海源阁杨氏书目,果无此书,藏书印记显属伪造,从各家目录考之,可断其为元刻十七史详节本也。其次宋版《晋书载记》,白棉纸而染成灰黄,一望而知为赝鼎。后闻此两书为已故国史馆馆长张溥泉先生购去,果获厚利,黠估欺人,有如此者。余又见叶氏缘督庐藏书一批,内有元刻《遗山先生诗集》,黑口,四周双栏,每半叶十行,行三十一字,书法仿松雪体,有袁氏五砚楼藏印,沈筠初、徐康成等私印;嘉靖翻宋刻《世说新语》、嘉靖刻《莆田集》、万历刻《赐闲堂集》、嘉靖乙酉川上草堂刻《周恭肃公集》,有蒋重光藏印;嘉靖刻袁永之、袁鲁望两集,成化覆金刻《政和经史证类本草》,缪氏艺风堂抄叶氏手校本《元秘书监志》等,书品较前次为精,惟索值颇昂,未敢问津。

文学山房右邻为求智书店,主人孙姓,原充来青阁学徒,数年前始独创此店,除旧书之外,兼营文具。彼对苏州、无锡、常熟一带之故家藏书,知之甚稔,一有散出,即捷足先得。某次,主人约余至肆中观书,及登其楼,则缥帙盈室,精椠秘籍,触目皆是。询其所自,方知为吴兴许氏怀辛斋物。许氏居苏州,业商而好古,其藏书大多购自上海古书流通处,凡卷首有"四明卢氏抱经楼"图记者是也。抱经楼乃浙江鄞县卢青厓藏书之所,子孙不能守,于二十余年前散出,为沪估陈立炎所得,后又转入沈知方所设之古书流通处。据陈乃乾先生《上海书林梦忆录》载:"抱经楼藏书之出售也,价在二万元以上,其时上海旧书店寥寥无几,营业皆狭小,资本亦短浅,对此无敢问鼎。立炎得沈知方、魏炳荣诸君之助,毅然往购。比至宁波,为范氏所知,诉于当地官绅,援旧案拘之。上海书业公会同人联名电请保释，复倩人再三疏通，历旬日而事解。卢氏书虽全部运沪，惟其中旧刻《四明志》数部，则仍留归甬人保藏。时知方任中华书局副经理，别自设进步书局编辑所于三马路惠福里，遂辟进步书局楼下西厢房，以陈抱经楼书，而颜曰古书流通处。"又载："抱经楼藏书目录，钱竹汀曾为之作序，但仅记书名册数，尚未刊传。余拟据原书勘对，笺其板刻。但古书流通处主人以迫于偿债，匆遽散售。其第一批于某君者，不论抄刻，任选一千册，获值一万元，书皆原装，每册厚至二三百叶，且大半有曹倦圃、朱竹垞诸人手跋。若在今日，每一册加衬纸，可改装六册，其价当百倍矣。"陈先生所谓某君者，未知所指何人，但许氏之收购抱经楼书，或即在斯时也。孙君复出视一目，余按目纵览，宋、元、明刻本共计一四九种，明抄本十六种，内有多称为范氏天一阁物，清抄本八十三种。惟其目多种有目无书，询之主人，方知已于数日前为张溥泉所购去，张先生与钱大钧同来，选购各书，尽属精品。为明内府刻《大明一统志》、旧抄本康熙《宁波府志》（海内仅有二部，一部藏北平图书馆，有缺卷）、日本活字本《皇宋事实类苑》、明刻篆文六经白文、万历刻《淑问汇编》、嘉靖刻《大明集礼》、正德慎独斋刻《山堂考》、元刻《韵府群玉》、元刻《周易程朱先生传》、元刻《礼经会元》等二十余种。许氏藏书，不止此数，闻尚有百余箱，明刻居多，屡经飞凫人奔竞，终未成交，惟《东方杂志》及《国闻周报》全套现已脱售，得价约一亿元，尚不为贵。

吴门坊肆，十之八九集中于护龙街，除文学山房、来青阁及求智书店之外，尚有松石斋张氏、翰海书店吴氏、觉民书社陈氏等数家，规模狭小，门庭冷落，奄奄一息，已在存没之间。惟余曾从翰海破纸中获孙毓修氏手稿《涵芬楼读书录》二册及明嘉靖刻白棉纸印胡可泉《拟厓翁古乐府》二卷，两书均颇有价值，后者尤属罕见。玄妙观内有文庐书庄及新新、新生、大公、新民等书店，非经营新书文具，即形同冷摊，毫无生气。观前则高楼敞肆，百货纷陈，更无旧书业立足之余地矣。

(节录自上海市立图书馆馆刊第一、三、四号)

苏州的书市

黄 裳

近来很少到苏州去了。前些年可不是这样。50年代有一阵子一个月总要去两三次。后来踪迹渐疏,也是一个月一次,或两个月三次。是什么吸引我这么舍不得苏州呢?虎丘、山塘、灵岩、天平、拙政园、网师园、松鹤楼、元大昌……这些当然都是使人流连而不忍去的所在。不过说到底,苏州对我最有吸引力的地方是那些旧书铺、书摊。

当年的护龙街、今天的人民路,从察院场朝南,几乎整条街都是书铺,连马路边上的地摊上都是书。出了火车站,赶到观前,什么地方都不去,首先就是逛书铺。这一逛就是半天,往往连吃饭也忘记了。玄妙观里景德路上也有书铺,不过去的机会较少。有一次坐三轮车到阊门去,忽然发现路边竟有一家书店,赶紧停车,跑进去一看,竟自买得了一册明万历刻的《草堂诗余评林》,书只剩了一半,但却是书林刻本(所谓"坊刻")。在各家藏书目录上都没有著录。我多年来留神买各种不同版本的《草堂诗余》,前后所得有五六种,这个残本是其中之一。我在这里首先提到这件事,是想说明当时的苏州是无时无地不能得到中意的旧书的。

1948年秋,吴晗从北京来沪,想乘飞机去港转赴解放区,不料机场要凭附有照片的身份证,走不成了,只好躲在上海朋友家里。那时郑西谛刚印好了一部《玄览堂丛书》,其中有许多都是难得的明史史料,送了一部给他,正好供他闭户读书,消磨岁月。不过总是看旧书也不免气闷,朋友们就约他到苏州去玩两天散心,同去的还有叶圣陶先生。车到苏州,有人接待,吃罢夜饭,已经是七八点钟了。郑西谛忽发豪兴,说:"我们去访书去!"书店都早已上了门板,西谛就一家家叫开了门进去看。我们先到玄妙观中的李德元书铺,主人拿出了三本书给我们看。其中有一册嘉靖赵府味经堂刻的《谈野翁试验小方》,版式很特别,巾箱本,版框四周是阴文刻花的栏。味经堂刻的这类小册子很多,多是未见著录的,这本《小方》在《千顷堂书目》中却有,西谛就撺掇我买下了。同时买了一部康熙刻的《骆临海集》,价钱只及《小方》的十分之一,随手送给了吴晗,因为骆宾王是义乌人,他的同乡。喝得半醉的西谛又带领我们走上了护龙街打开了一家书店的排门,走进去一看,满壁琳琅,整架都是清初刻的大部头各省方志,是许博明的藏书。西谛激动极了,连声说:"这些都应该买下来!"可是我知道他当时正是一文不名,不久前还卖掉了一大批明本书,有一本手写的《纫秋山馆行箧书目》放在寄售的书店里。可是一见有价值、难得碰见的好书,不管力量够得上够不上,还是说,"这些书应该全部买下来,不能让它流散了!"他就是这样一个爱书如命、豪情满襟的人。

　　1949年秋江南解放,我到南京、无锡、扬州去采访,顺便也看看书。回上海的那天,经过苏州,已经是傍晚了,天上还落着潇潇暮雨,还是捺不住下了车赶到护龙街上。在集宝斋看到了一屋旧本书,那是刚收进来的不知谁家的旧藏,从地板上堆起了一人多高的一座"书山"。要一本本地看是不行的,只能抽。就这样我随手抽出了一本清初刻的女词人徐灿的《拙政园诗余》,真是高兴极了。书刻于顺治十年,大字疏行,依旧保留着晚明风气。纸用棉料,前有陈之遴序,卷尾还保留着她的几个儿子的校刻题名,旧为江山刘履芬藏书。此书她的同乡、著名藏书家吴兔床也不曾见过,刻《海昌丽则》时似乎根据的是个抄本。像这样以极偶然的机缘得到善本书的事,在别的地方是难得遇到的。

　　来往熟了,因之也结识了许多书友。琴川书店夏淡人是很能谈谈的一位。尤其可感的是他允许我到书店楼上去随意翻看他所藏的大量残本。我买书是不弃丛残的。因为这些旧刻作为版刻的标本,自有其价值,有些还是不见全本流传的。有一次,得到一本《广川画跋》,只剩上半,是嘉靖刻本,白棉纸印。书既少见,尤其有意思的是这是明代快雪堂主人冯梦祯的藏书,前后有三四方印记,刻得精极。又一次,看到一本巾箱本的《埤雅》,只存上半。看样子是万历刻本,但其中又夹杂了许多补刻的插页,小字写刻,时代似乎更早,终于不知道是什么本子。特别吸引了我的是书前有一方"顾印贞观"的白文方印,正是顾梁汾的藏书。夏君告诉我,这书的下半可能还在,要等配全了再给我。

果然,没有多久,全书就寄来了。从这里也可以看出这些书从藏书人家里流散出来的情景,有时是乱七八糟地论斤而出的,身首异处的情形正是常事。它们没有落到还魂纸厂真是一种极大的幸运。

护龙街两侧有许多小巷子,好几次经过马医科巷,知道这就是俞曲园的故居所在。多次走进去打听,都没有找到。直到前两年曲园重新整修开放,才有机会去访问。原来这是在巷底深处,只修整了春在堂的几处屋宇,曲园好像还没有动工恢复。俞曲园的《春在堂随笔》中有一则云:

> 曩在京师,许文恪招饮于其养园,花木翳然,屋宇幽雅,颇擅园林胜事。文恪云,"冉地山侍郎尝病吾以杨木为屋,恐不耐久",吾曰:"君视此屋,可支几年?"冉曰:"不过三十年耳。"吾曰:"然则君视许滇生尚可几年耶?"再亦大笑。余谓公此论,真达人之见也。未及数年,公归道山,屋固未圮而已易主矣。余在吴下筑春在堂,旁有隙地,治一小圃,名曰曲园。率用卫公子荆法,以一苟字为之。或虑其不固,余辄举文恪语以解嘲焉。

这一节笔记写得很好,不但显示了主人的胸襟怀抱,也说明了曲园之不与拙政园、怡园等相提并论的作意。这正是一座学人的家园,其文化气息远胜于金碧辉煌的楼阁亭台,虽然在一般游人来说怕要失望,觉得没有什么好玩的地方,但在护龙街畔有这样一座小园,正是十分合适的。比起怡园来似乎还更有趣些。

三十年过去了。人民路上已是一番崭新的景象。古旧书店还剩下了一家。偶然走进去,承主人的好意让到楼上去看书。依旧是满壁琳琅,不过和三十年前相比,那时摆在地摊上的货色似乎还要比现在放在玻璃橱里的质量高得多。这是不能不使人叹息的。曲园可以重修,可是当年的书店街的盛况就不容易恢复了。即使是重开几间门面也不顶用,就和北京的琉璃厂一样。这样看来,俞曲园转述许滇生的话,还是有点意思的。时代大踏步前进了,许多旧事物,包括文化环境,免不了淘汰、鼎新,正不必发许滇生那样"达人"的感慨。历史旧的一页翻过去了,可历史总是历史,是不应该淡忘的。

(原载《河里子集》,黄裳著,百花文艺出版社1994年4月版)

昆明旧书摊

汪曾祺

昆明的旧书店集中在文明街,街北头路西,有几家旧书店。我们和这几家旧书店的关系,不是去买书,倒是常去卖书。这几家旧书店的老板和伙计对于书都不大内行,只要是稍为整齐一点的书,古今中外,文法理工都要,而且收购的价钱不低。尤其是工具书,拿去,当时就付钱。我在西南联大时,时常断顿,有时日高不起,拥被坠卧。朱德熙看我到快十一点钟还不露面,便知道我午饭还没有着落,于是挟了一本英文字典,走进来,推推我:"起来起来,去吃饭!"到了文明街,出脱了字典,两个人便可以吃一顿破酥包子或两碗焖鸡米线,还可以喝二两酒。

工具书里最走俏的是《辞源》。有一个同学发现一家书店的《辞源》的收售价比原价要高出不少,而拐角的商务印书馆的书架就有几十本崭新的《辞源》,于是以原价买到,转身即以高价卖给旧书店。他这种搬运工作干了好几次。

我应当在昆明旧书店里也买过几本书,是些什么书,记不得了。在上海,我短不了逛逛旧书店。有时是陪黄裳去,有时我自己去。也买过几本书。印象真凿的是买过一本英文的《威尼斯商人》。其时大概是想好好学学英文,但这本《威尼斯商人》始终没有读完。

我倒是在地摊上买到过几本好书。我在福煦路一个中学教书。有一个工友,姑且叫他老许吧,他管打扫办公室和教室外面的地面,打开水,还包几个无家的单身教员的伙食。伙食极简便,经常提供的是红烧小黄鱼和炒鸡毛菜。他在校门外还摆了一个书摊。他这书摊是名副其实的"地摊",连一块板子或油布也没有,书直接平摊在人行道的水泥地上。老许坐于校门内侧,手里做着事,择菜或清除洋铁壶的水碱,一面拿眼睛向地摊上瞟着。我进进出出,总要蹲下来看看他的书。我曾经买过他一些书——那是和烂纸的价钱差不多的,其中值得纪念的有两本。一本是张岱的《陶庵梦忆》,这本书现在大概还在我家不知哪个角落里。一本在我看来,是很名贵的:万有文库汤显祖评本《董解元西厢记》。我对董西厢一直有偏爱,以为非王西厢可比。汤显祖的批语包括眉批和每一出的总批,都极精彩。这本书字大,纸厚,汤评是照手书刻印的。汤显祖字似欧阳率更《张翰帖》,秀逸处似陈老莲,极可爱。我未见过临川书真迹,得见此影印刻本,而不禁神往不置。"万有文库"算是什么稀罕版本呢?但在我这个向不藏书的人,是视同珍宝的。这书跟随我多年,约十年前为人借去不还,弄得我想引用汤评时,只能于记忆中得其仿佛,不胜怅怅!

1986 年 7 月 8 日

南牖旧书铺

朱有年

十点过的阳光斜射在窄窄的街沿上。来到仁厚街"南牖旧书铺",主人家傅耀先像往常那样坐在门边的竹椅上。瞥见铺子里一老头儿正用放大镜看书架上挤得满登登的书脊。傅师见状对我说,这是宋大爷,老顾客了,原是"市图"的。宋大爷慢慢地从书架这一头看到那一头,由高及低,手拄拐棍,或直身,或躬身,再把抽出的书放在门边的柜台上翻看,依旧手执放大镜仔细地看,很有耐心,就如同坐在家中读书一样。最后终于选了四本书,我一看都是中国古典文学一类。价格一问一答,没有啰唆,三十元成交。

宋大爷干瘦的身材,一看就是那种清心寡欲、命享长寿的人。果然,傅师说他已八十六岁了。人活到这把年纪,不易,对世事可说是洞悉入微,按俗话说是早就看穿了,还读书,看古典,还跑书铺淘旧书,这又是怎样一番心思呢?

傅师把书捆好递给宋大爷,又给我泡了杯青茶,说读书人喝青茶。坐在铺子门口我同宋大爷闲聊起来。原来宋大爷(大名天霞)是川大中文系解放前的毕业生。1950年就到市图工作,直到1980年退休,除了这三十年的专业从事图书研究与管理工作,还有之前求学读书和之后赋闲读书的漫长日子,少说都是三十年,他老人家肚里不知有多少关于书的知识和读书的体会。然而也许是"过来人"的缘故,读书的境界由繁杂而单纯,由热闹到宁静,由功利转无为,宋大爷反没有什么说的,他静静地看着傅师父子把另一间房捆好的书拿出整理,又摆放在门外搭的板子上。

市图另一位叫林孔翼的老头儿也常来铺子,"我管他们叫'老果果',开书铺差不多二十年了,结识的朋友不少,但这几位是真令我佩服,要称为老师的,因为他们太懂书了!进铺子买书,你来我往,言谈之间也给了我不少指点。"傅师说。

看傅师清理书,间或拿起一本递与宋大爷问两句,甚谦恭,这就是请教了。宋大爷却对我说,人家(指傅师)读了云南大学,医学专业的。言外之意,傅师是懂书的,别小看了做旧书生意的。他说自己隔几天就要来一趟。耄耋之年,常跑旧书铺,除了淘老版书,自然还有与小书铺那份长年走动、渐熟渐亲的感情——爱书及人,对路了,那书老板也是深交得的,知道你喜欢啥书,缺啥书,有了就会给你留下。还有这老街一隅常来常坐交流知书心得的感受,岂是繁华闹市大书店,人头攒动,眼花缭乱,交钱收款而无多言语这样没挨家的感觉所能比的?

对新版书宋大爷颇有微辞,说编辑校勘问题太多,是人心浮躁吧?对以"无错不成书"的遁词更是不以为然。古人都说校对如秋风扫落叶,何能安然以讹传讹？这大概也是他远新书店而近老书铺的缘故之一。老人生活简单而有规律,早睡早起,要锻炼要读书,不容易的是读书且买书。宋大爷说:静以养心,动以养身。换句话说,读书养心,走路去书铺养身。宋大爷拄着拐棍离去时,望着他微驼的背影逆光中仅有轮廓时,不免联想自己何时也能因读书而达如此浑然简括的形象。

坐街沿下仰头正对着"南牖旧书铺"的匾,据说是某有名的文化官员所书,黑底褐字,古色古香,令人想起笠翁（李渔）对子书里的一句:"北牖当风停夏扇,南帘曝日省冬烘",很有点诗书度日的闲适味道,这在老街上也算颇为文气的点缀。外墙另有两联相呼应,上为:读书人人读书人人读书；下为:读书好好读书好好读书,落款丁丑（1997年）新春陈滞冬题,也是书写在木牌上。门墙内侧两边还书写有:买书卖书以书增慧,看书藏书用书会友。

因处老街,两侧再没有同类店铺,题撰就像书斋里的警示语,并无多少商业味,散步或骑车经过,一瞥之下就能看到满屋书架,对胃口的一受诱惑就不免驻足而趑趄,这简朴而有几分"迂夫子"味的老派风格正迎合了喜欢淘旧书者的心情。

傅师从20世纪80年代开始便与旧书买卖打交道,起初是收荒,旧物旧书统揽,因有单位相熟者支持,大批淘汰书籍当废纸卖给他,从中他发现了宝,渐悟这旧书大有门道,遂才在西丁字街正儿八经开起了旧书铺。1994年转到仁厚街至今。近二十年了,他乐此不疲,儿子还在草堂文物市场租铺面开起了分店。

从大学到今天，四十年光阴，傅师阅历很丰富，最有激情的岁月也折腾够了，但说起来他却轻描淡写，也无成功与失败之感慨，说到底，是书让他沉静下来，是这旧书生意，让他能平平淡淡地一晃就进入了"从心所欲"的年龄，还有什么比长久干一件事更能说明自己生命意义的呢？我很羡慕"南牗"带给他这福气。

到书铺来的收荒匠下午比上午多，可能是天气热，跑大半天疲乏了，歇脚的比卖旧书的多。他们与傅师嘻嘻哈哈，傅师照例个个散烟。要水，傅师就让他们自己进里屋倒，一看就是常来常往习惯了的。他们是"南牗"的书源，运输大队长。傅师说与"南牗"常打交道的收荒匠有七八百个，他们从城市的每个角落把收到的各种旧书刊送来，堆在地上，傅师要一本本捡来看，不要的情况是多数（当然多半是作废纸收进的），不要只好拿走。不过傅师仍拿一张一元的票子给收荒匠，说"你这只有喝茶的命"。如《中国公文大辞典》几大本，十六开精装，厚度约十厘米，傅师一看是1992年版，晓得这公文款式不断变化，价值不大就一本未要，但仍给了收荒匠所谓的"茶钱"。傅师很理解他们跑路辛苦，知道这是照顾"南牗"生意。"当然收得到好书精品书，我就对他们说，该你吃肉打牙祭"。比如有一次收荒匠从一家保姆手里按废纸收了一些线装书送来，傅师就给一百元，由对方自己看该收多少。收荒匠知道傅师识货，而自己也肯定有享头，故才有书就往"南牗"跑。

说到收书，傅师似有隐忧。收好书越来越难，收荒匠中有部分渐渐搞懂了，便自己买卖旧书，如在文物市场摆书摊或黄昏时在一些人口密集的街道上摆地摊。地摊对铺子有威胁。不过傅师倒也沉得住气。作为旧书坐贾,他的"南牖",按现在的话说是长期经营的品牌,其所长在于丰富的经验和经商之道,尤其是他自己就是爱书藏书的读书人,懂书且理解读书人——这可以说是他经营旧书成功的法宝。我问他如今铺子里到底有多少书,他说不清,问他能赚多少钱,他只说卖了的要贴积压的。

现在傅师什么书都有得看,不过仍不能忘怀在绵竹那会儿,找到一册石印本的《薛刚反唐》,在煤油灯下两个晚上就读完了的乐趣。

(选自《四川画报》,2000年9期)

大江南北淘书记

薛 冰

一、姑苏淘书记

我的淘书经历,算来可说是从苏州开始的。

这当然不是指上新华书店去买书。

"买"书与"淘"书,严格地说起来,其实是两码事。

中国人对于以财易书,常常不使用"买"这个词。让我们这一代人记忆犹新的,是三十几年前,去新华书店买"红宝书"和领袖像一定要说"请",感情色彩十分鲜明。不过这个"请"字却也要算古已有之,帝制时代的老太太,到寺庙里买佛经或佛像,一定要说"请一部经回家"或"请一尊菩萨回家"。书而可以"买",委实有点将人与书的关系简单化了。一手交钱,一手交货,是商品交易的通则,加之于图书这一商品,似也不能算错。只是图书毕竟又与一般的商品不大一样,是一种精神产品或者说精神消费品,所以人们希望从获取它的过程开始,就进入一种精神享受。买卖、批销、码洋、特价、处理、炒作……诸如此类的词语充斥在书店里,反映出的必然是赤裸裸的钱物交换关系,未免缺少了一点"味儿"。也就难怪某些书店里的营业员,至今仍喜欢摆出计划经济时代国营商店售货员的冷脸,冰得读书人心中一寒一寒的,不得不时时反思,自己的买与读是否又有犯规或犯贱的嫌疑。所以再"传统"再"文化"的人,对于上新华书店,也都直言"买"书去。

传统的文化人旧时上书店,广泛使用的动词则是"看"与"访"。读前辈文化人的书话可以知道,大约口语中用得多的是"看",而书面语中用得多的是"访"。许多学人则直接将记述自己求书经历的文字,定名为"访书记"。一个"访"字,反映出读书人对书籍的尊重,他们是把书当作朋友看待的,到书店里,看一看旧朋友是否别来无恙,看一看又增添了什么新朋友;新友自然会带来新知,即便与旧友相对,也常常会有新收获。至于"看",也不同于今日在新华书店开架柜台前的罚站。旧时稍像样的书店里,都与现今渐渐时兴起来的"书吧"一样,备有专供读者"看"书的桌凳,有的还免费提供茶水;而店里的老板伙计,虽然都属男性,讲究的则是对版本的鉴别能力和与读者的对话能力,其导读水平之高,也绝非当今"书吧"中的莘莘女郎可比。郑振铎先生爱用的还有一个"得"字,"得书",隐然透露出怡然自得的消息。历代藏书家也常说"收书",那已经是一种规模化或持续性的活动了。

相比之下,我更喜欢"淘书"这个词,喜欢那披沙淘金似的艰辛和乐趣。"淘书"与"访书",在环境的层次上该是有所差别的。访书之处,似多为好书相对集中、琳琅满目之地,有点像朋友家苦心设计、精心布置的客厅,走进去不免要防备揖让进退的正经;而淘书就散漫得多,可以说有书之处,就可以淘,不管那是国营书店还是私营小铺、是旧货摊还是废品收购站——这就像与好友在路边的仓促相遇,全无准备,也无须准备。

时至今日,可"访"的地方是越来越少了,而可"淘"的地方,总算还幸存着一些。

有可淘的处所,还得有会淘的人。

我是在80年代初,就不时要到南京的新华书店去买几本书的。那时口袋里有了稳定的工资收入,书店里也有了再版的经典名著,兜里揣上十元钱,就可以放心大胆地抱一摞书去付账。但说到淘书,则还要晚几年。1986年11月,我在苏州古旧书店选中了一部石印本的《四家名人批点第六才子书》,我买下这部书的目的,不是为了读《西厢记》,也不是为了研究金圣叹的点评,因为此前一年,江苏古籍出版社已经出版了四册一部的《金圣叹全集》,使用起来自然更为方便。那是我生平第一次拥有线装旧书,也是我第一次为了内容之外的某种东西而买书。第二年3月,还是在苏州古旧书店,我又挑了一部《长生殿》和一部《燕子笺》,同样是旧戏曲,同样是石印本。当然,与此同时买到的还有一些旧版洋装书,如光绪末年版的《心史》,宣统三年版的《春冰室野乘》,民国初年版的《清季野史》和《超然堂笔记》等,则是对其中的旧史乘掌故感兴趣。

如果将这就叫作淘书,未免贻笑大方。说实话,当其时我连石印本和木刻本的区别都还弄不大清楚。但我的关注图书形式、关注古旧书确实由此肇端。我的幸运之处在于,古旧书行业的老人当时虽已不多见,毕竟还有几位在岗位上。我有幸结识的第一位,就是苏州古旧书店经理臧炳耀先生。那几年古旧书店还实行"内外有别"的不成文规定,一般读者只能看到新印古籍,见不到名副其实的古旧书。记得是苏州报社的一位朋友陪我去的,名义上是他去采访臧先生,我趁机提出看书的要求。

在苏州古旧书店的楼上,我第一次站到了琳琅满目的古旧书架前。

臧先生当时虽已年过半百,但慈祥而热情,让座倒茶,一切自己动手。我在书架上乱翻书,他只要得空,总是陪在一边,对我抽出来的每一部书做几句简略的介绍。我的胆气也就壮起来,以后每次到苏州古旧书店,就径直朝楼上闯,有人拦住了问,就声称自己是臧经理的朋友。臧经理只要在楼上,便会笑眯眯地伸头为我作证明。一回生二回熟,臧先生也看出了我对古旧书其实所知无几,不仅在攀谈中主动了解我需要哪一方面的书,而且不露痕迹地向我介绍鉴赏和选择古旧书的知识,以及应该掌握的工具书。他劝我不要再买那种清末民初的石印本,既没有阅读价值也没有版本价值,尽管只需二三元钱一部,但积少成多,远不如用这些钱买一部有使用价值或值得收藏的好书。那以后,除非实在买不到其他版本的书,我再没买过石印本。

只要看到有书友上楼来,臧先生立刻会放下手边的工作,笑眉笑眼地上前招呼。他的记忆力真好,记得住每一位熟客选书的范围,总是能恰到好处地推荐一些新上架的书;而只要你随便抽出一部书来,他都能轻言细语地说起这书的内容、版本、掌故以至流传渊源。同在这一层楼上,年近古稀的古籍版本专家江澄波先生则是另一种风格,他总是端坐在那张硕大的书案后,认认真真地读一本什么书,或者同样认认真真地写着什么,身外的一切都充耳不闻;偶尔抬头,便会冲着面前的人淡淡一笑,也不知道他是不是认出了那是谁。不知内情的人往往也就忽略了他的存在,想不到他竟会是一位名满江南的人物。这简直就像是武侠小说中的意境了。而熟悉江先生的人,见他在座,则一定放轻了脚步,说话的声音也尽量地压低了。江先生近年著有《古刻名抄经眼录》,我在1998年购得一部,适江先生在店中,请他作了题签。

臧先生在90年代中期退休了,接替他的何经理,同样谦谦有君子风,使人颇感欣慰。

正因为在前辈书人的熏陶下逐渐领悟了淘访古旧书的趣味,我才会对古旧书一往情深。

80年代在苏州古旧书店所淘得,至今仍较满意的书,有蒋吟秋先生于民国十八年辑印的《沧浪亭新志》和次年辑印的《吴中先哲藏书考略》,民国二十年商务印书馆初版马叙伦先生的《读书小记》,虽然只是排印线装本,却是不时翻阅的有用之书,而书价不过三四元一种。再如民国十八年刘承幹影印的《嘉业堂善本书影》一部五册,不光印入一百几十种宋元佳刻的书影,而且印入了大量历代藏书家的题跋,读来大开眼界也大长见识,书价亦只十六元。雕版本则有同治七年刊印的潘世璜《不远复斋杂抄》(这是我所得苏州贵潘家族的第一种著作)、光绪三十一年朱祖谋刊《彊村词》、嘉庆间版《竹窗随笔》等,当时苏州古旧书店的书价,相比于别处是较低的,这些书每种都不超过十元钱。

因为对朱彝尊的兴趣,很想备一部《曝书亭集》。1988年5月去苏州古旧书店,时架上有两部在,都是十六册八十一卷,价格都是四十元。我看中了品相较新的一部,臧先生则向我推荐竹纸的一部,说那是康熙年间雕版而印刷时间稍后,并翻开目录和正文给我看,卷二十中果然有挖版痕迹在。而较新的一部,已经处理得天衣无缝,显系后刻。这段公案使我大感兴趣。后来读黄裳先生《翠墨集》,也提到这掌故,以为挖版者当是在雍正二年汪景祺文字狱成后所印,铲去的就是《八日汪上舍日祺招同诸公夜泛五首》。一年后,我尝试以文学形象复原朱氏"风怀诗案",写成了中篇小说《盗姨》,发表在《峨眉》杂志创刊号上。

臧先生推荐给我的许多书,如今越来越显示出其价值。而有些没及时买下的,如一部乾隆版《缀白裘》,标价仅四十元,一部台北版精装《王静安先生全集》正、续编,标价也仅三百元,当时因学力太浅,觉得用不上,如今是断难遇到这样的机会了。

正是在淘书中间,使我逐渐认识到天下的好书是收不尽的,更是读不尽的,倘不想做"书柜"式的收藏家,不想做古人所贬讽的"掠贩家",就应该明确自己读书与藏书的范围。我的淘书也就渐渐集中到明清之交的史事人物资料和南京地方文献这两方面。在苏州古旧书店,我历年淘得的光绪末年上海国学社刊《明季南北遗闻》,民国四年国学扶轮社刊《残明纪事》,中华书局聚珍版《壮悔堂集》,1958年影印本蝴蝶装《顾云美卜居集手迹》等,都属前者;1935年襟霞阁主人重刊《金陵琐事》,1937年国立北平研究院史学研究会初版《金陵大报恩寺塔志》等,则是经常用到的南京地方文献。这些书的价格,每种亦不过三五元。至于所购新印古籍就难以列举了,几乎每次从苏州归来,都会有几十上百本书。我的藏书中来自苏州的,少说也有二三千册。苏州古旧书店中新印古籍总比南京书店品种多而且到得早,这自然与店里的几位老先生都是行家有关系。据说南京新华书店管进货的业务员,不少是京剧团、歌舞团等文化团体转行过来的,其根据书目选书的水平可想而知。有一个笑话,说是莎士比亚的书中,蒙这些艺术型业务员们最看好的一本是《温莎的风流娘儿们》,结果造成大量压库。

也是在苏州古旧书店,我淘得了我藏书中的第一种朱墨本,光绪八年秦祖荫刊印《桐荫论画》三编;第一种毛边本,光华书局1929年初版《岭东恋歌》;第一种布面精装的毛边本,大东书局民国十七年初版《曼殊遗集》;中国第一部铁路史,光绪三十三年日本清国留学生会馆和长沙集益书社共同发行的《中国铁路史》。我第一次有意识地收集一个文化家族——苏州潘氏族人的著述,历年所得,除前述《不远复斋杂抄》,又有滂喜斋同治十一年刊潘祖荫《攀古楼彝器款识》,宣统三年潘氏家刻本潘世璜《须静斋云烟过眼录》,民国文学山房活字本潘遵祁《西圃题画诗》,

1940年影印本潘曾莹《花间笛谱》，潘圣一抄配本《彻悟禅师语录》等。诸如此类的"第一"，倘细整理还会更多。当然，遇到足供把玩而价格不高的好版本，有时也忍不住会挑上一些，如陈叔言手订长跋《陈孝廉子深手写课儿孝经遗迹》，日本天保癸巳（公元1833年）刊《致堂二稿》，康熙四十一年石成金刊《诵经科仪》，1945年日文版图册《李朝陶瓷谱》，1936年版《多桑蒙古史》，1925年《新上海》创刊号等，价格都不超过三十元。

同样是在苏州古旧书店，发生了我淘书经历中最大的遗憾。那是1992年春，我在书架上的一部《松坡军中遗墨》中，发现了梁启超的铅笔批语十六则，毛笔题记一页、牌记一页，一时喜不自胜，急邀臧炳耀先生同观。臧先生也很意外，忙找了有关工具书来查对，书中批语所述与梁氏经历一一吻合。然而此书价值一旦认定，臧经理遂表示，书店不能再将此书售出。这部湮灭近七十年的珍本，虽为我所发现，终未能为我所有。后来我写了文章，介绍此书的发现经过及梁氏批语，交《民国春秋》杂志，责任编辑很负责，不敢相信我这样一个籍籍无名的读书人能有此幸运，将文稿压了很久，直到他在一次会议上遇到苏州古旧书店的何经理，证实确有此事后才将其发表。

二、扬州淘书记

我第一次进扬州古旧书店，是随江苏省作家协会主席艾煊去的，那时我在江苏作协创联部工作，算是陪同，也是出于兴趣。

因为江苏作协与文联分家未久,新建的资料室藏书不丰,艾老自己是爱书人,也感到当时中青年作家的文化素养欠缺,所以听说扬州在办书市,便亲自去选购图书。同去的还有作协资料室的资料员汤海若女士。

"扬州书市"是扬州古旧书店所办,1986年好像已是第二届。此后每年秋季举办一次,好像一直坚持到第十届。最初的几届,大约因为其时同类的书市尚少,也因为扬州的古旧书蕴藏丰富,吸引了全国各地的爱书人,销售业绩很可观,可谓"有名有利"。古人说"烟花三月下扬州",扬州古旧书店却使仲秋的扬州也成为一时佳境。扬州新华书店借鉴其经验,后来也办过"绿扬书市",声势便不及扬州书市。

那一次,艾老为作协资料室挑了不少线装古籍,价格算起来不过几元钱一册。我只看中了一部清中期的刻本,陈文述的《秣陵集》,因为所咏都是南京的名胜古迹,诗前小序涉及南京掌故尤多,对读书不多的我来说已是闻所未闻。但这部书是小汤先拿到手上的,她很尽责,坚持要留给资料室,一点商量余地都没有。值得一提的是,正是我与小汤的争执不下,让古旧书店的蒋素华先生注意到我,她热心地告诉我,《秣陵集》不是什么难得的书,并欢迎我在书市结束后到扬州古旧书店位于达士巷的书库去看书。我由此得以进入那座因藏线装古籍二十八万余册而显得神秘的旧式宅院,此诚所谓塞翁失马了。记得那次我只买了上海古籍出版社"瓜蒂庵藏明清掌故丛刊"中的几种,《金陵览古》、《南吴旧话录》、《西湖渔唱》、《钱塘遗事》等。顺便说一句,扬州古旧书店中新印古籍的品种也比南京书店多而好,后来我才知道,该店的两位经理,刘向东和刘永明,虽然年纪不算大,却是全国古旧书行业中的佼佼者,人称"二刘",所以全国古旧书行业的年会,几次都选在扬州举行。刘向东先生后来好像转行了,刘永明先生也调到广陵古籍刻印社工作,还算是本行。广陵古籍刻印社是个很微妙的机构,至今没有正式的出版社号,但在1958年后,却集中了全国各地保存下来的古籍版片,多达二十几万片,也收容了中国仅存的雕版艺人,保留了中国仅存的雕版技艺;数十年来陆续修补整理、刷印销售一些古籍,很为读书人所欢迎,只是而今也以影印业务为主了。

至于旧书,那一次我只买了一本道光年间拓本《元次山碑》,定价三元,其实我并不临帖,好玩而已。回南京的途中,艾老对我说,书贵在能读,而不在于是不是自己所有。这是我终身受益的教诲。应该说,我的能读一点书,在很大程度上是受了艾老的影响。资料室的那部《秣陵集》,第一个读者就是我,但我后来始终没有再想买一部,则是因为陈氏的诗作得不能算好,而那些掌故,并不是他的发现,他也是从别人的著述中转摘来的。

第二年的九月,我又随艾老去了一趟扬州书市。此时我对于书的版本仍然没有多少知识,所以一部光绪末年作者丁传靖自己刊刻印行的《沧桑艳》,标价二十元,我就让给了作协资料室,而花七元钱买下了一部1914年扫叶山房的石印本。那次买下的还有一部清代刻本《焦氏易林》,只花了四元钱;再就是宣统年间铅印本《香艳丛书》的零本二十余册,翻起来大开眼界,也因此对这部书和编者王文濡有了些了解。1991年南京古籍书店和上海书店影印出版《香艳丛书》和《南京文献》时，便由我为这两部书撰写了《影印说明》。作为报酬，南京古籍书店以成本价各卖了一部影印本给我。

此外还淘得两种手抄本，一是晚清人所抄《寻龙捷法》，是风水先生的工具书，著者自然又是托名刘伯温，抄者一笔小楷写得很有些功力，还绘有说明图示，为了携带方便，装订成巴掌大的小本。我花三元钱买下它的理由是写小说时可以用得上，但至今没有写过这方面的东西；倒是杨旭先生写《半个冒险家》时，有涉及风水的内容，曾借了去参考。另一种《淮海新声》，当时以为是秦观的词集，到家细读，才知道是逍遥馆主人所编与淮海地区有关的诗词曲集，据说是泰州市文化部门在50年代组织抄写的。印象中当时还有一些地方做过这种抄书工作，似有赈济的意思，让有些文化却没有合适工作的旧知识分子，可以借此糊一口饭吃。一如苏州的吴门画苑，五六十年代曾组织画家临摹古代名画供外销，如日本出售高档和服时就附赠此类工艺画；吴门画苑每幅付画工几角钱，苏沪不少名画家都曾借此度日。绍兴的兰亭则到90年代末还在出售当地老文化人工楷精抄的《兰亭序》成扇，一柄不过二三十元。这实在是当地政府对文化人的厚爱，尽管"百无一用是书生"，也不肯让他们就去饿死。泰州所抄书见过的还有《江苏通志稿》的零本，不知这段故实的人或许会误认作稿本的。泰州的抄书至少持续到80年代，这一种《淮海新声》，新抄本的价格是五元八角，旧抄本只要七元五角四分，我也是出于好玩,选取了这册旧抄本。

　　1987年的8月底,我因事去扬州,当真约了扬州的朋友,跑到达士巷书库去看书。蒋素华先生热情地接待了我。那次给我留下深刻印象的一件事是,案上地下,堆了几大堆古籍,据说都是根据外国人的需要挑出来,准备出口换外汇的。类似的事情,我在苏州和南京也曾有遭遇,据说在20世纪后半叶,包括文化大革命期间,都没有间断过。同样用来出口换汇的还有中国的文物,各大城市的文物商店只做外销不做内销是人所共知的通例。这是不能视为文化交流的商业行为,说起来十分令人痛心。尽管有识之士一再呼吁注重保存中华民族的历史文化遗产,尽管有日本学者已公然宣称"汉文化的研究中心在日本",然而国家需要钱,又没有足够的产品可供外销换汇,不卖这些卖什么。我问过有关部门,能不能将这些书卖给国内需要的人或机构?答复是不行,一则国内的人拿不出外汇,即便拿得出,也不能增加国家的外汇总额,二则有些书对内销售是有严格限制的。这真有些让人要如阿Q似的骂一声"妈妈的",质问一句"和尚动得,我动不得?"

　　蒋先生引我参观了书库,并让我在可以对内销售的书架上挑书。我很快挑下了一部《随园三十种》,是光绪年间图书集成印书局排印本,洋洋四十八册,那扁扁的字体十分讨喜。因为自小生活在南京,对清代的大诗人袁枚时有所闻,没想到他竟有如此丰富的著述。标价签上的价格是九十六元,蒋先生说还需要问一问文化局,就打了电话过去,大约因为我是第一次在这里买书吧,听得出对方对我的身份很注意,问得很仔细,最后终于同意卖书给我,但价格调整到一百四十四元。蒋先生一再宽慰我,说这个价格仍然不能算贵。我也觉得不贵,但对这种临时加价的做法不痛快。后来才知道这是他们的惯例,因为藏书太多,有些书上的标价还是50年代定的,难以一一调换,只能在售出时再做调整。这部书的最后一册残损了两页,蒋先生深感不安,曾利用出差的机会到北京和上海的书店去查访,希望能为我抄补或复印配全。蒋先生曾接待过许多著名的大学者和藏书家,对我这样的初学者仍能一视同仁,对那样一种算不得珍贵的书不惜花费心思,尽管最后未能如愿,我仍然衷心地感谢着她。在与蒋先生的交往中我同样获益匪浅,她教给我许多关于古籍的知识,还帮我选书,为我留书。收藏古籍的重要工具书《贩书偶记》就是蒋先生留给我的。后来也是在扬州买到严宝善先生的《贩书经眼录》。没有这些我戏称为"书海慈航"的前辈,我很可能不会成为一个古旧书的热爱者。

这部《随园三十种》让我对袁枚其人其文有了较真切的了解,后来写过一些随笔,还写过一部中篇小说《我负卿卿》。

时隔两月,我在达士巷书库又挑得一部嘉庆九年刻本《积古斋钟鼎彝器款识》,这是我收藏的第一部金石文字学著述。虽然我也在搜集一些古钱币和铜镜,可以往在博物馆里看到青铜器,注意的多是它们的器形与图案,很少认真去看那不大认得的铭文。正是这些图文并茂的金石类读物使我对青铜器有了更深一层的了解。尽管后来既没有研究青铜器也没有研究文字学,我却写了一部长篇小说《青铜梦》,其间关于青铜器从鉴赏收藏到制作工艺的表述,相信能经得起专家推敲。

达士巷书库的大门平时是紧闭着的,只要有人敲响黑漆门上的铁铺首,蒋先生就会在院内应声询问:"哪一个啊?"听出是熟人,她便匆匆地小跑过来开门。书库照例不可以让人带包进去,大门内侧放着一张大八仙桌供来人放包。蒋先生总是在客人进门之际,便热情地接过客人手中的包,笑嘻嘻地说:"你的包,我帮你放在这块啊!"使客人完全感觉不到那是一种禁例,而以为是一种殷勤的服务。待客人挑完书出门,蒋先生一定送到门口,把包再交回到客人手中。

达士巷书库是我十年扬州梦中最灿烂的景观。

1995年,据说因为防火条件不过硬,达士巷书库的藏书都被搬上了古旧书店新楼的顶层,蒋先生也退休了,再去看书就不是那么方便。有时经过达士巷,还忍不住要弯进去看看那两扇已不会打开的黑漆门。

1992年我离开江苏作协创联部,改任《雨花》杂志的编辑,以后去苏州的机会少了,而扬州因为可以早去晚归,所以每年总还会跑几趟。扬州的古旧书,价格虽比苏州和南京稍贵,但品种也是最多的,所以在扬州淘得的古旧书和新版古籍,数量比苏州所得还多些。

历年以来,在扬州购得的南京地方文献资料,旧籍有光绪版《盋山志》、宣统二年南京出版的期刊《艺林》等,而广陵古籍刻印社影印本《白下琐言》、《金陵通传》、《可园备忘录》、《金陵待征录》、《石城七子诗抄》等,都是手边常用的书。我对于南京历史文化的了解与理解,于此中得益不少。所淘得的明清史资料,则有光绪末年上海国学保存会版《劫灰录》、1924年云在山房校印本《明事杂咏》、民国初年商务印书馆影印康熙初版《牧斋有学集》等。广陵古籍刻印社影印的《笔记小说大观》以及《墨憨斋定本传奇》、《元明杂剧》、《盛明杂剧》、《杂剧三集》等,都有重要的参考价值。与戏曲史有关的,还有一部《清升平署存档事例漫抄》。

我在扬州古旧书店淘得的最得意的一部书,是文物出版社1963年初版线装排印本《西谛书目》,一部五册,其中收书目五卷、题跋一卷。此书当时仅印六百部,经过十年浩劫,存世者想更稀少。西谛先生一生以搜罗保护中华民族文献史料为己任,平时不惜代价访书收书,爬梳考证,呕心沥血;在抗战期间,他更置个人安危于不顾,与野心勃勃的日本侵略者、为虎作伥的汉奸文人、唯利是图的书贾书贩巧妙周旋,竭尽全力抢救民族文化遗产,阻止珍本善本古籍外流,体现出中国文化人强烈的使命感。《西谛书话》早就是我不离手边的书,我的读书与藏书,其实也早隐隐受着西谛先生精神的感召。

也是受西谛先生的影响,我开始留意古籍的插图,宽泛地说,雕版书的插图,是可以视为版画看的。这类图文并茂的古旧书,在扬州所淘得的,有雍正版《圣谕像解》、清影刻明本《闺范》零本、同治版《孝弟图说》、晚清套印本《芥子园画谱》零本等;还有一部光绪二十九年抚郡学堂校刊的木活字本《抚郡农产考略》,中有农产品插图一百五十余幅,可谓洋洋大观。此外,晚清石印本《增像全图三国演义》、《新新百美图》,1961年影印本《列仙全传》,也各有趣味,最滑稽的是民国版推背图诗,用了一个《世界未来观》的好名字。而广陵古籍刻印社近年影印的《琵琶记彩笺》等,也足供把玩。

2000年春天与书友王稼句去扬州访韦明铧先生,适逢琼花节,古旧书店也摆出了一个琼花书市,遗憾的是竟没有古旧书,只好挑了几册特价书,其中一种是江苏人民出版社1992年版的《太平天国文物》图册,太平天国与南京虽有密切关系,但其文物实在没有多少文化内涵,所以原定价一百一十元,就一直嫌它太贵了些,现降至四折出售,或可算物有所值。

同扬州的书友们在一起闲聊,感慨最多的便是古旧书业的凋零与萧条,50年代初尚堪称星罗棋布的专业古旧书店,到八九十年代已成凤毛麟角,能有略具规模的独立经营场地者更少,且不时会听到某地古旧书店易帜的消息。似乎这就是社会经济发展的必然结果。然而看看经济发达的西方,前苏联的古旧书店多达四千余家,日本仅东京就有一百多家,立国不过二百年的美国,古旧书业也在大发展,国际上还郑重其事地成立了专业的"国际旧书商协会"……三联书店1999年尾出版了一本《书店风景》,其中将近一半的篇幅是在介绍世界各地的旧书店,看着那种古色古香的图片,真想什么时候自己去开一个像样的旧书店。听韦明铧先生说,扬州古旧书店准备重新开放达士巷书库,仍用来经营线装古籍,这倒真是新千年的一个好消息。

三、镇江淘书记

与扬州一江之隔的镇江市,也是一座历史文化名城,自古以来就是重要的水陆码头,民国年间还做过江苏省的省会,然而若以书文化的底蕴论,与扬州简直不可同日而语。镇江从什么时候起就不再有独立经营的古旧书店,我说不上来,总之到我开始淘书时是肯定没有的了。同镇江相类的在苏南还有常州市,我一直没有找到古旧书店的所在,1995年2月途经常州,偶然发现路边有一家十几平方米的旧书店,店里真正能算得旧书的,只有一部民国年间商务印书馆影印的《益智图》,而且缺了首册,五十五元钱卖给了我。无锡市是在90年代放弃了古旧书业务,连"吃饭家伙"的工具书也一起倒给了苏州古旧书店,苏州的王稼句近水楼台,很过了一把书瘾。后来无锡的一位书友,不知怎么帮我买到一部《金圣叹、陈眉公才子尺牍》,虽说是民国年间的石印本,总算真是旧书;而且还钤有"王氏静安藏书"的朱文篆书印——当然不是海宁的王国维。也是历史文化名城的常熟,同样没有古旧书店,有趣的是我1988年夏在常熟文物商店里买到过一部恽敬的《大云山房文稿》,初、二编各四卷共八册,嘉庆年间的刻本,只收了我十元钱;古旧书已经进了文物商店,却又没有卖文物的价钱。但此后我再没有过这种侥幸。至于苏北各市,除扬州外,我均不曾见过有古旧书店,也没有在那里淘到过古旧书。据说80年代中期盐城市郊曾经出现过一部明版《金瓶梅》，书主是个没什么文化的老太太，不识货也不知行情，结果被北京中国书店或上海书店的访书人员廉价收购了去——传说此事者绘声绘色，说那人买得此书后连夜乘车逃离了盐城甚至逃离了江苏，所以连他的真实身份也弄不清，总之是一笔糊涂账。我颇怀疑是因为当时有两个出版社在出"洁本"《金瓶梅》，又不是什么人都可以买得到手，所以会有这样的故事传出来。

80年代中期，因工作之便，经常要往镇江跑，经镇江文化界的朋友指点，我总算找到了尚有古旧书出售的书店，那是在大西路京侨饭店对面的新华书店中，隔出一个不足十平方米的小间，保留着收售古旧书的业务。经营者姓袁，年纪很轻，据说是他父亲退休后顶职上岗的，应该也从父亲那里学得了基本的古籍经营技能。年轻人颇有文人气，说话慢条斯理的，不像镇江口音的浊重，记得他自己还能画国画，我曾推荐他的画作在《新华日报》发表，所以每次去拜访他，只要手边有旧书，他都是愿意让我看看的，当然不见得都能卖给我。我每到镇江，只要可能，也就总是选择住在京侨饭店。

第一次在那里淘得旧书，是1987年初夏，从他给我看的一叠线装本中，拣出乾隆版《御制春秋直解》的三册另本，虽然我对《春秋》很少兴趣，这一部书究竟该有几册也弄不清楚，喜欢的就是那本头大得气派，纸白字黑，价钱记得也只要十几元钱，于是用一张报纸包了带回来。8月里，又翻到二册光绪年间的石印本《中兴名臣事略》，此处说的自然是"同治中兴"，那一批"名臣"，当时还有一个共谥，叫作"镇压太平天国运动的刽子手"。我因为当时读到一本海外版的书,名叫《晚清三杰曾左彭》,对我们的教科书历史观冲击颇大,因而会对这一批人发生兴趣。顺便说一句不太负责任的话,这本书后来内地有过盗版,也有过改写本,此后十余年间,不少拿曾国藩和左宗棠做文章的人,恐怕都得过它的好处。而那二册《中兴名臣事略》,被镇江的作家庐山先生看到,要我先借给他用,因为他正在写太平天国的系列小说。几年后我在扬州古旧书店又买到同样的二册,那一套就让它留在镇江了。

这年12月,在镇江小袁那里,看到《丹徒胡氏支谱》一部四卷,不禁大感新奇。我们这一辈人,从上小学时就不断地参观"阶级教育展览会",不断听到由"反动家谱"派生出的罪名;金陵中学的语文老师宋家淇,就是因为"续修反动家谱"而被定为历史加现行的"双料反革命",他的"事迹"也长期张挂在朝天宫里常设的"阶级教育展览会"上,同恶霸地主煮人肉吃的大铁锅陈列在一起。然而直到此时,我才第一次见到"麻雀虽小,五脏俱全"的家谱,得以了解家谱的构成要素,家训、祠规、宗约之类的内容,制敕、诰命、世系图、服制图之类的形式。要说清这些东西同"反革命复辟"有什么关系,恐怕要很有些联想能力还得很费点口舌才成。胡氏据说是宋代名臣胡瑗的后代,丹徒这一支是明代中期自安徽迁来,传至修谱时已十二世。书前作序的有魏家骅、丁传靖、李丙荣等文化人。这部家谱是胡氏家刻,民国十年雕版,宣纸精印,仅印三十部,每部分装四册,以红木夹板保护,夹板面上阴刻隶书《胡氏支谱》四字,填以绿漆,十分典雅,是我的藏书中印数最少也最讲究的一部书。书尾附有"领谱名字表",我所得这一部,编号为第十五部,系第十一世孙胡坚所领执,至今品相如新。据说镇江市地方志办公室已答应以一百元收藏此书,经朋友游说,结果书店以五十元的代价让给了我。由此开始,陆续收得十几种部头不大的家谱,从顺治年间的活字本到20世纪50年代的手稿本,我的目的,只在于比照不同时代家谱的形式,研究是不敢说的。

直到第二年冬天,才又在镇江淘得一部十二册的《周礼注疏删翼》,因为品相稍差,首册正文之前均缺,回家细看才知尚是明崇祯版,这是我的第一部明版书,当时不过花了几十元钱,实在是应了那句"可遇不可求"的老话。《四库全书总目提要》中对明人刻书颇多讥嘲,然而对此书评价尚好,且认为惠栋对其批评有过分之处;现在更是已经列入《古籍善本书目》的了。这并不是说它有不为古人所认识的价值被今人发现了,而是因为所谓"善本"的范畴本来就是在不断后延的。不过说实话,这部书我到现在也没有翻完一遍,以后大约也不会去认真读它。可见"善本"未必就有阅读与使用的价值;即使有,往往也不是相对大众读者而言的。

那一次还收得《睦东荪文集》三册,缺一册不成全帙,也只是同治年间的印本,《贩书偶记》未著录,著者生平不详,后来也没有再考究过。因为购取此类清人文集,是读《西谛书话》受西谛先生广收清人文集的影响,但不久我就明白,这只能是西谛先生那一代人的任务,我们这一代人,特别是经过十年浩劫,再想搜集多少清人文集已无可能。即以藏书论,也是一代人有一代人的任务,对于我们来说,今天的当务之急,该是抢救20世纪以来的文献资料。我所生活的南京,恰好是民国年间的政治中心,也是文化出版中心之一,在这一方面正该大有可为。

与镇江的旧书缘结束在1992年初,那一次是画家兼作家的王川先生陪我去逛新华书店,发现一册朱墨本《六朝文絜》就在柜台里放着,明码标价六元钱,便很高兴地买回来,最初只是觉得又多了一种朱墨本;后来读了几本工具书,对古籍版本有了些皮毛知识,便以为是道光林氏写刻本,那可是有名的善本;再后来见识渐广,才明白不过是光绪年间的印本。

此后很有几年没有再去镇江,偶或经过,也无缘得见线装本古旧书,连那个小小的古旧书室似乎也不再开门。

旧 书 摊

黄尚雄　韩维君

年轻的X、Y世代,也许不知道,当年爷爷、奶奶、爸爸、妈妈的最拉风的活动,就是逛旧书店、买旧书。台北市的牯岭街,不是因为《牯岭街少年杀人事件》(由杨德昌执导)而声名大噪。盛极一时的旧书产业,才是让老一辈台北人所津津乐道的主因。那时,旧书市场就以牯岭街为集散中心,旧书摊也曾多到八十几摊,拥挤程度大概不输现在的士林夜市,不过我们已经很难由现在的风貌联想起那摩肩接踵、人声鼎沸的昔日风情。牯岭街上目前仅存的旧书店,大都属于有历史的老字号书店。如果有机会到这儿逛逛,除了挑选所需,不妨感受一下书店独具的古旧气氛。

"人文书舍"与经营者张银昌,就是一间有历史的书店和一位有故事的经营者。不懂书店超人气,时有媒体采访报道,近日更有广告商向他商借书店,作为广告拍摄场地。我们可以说,阅读张银昌的书店,就等于阅读他的历史,也仿佛阅读了一本台北近代史,就让我们开始带领您进入这段历史吧。

为兴趣投身旧书买卖

张银昌1965年自军中退伍,原本有机会到中兴高中当老师。但经过一番考虑后,觉得私立学校校长要是换了,饭碗也可能跟着没了,那么为什么不找些自己有兴趣的工作呢?他想到自己最大的嗜好就是读书,还在军中时,不也常常光顾牯岭街吗?那就开间旧书店吧。这间旧书店开张时,书店中陈列的旧书可没花张银昌半毛钱,因为都是自己原来的藏书。而这对张银昌而言,正所谓"书到用时方恨少"。前十五年,他风雨无阻,每天要骑脚踏车绕台北市一圈半。五点半由家中出发,从牯岭街到信义路,经仁爱路,沿松江路到圆山火车站后,再由圆山过台北桥到三重市,绕到迪化街、万华广州街后又回牯岭街。这不过是早上的行程。下午就由汀州路、和平西路、和平东路、基隆路、公馆、汀州路、信义路五段,再回牯岭街。这两条路线经过了主要的收破烂场。依循着他的描述,我在心里画了张台北市地图,还真是蛮远的。不要说是骑脚踏车,下车后还要弯腰去挑拣旧书。现在的年轻人,能这样刻苦的人大概不好找了。

即将迈入21世纪的今天,企管人常常大声疾呼"专业化",强调惟有绝对专业才能永续成长茁壮。1966年到1976年,牯岭街风光时,生意好的书摊也是以专业来争取利润的。在破烂场寻找好书,张银昌说,这可要凭真本事,虽然大家各捡各的,但对书的价值清清楚楚,知道什么书有资格称奇,什么书有资格叫好,这样才有机会与买书的人谈到好价钱。张银昌认为,他的三个女儿都拥有高学历的原因,除了在牯岭街风光时所攒下的积蓄,也是因为自己对好书的执著,以及对旧书的专业经营,才有一点小小成就。可见各行各业,惟有秉持专业,才有利润可言。

黄金岁月十来年

但什么原因让牯岭街风光了十年呢?一个风光了十年的行业,靠的无非天时、地利与人和。1971年左右,电视机等科技商品并不普及,台湾的物质条件并不好,民众主要的休闲仍以阅读为主。由于当时出版业不蓬勃,加上个人平均所得不高,流通的书籍便以旧书为大宗,便形成了旧书的内销市场。有内销,那有没有外销呢?当然是有的,拜中共文化大革命之赐,让当时的台湾旧书产生了超额的出口需求,同时蓬勃了旧书市场。因为文化大革命,大陆与西方的文化交流完全中断,西方图书馆无法由中国顺利取得书籍、资料,于是希望台湾能够提供。张银昌说,那时候,牯岭街上的外国人可多着呢。其中不乏斯坦福、哈佛等名校的图书馆的职员来牯岭街大肆采购旧书。光有需求,没有供给,是没有办法达成交易。交易不熟络不具规模,投入旧书市场的人,便不会多到需要半条牯岭街才能容纳。受益于当时台北市进行都市更新,许多大条的马路陆续新建,低矮的房屋拆迁、翻新。因此大量的旧物、书籍就被集中到破烂场子。许多宝贝、旧书,就有了重见天日的机会。

这些年，张银昌比较轻松了，他说现在可不能像三十年前那样拼命了，年纪是一回事，主要是现在的台北到处是车子，真是危险极了。有了女婿帮忙，经营书店已经不像以前那么辛苦；近年环保意识提升，资源再利用的风气提高，经常有人主动通知要把书送给书店。目前店里新到的二手书，大多是原书主要他过去收的。三个女儿嫁人后，他觉得自己心事已了，年纪也大了，会把摊子继续经营下去的原因，就是他没有其他嗜好，只喜欢看书、听听音乐。这已经成为他消磨时间的方式。来到书店中，看书听音乐，许多老朋友都会来串门子，喝喝茶、聊聊天，日子很好打发。

旧式旧书店逐渐凋零

我问张银昌，您的名气一定很大，有这么多媒体访问过您呢。他笑着说："是！不过主题都是些报道'夕阳产业'的文章。"听了我们都笑了。牯岭街极盛期曾经有过八十几家旧书店，如今只剩下三四家了。硕果仅存的几家旧书摊，未来也可能因为后继无人，而面临曲终人散的窘境。牯岭街旧书店怎么起来，就怎么下去，让旧书店风光的原因，现在一个也不存在了。

媒体多元发展，爱看电视的人比爱看书的人多，或者说，现在的人可以玩的花样多了，阅读不是惟一选择。虽然出版业依旧不易经营，但比以前蓬勃却是事实。新书的流通管理极为畅通。随手可买的新书，可没法再等两三个月，更何况现在的书这么便宜,现在的人又对卫生比较注意,所以愿意买旧书的人变少了。而复印机的普遍,也对经营旧书店造成蛮大的冲击,需要查询资料的朋友到图书馆,就可以利用复印机复印下需要的段落。一般人,对于一本不是全部都需要的书,并不会有购买的意愿。以往旧书市场活络时,文史类的杂志占了大部分,现在杂志以电脑类居多。资讯更新速度太快,落后的资讯根本就不会有人买,更遑论收藏价值。所以旧书的内销市场逐渐萎缩。至于老外不再来买旧书的原因,就显得有趣了。现在大陆开放,走自由经济路线,巴不得天天与你做生意。牯岭街风光了十年,台湾的宝藏也早就被挖光了。没有价值的书籍,人家也不会有兴趣,所以旧书的外销市场也愈来愈小。

超人气的新据点

时势造英雄,受到另一个天时、地利与超人气的汇聚,光华商场中的旧书店俨然已是新一代旧书店的代名词。随着科技商品逐渐主导大众的消费习惯,消费力最强的年轻朋友对于光顾光华商场已是家常便饭,所谓雨露均沾,光华商场的旧书店也开始发展。但年轻的人应该不会知道,光华商场中还与牯岭街有很大的渊源。话说经济部迁来现址,对牯岭街这些影响观瞻的旧书摊贩,还颇伤脑筋。当然旧书摊是台北市民生活的一部分,所谓影响观瞻是针对外宾而言。为了安置领有执照的旧书摊,就规划它们迁到光华桥下。因此,光华商场的发源地还是牯岭街,而牯岭街的旧书文化因而在光华商场得以继续延续。

旧书摊老板的感慨

"能来到台湾真的是不简单。"张银昌淡淡地说。一个大时代的悲欢离合似乎也尽泯于他的一句"不简单中"。但终究也走了过来。抗日战争末期,他大约十五岁,老家河南舞阳发生蝗灾,能不饿死活下来的人不多。他侥幸活下来了。后来到了军中,虽然小学也没毕业,但倒是识得字,因此被指派从事文书的工作,最后当上了文书官。刚来台湾时,军人的薪水并不好,到他退伍,也没有特别改善。但是军人的福利最近倒是改善不少。军旅生活回忆不多、极为单调,但却让他养成阅读的习惯,这跟他遇到一些军队中的良师益友有相当大的关系,为他提供入门书单,开启智慧的大门,在学问上相互砥砺。万事起头难,对多数人而言,跨过知识的障碍,不仅非常辛苦,也需要花时间,不断摸索是必经的过程。1951年后,遇到一些程度不错的同事,开始介绍些好书给他,刚开始念这些书时,并不能很快理解,感觉非常吃力,因为自己的学问基础原本并不深,但是当阅读成为一种习惯、一种兴趣,便有了如鱼得水的快活,也促成事业的第二春,他希望能把工作与兴趣结合在一起,开始经营旧书店之后,架子上的书大都是自己的私房书。文史的作品他看得比较多。

他从二楼找出一本书,只有这本,是他一直留着舍不得卖的。他说,别以为这是什么旷世奇书,不过是《韩非子集解》罢了。张银昌说这本书的所有人,真是一位读书人,书中从头到尾都加注了密密麻麻的眉批,而且见解都非常独到。现在要找到这类的读书人,已经越来越不容易了。所以这是一本值得保存的书。

　　除了书以外,还喜欢些什么?他说喜欢听听古典音乐,看看平剧,另外昆曲也挺喜欢的。每次来到店中、回家后第一件事,就是把收音机打开听听古典音乐,收音机的频道一定固定在台北爱乐。进行访谈当中,我们也注意到,收音机源源不绝流泻着古典音乐静谧、祥和的音符。后来,我们又谈到他的其他兴趣,比如平剧、昆曲,他说:"欣赏昆曲是需要多花一点心思的。因为它的唱功、动作皆极为细腻,更为精致,比平剧更高一层次,也比较不容易看懂。"张银昌说着他的兴趣,我发现都是比较典雅的嗜好,不禁想起公园中扯着喉咙唱那卡西的欧巴桑,一样的快活、一样的愉悦,却是截然不同的嗜好,谁说不是"欢喜就好"呢?

乐淘在神州旧书店

韦 泱

这是港岛惟一的旧书店,还靠着出售古玩、旧招贴画维持着。

一不小心,淘书就淘到海外去了。因赴澳门参加工商管理硕士学位的颁证仪式,遂与建中兄有港澳之行。行前,电询陈子善老师,他告诉我,香港的神州旧书店可一去。他说在中环闹市区,门面很小,不过,你找到"陆羽茶室",就能找到"神州"。

果然,到了中环,逛了香港三联书店后,又一路询去,七拐八转,倏地抬头,"神州旧书文玩公司"的门牌赫然入目。再举目右边,才见大大的"陆羽茶室"招牌。我也闹不明白,何以先撞见不易寻找的旧书店呢?缘分使然吧。

进得店堂,均是古玩、招贴画等,我说找旧书店,店主指指楼梯。那窄窄的扶梯旁陈列的旧书,一路引我进入到二楼。曲径通幽,别有洞天。一间约二十来平方米的旧书店展现眼前,四壁皆书,中间有二三排山峰般书架,峡谷里仅容一人穿行。店堂很是安静,有一二人在选书。店主上得楼来,为方便我淘书,嘱将手袋、相机置于专放处。我想,这就是子善师曾在文章中提及的旧书店老板欧阳先生吧。稍作交谈后,果然是欧阳。他递过名片,说"您慢慢看吧"。我每得一书,店里的小伙计便及时取过,替我暂放在柜台的一角。这看似不经意的举动,却使我怦然心动,因我还不曾见过如此人性化的服务。看看时间差不多了,我将初选的书又筛滤一遍,仍得十多册,颇感满意。

《张天翼选集》,由绿杨书屋刊行,系"现代文艺选辑"之一种。这套丛书,计有十册,都是大名鼎鼎的现代作家,以鲁迅为首,还有郭沫若、茅盾、巴金、老舍、丁玲、冰心、郁达夫、沈从文等选集。我曾在内地旧书店淘得其中的几册,但我一直纳闷,此书的版权页上,无定价倒亦不奇怪,怎么连出版年代亦未署?理当是民国年间无疑。查《中国近现代丛书目录》,亦不见著录,更不知绿杨书屋的来历与背景。

《冰心散文集》,开明书店发行,民国三十八年二月七版。冰心的著作,大都一印再印,数量可观,足见她的作品受读者的欢迎程度。我无意专收冰心的书籍,不自觉中已收得十多种版本,此开明版的散文集与诗集是同一个版式。开明版的三种作品,系巴金先生所编。巴老写有《冰心著作集后记》。

《泥土的歌》,臧克家著,星群版,新亚书店重印。如同80年代上海书店影印"中国现代文学史参考资料"丛书一样,香港称"重印本",上海叫"影印本"。香港版的重印本一般都不太理想,纸张过白,字迹不清,像老式复印机复印出来似的。我都无甚兴趣。惟独这册《泥土的歌》,却有旧气,与上海的影印本差不多。臧老生前曾在《臧克家诗选》上给我题签过。收一册他的民国版重印本,留作纪念。

一边淘书,我一边就想,子善师对"神州"颇熟悉,90年代常光顾,写有专文,文中写到曾在这里淘得金庸与香港藏书家黄俊东的旧藏,书上有作者亲笔题签云云。今儿我能否福星高照呢?这么想着,运气就来了。当我从书架上抽出舒湮著的《愚昧比贫穷更可怕》,翻开扉页,心头一动,竟是作者的签名本。上写"少飘先生正之 冒舒湮 7—7"。舒老为冒鹤亭先生的公子,与冒效鲁为兄弟。更奇的是,在舒老的手迹之上,还另有题签"转赠静寰兄清赏 少飘 八、廿二"。一册书上,有两个人的题签,亦属少见而珍贵了。

此外,还淘得《学林漫录》初版(二集),了却一桩心事。此不定期的文史丛刊,始于1980年,我已先后淘得十一集,惟第二集始终未见,一次在北京淘得一册新印本,聊胜于无吧。然回家一看,此书缺了若干页,就耿耿于怀,一直想再得一册,如今果然遂愿。还淘得靳以的《远天的冰雪》,香港新月出版社出版。靳以的女儿章洁思与我常有联系,曾赠我她写的《从远天的冰雪中走来——靳以传记》。此书送她,让她多一册乃父著作的品种。还有丰子恺的《绘画与文学》,香港大方图书公司出版。此书亦可转赠丰老的女儿丰一吟。她曾为我写过书法条幅,其字酷似乃父。为了弘扬丰老的品格与文艺成就,她可说是殚精竭虑。好,就此打住。不能再一本本写下去。似乎有敝帚自珍、洋洋自得的意味了。

还接着谈"神州"吧。书付账时,欧阳先生打了八五折优惠。这是一个温文尔雅的书商。香港寸土如金,市中心一间小铺,年租金高达几十万。所以,一些旧书店因不堪重荷,纷纷改换门庭。听说"神州"亦一度消失,搬往他处。然为了给读书人留一方绿洲,又回来了。这是港岛惟一的旧书店,还靠着出售古玩、旧招贴画维持着。如同坚守一份信念,一种文化的传承。

访书琐忆

黄 裳

几十年来胡乱买书,颇有些特别的经历,不易忘记,当时就随手写在题跋里,闲时重看也觉得有趣,常想记录一点下来,大概也可以算作"书林逸话"之类。说起题跋,自来就有学术性与随笔性两大类。学者重视的是前者,考辨故实,校订文字,有功于学术研究,历来被看做题跋的正宗。但在我自己,喜欢的却往往是后者,而其代表作者则是黄荛圃。他的藏书题记经缪荃孙、吴昌绶等搜集重刻,有煌煌十册之多。看那内容,虽然也谈版本、雠校,但更多的是记书坊、书友、藏书家故事的"闲言语",而这是很为许多学者所不取的。黄荛圃先是买书、刻书,后来又卖书,还开设了滂喜园书店,商人当然要重视广告,在黄荛圃那个时代,还没有近代流行的种种广告手段,于是有人就说他的题跋也就是广告。这很丢了读书人的面子,遭到讥笑是当然的。不过我觉得这种指摘并不公平。黄荛圃在题跋中总是直白地记下了书价,书籍的抄刻先后,是否善本,是全本还是残帙这些细节,而这作为广告是不合适的。因此我怀疑他在买书的时候,是否就先已算计着出卖、获利。

　　真的把题跋、目录作为广告手段的是缪荃孙,那已是比黄丕烈晚一百多年的清末民初。古书作为商品,有了更广阔的市场,大官僚、大商人、大地主为了积累财富和附庸风雅也纷纷收罗古本,日本、美国的"洋庄"生意也日见兴隆。缪荃孙的办法是刻书目,每当他聚积到一批书以后就急急地刻《艺风堂藏书目》,在每种书后面附加的版本说明,就大有广告气味,夸张的语句是经常出现的。从许多实物看,这种说明常常有错误;但并不是缪荃孙的鉴别力特别低下,只是他千方百计地想把这些书说成不可多得的宝贝而已。他的藏书目录一刻再刻,以至三续,这就给书坊开了先例,纷纷印发书目,变木刻为石印,出版更为迅速,成为不折不扣的广告了。

　　继缪荃孙而起的有傅增湘,他也先后刻成了几种书目与题跋,而尤值得注意的是不久前出版的他与张元济的通讯集。这是比题跋更为直白的经营古书业务的纪录,不但保留了大量古书流转的珍贵史料,也更暴露了藏书家活动的真相。

　　以上说的都是旁人的事,与我本来无甚关系。不过天下事有时确是不可思议,二十年前承蒙一位熟人揭发,说康生有话,我在书前书后写的许多题跋都是企图"以伪乱真"的手段,目的则是投机倒把。因此造反派就要细查、追查,责令我细细交代历年所买的书,每本的进价……这可是个艰巨的任务,只能坐在牛棚里苦苦思索,这时最容易记起的就是买书中一些有趣的经历。按照指定的前提,加以点染,是可以制作出符合要求的货色来的。当然,在"创作"过程中常常不免背离了真实,带有"哗众取宠"的趋向,则是难以摆脱的"历史局限"。自己虽然不满意也没有法子想。从这里是可以悟出"报告文学"写作的困难的,特别是个人的回忆,无论是痛骂或夸赞自己,都只能表现出扭歪丑恶的面目。这些"创作"的故事已经找不到了,并不可惜,不过作为"创作"的教训失误,总是不应忘记的。

1953年的秋天,我在杭州住了两个月,有很多时间就消磨在书店里。住处在里西湖,出门叫一只小船横渡过去就是湖滨,上岸以后沿解放路走入新华书店,又从这里走到延龄巷、丰乐桥、清河坊,这些地方都零零落落开设着一些书坊。当时旧书业很不景气,货色也少得可怜。有一天踏进了抱经堂,店里空空地没一个顾客,只有女主人抱着小孩在看守。案上摊着零碎的破书,真是一无可观。这时发现书架背后一叠叠放着许多残书,大约多年不曾触动,书上的灰尘也有寸把厚了,抽出两本来看,多半有结一庐的印记,真是意外的高兴。选了半日,得书一叠,问价付钱,正要离开时,店主人一步踏了进来,立时惊惶失色,打开纸包,一一检点,说是无论如何也不肯卖了。最后讨价还价,以十倍于原价成交。还被抽下了一本吴枚庵抄的《百川书志》残卷。在这中间,他还大声地叱责着主妇,使她几乎哭出声来。

塘栖朱氏的遗书本来藏在杭州,后来把重要的善本移至上海,残零书册都就地处理掉了,这大概就是这些书流落在旧书店头的来历。书并不珍贵,只是这点流转因缘很值得纪念。现在还在手头的是蒙古博明希哲所作的《西斋偶得》三卷、《凤城琐录》一卷、《西斋诗辑逸》三卷。嘉庆辛酉刻本,纸墨明净,是刻成后最早的印本。书前有翁方纲的序文和手书上板的"附识",知道这是心斋(广泰)为妇翁刻梓的遗集。更难得的是书前有"大兴翁氏石墨书楼珍藏图书"的朱文大方印。可知是书刻成后持赠翁氏的本子。在卷尾还有墨书一行,"甲戌仲夏叶志诜借看一过",下钤"平安馆印"白文方印。甲戌是嘉庆十九年(1814),是书刻成后的第十三年。叶东卿是藏书家,还不能不从翁方纲辗转借读,也可见此书流传之少了。

杭州丰乐桥堍有松泉阁书肆,主人王松泉与阿英相熟,是颇有眼力的书业经营者。那年秋天,在他的店里买到不少清代杭州诗人的集子,携归旅寓,颇能驱遣岑寂。清人别集那时真是贱如泥沙,可惜当地的图书馆不加重视,听任这一大批地方艺文流散毁弃了。杭州也真是文风极盛的地方,乾嘉以还竟自出现了那许多诗人,当时雕版的工值又贱,刻集成了一时风气。当然这中间缺乏第一流的诗人,但也有名姓不彰、著作自有分量的作者。如王曾祥的《静便斋集》就是那时所得。他的两篇《吴梅村集书后》,就是我所见仅有的对吴伟业的严肃评论。

也是在松泉阁,前一年的冬天曾经见到一册明初黑口本的睉《颜先生诗集》,写刻,字体静雅朴厚,黄皮纸印,是浙东汤氏藏书。当时钤有汤氏印记的旧书,狼藉市上,比论斤的市价高不了多少,但这本书却为主人看重得非常,认定是元版,因为原书卷前只列编录校正人姓氏,没有撰人题名,而在陈颀的前序中却有"公讳薵,字仲举"的话,所以就确认这是元代著名诗人也字仲举的张鼒的遗集。我翻看序文,发现中间又有这几句:"若礼部尚书致仕杨公,其颜之徒欤?公苏人也……"就说这是一位明代姓杨名鼒的诗集,主人听了大不高兴,立即将书收回去了。转过年来的秋天,又走过松泉阁,主人一把拉住我,说那本黑口本不曾卖掉,是特为我留下的。劝我一定要买下,价钱虽然依旧很贵,但已不再坚持是元版。于是就买下,回来细看,才知道卷尾被割去了四行,已用旧纸粘补,虽然是个残本,不免有点懊恼。不料下一个春天再到杭州,书店主人却高兴地对我说,上次买去的是个残本,不过下半已经发现,还是劝我一定买下,凑成全璧。这次我不再迟疑,用比残本更高的价钱买下了。

这书前面有两方旧印,"金星轺藏书记"和"汪鱼亭藏阅书",知道是先在文瑞楼后归振绮堂的。查稿本《振绮堂书目》,有这样的记载:

《睇颜诗集》,不分卷,二册。刊本。金星轺藏,后归曹倦圃。明杨鼒撰。字仲举,吴县人,官至礼部尚书。

这里说书曾归曹溶,却不见旧记,今汪氏印上有剜补痕,灭去的大约就是曹氏藏印。流传次序也应该是曹氏在前才对。值得高兴的是,这书藏在汪家,在太平天国战役中失散,分别为两家所得,又都未因残帙而弃去,终于在整整一百年后得以重圆,实在是很不容易的。我过去也曾有几次用先后买得的残卷配成全书的经验,不过那到底是拼配,是百衲本,与原是一书的分而复合是不能相比的。

《诗集》以"在朝"、"纪行"、"述怀"、"游览"……等若干细目分类,诗语平稳,缺乏特色。朱竹垞《静志居诗话》说:"睎《颜集》借之琴川毛氏,蒙叟为施铅评,云宜亟焚毁,勿暴其短于后世可也。"可以看出钱牧斋的黢刻,连竹垞也觉得他"未免太过"了,还是在《明诗综》中选入了两诗。余淡心《东山谈苑》也记有有关作者的故事,原来他是因为曾让馆于流寓武昌的杨士奇,后来士奇当国,"乃相引拔,官至尚书"的。梁维枢《玉剑尊闻》也记有他的一段故事,"邻省作檐沟注水于其庭者,则曰晴日多,雨日少",说他是深通黄老之术的人。

上海复兴中路淡水路口曾有一家春秋旧书店,主人严氏,能装书。解放之初书市寥落,生活困难,我曾请他修补过旧书。有一天他对我说,过去他曾在宁波一户人家装书,这家的主人不懂书,但喜收书,只要送到门上,不论完缺一律收入,出价大约是明版白棉纸书每本一元。因此得了个"垃圾马车"的绰号。不过当时宁波市上的好书是很多的,散出的浙东故家藏书集中在这里,天一阁流出的书也常常可以遇见。所收满满的一屋旧书虽然大半是残本,但确也有不少好书。现在主人已经八十多岁了,住在上海,藏在宁波的书已先后给族人论秤卖出了不少。他取得主人的同意,可以到宁波去收书,不过缺少盘费,向我通融。我就借给五十元,答应书到之后请我来看,选中的书作价折回借款。

大约十天以后书由轮船运到。一起大约有几十麻袋,只好堆在书店隔壁的弄堂里。我得到消息后去看书,从清晨一直看到过午,弄得两手如漆,浑身灰土。书大半是残本,明本不少,但没有一部全书。当时我正收集明刻书影,大量的残本正是绝好的素材,就选了几十种。偶然在书堆里又发现了一包书,包皮的报纸已经发黄变脆,细白皮纸的原书却一些都没有损坏。这是四本《王状元标注唐文类》,明铜活字印本。卷首大题下次行题"祁东李氏铜板印行"。这是很少见的明初活字本,祁东不知道是什么地方,过去的书目里只瞿中溶的《古泉山馆题跋》中曾加著录,也不能确定祁东的地位,只是推测而已。原书四册,每册前有"春、夏、秋、冬"的签条,还保留下两纸。看铜模字体,扁体写刻,与苏南一隅的安氏华氏活字的风格不类,与较早的唐人小集等更是不同。这四册书却是全的,可以算得这次所得书中的白眉。全书别无藏印。《藏园群书经眼录》著录了同样的一部,则是劳权、徐渭仁的旧物,现不知流落何处。

这一次的买书经过大略如此,但在十年动乱中却成为一件大案。据说我曾到宁波去贩书一船,其中有多少种宋元本,发了大财云云。历数多年买书的经验,要算这次惹出的乱子最大了。

我的买书,正是有啥买啥,杂乱得很。买来的书也未能本本细看,总的印象是,旧书中间多的是封建说教的陈词滥调,偶尔发现片段的好意思、好文字,可真像披沙拣金那样的繁难。不过换一种眼光看,这又是可贵的资料,真想追寻中国传统文化的根,不能不从这里着手。杂和乱并不是坏事,只有这样才有希望较能窥见全局。

抄写旧时的记忆,实在也是很无聊的事。在今天的书市上,旧书已经不再可能遇到。几十年中间,有的化为灰烬,有的变成纸浆,剩下来的也大都藏在图书馆里,想看一下也不容易,因此这些访书的故事,也真的成为梦一般的故事了。

1986 年 5 月 23 日

(原载《榆下杂说》,黄裳著,上海古籍出版社 1992 年 3 月版)

辑二 书友漫志

海王村人物

张祖翼

今京师之琉璃厂乃前明官窑制琉璃瓦之地，基址尚存。在元为海王村。清初尚不繁盛，至乾隆间始成市肆。凡骨董、书籍、字画、碑帖、南纸各肆，皆麇集于是，几无他物焉。上至公卿，下至士子，莫不以此地为雅游而消遣岁月。加以每逢乡会试放榜之前一日，又于此卖红录，应试者欲先睹为快，倍形拥挤。

至每年正月初六起，至十六日止，谓之开厂甸，合九城之地摊皆聚于厂之隙地，而东头之火神庙，则珍宝、书画、骨董陈列如山阜，王公、贵人、命妇、娇娃车马阗塞，无插足地，十日乃止。此厂肆主人所以皆工应对，讲酬酢，甚者读书考据，以便与名人往还者，不知凡几，不似外省肆佣之语言无味、面目可憎也。

予出入京师几三十年，厂肆之人几无不识予者。以予所知有数人焉，有若琴师张春圃者，其志节高尚，已纪于前矣。有若刘振卿者，山西太平县人，佣于德宝斋骨董肆，昼则应酬交易，夜则手一编，专攻金石之学，尝著《化度寺碑图考》，洋洋数千言，几使翁北平无从置喙，皆信而有征，非武断也。德宝斋主人李诚甫，亦山西太平人。肆始于咸丰季年，仅千金资本耳，李乃受友人之托而设者。

其规矩之严肃,出纳之不苟,三十年如一日,今则其肆已逾十万金矣。诚甫能鉴别古彝器甚精,潘文勤、王文敏所蓄,大半皆出其手。诚甫卒,其犹子德宣继之,亦如诚甫在日,犹蒸蒸日上也。有若李云从者,直隶故城人,幼习碑贾,长益肆力于考据。当光绪初年,各衙门派员恭送玉牒至盛京,盛伯兮侍郎、王莲生祭酒、端匋斋尚书,皆在其中。一日夜宿某站,盛与王纵谈碑版,端询之,王奋然曰:"尔但知挟优饮酒尔,何足语此。"端拍案曰:"三年后再见。"及归,遂访厂肆之精于碑版者,得李云从,朝夕讨论,购宋明拓本无数,又购碑碣亦无数。其第一次所购,即郛休碑也,以五百金得之。罗列满庭院,果不三年而遂负精鉴之名矣。云从为潘文勤所赏识,有所售辄如数以偿,故云从得以挥霍十余年,终以贫死。

至书肆主人,于目录之学,尤终身习之者也。光绪初,宝森堂之李雨亭,善成堂之饶某,其后又有李兰甫、谈笃生诸人,言及各朝书版、书式、著者、刻者,历历如数家珍,士大夫万不能及焉。又有袁回子者,江宁人,亦精于鉴别碑帖,某拓本多字,某拓本少字,背诵如流。有若古泉刘者,父子皆以售古泉为业,其考据泉之种类,有出乎各家著录之外者,惜文理不通,不能著述为可恨耳。至博古斋主人祝某,鉴赏为咸同间第一,人皆推重之,炳半聋时为予言。予生也晚,不及见此人矣。

及新学盛行,厂肆多杂售石印铅版诸书,科学仪器之属,而好古之士,日见寥寥。此种商业与此种人物,皆将成广陵散矣。世运升降盛衰之故,不其然哉!不其然哉!予深惜阛阓中有如是之人,而无人传之也,因拉杂书之。

琉璃厂畔话"三卿"

石继昌

中国道家以玉清、上清、太清为"三清",《封神演义》有"老子一气化三清"的故事。北京琉璃厂古书业的"三卿",则是三位熟谙版本目录之学、素为专家学者称道不置的书店老板,其表字恰好都有"卿"字,同业尊之为"三卿",即文禄堂主人王晋卿、通学斋主人孙耀卿及邃雅斋主人董会卿是也。

文禄堂主人王文进,字晋卿,河北任丘人。清末在德友堂学徒。贩书生涯中曾得宋本《南华真经》,极为珍爱,售出后思念不已,梦寐不忘,故自号"梦庄居士"。王君先后和大收藏家陶兰泉(湘)、徐积馀(乃昌)、李木斋(盛铎)、董授经(康)、傅沅叔(增湘)诸老往还,眼界日开,学业日进。曾将平生过眼的善本,详记其行格字数、授受源流,为《文禄堂访书记》印行于世,另将所存宋元版残叶零篇,影印为《文禄堂书影》。其店在东琉璃厂西口路南。

通学斋主人孙殿起,字耀卿,河北冀县人。清末在宏经堂学徒。孙君勤于笔录,日与书籍为伍,对一书的年代卷数,版本异同,有若干刻本,何本最善,都能胪缕记之,如数家珍。平素多接近名流学者,日积月累,气度自是不凡。民国初年北京大学教授伦哲如(明)先生,广东东莞世家,曾为通学斋铺东,精于版本校勘,喜购书,于众多书商中,最嘉许孙君执业之专。以往学者收藏古书,贵远贱近,留心宋刻元刊,清代以后书则多被忽视,孙君独能注意及之,凡清人文集、考据之作,以及别史杂记,无不罗致。30年代,孙君将所经眼之书,详记版刻年月、作者姓氏,编成《丛书目录拾遗》及《贩书偶记》。《偶记》对已见于四库全书总目及各家丛书中的书,不予收入,故各大图书馆均以《偶记》为采购书籍时的指南。伦哲如先生曾称孙君乃"商而士者也",实非溢美之词。店在南新华街中间路东。

邃雅斋主人董金榜,字会卿,河北新城人。清末在福润堂学徒。邃雅斋资本雄厚,藏书甚丰,与来薰阁、富晋书社称为琉璃厂书业三大家。董君老成持重,通目录之学,曾购得江宁邓孝先(邦述)家善本多种,为世所称。董君虽不似王、孙两君有著作传世,但其刊行珍本佚书,传播文化,造福学林,亦颇有可述者。曾辑印《邃雅斋丛书》,收有清儒汪喜孙未刊稿本数种;张次溪先生编辑的《清代燕都梨园史料》是研究清代戏曲及北京社会史的绝好资料,其正编若干种即由邃雅斋印行。店在西琉璃厂东口路南。

(选自石继昌《春明旧事》,北京出版社1996年12月版)

《贩书偶记》和孙殿起

吴晓明

清乾隆年间编成的《四库全书》是以收书广博著称的。然四库成书之时,正当文网森严之际,所收之书,每有忌讳便任意抽毁。所以,未经著录之书很多。再加上为成书年代所限,人们现在查找近、现代书目或四库未收的书目通常借助于《贩书偶记》。《贩书偶记》基本上是一部清代以来的著述总目,兼及辛亥革命以后迄抗战以前的有关古代文化的著作。其作用相当于《四库全书总目》的续编和补编。

《贩书偶记》的著录体例,有两项规定:其一,凡见于《四库全书总目》者概不收录,录者必卷数、版本有所不同。因此,它就成为补充四库著录的一部版本目录学专著。其二,非单刻本不录,间有在丛书中者,必是初刊的单行本或是抽印本。而《四库全书》编成后所出的新书,本来就是单刻本居多。因此,它又有着"丛书子目索引"所欠缺的一种功能。此可与上海图书馆所编的《中国丛书综录》配合使用,对查找现存的古籍甚有帮助。《贩书偶记》除对作者曾经目睹的善本稍有著录外,既以著录近代著述为主,例不涉及旧刻名抄。这样该书按照经、史、子、集四部分类编次,下分二十卷六十三项类目。

《贩书偶记》是孙殿起于1936年编印成书的。孙殿起(1894—1958年),字耀卿,别字贸翁。河北省冀县人。他曾在北京琉璃厂开设通学斋书店,经营古籍贩书业历五十多年。他精于版刻,勤于考订,随收随售随录,且亲手著录,勘明异同,加以详注。如此,便编成了《贩书偶记》这本巨著。1958年7月9日,他因年迈积病谢世。同年12月,该书又由中华书局上海编辑所校排重印发行。《贩书偶记》于1982年11月由上海古籍出版社出版时,由雷梦水先生作了校勘,记附于后。该书初版行世后,孙殿起通过常年的贩书活动,又陆续积蓄了书目六千余条,近年由北京中国书店的雷梦水先生整理出版,定名为《贩书偶记续编》。

关于《贩书偶记》,雷梦水有这样一段书话,详述是书编撰始末:

> 先生(孙殿起)用力于书目,始前清末造,得暇便缮录,以图强记书名及著者。至略识版本,涉检名家目录,方知明代以上书多已著录,而清代名人撰著则寂寂焉。如是限代清代之书,随见随录,亦不问著作何如,罕见与否,谨记书名及撰人姓名籍贯而已。时有缪荃孙(字筱珊)、陈田(字松山)、叶德辉(字焕彬)诸人知好,尝谓先生曰:"遇丛书全集之书,其朱记荣《汇刻书目》所不载者,尽可写之,补其不

备。"先生效法数年，积稿至数百种，将欲编次，而上虞罗氏《续汇刻书目》刊布，检其著录，与先生写记大半相同，所以置之未果也。后识伦明（字哲如）、徐鸿宝（字森玉）、张鸿来（字劢园）、陈垣（字援庵）、孙人和（字蜀丞）诸先生，谓先生曰："辑书须有原委，使览者若饮河流而知昆仑星宿所出，殊无汉漫穷搜之苦为可尚也。"于是更效其法。先生获交当代名流，裨益匪浅。先生从事十余年，乃成《丛书目录拾遗》十二卷，《贩书偶记》二十卷，先后行世。（雷梦水《记目录学家孙耀卿》，《学林漫录》五集，第五十四页，中华书局版。）

民国二十二年（1933 年）左右，琉璃厂书肆，时有书籍出版。这便是所谓的坊刻本。其如邃雅斋印的《邃雅斋丛书》、《清代燕都梨园史料》、来薰阁影印的《楚辞》等。孙殿起的通学斋也于 1931 年影印了清人洪榜、洪朴的集子《二洪遗稿》，1934 年印行了《丛书目录拾遗》十二卷等，《贩书偶记》是他出版的第二部成书。此后，坊肆间出书在琉璃厂成为一时风气。各店曾争出书目，以广招徕。解放后，由孙殿起自己整理出版的书有《清代禁书知见录》并补遗（1956 年）等。由他随见随录，零星抄存，并加以辑录、校勘，经雷梦水等人整理成书的，除上述的《贩书偶记续编》外，还有《琉璃厂小志》（1962 年 12 月）、《北京风俗杂咏》（1982 年 1 月）等。其中，以《贩书偶记》影响为最。

孙殿起一生的主要活动，在北京厂肆之间。琉璃厂的书肆，自前清乾嘉以来，多系江西人经营，至清末江西人势衰，而北直冀县人到厂肆开业或做学徒者日甚。至孙殿起一代,厂肆中以卿字排辈者,大多是冀县滏阳河畔的同乡。由于厂肆中的文化流俗以及书友间的书版交流,孙殿起厕身其间,亲历其事,耳濡目染,使他收益日富。他不断地手写笔录,记下这段生活的旧迹。他著写的有关北京琉璃厂的文字很多,有记录书肆刻版发行情况的《记厂肆坊刊本书籍》,有记录厂肆间同业人员师承渊源的《贩书传薪记》,有续李文藻、缪荃孙之后叙述故都文化街市盛衰的《琉璃厂书肆三记》等篇。

当时,北京古旧书业及字画文玩业人,所操之事业,皆是师徒相传,各有渊源的。1908年时孙殿起十五岁,因乡里歉收,为生计所迫,辍读而入京学商。他先受业于琉璃厂宏京堂的郭长林。长林字荫甫,也是冀县人,另有弟子陈海江(伯涛)等。长林的业师为宏京堂的张庆霞(蔚轩)。孙殿起入肆后,初学书业即笃好之,始有志编写古籍目录。十八岁时,在宏京堂学业期满,于翌年脱离该店,独自经营一年。1913年后由友人荐至西琉璃厂鸿宝阁书店,后又转至小沙土园文昌会馆内会文斋书店任司账和店员。1919年,孙殿起与伦哲如(明,1875—1944年,广东东莞县人,前清举人。到北京大学读书后留校教书,所教为目录学。曾著有《辛亥以来藏书纪事诗》、《续修四库全书提要稿》等书。北京将沦陷时,由京返粤。曾任广州省立图书馆副馆长兼岭南大学教授。1944年病逝于广东)一起,在北京南新华街路东七十四号开设通学斋书店。伦明先为通学斋的铺东,他搜书很勤,所获薪俸大多用于此道,破衣敝履而在所不计,有"破伦"之称,曾自谓是:"卅年赢得妻孥怨,辛苦储书典笥裳。"伦明是以书作股的,店由孙殿起独自经营。孙殿起受他熏陶最久,也得伦明的"俭、勤、恒"三昧。伦明对孙殿起也是赞赏备至,曾在孙编的书中题签作序,文中颇多奖励之词。他俩因志同道合,终成莫逆之交。1925年,由于孙殿起购得番禺大藏书家梁鼎芬旧藏约百十余箱,且多为梁氏手批眉注,自此,其通学斋之店堂琳琅满目。孙殿起的弟子有李书梦、张继全、孙金柱、赵凤山、李恒聚、陈成章、胡鸿翱、王士琪、李瑞周、张宗恒、张书生、范广源、雷梦水等人。雷梦水是他的外甥,后来成了他的主要助手。梦水对清代版本亦是极其热忱,书刊过目,辄详记其特点,也是个有志于书版之士。现在北京中国书店任职。这当然是后话了。

孙殿起汇辑资料极重考实,从不滥造。为了编辑古书,他自1930年起,曾多次南下访书,先后到过天津、济南、南京、镇江、扬州、上海、苏州、宁波、广州等地,可谓遍游大江南北。先后访得古籍无数,其中多有珍本、善本。此段经历,孙殿起有《庚午南游记》、《丙子南游记》等文记证。沿途,他或将所见所得记录成册,或将珍本、善本整理刊刻。他印的《二洪遗稿》、《鹤寿堂丛书》、《丛书目录拾遗》等书都是这段时间刊刻的。直至他记所寓目之书录,积稿逾尺,经整理删薙后,终成《贩书偶记》二十卷,遂付梓刊,装订入册,共印六百部(原名《见书余闲录》,后改今名)。他收集琉璃厂的有关资料而编辑成的《琉璃厂小志》书稿,约有三十六万字。前后费时数十年。其中他所写的《琉璃厂书肆三记》及《书业传薪记》诸篇,是他到处造访,不拒细珠,辛苦拾缀而成的。文中对于每一家书铺,无论新旧,从开业到易主或改变经营业务、停业等情况,一一详述,如数家珍。据说,当时孙殿起对书业同人,无论掌柜伙计,每见到一位,总要问清其店业的来龙去脉。将每一铺主的姓名、籍贯、开业地点、师承关系等确实记录在案。由此可见,孙氏几十年调查研究,用心可谓良苦。

由于长期从事书业活动,孙殿起精通古书版本,对过眼之书版,勤于析疑辨异。他为人缜密,心细如发,为了鉴别一本善本的真伪,常常盘桓至午夜。饥忘食,倦忘息。他校勘一书,一点一画不肯疏忽。惟恐有半点鱼鲁豕亥混误之处。伦明评论孙殿起谓"君博览而强记,其博览也,能详人所略。他人所究者,宋元明版耳,君于版本外尤留意近代汉宋学之渊源,诗古文辞之流别,了晰于胸。随得一书,即能别其乐优。"(伦明《〈丛书目录拾遗〉序》)

在店业经营上,孙殿起也有自己的特色。被近人谢兴光在《书林逸话》中称誉为旧书业的人才之一。谢认为,旧书业中人,或以气魄大而能放手作去,或以"吃得精"而能另辟一途。孙殿起被称为后者。孙殿起"专收冷僻版本,不走大路,以其能合时代,获利最丰"。在与书友交往上,孙殿起诚实坦易,不苟取于小利。他访书于王公大家时"挟布包坐厅事,吸烟啜茗,口讲指画,客无弱态,主无倨色……议论气度不饰而彬雅,闻见不学而赅洽"(伦明《〈丛书目录拾遗〉序》)。孙殿起入肆问值,又从不稍损益于别人。伦明说孙是个鸿都之儒,鸡林之贾交相推重之人。正因为如此,孙殿起的通学斋能在民国以后凋零不堪的琉璃厂书肆业中,与文禄堂、来薰阁、松筠阁、邃雅斋、宝铭堂、富晋书局、翰文斋、开通书社等齐名,历久而不败落。孙殿起的朋友,当时的北平国史馆馆长金毓黻先生曾赠诗给他谓:"断简零缣满架尘,陈思应为访书金。筑台市骏都无济,君是燕中第一人。""辛苦何曾为贩书,梳篇理叶亦寒儒","承平往事不堪论,烽火弥天欲闭门。万卷诗书数斤了,烦君重记海王村。"海王村为北京琉璃厂一带的旧地名。这是对孙殿起一生勤勤恳恳治学,从事古书业的高度评价了。他的治学精神,是很感人的。孙殿起一生从事贩书业五十余年,贵在好学不倦,校阅古籍终年不断。1958年他卧病之时,说话已感困难,仍嘱雷梦水记其口述的《记藏书家伦哲如先生》一文。直至昏迷不醒,时说胡话,手指犹捻捻不息,自谓:"我在写稿。"

  从孙殿起一生的书业活动,可见他既是书店从业人员,又是版本目录学家;既是商贾又是士人。作为书业人员、商贾,他经营有方;作为版本目录学家、士人,他精于治学,勤于动手。"他不仅在'目录学'方面有专长,对厂肆掌故,各省竹枝词,以及茶烟资料也广泛涉猎。凡是与其较熟悉的都很钦佩他的学识渊博"(雷梦水《记目录学家孙耀卿》)。他汇辑的几部重要书目,尤其是被誉为"备见苦心,琳琅满目"(日本帝国大学教授吉川幸次郎书赠《贩书偶记》词)的《贩书偶记》等,对祖国文化的流传、古典文献的整理起了重要的作用。

余之购书经验

周越然

本篇言余之购书经验,其间有得意者,亦有受气者,有先扮瘟生而后得实益者,亦有明知被骗而隐不告人者。简言之,二十年来,时时购书,日日购书,所得经验固多,但离奇古怪者层出不穷。余之老练,余之谨慎,终不能敌书估之刁顽,终不能防书估之虚伪也。

"书估"者,售书人也,恶名也,另有美名曰"书友"。黄荛圃题识中两名并用,但有辨别。得意时呼以美名,爱之也;失意之时,则以恶名称之,贱之也。本篇通用"书估",以括全体,无尊之之意,亦无恨之之心。篇中有骗书、骗钱、打骂顾客、旧书"典当"等等故事,想阅众皆未之前闻也。

余初购古书,尚在民初小花园古书流通处时代。精写本或明末刊本,每册之价不过一元;铅字本或洋装本,因不入时,又非古书,全不上场。是时来青阁与博古斋似已成立,皆在福州路。但向之购书者,为数寥寥无几,因民初学者,注重新书,厌见古籍,情愿以《皇清经解》正续两编,换取《平民政治》上下二册也。

后来流通处取消,中国书店成立,购古书者,日见增加。再后来新文运主张改用白话文,而求获古籍以作研究者愈多。至民国二十年左右。明初小字本,清初精刻本,价较十年前约长十倍,且稀见如凤毛麟角。余"起劲"(湖州土语)购求古书,在民国十年左右,当流通处极盛之时,余年岁尚轻,资格尚浅,不敢"抛头露面",只一躲躲避避之"起码"顾客而已。但亦有所得,如缪荃孙之手稿《云自在龛随笔》是也。今已失之矣,甚为可惜。民十以后,余所得古书,不专在本埠,外埠如杭州、苏州、北平之书铺,亦与余常通消息,常做交易。兹先言第一次购《金瓶梅》之受欺。

余开始购书,与他人完全相同,即常常站立于铺面之前,向架上呆看是也。此之谓"掏"书,"掏"者,搜取也,如掏铜器铁器,掏自来水龙头。余当时所急欲掏得者,《金瓶梅》也,而终不发见。一日,某铺之柜员,面团团而有微微之笑容,全无逐客之怒气,余亦因醉而勇,放胆问曰,"你们有《金瓶梅》吗?"彼曰,"有,有,好的有。"余曰,"请你给我一看好吗?"彼曰,"哪里话!这种书可在大庭广众中拿出来么?倘然你先生真的要买,不怕价贵,你给我地址,我明天送到。先生,你贵姓?"余曰,"我姓周,住在闸北……我写给你罢。"

次日一早果然送到白纸印者全部,索价一百六十元。余心喜之至,立付现款购之。不知此实最劣之湖南木活字本(版心题"第一奇书",每半叶十一行,每行二十二字,无图),当时市价至多不过六十元。

两个月后,此人又送来清初张竹坡评本(版心亦题"第一奇书",每半叶十行,每行二十二字,有图),并云,"先生,你从前购的,纸张虽好,讹字很多,不及这一部好。你看这个图(指含春意者言),好不好? 这部是最古的,恐怕是孤本呀! 买书要买这种有骨子的。最好的没有了。"余问曰:"什么价钱?"彼曰:"不还价,六百元。缺一个铜板不卖,卖了是你的孙子。"余曰,"三百元我要买的。"彼曰,"先生是忠厚人,又很爽快,四百五十元罢。"

其实,民十左右"第一奇书"之初印本附精图者,市价至多二百五十元。余后来购得明刊大型本,版心题《金瓶梅》者(每半叶十行,每行二十二字,有眉批旁评,字旁加圈点,图一百叶),亦止三百元。民二十四五年间,沪上有人翻印《金瓶梅词话》,每部售价十二元,木刻《金瓶梅》或《第一奇书》遂大大跌价。明刊本及清初原刻初印本虽不易得,但同光间复刻本之无图者或附恶劣之图者,只值十六元或二十元。袖珍本(十一行,行二十五字)有以八元出售者,可谓廉矣。近来此书之价又大涨,本年(三十一年)9月20日《新闻报》有下面之惊人广告:

全图《金瓶梅词话》

  影印北京图书馆珍本,连史精订念厚册,外图百幅,均无删缺,装两锦匣,珍藏、送礼极佳,廉让五千元。点石斋大字《康熙字典》一部,售五百元,均函本报信箱×××号。

余述购书经验而先言《金瓶梅》者,非有意提倡之也,实因此书偷偷而卖,默默而买,获得善本者非经过多次"上当"不可。上当,即经验。有购《金瓶梅》之经验且得到善本者,其求取正经正史决无困难。

余所得之书,不全为《金瓶梅》,不如某报所称"专收淫词书籍"也。且余所得购书经验,有极重要而适合一般收买古书者之采用者,兹以十余字包括之曰"一遇好书,立时买定,不可一看再看,迟疑不决"。不善购书者,往往乱翻书叶,研究版本,既欲读其文字,又欲考其藏章。如有友人伴往,则又彼此作默默语,商讨优劣。书估见此情形,虽明知书不尊贵,亦必索价高昂,因汝已表示欲购之意或羡慕之心也。研究版本,研究藏印,研究题识,研究文章,均应于家居闲暇之时为之。购书之时,只可察其大体,决不可详加讨论。张君欲购《古诗源》,余伴之同往。书估出示者,清代普通刊本也,惟内有朱笔校字,且有藏印题跋。张君见之,以为世间孤本,不独细审藏印,细阅批校,且高声朗诵原书,而又以最不宜出之口者向我盘诘,结果:书估索价一百二十元,而张君一口还六十元。余再三作暗示——打临时无线电——已不及阻止之矣。此书真值,十三四元而已。

购书老练者,对于索价过狂之书估,取下列方法之一。

(一)让逊法——用此法者,可向书估云:"书是好的,价是贵的,可惜我没有能力,否则一定要买。"

(二)讥刺法——用此法者云:"那你吃亏了,价钱太便宜。我从前买的那一部,还不及这本好,尚不止此数呀。"

(三)直拒法——此法最妥,用之者可云:"对不起,请你收藏了罢"——言时应将册数粗粗一点——"我没有意思买这种书"。

一般人以为在上海收书,不如往内地收书,向书铺买书,不如向私家买书,因上海书铺之书,大半获自内地,而私家之书,无门面上之开销,且人多"外行",其出让时,必较店铺为廉也。其实何尝如此？内地书铺之书,情愿廉价售与上海之同行,不愿售与上海之游客。再私家之书,非先经过书估多次之估价,决不肯轻以示人,或豪然爽然以公平之价,让与个人也。余向内地购得之书,常较上海所买者为贵。老同文石印《二十四史》,数年前上海市价不过三百五十元,而余在杭州得者,反为四百元,另加邮费运费。向私家购书,余曾上当三次,兹将其细情,一一述之如下：

（甲）余第一次上当,在民国十五年。宗叔×斋公,弃世已二十年,其子×生兄卒于是年。其时有至友许君来函称,"某姨太想要回扬州,拟将家中书画书籍,全数出让,估价在二百元左右。其中似有上品,倘兄因同姓关系而欲收留,弟可去一说。价钱或略加些,未知可否。"余当日即复曰,"某斋公与先父极亲热,某生兄与弟亦曾经会面多次,彼家既无恒产,又无后人,其书画书籍,弟愿收留,并愿照他人估价,加倍送去。"两日后,许君亲来告余云,"某姨太说,她家中的古玩(？)都是老太爷的笔墨,无论怎样穷,即使饿死,也不会放手的"——不卖！一月之后,书估某姓,手携一大篮,肩挎一大包,来余家求售,启而视之,即宗叔家之旧物也。余不说明,亦不露惊奇之色,惟全数购之——连包袱提篮在内,共付五十六元。

（乙）第二次上当,在民国十七年——又是一位异性。某太太,孀妇(?)也,由友人之介绍来余处称彼家有古书待售,邀余往观并代为估一"毛"价。倘余有意,愿以"半送半卖"之价归我云云。余允而未往者,几乎三月。后来催迫愈甚,只得一行。进门后,某太太即出来招待,进茶进烟,进糖果,进点心,热闹之至,惟不出示书本。天未晚已喊酒喊菜请食晚餐。余待无可待,不得已而发问曰,"某太太,府上的藏书,今天可以看么?"彼曰,"书?慢慢再谈。总可看得见的——不要性急!请先饮酒。我们来照杯——干杯。"余酒量尚大,干几杯酒,决不酩酊,亦不昏迷。且余在酒后可以保持常态,决不因买旧书而改买新人也。余于晚餐将毕未毕之际,恭然起立,告某太太曰,"辰光不早,我要回家了。那边桌上的一本书——《花名宝卷》——我想问你买了。"即掷六十元,深深鞠躬而出。——远远似有人咒诅(swine)。

（丙）第三次上当,在民国二十年之秋,地点在麦根路,物主不为阴性而为阳性,介绍者亡友刘志新也。刘君谓"某里某号某姓有古书十二箱要卖。你可以去看,也可以选购或全购。不过物主虽穷,极要面子。外面不论什么人,不知道他肯把古书出售。我陪你去看的时候,也要客客气气,像做客人一般。我们不说买书,让他自己给我们看。你中意的书,暗暗指给我看。过一两天,我帮你拿来,再讲价钱好了。"不料余与主人会谈许久,正在开箱之时,来青阁主人杨寿祺君突然鼓门而入,见余即曰,"周先生,你比我来得早。他们横催竖催要我来,我吭没空。他们的书怎样?你都看过了么?周先生,你先来,照理我不应当加入了。不，不，倘然成功，我同你合做罢。或者完全归我，你来拣选几种也好——我照进价……"余暗窥主人，又向杨君一笑曰，"今天当然是你的交易。我和主人是朋友，常常到此地来玩的，我今天并不来买书呀。"

欲购书者，总宜求之书铺，不宜求之私家——此上文之意也。但书铺之书，皆得之私家，且书铺有种种开销，何以反较私家为廉耶？曰，有许多原因。书铺之同行，声气相通，一家估定之价，他家不敢增加。故物主邀请各家作比较时，其"货"无不愈看愈不值钱，最后总为第一家所得也。且书估讲话老到，似乎合情合理。"硬要面子活受罪"之急于待款者——如有烟瘾者或患舞病者——虽明知其言不实，亦无法与之争价。此外书估另有骗书之术，兹述一趣事如下：

十五年前，苏州某姓出售家藏古书十余箱，约二千册。书估允给二千四百元，先付定洋三百元，半月以内提货交款。临出门时向主人曰，"可否让我随便带一二部去做做样子？"主人曰，"好，好，拿几本去是不成问题的。"书估随手取外形破旧者二部（六册）而去——而永不复返。主人怪之，特来申追问，而付定洋者全不承认其事。后来始知彼所取为样本者，实诸书之冠，一明覆宋本，一元刻元印，价在二千元以上。剩下者皆普通本，价在一千元左右。

上述者，有所为之欺诈也。书估有时作无所为之虚言：余得明刻残本《素娥篇》之次日，某书估来余家曰，"昨天你买的那本图是残的呀！价太大了，真敲竹杠。我已经访得全本，今天派人到通州去拿了,只要五十元。到了你要么?"余曰,"要的,除残本奉送外,另付三百元。"书估曰,"残本让我先拿去退还他们(原售人)罢。"余曰,"好的,不过现在不在家中,你过三天来拿好了。"从此日至今,已经十易寒暑,残本犹在余家,而全本尚未运到也。

除欺诈外,"下作"书估尤易骂人。昔年海上有某某旧书铺,索价较他家为高。倘主顾还价不称,或稍作轻视语或讥刺语,则店员群起与之争辩。倘主顾尚不识相而不默然而退,则店员肆口谩骂,或竟推之出门,作欲打之势。此铺亦常常骗书;凡以大部书上门求售者,店员围而观之——甲取一册,乙取两册,丙先取一册而又换取他册——乘机匿藏一二册,是时,店主假作整理全书之状,又为之计数而面现惊惶之色曰,"呀,这书不全,缺两本,可惜,可惜!你快快回家去找。……倘然价钱不大,残本我们也要买的。……全的百念元,残的七十元,相差也不多。"

书估尚有一种恶习,即向老主顾借钱是也。余有因借钱而反受人骂者。某书估年老而贫,一日来余家告我云,"我要到通州去收书,没有本钱,想问你先生通用二百元。收到的书,先给你看。"余曰,"我今天钱不多,你拿一百二十元去罢。借票要写的,利钱不要。"此"公"一去之后,非独书不见面,连人亦不见面。后来再三查问,始知在邑庙摆摊。余向之要钱,曰"请待几天"。向之要书,曰"现在没得"。如是者三四年。余以为借钱与人,理应索取,自己无力,只得托人,遂将借据交某律师请其代办。不料本年6月27日有自署"废名"者,在《力报》上明讥暗骂,谓我"心腹真狠"。余多时不读《力报》,不知此事,幸日前有中南友人厉君亲来告我也。闻沪上昔年有某"老先生"者,常常借款与书估,而即以书籍为抵押,如粗书每本作价若干,细书每本作价若干,总结之数,即为借款之额,利息按月三分,三月不赎,全数收没,行之数年,极为顺利。可知典当式之借贷,实较信用借款为佳。以后与书估通有无者,不妨采取此法,免得受废名之责。

吾国之人,往往轻视书估。其实,书估者上等人也,因与之交接者皆上等人,皆"读书种子"也,全无可贱之质。余因购书而所得经验不少,倘天假我年,待我学尽欺诈法、打骂术之后,或者亦欲"下海"贩书,而成一"灰老虎"。"灰",黑白两色合成之。人称贩碑帖者曰"黑老虎",以其所售之货全黑也。书之字黑,而其纸白,合成灰色,故贩书者应以"灰老虎"为号。

1942 年 10 月 14 日

善识古书的陈乃乾

陈伯良

浙江海宁在清代和近代以藏书家众多闻名,同时也出了好几位善识古籍的图书版本专家,陈乃乾即是其中之一。王謇的《续藏书纪事诗》中称"海宁今有两学者,南辕北辙去家园",就是指早期曾在上海工作的陈乃乾和曾任北京图书馆特藏部主任的赵万里。

陈乃乾(1896—1971)善于识别古籍版本。他的过硬本领是在长期接触成千上万的古书中涵养练就的,也是他能刻苦钻研、勤于学习思考的结果。这方面的事例很多,从以下几件实事中就可以看出来。

1923年时,他才二十八岁。3月间的一天晚上,他到上海来青阁去看旧书,刚巧一个姓李的书商挟了一叠破书来,当时同在该店淘书的还有别号韵斋的友人,他拣了一本首尾都残缺的抄本诗集,既没书名,也没作者姓名。他对陈乃乾说:"这本书的作者和钱牧斋(谦益)是同时代人,估计是一本善本。"陈乃乾接过那书一看,当即告诉他:"这是魏雪窦(明人魏耕,号雪窦山人)写的诗。"待得他把书买回去后，找出《续甬上耆旧诗》来仔细查对，果然不错。那位朋友不得不佩服陈乃乾惊人的眼力和好记性。

又有一次，是在抗战期间。郑振铎在来青阁旧书店见到一部旧书，版式很奇怪，书的每一叶上半部都是空白。书商杨寿祺说："这书没有用处，我打算把它上半部的白纸裁去，好拿来补别的旧书。"郑振铎见此书名《礼记集说》，为元代陈澔所著，是明代万历年间刻印的，觉得可惜，就把它买回去。以后拿给陈乃乾看。陈乃乾说："上端空白，当是'高头讲章'，是后来人把这上半部分割掉不印进去的。"郑振铎本来也有这样的想法，听他一说，不禁恍然大悟，果然两人"所见略同"。

还有一次，在1929年12月间，陈乃乾和几位藏书家相叙在刘氏嘉业堂。在闲说中，陈乃乾说到刘承幹曾经刻印过明代陈霆的《渚山堂集》，当时在场的赵叔雍和董康都不相信。回家后陈乃乾一翻书箧，果然找到此书，而且确实为刘氏所刻。他当即写信给赵叔雍，半开玩笑地告诉对方："公等既假嘉业堂为机关，作大规模之征集，乃于刘刻名书曾未省识，则不免舍近务远矣。"于此亦可看出陈乃乾的博闻强记。

最令人称道的，是他帮助郑振铎发现了被誉为"国宝"的孤本《脉望馆抄校古今杂剧》六十四册，即一次发现了行将失传的两百多种古代名家杂剧，使之归于国家的事。1935年5月的一天，陈乃乾从苏州一个书商那里，看到一套三十多册旧书，有的是抄本，也有的是刻本。同是刻本，版式也不一样，有的是写刻的，有的宋体字的。写本中多半有"清常道人"（赵琦美）写的题跋。陈乃乾看了,心里不禁怦怦跳动,难道这就是失传三百多年的清代常熟著名藏书家钱遵王也是园中旧藏之物吗?听说这批书是从常熟藏书家丁祖荫家散出的,绝不会错!他立即在晚上打电话给郑振铎,这时郑振铎正为国家抢救在战火中流散的珍本古籍,一听这消息,惊喜得一夜不能入睡。急忙郑重拜托陈乃乾:"一定要设法替我买下!万不能让别人弄去,更绝不能流出国外!"又进一步叮嘱:"恐怕还有三十来册出现,注意:一共应该有六十四册!"一方面立即托好几位朋友分头设法筹钱。原来这三十多册书大概只要一千元就可买到,但当郑振铎赶到来青阁书店时,听书商说,还有那三十二册已被古董商人孙某以九百元代价买去,配成全璧,恐怕要卖三千元了。可是当郑振铎托陈乃乾和书商杨寿祺(这两人都和孙某熟悉)前往洽谈时,对方却奇货可居,咬定非一万不卖,而且扬言得快一点决定,不然就卖给别人。要知道这一人间孤本是无价之宝,岂能再让其散失?郑振铎到处发电求援,最后得到当时远在后方重庆的教育部的支援,经过三天的讨价还价,终于以九千元(高于原价二十多倍)的价格,把这份珍贵的历史文化遗产抢救出来。待到书买下之日,郑振铎兴奋得连大衣帽子不知丢失在车上还是书店里也顾不得了。

　　从发现这套珍本古籍,急电告知郑振铎,到洽谈价格、签订契约,陈乃乾始终参与其事。要不是陈乃乾的慧眼"识宝"和对祖国文化事业的真诚关心,没有郑振铎这样不惜任何代价抢救优秀历史遗产的忠贞爱国之士,这批国宝真不知会落得个怎么样的下场!

古籍版本目录学者陈济川

常来树

陈杭,字济川,版本目录学者,1906年生。其先祖世籍冀州田村镇,后徙南宫县栗家庄。有兄弟三人,济川为长。他自幼聪慧嗜学,记忆超群。十七岁时,学徒于北京来薰阁书店,拜其叔陈连彬(字质卿)先生为师。

来薰阁书肆位于琉璃厂路南108号,系陈质卿于1912年创办,以经营版本古书为主。

质卿先生精于业务,多结交名人学士。济川在其叔熏陶教育下,酷爱古籍,通晓名家著录,能识辨版本优劣。1931年,济川继其叔业,亦善于经营,能满足顾客需求,与版本目录学家冀州孙殿起齐名,颇受专家学者推崇。正如《中国典籍与文化》所说:"通学斋的孙殿起,来薰阁的陈济川,藻玉堂的王雨,都有精湛的版本鉴定知识。"从1932年开始,来薰阁编印数期《来薰阁书目》,以广招徕顾客。其内容包括古籍卷数、著者姓名、刊刻年代、书籍纸质、可供本数(卷数)、销售价等,颇为读者称便。

1940年10月间,陈济川在上海三马路创办来薰阁分店,委派其表弟张世尧（冀县张家吕村人）和伙友孙景润主持沪上业务，多经销经、史、子、集大部书和戏剧、小说之类，生意也相当兴隆。

陈济川解放前经常到天津、山东、江浙等地访书。1938年，曾在天津李善人家购到古籍两卡车，其中有宋元版书数种。还以一百八十元之值从某地购到南宋刊本《欧阳行周集》（又名《欧阳文集》）二册，系唐晋江欧阳詹（字行周）撰。又在苏州购到百回《水浒》一部，系明万历年间汪道昆太函刊本。据陈氏考证，此书尚有郭勋刊本。济川拟将此书作为出版底本，由来薰阁刊刻行世，未果，后捐赠文化部。

来薰阁多结交专家学者，尤与郑振铎先生关系甚笃。据郑氏1947年5—8月的日记，记录就达十八次之多。在大家笔下，将贩书人视为挚友，彼此真情相待。谨录数则，窥当时情景。

"晚餐后，至三马路，在来薰阁得日文书数种，均正需要者，甚为高兴。"（5月13日）

"六时半，至文炯宅，森老与文炯为我做寿也。到者除玄阳、题潜、葱玉外，皆古书肆中人，如济川、实君等，谈笑甚欢。"（5月30日）

"金华来取纸款，无着。午后，金华又来谈，忽得一念，向来薰、来青各肆，凑款850万元付之，了此关再说。"（5月31日）

"济川来，谈起增资事，颇为兴奋，但恐亦不易实现也。万不得已，只好独自支撑着而已。"（6月30日）

"来薰阁送500来，是雪中送炭之举也，甚感之。"（6月5日）

"济川自京代携回借中央图书馆之西文书六种。细阅之，除

一种不全外,均极佳。"(7月11日)

解放后,陈济川与蜚英阁经理裴成武(字子英,枣强县人)在济南伙购到明万历十一年岳氏书坊刻本《新刊大字魁本全像奇妙注释西厢记》一部,上图下文,半页十二行,行十八字,四周双栏,黑口,大本;卷末有"弘治戊午季冬金台岳家重刊"启事牌记十一行。该书为现存最古本,售归北京大学图书馆收藏。1955年,商务印书馆据此本影印复制。《古本戏曲丛刊》初集也将此书收入。

某年,陈济川将珍存的数卷善本、稀见古籍呈赠毛泽东主席,主席甚为珍视,以重金酬谢,为济川所谢辞。毛主席对陈氏献身于祖国文化事业的成绩颇为赏识,曾邀其参加在怀仁堂举办的知名文化人士招待会,并与之合影留念。

1956年,公私合营时,来薰阁并入中国书店。合营前,领导同志询问济川拟留什么珍品,均听其便。陈氏高风亮节,说:"寸纸不留。"

济川先生在半个世纪的贩书生涯中,为古籍的抢救、流通,为文化的繁荣昌盛,为国际的文化学术交流做出了杰出的贡献。他年逾花甲,记忆犹强,凡经手罕见珍籍,某年售价若干,归与何处,脱口而出,无有稍差。据曾在他身边工作过的人说:"陈先生爱书如命,几十年如一日:凡稀见珍本,皆藏于樟木箱中;遇残本古籍,皆设法配齐;对陈旧书册,皆精工裱褙;书架、书库之书,置之井然有序,随手取之无爽。"

陈济川先生于1968年病故于北京琉璃厂来薰阁寓所,享年六十有二。

以书会友的郭纪森

卢来江

郭纪森先生,字乔松,河北冀州市郭家庄人。1914年生,九岁入村塾读书,十五岁时因家庭困难辍学,托乡谊荐到北京隆福寺路南133号稽古堂书铺从枣强人郭乔年(字寿山)先生学徒。三年出师后,当店伙。1939年应聘到琉璃厂崔符先创办的勤有堂书店任副经理。1943年在西琉璃厂路南177号独自创办开通书社,自任经理,主要经营大部头古籍及考古书等。公私合营时并入中国书店,任副经理,主管古籍版本鉴定和收购业务。

半个多世纪以来,郭先生在收购和抢救古籍方面做出了突出贡献。

为著作家提供珍贵资料

古籍同文物一样,不把它搜集、抢救下来就有散失、毁灭的危险,珍本、孤本失之不能复得,更令人痛惜。彰幽发潜,钩沉抢救,进入市场,互通有无,调剂余缺,供急需者所求,郭先生在这方面做了大量工作,为读者称道,专家学者誉他为信得过的书友。

解放前,在金石考古学家容庚编纂《金石编》、《商周彝器通考》时,郭先生向他提供了《金石聚》、《金石索》、《西清古鉴》等珍籍;在历史学家顾颉刚主编《禹贡》半月刊时,为他提供了各省方志、地图和地理、风俗等方面的文献;在燕京大学历史系洪煨莲教授主编经、史、子、集《引得》(即索引)时,给他提供了《四部丛刊》初、续、三编及明初藩刻本《静嘉堂秘籍志》、明万历张之象刻本《史通》、影印本《大清历朝实录》和有关古今图书目录百余种;孙海波在开封河南历史研究所增订《甲骨文编》时,郭先生也为他提供了有关甲骨文的书刊。

解放后,当顾学颉为人民文学出版社编注《白香山诗集注》时,郭先生为他觅得影印本《白氏长庆集》等;社会科学院历史研究所研究员胡厚宣在编纂《甲骨文合编》时,为他提供了有关甲骨文的文献和《古钱大辞典》等;社会科学院民族研究所副所长翁独健在中华书局点校《元史》时,给他找到一部百衲本的《元史》作底本;中央民族古籍办公室在影印出版《西域同文志》时,郭先生又为他们淘到了该书的复印原刻本。凡此种种,不胜枚举。因而专家学者不拿他当书商看待,而以书友相待。他们说:"我们写了书,完成了研究课题,也有你的一份功绩。"称他是"不为名利的助手",是值得信赖的挚友。洪煨莲先生编纂出版的《引得》六十四种八十一册,至今在国内外学者中享有盛誉,视为研究我国古籍的重要参考资料。可以说以上这些著述的成功，渗透着郭先生的心血。

与专家学者结下深情厚谊

郭纪森先生与大批的专家学者结下深厚的友谊，相互尊重信任，几十年如一日，不管刮风下雨，给读者送书从不失约。时至今日，还与不少学者保持着密切联系。如洪煨莲教授1946年应邀携家赴美国哈佛大学讲学，原计划一年回国。出国前，托郭纪森先生为他搜寻《明实录》、《正续玄览丛书》等十几种，并将其珍贵书籍托郭先生存藏。书已得，存书也无恙，由郭先生代藏了几十年，直到中美建交后，才遵洪教授之嘱，将存书转交其亲属，后来全部献给了国家图书馆。洪先生还请他的门人侯仁之教授的夫人张玮英由美国带来委托书，嘱咐将他在北京的一处房产赠予郭纪森先生。郭先生接到委托书后，将此房献给了国家。

为国家抢救大批古籍

1936年，郭先生在稽古堂书铺学业时发现广安门老君地一家废纸坊里存有官方处理的单据和有图有字的大批档案资料，他捡回一份样张请清华大学历史系主任蒋廷黻鉴定。蒋说："这是明清户口、土地、赋税、徭役管理档案，研究历史很有用。"于是他全部收回,计五百公斤。解放前,他还同北京富晋书社经理王富晋(冀县王海庄人)在天津收购到清雍正年间铜活字殿版开化纸印刷的大型类书《古今图书集成》计一万零四十卷,五千零二十册。

郭先生听说已故某历史教授家中存有一套法文原版《亚洲古代艺术》(不定期刊物),系国内罕见,国际珍本,经与教授家属协商,以合理的价格收购。他还在某藏书家中收购到古籍二百余种,其中有罕见的宋、元、明百衲本《史记》,元刻本《静修先生集》,明蓝格抄本《册府元龟》、《皇明常熟文献志》等。他还从北海公园原松坡图书馆存放的一批古书木版中发现《食旧堂丛书》、《宋六十名家词》、《纪元通考》等五种旧书原版,淘回后交中国书店复制部复印发行。

"文革"期间,郭先生从丰台、宣武等区收购站抢救回二万四千公斤有用书刊,其中有《天津县志》、《杭州府志》、《沈氏尊生》、《医统正脉》以及1920年出版的革命文献《共产党员》杂志等等。

近年,郭先生以收购来的经、史、子、集零本三千多册,从北京师范大学换回《四部丛刊》、《九通》、《正续皇清经解》等三十余部古籍,计九千册;还以中国书店库存的家谱和鱼鳞册等,从中国社会科学院历史所换回家谱六十余部。

1994年10月,古籍专家雷梦水先生(冀州人)逝世后,他所著《贩书偶记续编》尚未刊行,还有些珍贵书籍闲置无用。中国书店获悉后,惟恐书稿、珍本书籍流失,特请郭先生与雷先生的家属协商,以合理的价格收购入书店。

郭先生对家乡的编史修志极为关怀,新编《冀县志》载:"中国书店雷梦水、郭纪森等从全国各地为我们搜集到明嘉靖、清康熙和乾隆年间三部《冀州志》,以及民国十二年马维周编写的《冀县新乡土志》。"这些珍贵文献的提供,使修志工作者有资料可循。

忆雷梦水

赵 洛

长夏无事,暇时看点杂书,无意中被乾隆盛时的汪中吸引住了。汪中被扬州人目为"狂生"。

怎么狂?大概因为念了点书撑的。他在安定书院教书。每一次山长(校长)来了,他就找经史的疑难问山长,山长答不上,汪中就大笑跑走了。沈编修志祖、蒋编修士铨都受过他的窘逼,沈志祖本来年纪就大,不想受到这小子嘲弄侮辱,不几天就死了。这样,汪中狂生的名字就传开了。

汪中父亲死得早,家里穷不能念书,也买不起书,要餬口就被书坊雇去当学徒卖书,这样长久了才使他"遍读经史百家,过目成诵"(王引之语),成为学者。

我一想起卖书的汪中,脑袋里就显现出卖书的雷梦水。梦水不像汪中,没有一丝狂气,而且质朴得像水一般。只是梦水也是卖书的,卖书的人不能成为学者吗?汪中不就是例子?

梦水和汪中不同,一辈子都是卖书的,都是在书店门市里度过的,现在的话叫售货员。早先他在琉璃厂南新华街路东的通学斋书店当学徒,那是解放前的事,作朝奉小使唤的,大概有了年头。在书坊,先做学徒后做店员,每年二月初三得先拜文昌帝君再拜书坊老板为师父,称弟子,所以《琉璃厂小志》的《书肆传薪记》中写通学斋老板孙殿起,冀县人,名下共弟子十三人,最后一人是雷梦水。

我记不清哪年认识梦水。他卖古书,我在北京出版社出古籍的书,是天赐有缘和他打交道。大概1960年前后,他第一次来出版社送《琉璃厂小志》稿子,那还是在东单《北京日报》楼下一层。只见他穿一套褪了色的蓝制服,布鞋,布帽,说一口衡水话,带着乡下的土气。稿件是孙殿起编写的,我仅把他看作一个送稿件的,并未留意。

以后也见过,但印象不深。印象较深的是1980年,即离初见二十年后。这次也还是送《琉璃厂小志》稿件,要再版。他还是那一套褪色的蓝制服,布鞋,布帽,还是那一口衡水话,带着乡下的土气。但这几年,我已经了解老雷了,我把他迎上位于崇外东兴隆街的出版社小楼的三层,大伙谈了起来,他成了受欢迎的客人。

由于陈云同志的倡议,党中央对古籍十分重视,我们也成立了专业的北京古籍出版社。要出古籍,就需要了解古书,我从《琉璃厂小志》中才知道孙殿起和雷梦水的经历。孙先生十五岁时,家乡河北冀县天荒歉收,生活艰辛,就到琉璃厂书坊做学徒。民国初年,广东东莞伦哲如教授创通学斋(伦明,前清举人,北京大学中文系教授,身着破大衣、破鞋,书肆人叫他"破伦",惟嗜书不倦,亦一书痴)。伦教授很喜欢孙先生,说"孙勤于事,又机警",就把通学斋交给孙先生经营。孙先生是个有心人,对贩卖经眼的古书,辛勤地将书名、作者、卷数、刊刻年代等都记述下来,数十年间,积累了大量资料,尤其详于清代。孙先生于1936年出版《贩书偶记》,加上续篇,有上万条目,即给近万种作家著作保留记载——差不多成了清人著作总目。

梦水也是十五岁从冀县谢家庄出来,到北京投奔舅舅孙殿起,在通学斋当学徒,刻苦努力,诸事用心。用一支小笔头写古书内容,成年累月,锲而不舍。记的小本本,一本又一本。这样,对古籍版本源流,经典目录内容,都很熟悉。于是,舅甥两人像缪荃孙写琉璃厂的陶五柳、钱听默一流,所谓宋椠元椠,见而能识;蜀版闽版,到眼不欺。而梦水开始帮助孙先生整理《庚午南游记》,以后《贩书偶记续编》等,无不是梦水帮助整理的,梦水还写了《古书经眼录》。

我们要出古书,就得先找书、访书。我来得最多的是琉璃厂海王村中国书店后楼一层的古籍读者服务部。我每次去,都在这里见到梦水。这两层砖木楼房是清末状元黄思永办实业留下来的业绩。这当然很少人知晓了,却是梦水告诉我的。楼下前后两屋中间的书架旁边有一张不大的书桌,这书桌面向外,即对着外来的读者接受咨询的。但一般卖书的,也像其他商店里的售货员是站在柜台前面,不能坐的。梦水有点特殊,他坐在这小办公桌后面,小桌子上堆满了书。我每次去,总看到他专心致志地看书或抄录什么。他有了这张桌子——他的办公桌,就可以写,可以坐着看书,不同于一般的售货员了。

　　这样,我们渐渐熟悉起来,也谈得带劲了。1981年,他拿来孙殿起编的《北京风俗杂咏》,我们没有多久就出版了。以后梦水又编了《北京风俗杂咏续编》,也于1987年出书了。

　　这中间国务院成立了古籍规划出版领导小组,组长李一氓同志很关心北京的古籍,还在报纸上赞扬过我们。1982年,李一氓给北京出版社写了一封信,说:"你们已刊行北京各种竹枝词,似可扩大,印《启祯宫词》。"我们都觉得这是个好主意。因为宫词不仅写宫闱帝后生活,而且涉及历史故事、王朝兴衰。只是明代天启、崇祯两朝宫词太薄,分量少。能不能把建都北京的辽、金、元、明、清五朝的宫词都收集出版呢?这很困难。写这几朝宫词的书哪儿去找?这时我猛然想起梦水,想起背了蓝布包袱给朱自清、郑振铎送书的梦水。许多专家学者著书离不开琉璃厂的朋友。我又到小楼下和梦水谈起要编宫词,不想他滔滔不绝,一口气说出十多种宫词,我听都没有听说过。我又想起缪荃孙说的陶五柳、钱听默一流,眼前就是!我请他帮助搜集五个朝代的宫词再标校出书。他说:"能不能找齐不敢说,我去大楼给找找看。"不想没过一个月,他竟背了大蓝包袱来,打开来一看,全是宫词。后来终于标点出版了《辽金元宫词》《明宫词》《清宫词》,当然有些是标校各朝专家搜寻加上的,但大多是梦水找来的。在这三本书的点校说明中,我都加上"雷梦水同志为本书编选搜集了大量资料,谨志感谢"的话。

　　就这样,我把梦水看成我们业务上的支柱了。我也常去琉璃厂,一是看看外地出什么古籍新书,再听听老雷的高论。一次闲谈,不知是谈《红楼梦》还是曹雪芹(那时报上常有曹雪芹旧居、旧物的新发现),他偶然想起,说:"《雪桥诗话》杨钟羲写的,可以印。"还说胡适早年考证《红楼梦》为曹雪芹所作,就是引证这诗话谈了宗室敦敏的诗。我托他买了来一看,果然资料丰富。1989年以来,已印出《雪桥诗话》和续集、三集、余集共四大本。此书出版是不是受到学术界的重视不得而知,只是胡乔木派人来买过。

这样,我们的交往也多了。每次去,只见还是老样子,老一套的蓝制服。只是多了两样东西:老花眼镜和木拐杖。他说腿脚有些不利落了。桌子上还放着套袖和手套。这是他取书时带上的。大叠线装书常年少人动,满是尘土。不带套袖、手套,满手尘灰是吃不消的。

后来听说他搬了新房,我就去永定门外马家堡看他的新居。见了面,我们都很高兴,只是屋子里分外简单。没有什么摆设,还有那一份土气。闲谈中,他叹气常腰痛,身体越来越差了。我并没有在意,不知过了多少时,又到小楼下,人说"老雷病了",我怅怅离开,还以为他得了感冒什么的。以后再去,再没有见到他坐在那张桌子前,连那张小桌子也撤走了。我心头低沉起来,问他的同事,才知道他患了骨结核。有人说他"冬天熬点骨头汤加上白菜,就是菜,他营养不够"。我想起那套蓝衣,几十年一贯制。虽然现时条件改善了,国家也发给他政府特殊津贴,但他吃习惯了,还是当学徒弟子那样子,熬白菜,还能好了?像青年作家张恬写的:"谁都有鸟枪换炮的时候,惟独雷先生没有。"

当然不能说老雷没有被人留意过。散文家姜德明就很看重梦水。他把梦水零星发表的文章,收集出版,叫《书林琐记》。这是姜德明主持人民日报出版社时干的好事。梦水一生也不致埋没无闻了。到1991年,姜德明还要我带他到马家堡去看梦水。梦水早已佝偻着伸不直腰,但还一直要送我们下楼。我硬拉他,才没有下楼,大概也走不下来了。只是去年10月传来他的噩耗。想起多年的交往和他对古籍的帮助,我很久就想写点东西纪念他,只是看到书里的汪中才写出来,了却一桩心事。

卖旧书的老人

姜德明

1994年10月26日,一个卖旧书的人走了。

他来自河北农村,十六岁进京,在琉璃厂通学斋旧书铺当学徒。掌柜的是他的舅父、著《贩书偶记》的孙殿起。解放后,他是中国书店普通的店员,又协助孙氏整理了《贩书偶记续编》、《琉璃厂小志》。

我久闻其名,但一向很少收藏线装书,与他并不熟悉。直到"文革"中期,因为要找几种鲁迅同时代人的诗文集,如陈师曾、姚茫父等人的集子才与他交往较多。这类书多为零本小册,有的还是石印、铅印本,买主卖家历来都不太重视,只有细心如雷梦水这样的贩书人才当回事。我偶有提问,总会得到可靠的答复:"见过的。这书不难找。"或称:"见过的。这书往日不稀罕,近年也有人来找过。现在可难说了。"也许时隔一年半载之后,连我也忘记了的,或者认为全无希望得到的书,他会突然从座旁的书架上取下一本递到你的手中:"这是您要找的书,我留起来了。"个别的时候,有你事先未能料到的书,他也为你留着。譬如卞之琳先生战前在琉璃厂刻过一部木版新诗集《音尘集》,宣纸、红墨印,外加黄缎函套,真是一件难得的艺术品。他虽然对"五四"以来的新文学书没有下过功夫,但因为是线装本,通过了他的手,还是为我留了下来。当然,定价要稍贵些。

老雷并非独厚于我。有一次,我在他座后的书架上,见到40年代初黄肃秋在北京出版的一本诗文集《寻梦者》,正是寒斋所无,他摇摇头说:"不能卖给你。这是前几个月作者来找的,我好容易给他找到了。"我当然不敢掠美,只求他以后留意,也替我找一本。可是到底没有消息。我非常尊敬老雷对读者的这种热情和负责的精神。我亲眼见过,外省外县来的陌生读者,因当地政府新修县志,特地到北京来寻访旧县志,他不怕辛苦地蹲书库,一一满足了对方的要求。还有和尚与道士来寻找佛道典籍,老雷亦能对答如流,令对方喜出望外,满载而归。尽管我有时去逛海王村,在他那里一本书也没有买到,与他聊上几句也受益匪浅。有一次谈到版本的差异,他说旧时琉璃厂的书商有昧着良心赚不义之财的,专门作伪,连专家学者也受骗。又一次谈起抗战前后,日本帝国主义分子长期在琉璃厂搜罗我善本书,有的卖旧书的奸商专门为日本人服务,整包整包地运到日本去,以致国内学者、专家还得跑到外国图书馆去借书、抄书。他说,只有解放以后,人民政府才断了奸商的这条路。我动员老雷把这些掌故写下来,借以教育那些只图获利、不顾民族利益的人。他嫌自己的文化低,怕写不好。后来,他还是写了如《古籍的东流》《古籍的回归》《记书估古书作伪》等短文,现已收入他写的《书林琐记》一书中。

正好在老雷逝世的一个月前,即去年9月26日,他写给我一封信,我不知这是否他的绝笔,或者他那时已经预感到自身有什么不测,信中说:"敬恳者,弟年事已高,有一桩大事与兄商量,即弟旧存之两卷经卷,想献于政府,未悉给哪个单位比较合适?根据咱们的生活情况,应该有什么要求,做的要圆满一些。我总想不好,敬恳吾兄在百忙中帮我拟个呈文草稿……"读了他的信,我很感动,在此商品大潮下,他首先想到的是把文物献给政府,而不是到什么地方去拍卖,得个大价钱,或是异想天开地找个海外出美金的阔人。所谓两卷经卷,可以参考他写的一篇散文《西城取经记》(见中外文化出版公司出版的拙编《书香集》)。那是在1948年国民党政府大崩溃的兵荒马乱中,他在北平西四北的悦古堂书坊,购得一卷北魏时写的《道行经》,另一卷是唐以前写的《妙法莲花经》。尽管卖家是熟人让了利,他一个卖旧书的还是咬紧牙关倾囊而出,才抢救下这两件文物。多年来他不想奇货可居,等个善价,而是默默地购来《魏书》,一字字地亲加校勘,做学问。真是老天不负苦心人,他惊奇地发现,自北宋靖康以来八百余年的一个讹误,竟然被历代学者忽略了。他把这一喜悦写进《西城取经记》,让我们与这个卖书人分享了快乐!

可惜我不会写呈文,更不会讲价钱,只好求助相关的朋友,立刻想到我熟悉的历史博物馆的文物专家史树青先生。史先生很高兴,并向我表示当此敦煌研究热中,老雷收藏的这两件文物十分珍贵,理应由国家来收藏。史先生还开列了博物馆两位负责人的名字,以便与老雷取得联系。我很快地将这一切函告老雷,并说国家一定会按照政策付给收藏者报酬。老雷在来信中不曾谈及自己生病的事,我怎么也想不到一个月后他竟然离开了这个世界。

稍后,我又有域外之行,匆匆上路了,也不知他的心愿到底完成了没有。

琉璃厂书肆培育了这位有教养的读书人。数十寒暑,清贫如故,爱书的心却没有变。好容易晚年有了新居,也享受了专家的待遇,他却去了。他对得起读者,也对得起滚滚而来、又一本本从这里散出去的书。他为这古老的书坊留下些什么?以后人们还会记得他吗?

一个卖旧书的老人悄悄地走了。

1995 年 8 月

从买书想起雷梦水

鲍世远

一日,经友人推荐赶往书店去购买一本好书,为图方便先找营业员,不料一问三不知,我几乎已面临失望边缘,但仍不灰心,多处寻找终于被我发现,失望即变欣喜。抱着好书,归途中忽然想起昔日北京琉璃厂、上海四马路的众多古旧书店。店主人满脸笑容,礼貌待客,即使你什么东西也不买。临走时他也送出门外,还说一声:"走好,下次再来。"

旧时,北京有一条约一里许的琉璃厂街道,开设着古旧书店、古玩铺和南纸店。其中有家"通学斋",书商孙耀卿,此人可不能小看。他熟悉版本目录,精通清代禁书。凭他多年识书的经验,写了一部《贩书偶记》,一版再版,大有名气。他曾与周树人、朱自清、郑振铎因为买书而结成朋友。还有一位书商名叫王晋卿,以对裱书和识别版本颇有研究而著称,他的著作是《文禄堂访书记》。这两位书商出身而成学问家的人,有藏书家曾写诗加以赞扬:"书目谁云出邵亭,书场老辈自编成。后来屈指胜蓝者,孙耀卿同王晋卿。"

几年后"通学斋"又出了个人才,他叫雷梦水。是孙耀卿的外甥。从他进店当学徒开始,为了熟悉业务,就靠勤学强记,"背书架"是主要课目。满目满架都是书籍,经史子集的书名、分类,什么书放在什么位置,都要做到心中有数,对答如流,这样,读者来找书、买书,同行来配书,就能做到"手到书来"。雷梦水利用买主与老板谈话之际,仔细倾听,记住书名,有空时再把所记内容写在本子上。日积月累,他懂得不少书卷。有一次,燕京大学容庚先生来买书,与老板谈到清人乐雨所著《校碑随笔》第一版手写石印本,在由上海书局出版时多了《续编》这件事,雷梦水一听,从容地把两卷《续编》找了出来,使容庚和老板大为惊喜。

雷梦水的学徒生涯是丰富多彩的,他结识了常到书店来买书的许多名人学者,如郑振铎、朱自清、吴组缃、余冠英、冯友兰、潘光旦、吕叔湘等等。他们既是雷梦水的读者,更是他的启蒙老师。有时候他给朱自清先生送书,朱自清热情地鼓励他写作,他认准目录学专业,有目的有计划地搜集资料,积几十年的努力,写出了《古书经眼录》、《书林琐记》等作品。凡是读过他的著作的人,无不赞赏他版本知识的丰富广博,对古书业务的熟识钻研。时代不同了,"雷梦水"还会有吗?

(选自《文汇读书周报》2000年3月4日)

我与旧书店

姜德明

我买的第一本书是什么,已经记不确切了,大概是一本小画册《鲁宾逊漂流记》吧。记得每逢春季,书店便到学校来设摊卖课外读物,而卖书的店员们则一律长袍马褂,像来参加什么典礼似的颇为隆重。此为平生接触贩书者始。半个多世纪过去了,贩书者的形象却记忆犹新。他们贩卖的是文化,人亦文质彬彬。

1950年夏,我移居燕市,因忙于工作、学习,东安市场的旧书店虽近在咫尺,却难得光顾。到了1956年风气有变,我又当了副刊编辑,才开始重温旧好,从此与旧书店更结下了不解之缘。说来也可怜,那时加上我从天津运来的旧书,"五四"以后的新文学版本,也不过是一书橱而已。当初进京时,不知怎么来的那股"左"劲,要跟一切旧物决裂,旧书旧刊全扔在天津了,害得我后来再一本本地补购,至今未能补齐。我主要是搜寻新文学的绝版书,在旧书店见过一些访书的名人,如廖承志、胡乔木、李一氓、邓拓等。常见的熟人则有阿英、唐弢、谢国桢、路工等藏书家。当然,也结识了几位老店员,加上叫不出名字的,见了面倒挺熟。我常向这些贩书者请教,他们摸了一辈子的旧书,谈起来头头是道,让人爱听。说句大话,他们过目的书,怕比一般大学教授见的还要多。当年嗜书的学人,哪一位没有结交过这样的书友?

来一趟书店,有时也未必能买到合心的书,但是能与贩书者聊聊也很开心,至少可以知道一点书林掌故,懂点买书的知识。你若想找一本较冷僻的书,只要向他们报个书名,他们马上就回答:"见过,见过……"即使手头没有,日后也许会在库房里给你折腾出来。你高兴得连连称谢,他会说:"货卖识家,这是我们应尽的义务。"您说,这生意做得有多文雅。

我总记着鲁迅先生对琉璃厂的贩书者怀有好感。他在怀念李大钊同志时,形容李的模样:"有些儒雅,有些质朴,也有些凡俗。"因此他说李既像文士、官吏,也像商人,而这样的商人只能在琉璃厂的旧书铺、笺纸店中才能找到。鲁迅在《野草》的《死后》里,又生动地描绘了琉璃厂送书上门的那些聪明能干的书铺小伙计。他们打开包袱,可以跟主顾滔滔不绝地谈什么明版的,嘉靖黑口本……劝你留下来。书是商品,卖书也是经商,可是这又是个特殊的行业。琉璃厂是个有文化传统的地方,也是个有书香魅力的所在,贩书者应该永远保持着身上的那种文气,应当把买书人视为书友。可千万别一问三不知,或是冷冰冰地报个书价,收钱,开票,然后就"拜拜"啦您哪!

四十年来,我的藏书绝大部分来自西单商场、东安市场,什么隆福寺、国子监、琉璃厂、灯市口……都留下了我的足迹,这种情分我是忘不掉的。说句实话,有时做梦还在店里挑书,而且还是多年不见、正在找的一些版本,尽管醒来空空,觉得做这样的梦也挺好。

(选自《梦书怀人录》,汉语大词典出版社1996年版)

记郭石麒

黄 裳

文化人的范围可大可小。通常作家、画家、演员(今称表演艺术家)……才被看做文化人,似乎是狭义的看法。其实凡从事有关文化事业的都无妨视为文化人。这里,我想记下几位从事旧书行业的老人,大概也可以说是题中应有之义。经营通学斋数十年,撰成《贩书偶记》等著作的孙殿起,不就是与学术界交往甚密,对保存、流通古籍大有贡献,被看做学者的吗?50年代初也曾与孙先生相识,多次在他的店里闲话,从他手里买到过梁启超在日本印的《人境庐诗草》和姚大荣的《马阁老洗冤录》,可是到底相知甚浅,没有多少值得记述的。在上海买书十年,相熟的书店不少,其中颇有几位各有特点的书友,事后追忆,颇有记述的价值,不但是书林掌故,他们的工作,对保存文化的贡献,也是难以忘记的。

我首先记起的是郭石麒。据说过去有一位藏书家,因为收书,当然免不了要与书坊中人打交道。对来往熟悉,有如朋友的称之为"书友";对那些惟利是图,手段恶劣,虽然因为买书终于不能断绝来往,但在提起来时总不免悻悻地称之为"书贾"。这位藏书家的想法是可以理解、也值得同情的。但郭君就绝对不是可厌的书商。虽然他也靠贩书博得蝇头微利、养家糊口,却是循循有如读书人的人。他经营过中国书店,在旧书业中很有地位,他的鉴别能力高,同业中有拿不准的版本问题总是要请教他。解放前后,中国书店停业,他在汉口路开了一家汉学书店,资本是由郑西谛等几位凑集的。书店的营业状况并不好,没有好久就歇业了,这以后就一直以行商姿态出现,从藏书人手里取得书籍,又卖给买书人。他认识的藏书家多,信誉又好,所以常常有好书过手。记得宋本《渭南文集》,即陆氏家刻,游字缺笔的本子,已经湮没了多少年,不知下落,只潘氏的《云烟过眼录》曾有著录,说是在费圮怀家。郭君正是从费家搜得,转归徐伯郊、陈澄中,现在藏在北京图书馆中的。

  书商总是保守着业务秘密,往往不肯说出书的来路,更不必说藏书家的下落。但郭君不是这样,他曾带我到过王绶珊(九峰旧庐)、徐乃昌、张佩伦家,偶买数书,他也不取居间的手续费。记得解放初结一庐的藏书卖给旧纸铺,他带我去看时,《涧于日记》等张氏家刻堆集如山,却无一种旧本。他还是不惮烦地选出了几种有朱氏藏印的清刻本给我。这是结一庐书散出之始,其后宋本《花间集》等先后上市,则是由来青阁经手的了。

  他知道我虽爱书而无力,有些书虽先拿给我看,但最后还是不能不放弃。周越然藏的戏曲书,由他取出了一大批,后来归了总政文化部,大半是清刻本。后来拿来周家藏书万历富春堂刻曲四种,价极昂,我自然买不起,这以后凡是有这类行时的书就不给我看了。他曾收得祁氏澹生堂藏明代登科录一叠,都归了图书馆,只留下了一本崇祯刻恩贡齿录给我,因为这是祁骏佳中式的一本,其中有骏佳的履历,可为追寻祁氏家世的参考。

从他手里买书,从来不必还价。也不必担心本子的完缺、版刻的迟早,这些他都是当面交代清楚,完全可以信赖的。而且从来不因书好而索高价。只记得有一次,他拿来了李因的《竹笑轩吟草》三集,说非多少不卖。其实也不是怎样了不得的高价。此书图书馆中也有,但只初二集,没有三集。后来赵万里看到,高兴得很,取出笔记本记行款序目而去。这其实只不过是康熙刻本,但他却能加以识拔,可见其品位之高。

又有一次他拿来一册旧抄本《张大家兰雪集》,我买归细看,知道是鲍以文的手校本。第二天告诉他,他笑笑说"老鬼失匹"了。一次在一家书店的一大堆破书中选书,他也在,我选得卧云山房抄本《史记摘丽》七册,中缺一册,久搜不得,第二天他又去选书,终于找到了那缺失的一册交给我,使我高兴了好半日。小绿天孙氏藏书散出,我去看了好几次。发现其中有一册余淡心的诗集,这是清初汲古阁刻本,共三种,与《金陵览古》(淡心儿子宾硕著)合订一册,也是由他检出,辗转到了我的手中的。虞山沈氏书散,多通常册籍,他检选得到张宗子手稿《琅嬛文集》,是八千卷楼藏书,没有转入江南图书馆的,也给了我。这都是不易忘的求书往事。

解放初期,江南土改,故家藏书多遭斥卖,几乎论斤而出。

山阴祁氏澹生堂藏书余烬，由子孙深藏密锁几三百年，也沦入旧纸铺。石麒最早于杭州书肆见澹生堂抄本一叠，曾取来见示，这就是祁氏的稿本《两浙古今著述考》，索价甚昂。后来知道这是从绍兴梅市祁家流出的，就亲自赶往绍兴，果然发现旧纸商人手中有大量远山堂（祁彪佳）抄本书，就拿了样本给我看，我以高于当时市价几倍的每册十元的书价，请他尽力搜集，以免论斤化为纸浆，这以后就陆续收到祁氏家集若干种，因为数量过巨，力不能举，就写信告诉西谛，由北京图书馆陆续收购，其中有祁彪佳稿本《东事始末》、《万历大政汇编》等。后者最初取得的只是残本，后来石麒又得到缺失的两册，也无偿给了图书馆，得以配全。我从他手中买得的有祁彪佳的稿本《曲品》、《剧品》等小册，整理重印后原本也持赠北京图书馆。这次山阴祁氏遗书的重视，可以算作一次非常重要的收获。最后由北京图书馆全部取去，其全目著录于馆藏善本目中。也有畸零小种为浙江图书馆所得。澹生堂四世藏书，自清初黄宗羲、吕留良捆载而去的一大批外，这次算是找到了最终的归宿。郭石麒在抢救收集过程中，是有不小的贡献的。

郑西谛解放后注重书画著录的研究，曾请石麒代为收集有关书籍，曾屡屡于藏书记中提到。后来石麒病废，不再能访书，生计窘迫，西谛更介绍他任上海古籍书店的顾问，直至病逝，其时当在1956年。久想写小文以为纪念，至今始得匆匆着笔，距石麒弃世也已三十年矣。

记徐绍樵

黄 裳

四十年前开始买旧书,每天总要到书店去走走,这样就认识了不少书友。好像从什么地方看到过,有一位藏书家对有来往的书商区别对待的,谈得来的就称之为书友,至于那些喜欢玩花样作风不老实的就嫌恶地称之为书商。周越然于1942年10月14日所撰《余之购书经验》中说:"'书估'者,售书人也,恶名也,另有美名曰'书友'。黄荛圃题识中两名并用,但有辨别。得意时呼以美名,爱之也;失意之时,则以恶名称之,贱之也。本篇通用'书估',以括全体,无尊之之意,亦无恨之之心……"我觉得似乎也不必如此。商人以获利为第一目的,当然不能要求他们没有商人的习性,虽然作风各各不同,但总是经营着文化事业的人物,正不妨一概称之为书友。几十年过去,这些旧相识已大半不在人间。有时翻看旧书往往会记起当日得书的往事,而这又离不开过手的书店与书商。他们都是见多识广的,多年来典籍的流散都离不开这些中间人。如果他们能将贩书经验记载下来,正是难得的文化史资料。我曾对几位书友提出过这样的建议,可惜没有谁肯接受。否则像《琉璃厂书肆记》那样的笔记是不难留下几部的。没有法,有时就想自己动手,虽然不能完整,多少也可以留下一些片段的记录,也许不是毫无意义的事。

离开我工作的地方最近的是四马路河南路口的传薪书店。几乎每天中午总要走进去看看的。主人徐绍樵,江北人,是一个大胖子,给我留下的是赤了膊拿着一把芭蕉扇在店堂里走来走去的印象。这家店只有一个开间门面,左右两排书架,摆满了旧书,中间是一条长案,也堆满了零乱的书册,大抵是些晚近常见的本子。不过有时也能找到有意思的零本书。我的一本康熙刻彭鹏的《中藏集》就是在这里发现的。彭鹏就是小说《彭公案》里的彭公,书里汇辑了他在三河县当县官时的几种政书,中间有皇帝召见时的对话,是难得的实录。我从这里找到了不少材料,后来写成《公案剧杂谈》一文。绍樵是不大懂得版本的,却有本领找到好书。他是江北人,常能从苏北买到大批旧书。他与郑振铎相熟,西谛的书跋中常提到他,他为西谛买到过《十竹斋笺谱》和《石仓诗选》,都是从淮上访得的。同是出于扬州的一本元刻《宋史岳飞传·岳忠武王庙名贤诗》,也是从他那里看到的,是小山堂·安乐堂·鲍以文的藏书。这无疑是元刻,但卷尾有己卯重集一行,这是建文元年,原书后有旧人跋,曾就此提出质疑,这跋就被他撤下来了。我对他说,建文刻本的稀见更甚于元刻,终于要他找出来重订在书后。这是他玩手法少有的一次。当然,索价高是自然的,为之筹集书款,多方设法之后还找张慧剑预支了一笔稿费,才得凑齐。至于指天誓日说他的书来价如何之高,则是常见的。他常用的一句誓词是"给路上驾过的电车轧死"。因为几乎成了口头语,当然也就不起什么作用了。

解放前夕,我还从他手中买到过一些残本,都出了重价。据他说,那些头本都送到郑西谛那里去了,而郑则已离沪北行。我想这也并不全是假话,但解放后也没有机会向西谛探问,有许多好书就这样被分割,终于毁失了。这是古书水火兵虫之外的另一"劫"。有一部《潜夫论》,大版旧刻,只存其半,是焦里堂的旧藏本。他说书出宝应故家,还有两本没有找出,答应我一定能够补全,但到今天这本书仍是残本。后来曾给徐森玉先生看过,说是元刻大字本,查旧目,此书有金刻本,大题下只题"王符"二家,行款俱合,可惜卷首一册失去,终于不能断定刻于何时。

最值得纪念的是从他手里得到的张宗子三书。康熙凤嬉堂原刻本《西湖梦寻》,道光王见大刻《梦忆》和稿本《史阙》。后者是用黑格纸写成的,剪贴成册,年代已久,多有脱粘,后来请曹有福君重为装池,居然整旧如新,曾取道光刻对读,知道即从稿本翻出。这几种书几乎是同时所得,据绍樵说出自桐庐山中,不知道确否。后来知道他是从交通路的旧书摊上买得的。不论如何,这三种书极有可能同出一源,多半是张氏子孙世守之物。《梦寻》极罕见,西谛曾到家里看书,见此大为称赏,为之雀跃,后来重印《劫中得书记》还特别提到此书。

绍樵与藏书家相熟,能从他们手中取得好书,像周越然、周由堇、九峰旧庐……都是,九峰王氏的书,身后分给后人,五六十年代分几批散出,绍樵买得过两三笔,大部是清刻,间有明本,曾见有明活字本《白氏长庆集》残卷,有一叠之多,由孙实君买去。我也选得多种,最可喜的是康熙刻《楝亭集》,桃花纸印。访书多年,所得只是几种残卷,这次才算得到全书。最后一次王氏书出,三册红格抄底本《九峰旧庐藏书目》也一起挟来,绍樵以之相赠。这是当日收书的底簿,不但记书名、版本、册数,还记有买价,王绶珊买傅增湘的一批书,买常熟瞿氏的几种宋本,一一见于此目,这三本书目"文革"中被抄没,至今不曾发还,不知道仍在图书馆中否?实在是珍贵的藏书史料,值得复印的。

绍樵曾买书于硖石,是徐志摩的父亲紫来阁藏书。1957年春所得一批书虽然都是清刻本,但大抵是罕见难求之物,几乎每册都有吴兔床、陈仲鱼的收藏印记、手迹。绍樵说,乡下还有吴兔床嫁女的奁赠书几箱可得。但后来并无消息。这批硖石所出的书听说还有宋书棚本王建诗和闵刻附精图本曲本,不过我不曾见到,大抵绍樵以为这种高价的精品不是我力所能得,所以未曾出以见示,我还在他店里看到过嘉靖通津草堂本《论衡》,钱牧斋墨笔批校几满;嘉靖本《樊川文集》,有何义门题记,不敢问价,随即他售了。但绍樵也有失眼的时候,一次他从旧家买来一批书,把较好的部分藏在小楼上,而将通常本堆在楼梯底下。我从这堆破烂中发现了一部王昶的《春融堂集》,书是嘉庆刻,却是吴兔床藏书,陈仲鱼有朱笔批,兔床在书前有题词一阕,即《万花渔唱》中所收,绍樵不以为重,遂得以平值买得,这也是收书以来的得意事。

绍樵后以中风病废,公私合营以后传薪书店变成古籍书店的廉价部,荒秽特甚,每次走过,不禁感慨系之。我最后从他手里买到汪喜孙的《孤儿编》,初印阔大。又得崇祯刻顾杲的诗集。不久,绍樵到古籍书店工作,他的任务是为收进的旧书定价。也许是精神不济,或鉴别力不高,每每书价定得偏低,常常受到孙实君的呵斥,郁郁不得志,未几下世。

每逢春节,传薪书店照例上了门板,贴一副红纸春联,走过时看到,上联是"传书恨无秦前本",下联忘记了,但第一字总是嵌个"薪"字的,觉得徐绍樵这个人是很有意思的。

记传薪书店

黄永年

在 1993 年《书城》杂志第二期上看过黄裳的《记徐绍樵》,认为写得好,希望能继续写下去。因为上海经营线装古籍的旧书店确曾热闹过几十年,旧事之多初不减于北京琉璃厂,而黄裳先生是顾客中识货的行家,50 年代前期上海旧书业公认的三个"真买书者"之一。可不知怎么以后再没有在《书城》杂志上看到他这方面的文章。而这些旧事呢,再不写就有失传的危险,于是不揣谫陋,让我这个当年在"真买书者"中叨陪末座之人也来写点什么吧!尽管有不少好书未能买归寒斋,买得的在倒运时也多已易米,说来不无云烟过眼、前尘梦影之感。

黄裳所记的徐绍樵是传薪书店店主,店的开设据周越然《书书书》说是在抗战之初。此话不错,郑振铎《劫中得书记》里就多次讲到从传薪书店徐绍樵手里购买《十竹斋笺谱》等善本书。我在 1940 年到苏州中学沪校读高中时,也在福州路开明书店邻近见到这家专卖线装古籍的店铺。因为穷,只进去买过一二部《四部丛刊》小零种。抗战胜利读复旦大学时也往往过其门而不入。

常去买线装古籍的旧书店是在解放初参加工作以后。这时的传薪书店还是老样子,一开间门面,两边高至屋顶的书架塞满书,书架底下桌子上也是书,房子中间一长条似是用门板搁起来的上面还是书,自然都是线装古籍绝无铅印洋装。其脏且乱则好像从未清扫整理过,但好书可真多。记得这中间一长条上在1952年上半年就堆过一排明嘉靖本白棉纸书,有闻人铨本《旧唐书》、汪文盛本《后汉书》、顾从德本《黄帝内经》、赵府居敬堂本《内经》、《灵枢经》,这都已够进入北图善本书目的资格,还有闻人铨刻的《周礼注疏》和白棉纸黑口赵体字的《四子真经》,更是少见著录的珍品。价钱也很便宜,除《旧唐书》部头大要得稍多一些,其余都不过几元钱(当时用旧人民币叫几万)。无奈当时是供给制(继改包干制),仍无力多购。至于两边桌子上的好东西就更多了,还不停地售出收进新陈代谢。1950年我就在左边桌子上花二元钱买了部翁方纲手批的卢刻《经典释文》,稍后可说的是一部装在小木箱里的《韩昌黎集》明东雅堂本。这个本子当时还不算太稀见,可这是部白皮纸精印大本,而且干净得连图章都不曾盖过,当时错过未买,以后再没有见到这么可爱的《韩集》。右边呢,出现过一部旧抄本《恬裕斋书目》,是《铁琴铜剑楼书目》的原稿,还经劳格用蝇头小楷批注过。这大概是1953年前后的事情了,正好前不久我在来青阁买了一部劳校的《笠泽丛书》,心想有它做个样子也可以了,没有再把它买下。后来不知此书有没有进上海图书馆的善本库,但愿能进去。

1952年下半年起我改为薪给,一个月八十四元,而当时食堂里每顿吃好菜一月不过十五元,这样去旧书店的次数自然多一些,成了传薪书店的熟客。店里有个学徒,但不懂行又不想学,店主徐绍樵是个事必躬亲的主要劳动力,于是也成为我相熟的书友。此公是个苏北籍的大胖子,是否如黄裳所说夏天赤着膊我已记不清,但衣冠不整一副邋遢相则是无疑的。只有一点颇讲究,即香烟必抽当时最高价的牡丹牌(大中华烟当时好像专供高干不卖门市)。彼时我已抽上烟,每次去他必敬上一支,同时闲聊几句。论文化水平他当然不高(当时干这旧书业一般都是学徒出身,连中学都未读过),收书却真有本领。记得我在店里看到一册《少室山房笔丛》的头本,有清初梁蕉林的藏印,想要,他说你过几天再来,过几天我去买到的一部却是法梧门的藏书了,原来前一部梁藏的已有买主,他有本领另给我弄来一部。不过记忆中他弄来的好书还是白棉纸嘉靖本居多,除前面提过的,还有祝銮刻《渊颖集》、顾从义刻大字本《法帖释文考异》、野竹斋刻《韩诗外传》、傅钥刻《白虎通》、蔡宗尧刻《孔丛子》等好多种。有一次龙榆生师要找高适、岑参的集子,我就到这里买了部嘉靖白棉纸的东壁图书本《唐十二家诗》送他,当时买部这样的嘉靖本实在是件轻而易举的事情。嘉靖本以外在记忆中的,还有明活字印《太平御览》残本,明活字印《蔡中郎集》的明翻本,群碧楼旧藏明黑口白棉纸本《东坡四六》,明万历本《海录碎事》,乾嘉学人焦循抄读的八股文,还曾代顾颉刚师买过日本尾张刻《群书治要》的原装本。最可惜的是一部汲古阁刻大版《说文解字》未买。此书的后印剜改本向来不值钱,所以这一部也被丢到角落里,连洒金纸的封面都被撕下来另作他用,其实从装潢和白纸佳印来看,很可能是难得的未剜改本。只恨当时好书太多,对此也就顾不上了。

徐绍樵此公还颇守过去旧书业的道义,有些地方很够朋友。有一次,他拿出一大叠竹纸毛订的小本子,问我有没有用?我一看,原来是清嘉道时藏书家倪模的《经锄堂书目》手稿。过去只知道倪模有个《江上云林阁书目》,有刻本也极少见,这部写成提要的《经锄堂书目》更是一向无人知悉的孤本秘籍。于是我说"当然有用",他说"有用你就拿去吧",我说"总得付点钱",给了三元。点一下二十八本,有点缺,他说"收进来不缺,黄先生你先拿去,我再找"。过不久他找了一本给我,以后又找出三本把书凑齐了,再没有要过一分钱。

店的上边是层小楼,楼上也放着书。我记得上去过两次。一次是晚上,看了好久没有可买的,有部弘治黑口本的《陶学士集》也不吸引人。这时上海旧书业中资格最老的修文堂孙实君也来了,挑了一册万历沈弘正刻本《小字录》。这书我也注意到,只因不是明活字本不想要,孙说:"你黄先生不要,我就买了。"当时大书店去小书店挑书是常事。还有一次在楼上新收的书里看了两部嘉靖本,一部通津草堂本《论衡》,杨守敬旧藏,可惜有缺页抄补。我买了另一部钱应龙本《白氏长庆集》,金镶玉四大套,缺点是黄棉纸印,"文革"末尾卖给了上海古籍书店。

宋本书我在"传薪"见过一次。时在1956年初全行业"公私合营"前夕,是一只大书箱里装着的《通鉴纪事本末》,南宋宝祐刻大字本。此书书版明初尚在南京国子监，所以后印本还不太难得，同时广东路古玩商场里就有一部要价只五十元。可这部是棉纸早印，洁净悦目，徐绍樵要价二百元，实在不算贵。但其时我将移家西安，已嫌书物多且累赘，不想再买大部头书，就开玩笑要打对折，徐说"太少了，加点吧"，我就是不加。现在回想起来自然后悔不迭。

和徐绍樵打交道的事情就想起了这些。此外有件可说的事情，即我在"传薪"以及别的书店里始终未和黄裳先生碰上过，这也可说是无缘吧！当然我更不会去妄攀同宗，因为我知道"黄裳"只是他的笔名，他尊姓容，应称容先生而不能曰黄先生也。

1997年6月10日

（选自《学苑零拾》，黄永年著，华东师范大学出版社2001年1月版）

魏隐儒和他的《中国古籍印刷史》

慕 湘

人类自有文字以来,在长期生产斗争和阶级斗争中所发挥之智慧及取得之经验,记录成书,积之既久,便形成一个国家民族之文化遗产和传统。我中华民族具有数千年灿烂文化之历史,拥有不可数计之典籍文献,此所以我国能在世界称文明古国之一因也。

但揆之史籍,历代经籍艺文志所录诸书,几乎多数有目无书。究其原因,其一为封建王朝之禁毁,上自秦始皇之焚书,隋炀帝之禁纬,下至明清之文字狱;又有历代佞臣如宋之、蔡京、秦桧等之毁书;凡与帝王佞臣有碍之书,几于毁灭殆尽。其二为兵祸破坏,项羽烧秦宫,《典》《坟》荡然;董卓移都,帛卷连为帏幄,制为滕囊;永嘉之乱,汉儒经说失传;梁元帝江陵之败,一日尽焚其书;近如民国军阀混战,日帝侵华,战火所及,典籍文献霎时化为灰烬。至于毁于水火天灾者,亦屡见不鲜。近百年来又有帝国主义之掠夺盗窃,《永乐大典》几于乌有,敦煌古卷半数流于海外。书中之灾祸多矣哉!尤其诸家杂说,稗官野史,词曲小说,长期遭受摧残,至今平话、院本、诸宫调存者寥若晨星。故清人张海鹏"尝慨古今载籍几经厄劫,历观史志所载及藏弆家所著录者百无一二"。此乃千古痛心事,莫奈之何！亦社会进程中不可避免之必然现象也。

今所存者,多赖历代编纂之丛书、类书。上自孔子编删之《五经》,以至梁之《昭明文选》,宋之《太平御览》、《太平广记》、《文苑英华》、《册府元龟》,明之《永乐大典》,清之《古今图书集成》、《四库全书》,以及《释藏》、《道藏》等,一旦汇成巨型官书,其生命力则胜于零编散简。故鲁迅最初编写《中国小说史略》,古佚小说得以钩沉于《太平广记》也。

综观历代文献,宋元以前,佚者已不可复见。偶有发现,直同奇迹。而明清人著作,因时代较近,还时有发现。尤其清人著作近年尚有大量流传。所可憾者,自乾隆编纂四库迄今二百余年间,正是中国封建社会转向资本主义社会之大变动时代,历经鸦片战争、太平天国、戊戌政变、辛亥革命等一系列重大历史事件,长期闭关自守的固有文化受到西方文化之冲击,社会思潮日趋变化,形诸文字者卷帙浩瀚。然而这一时代的文献非但从无通盘整理,即资料搜集也未重视,甚至至今无一完整书目。公私藏书者多着眼于宋元明版,清代则乾嘉以上尚差强人意,至于同光以下之刻本,书肆低价收售,视同冷货。孰料一旦林贼江妖祸起,古今典籍罪曰"四旧",公藏私藏或抄劫或自毁,废品站为书籍集中地,书籍为再生纸之原料。一时毁书之风,广泛深入,遍及全国。从此私家藏书几乎灭绝殆尽。1973年冬我曾去宁波访天一阁,据闻宁波一地数日之间即毁掉线装古书八万公斤。人间痛心事,孰有过于此者!徒令人回肠而气短也。

另外乾隆编纂时之大量禁毁书,自晚清文禁松弛以来,直至今日,禁书时有发现。只清末民初国学扶轮社等有过零星翻印,孙殿起《贩书偶记》中有某些书目著录,至今亦未通盘汇集整理。作为后人,实在愧对那些作者和藏者,愧对那些当年为了反清复明曾经毁家纾难流血牺牲的可歌可泣的作者,愧对那些冒杀身灭门株连九族之祸而不惧的勇敢收藏者。

古籍之搜集,主要依靠古旧书店。古旧书店非一般商业,其职能乃流通文化、普及文化,更重要的是发掘文化遗产。昔时青年学子课余之暇,以伙食余钱可购得旧书数本,读完还可卖出另购数本。即无钱者亦可在书摊前翻看终日,不受干涉。许多前辈人之知识学问得之于书店者,不亚于学校教育。著名文人学士如鲁迅、郑振铎、阿英等,翻阅其日记,莫不经常出入旧书肆,以逛旧书店为乐事。其学术研究成果,多得力于旧书店。而久佚秘本珍籍之发现,亦全赖书肆中人勤于搜求,精于鉴定。所以古旧书店实为继承与发展文化事业不可缺少之机构。但经过这次举世旷闻的林贼江妖之蹂躏,古旧书店已濒于奄奄一息,只京沪等大城市尚能以旧存维持内部营业。以北京为例,当年琉璃厂、隆福寺、东安市场、西单商场书肆林立,国营后虽只中国书店一家,但规模宏大,书籍集中,琳琅满架,奇书秘籍时有发现,形成一时盛况。如今求货无源,规模日渐缩减。衰落之象,徒令关心祖国文化遗产者扼腕兴叹也。

这本《中国古籍印刷史》出版于林贼江妖劫后之今日,实有其特殊重要之价值。数典不可忘祖,继往始能开来,一事一物各有其历史发展之规律,继承传统,首先要通晓历史。此书乃书之历史,上自甲骨、吉金、竹帛、石刻,以至木版雕印,一一追源溯始,考其发展之渊源,阐其嬗递之因果。重点则在讲述雕版史,从纸的发明,雕版的发明,以至活字的发明。条分缕析历代雕版业之兴衰,官刻、家刻、坊刻之得失,以及泥活字、铜活字、木活字之时起时落,饾板、拱花、套印之一度兴起。不但述其源流条理分明,而且穿插以雕书掌故、书林佳话。列举历朝雕书家、藏书家及其所雕所藏之善本佳椠与刻工名录。涉及目录学、版本学、考据学、校勘学多方面之知识。亦且文笔通俗流畅,娓娓而谈,饶有意趣。虽述古而不觉其奥秘,说史而首尾贯通。所以这不仅是一部雕版书的历史,而且也是从书的角度概括中国古文化发展史之一个侧面,是书林故老相传多年积聚的丰富经验之科学总结。从继承古文化遗产来说,这是一部入门的好书。

作者供职中国书店多年,所见者多,所识者广。每访得珍籍善本,辄反复探讨,翻检前人著录,求教书林故老,察其优劣,辨其真伪。而且勤于积聚资料。我曾见其将历年经手经眼之善本秘籍辑录成《书林掇英》和《中国共产党秘密书刊目录》手稿,对一书之行款特征,甚至序言藏章,著录不厌其详。然而作者并不满足于辑录书目,现又将其广博见闻,升华为一部《中国古籍印刷史》。此书之出版,对今后整理古籍、保存古籍、研究古籍,以及普及对古籍的知识,将大有裨益。

我尝谓非作者其人,不能成此书,即使治学专家无其如许广见闻也,亦无其日积月累之勤苦功力也。非中国书店之大规模国营企业之客观条件,亦不能成此书,往昔分散经营时代,无集中如此大量古籍之可能也。非解放后古书一度繁荣之特定时代环境,亦不能成此书,此以前在国民党黑暗统治下,谋生不暇,焉有可能做此与谋生无益之事;此以后则书源枯竭,亦无再集中大量珍本秘籍之可能矣。

1978年春节作者持手稿就商于我,谫陋似我者乌能置一词,拜读之下大受教益。其乐直不啻当年逛书肆得奇书之乐也。今作者索序,拉杂书来,谨以代序。

1979年11月27日

卖书人徐元勋

辛德勇

徐元勋是中国书店一位卖古旧书的老师傅,已经去世了。当得知他去世的消息,就想写一点东西。在我的眼里,他就是清人李文藻在《琉璃厂书肆记》里提到的那种"颇深于书"的卖书人。

我买旧本古籍起步很晚,是1992年调到北京工作以后的事情。当时我住在北大附近,海淀中国书店的古籍业务恰在这时重新开张,徐师傅被经理梁永进从琉璃厂大库请来,负责经管古籍。由于来往近便,那一时期我竟把逛海淀中国书店当作了日常的消遣。也就是在这时,我正式开始试探着买一点古籍,并很快熟悉了徐元勋师傅。

王钟翰先生在《北京厂肆访书记》一文中曾经写到:"厂肆书贾,非南宫即冀州,以视昔年之多为江南人者,风气迥乎不同。重行规,尚义气,目能鉴别,心有轻重。"王先生这篇文章写在1950年,说的是解放前三四十年间的情况。徐师傅确切的籍贯我说不清楚,但肯定是河北南宫、冀州一带人则没有疑问,并且也是解放前在琉璃厂学徒出身,其乡前辈"重行规,尚义气,目能鉴别,心有轻重"这些特点,在他身上都有所继承和体现。

卖古书的人从业时间久了,单纯搞搞版刻鉴别,做到"目能鉴别,心知轻重",应该说并不算难,特别是现在宋元乃至明初版本都很少见,日常经手的大多是明嘉靖以降的版本,鉴别起来尤其没有多大难度。难的是分辨学术流别,了解古籍的文献价值和学术价值,过去孙殿起、雷梦水辈优长于普通书商的地方正是在这一点上。卖书的人不比做学问的人,懂得什么书有学术价值是不必写文章宣扬的,他手中衡量价值的尺度就是价格,通过价格来体现书的价值。

记得大约是在1993年,我在海淀中国书店徐师傅那里见到一部乾嘉间原刻本清孙志祖著《家语疏证》,书仅一册,却标价高达八十元。八十元在今天固然不足道。但是当时像这样一本普通方体字清刻本,在北京往贵里说一般只是二三十元一册,八十元是普通明末刻本的价格;我在这前后也是在他那里买下的大名鼎鼎的康熙原版林吉人写刻《渔洋精华录》,一套四册,也不过八十元而已。除了徐元勋师傅,恐怕很少有人能给《家语疏证》定出这样高的价格,然而这却自有他的道理。《家语疏证》乃是孙志祖辨明审定《孔子家语》为伪书的辨伪名著,其对于《孔子家语》之价值,犹如阎若璩《古文尚书疏证》之于伪古文《尚书》,为研治古代学术史者所必读。而此原刻本流传稀少,并不多见,我曾核对过几家图书馆收藏的所谓原刻本,其实都是后来的翻刻本。当时我初涉此道,弄不明白他何以会定出如此高价。直到大半年后业师黄永年先生来京,命我陪侍到店里看书,一看此本大叫好书,当即指点我将其收入寒舍(此书后来因永年师以赏赐黄丕烈代古倪园沈氏刻《四妇人集》而索敝藏道光陆建瀛木犀香馆刻本《尔雅义疏》,我便一并把此书也奉呈业师藏弄,被永年师收入所纂《清代版本图录》),我这才明白个中道理。

这次陪侍永年师访书,永年师在徐师傅那里买下了一部日本东方文化学院在20世纪30年代用珂罗版影印的高丽藏本《大唐西域求法高僧传》。此书一套四册,徐师傅定价二百四十元,而当时买一部部头相当的普通明末刻本,如南监本和汲古阁刻《宋书》、《南齐书》、《梁书》、《陈书》、《周书》之类,价格也不过如此。书上架已近一年,却始终无人问津。一次我对他说,这书不过是一部影印本,标价未免太高,恐怕很难卖出去。徐师傅则笑笑说,这书你不懂,你老师懂,是本好书,很难得的。果然永年师一见即满脸欢喜,收入囊中,并告诉我说,这是传世《大唐西域求法高僧传》最好的一个版本,当时印行不多,传入中国的更是寥寥无几,对于研究中外交通史和唐代历史来说,都是难得的佳本,不能因为是影印本而等闲视之。后来我有机会到日本东京访书,前后跑过不下二百家旧书店,也始终没有见到此书,可知确是难得一遇,心中对徐元勋师傅和黄永年先生不能不愈加叹服。

有了这样一次经历之后,我就常主动向徐元勋师傅讨教,从他那里学到许多版本目录学知识。后来国家给古旧书从业人员评定职称,徐元勋师傅成为全国为数不多的获得高级职称者之一,他很高兴地向我讲述了评定结果。以他在古籍版本目录方面的学识,这当然是受之无愧的。

徐元勋师傅在海淀中国书店是给国营店当伙计,替公家经管书,这与过去个人开书铺性质完全不同,不宜随便自做主张,因此不好按过去的标准看待他对顾客是不是很讲"义气"。我经济能力有限,买的书很少,且都是人家拣剩不要的滞销货,所以虽然和徐师傅很熟,却没必要让他给我预留什么好书。不过据我所知,他对有需要的老顾客和朋友,确是常常会预留出所需要的书籍的。徐师傅给我的帮助,主要是帮助我调换过几次书籍,尽管送给书店的书籍价格要远远超过换回的书籍,书店是有得无失,而我得到了自己更喜欢或者是更有用的书籍,还是要感谢徐师傅体谅读书人的情谊。如我所得清人曾燠《赏雨茅屋诗集》的嘉庆九年初刻八卷本,虽然定价仅三百元,但当时还是苦于手边无钱,便用旧存康熙刻本《容斋随笔》与之易得。对于书店来说,《容斋随笔》要远比《赏雨茅屋诗集》好卖,且能卖上更好的价钱;而对于我来说,不仅通行的后刻二十二卷本《赏雨茅屋诗集》与此初刻本不同,紧接着此本之后在嘉庆十五年编刻的第二次刊本,就刊落了初刻本中的许多内容,此初刻本具有独特的文献学价值,且流传不多,得到了自然很是高兴。其实对读者的"义气"不一定是具体提供什么方便,更重要的是一种相互理解与沟通的情谊。我虽然常去看书,而且总是把书架从上到下,一翻到底,最后却很少买书,可他从不厌烦,总是笑着和我闲聊,出去上厕所或办事时还经常让我帮助照看门面,这种尊重和信任,使人温暖,也就更加愿意到店里看书。现在我能多少粗知一点古籍版本的皮毛知识,首先是要感谢业师黄永年先生的教授指点,另一方面就是得益于这几年在北京书肆上浏览古籍摸索出的实践经验。徐师傅主管海淀中国书店古籍业务期间,为我浏览古书提供了十分惬意的环境。

徐师傅体谅和尊重读者,还体现为注意遵守执业的规矩。所谓"行规",对读者主要是要讲信用,不能随意胡来。读者看到想要的书,让店里先单留出来,过些日子或交钱来取,或改变主意不要,由读者随意决定,这是经营古旧书的老规矩。不管是谁留书,徐师傅对此均一律恪守不爽。说到这里,我不禁想起前些年琉璃厂某书店有一位管古书的仁公,读者一留下什么书他就把书藏起来或另行卖给别人,不仅毫无信义可言,简直匪夷所思,不知是何心肠。相比之下,也就显出了人品的高下。一次我在徐师傅那里找到两册清末黎庶昌手写的《国朝名家诗选》,徐师傅一看定价仅三百元,连连说是别人帮助上架,搞错了书价。这是一批徐师傅和梁经理在四川刚刚收来的书籍,收书时徐师傅就盯上了这本书,准备卖个好价钱,不料被我拣了个便宜。尽管心里很是遗憾,但照规矩既然已经标价上架,也就只能忍痛出售,徐师傅还是按规矩把它卖给了我。

在海淀中国书店工作几年之后,不知是因为年龄大了,还是其他什么原因,徐元勋师傅退休了。退休后徐师傅曾在什刹海边的荷花市场开过一家旧书店,我到店里去看过他一次,他送了我一部清末什么人的诗集。这书本无关紧要,可他的生意经营得并不好,送我一部书,也是很珍重的情谊。这也是前面所说的古旧书业崇尚"义气"传统在他身上的表现。没退休时是给公家做事,当然不好拿东西随便送人。记得他书店的店名好像就是承用李文藻《琉璃厂书肆记》中提到过的陶氏"五柳居"。不过他这家店没经营多久就关门歇业了,此后则在家中收售一些古籍,偶尔也被一些书店请去临时帮助做做价。

徐师傅喜欢喝一点儿酒,而酒量似乎不大。在海淀工作时,南京图书馆的版本权威沈燮元先生正住在北京图书馆编纂《中国古籍善本书目》,一个人住在北京,闲暇时常到书店里来消磨时光。徐师傅便时或与沈先生相聚小酌,面红耳赤地共忆书林盛事。这些话就都是不可与我辈后生小子相共语的了。

徐师傅家住在隆福寺中国书店的后面,退休后我到他家里去过两次。虽然他在家里还零星卖一点儿书,但我并不是找他买书,只是想看看他。第二次去时徐师傅一定要请我吃饭,结果到附近一起喝了些酒,他有些醉意朦胧,说要送我一部光绪刻的《亭林遗书》,供我作研究之用。这书部头较大,是能卖些钱的,而徐师傅老伴儿从来就没正式工作,家里很不宽裕,所以我不能接受,婉言谢绝了。他的这一份心意,让我很是感动。这次见面后因为工作太忙,很长时间没去看他,没想到后来就听到了他病逝的消息。

　　古旧书业工作者对于传承学术事业，具有特殊作用，过去的文史工作者一向很重视他们的劳动，珍视与他们的交往。过去在琉璃厂曾看到过一幅前清遗老金梁为北京悦古斋古董店老板韩德盛撰写的墓志，记述了韩氏帮助罗振玉搞到八千麻袋内阁大库档案的经过。那真是情辞并茂，神采飞扬，动人耳目。虽然写的是古董商而非旧书商，我还是希望能在这里写出那样富有文采的文字来。可惜拙于文辞，仅能直述对于徐元勋师傅的一些印象，作为卖书人与买书人相互交往的纪念。

古旧书店的老师傅

陆　昕

中国书店头一次举办古旧书市是在1989年秋季。记得第一天去时秋阳灿烂,人涌如潮。我进去后先奔后楼的机关服务部,店内人呼为"三门",店堂内雷梦水、马春槐二位老师傅正忙着招待客人。给我突出印象的是,那天有不少人,尤其是中老年顾客,进店后先不看书,而是赶着来和雷、马二位师傅招呼、说话,询问身体起居,亲热得不得了,就如老友重逢,这其中我只认识一位吴晓铃先生。那时我对古旧书的兴趣也不大,只是抱着一种怀旧的心情来感受氛围,正在架上东翻西看时,雷师傅满面笑容地过来招呼我,听说我要买书又不知买什么,雷师傅从后边拿了一套顺治内府刊蝴蝶装的《资政要览》,说:"这书不错,才一百元,我们还没加价呢!给你吧。"我那时不大懂版本,一翻内容是老皇上教训小皇帝的,觉得没大意思,正寻思着,只听雷师傅又叮咛我道:"这书套的布有点破了,你回去拿糨子粘一粘。这是宫里的原装。"我赶快谢谢收下。这会儿又听马师傅等人在议论,刚来了一个顾客,说现在钱贬值,放在银行里亏本儿,还不如换成书，所以他想买宋版书保值，让店里人给找。店里几位师傅对这种作法都很不以为然，同时店里也不卖宋版。后来这人又瞧见有殿本开化纸的《周易本义》和《周易折中》，决定买这两个，身上又没钱，回家取去了。雷师傅说："小陆，你干脆把那《周易本义》买了吧，才一百元，而且纸也比《周易折中》好。"我那时对版本虽然不懂，但对雷师傅的话是十分听的，因为我知道他是著名的版本学家，何况我父亲生前又与他十分熟悉。买了书，谢过雷师傅，走到外间，看见吴晓铃先生坐在沙发上给两个青年店员讲版本，吴先生招呼我，我也过去听了一会儿，接着告辞了。

记得那年东廊海王村古旧书店刚开张，我进去一看，正赶上徐元勋师傅在堂里。那时我们并不认识，他一瞧我手里的《周易本义》，当即说："小伙子，你这是殿版开化纸，可书品没我们这儿的这部好。"说完递给我一部用木函夹着的《周易本义》，果然纸白版新精整漂亮，如从未触手者。再一瞧木函上有一巨印，上面印着"邵章藏书"，随后用毛笔写着多少册多少卷书名版本以及花了多少银子买的等等。一问价一百六十元，非我力所能及。后来我又看到一部傅增湘手批的《豫章丛书》中的一种文集，正当我为这部名人批校本心动时，徐师傅又过来告诉我，"这上头的批校可不是傅增湘本人的字，一看就知道，也许是他家里人过录的。"看我发愣，他又笑着说："咱们卖书不能骗人，所以实话实说。"这时旁边有两人拿了一本碧野草堂刻的《温庭筠诗集》来回看，那上边用朱红小楷批得密密麻麻，字迹端庄秀丽，价只十六元。我见后甚爱，立在一旁，想等其弃后而购。徐师傅知道我的意思,问那二人道:"你们要不要? 不要这儿可有人要。"一听我要,其中一位连忙把书搂在胸前,道:"我们要,我们要。"

　　有一件事令我终生遗憾。那是约三四天后,我又去书市,在雷师傅处见到有一年轻人掏出一个大册页请他题字,雷师傅的神情有些惶惑,窘迫地笑着,犹豫地说:"我,我行吗?"

　　我那时并不懂什么册页之类的玩意儿,心想,这人从哪儿买了这么一个大账本儿,能请人在上头写字? 我也该去买一个,请雷师傅写字留念。过了很久很久以后,我才知这种东西书店不卖,字画店才有,名叫册页。可等我买了册页找雷师傅,他已因病不能上班,再过不久,即听到他下世的消息,以致我一回忆起他那永远戴着蓝布帽子和蓝布套袖,微微伛偻的身体与和善的笑容,便不觉有人琴俱亡之痛。

走在潘家园

李 辉

一夜之间,潘家园这个普普通通的北京小地名,因旧货市场的兴起而闻名遐迩。对于不少北京人或者来到北京旅行的中外人士,来此浏览一番,似乎成了必不可少的节目。逛大大小小的店铺和小摊,赏玩五花八门千奇百怪的物品,听形形色色的顾客与摊主攀谈或讨价还价,无论满载而归或者两手空空,对去过那里的人来说,恐怕都会感到这是一种挺不错的消磨时间的方式。因为就在这种场合和氛围中,你才会对过去所说的那种民间收藏和民间庙会的韵味,有了切身体会。

早在潘家园成为旧货市场之前,我就常常路过那里。80年代,一对熟悉的话剧前辈夫妇,随剧院宿舍修建而搬至潘家园附近。每次去看望他们,总是要穿过一大片菜地和杂乱无章的村子,没想到,后来这里便成了一个著名的所在。

时隔数年,我再度来到潘家园,才发现这里已面目全非。最初的旧货市场远没有潘家园现在的气派与有条有理。几百个摊位,大多随意地置放在凹凸不平尘土飞扬的露天场子里,摊主们因陋就简,随意地支起遮阳棚,偶来大风,只见沙土四起,人影骚动。如雨或雪不期而至,旧书摊的主人则尤为狼狈。匆忙间,捉襟见肘,顾此失彼。那些于潘家园草创时期来这里设摊逛摊的人们,想必对这样的场景有所记忆。

我并无收藏嗜好。在我看来,集邮、藏书乃至珍藏古玩,既费时又费钱,更需要特殊的才能,实在是可望不可即的美妙。不过,我的性情中还颇有一些怀旧成分,加之写作的趋向与需要,我往往对与过去岁月相关的事物,总是有一种特殊的喜爱,也很愿意于有意无意之间从它们那里获取某些意味深远的感觉。

怀着这种浓厚的兴趣,我在潘家园草创时期成了那里的常客。闲逛,寻找,偶尔有一些意外发现。在这里,我自以为捕捉到的某些思绪,是在书斋中很难感受到的。

就在徜徉在潘家园尘土飞扬的简陋摊位之间时,我与一位旧书摊的摊主相识了。

称得上是一段巧遇。

1996年,旅居澳大利亚的艺术家黄苗子、郁风夫妇回到北京,读到了我发表在上海《新民晚报》上的《逛旧书摊》,对文中所提的潘家园兴趣盎然。于是,在一个温暖的春日,我陪同他们前往。

当时郁风正计划写回忆录,她很想从那些"文革"小报中,发现一些与自己有关的史料。我们一个摊位一个摊位地慢慢翻找着。

这时,我发现一个摊主手里拿着一摞照片,正在好奇地打量着黄苗子,然后,兴奋地和旁边的人交头接耳说了几句什么。等黄苗子走到跟前,这位摊主便将手中的照片递给他:"黄先生,您看,您的照片!"黄先生接过来一看,果然是他80年代初在家中书柜前的留影。意想不到的发现!他一张张看下去,每一张都引起他一声惊叹:80年代漫画家们的一次聚会的合影,很容易地便在上面找到了大家熟悉的叶浅予、丁聪、黄苗子、华君武、张乐平等。还有一张吴冠中和林风眠的合影,郁风说,这可能还是80年代吴冠中和他们一起访问香港时去看望林风眠时拍摄的。照片的历史并不久远,但在这里以这样的方式重逢,对于他们的确是意外的惊喜。

更令他们惊喜的是,摊主又拿出一封信来,收信人恰好是黄苗子、郁风、曹辛之、荒芜四人。接过来一看,原来是80年代他们和几位友人编辑《诗书画》特刊时,一位出版社的编辑就编务问题写给他们的一封长信。他们奇怪,十几年前的信怎么还保留着,也不知道这信怎么会流到了旧书摊上,并又戏剧化地呈现在他们面前。

"真是巧了!真是巧了!"郁风一个劲儿地感慨着。她数说着巧遇难得的好几个理由:他们大部分时间住在澳洲,回到北京也很难有机会来这里;这里几十上百个摊位,怎么就一定会走到这个摊位前;摊主纵然收购到这封信,但如果没有照片,他又如何能够发现走到面前的黄苗子……

有缘才会巧遇。

摊主似乎比他们更为这一巧遇而高兴。这样的巧遇,从做生意角度来说,无疑增添了不少乐趣,同时仿佛也使他的摊位多了一些荣耀。他主动提出将照片和信送给苗子夫妇,并执意一分钱也不要。当然,这位操着地道北京话的摊主,也不失时机地拿出一幅李克瑜的舞台速写,请郁风在上面签名,对于他来说,这该是一份难得的纪念。

从旧书摊归来,两位老人仍然为适才的巧遇而兴奋不已。大家又仔细地端详起照片。看着看着,我突然在那张漫画家的合影上发现我的妻子居然也在其中。当把这张照片给她看时,她回想起来,这是她供职的报社召开的一次漫画家座谈会时的合影。谁能想到,旧书摊的巧遇,又添上了这样一笔。

其实,这只是故事的开始。这位摊主后来成了我的朋友,他便是贾俊学。

从这次巧遇,我看到了俊学兄身上的聪颖与专注,以及不拘泥于毫厘的爽快。后来,接触多了,我发现,除了聪颖与专注,他还有一般摊主身上所没有的稳重与文雅。认识他时,他大约二十多岁,但已让人感到他的谈吐不凡。我曾到他的窄小简陋的家里去看过他,除了堆积四周的旧书之外,几乎别无他物。但在弥漫房间的纸的霉味里,我看到他的脸上漫溢着对故纸堆的热爱,谈到自己收藏的签名本和藏书票,他兴奋不已,有一种陶醉。

他是在经济状况相当窘迫的情形下开始步入旧书业的。但他的性情与聪颖,使他一开始就站在了一个较高的起点上。收购,贩卖,维系日常生活,这自然是他选择这一职业的必有之意。但他绝不甘心于此,他执意在收藏的领域能有自己的追求与成果。

就这样,即便潘家园还处在尘土包围的时候,他便超越了一般性的买卖范畴,而开始注意收集签名本、藏书票。用他自己的话说,他接受的教育有限,其文字能力也有限,但他非常用功,知道一日一日努力地在收藏这个领域往前行走。几年前我曾建议他不妨多写一些自己藏品的介绍,使自己不仅仅是一个只知道四处搜集佳品然后将之束之高阁的人,而是能像过去琉璃厂旧书业的前辈一样,借著述来丰富自己,从而也丰富读书界。

如今多年的艰辛终于有了收获。很高兴他的第一本藏品集即将问世,相信读者从中可以了解到,作为一个民间收藏者,俊学兄已经进入到新的境界,而这正是民间文化在遭遇多年的贬斥、破坏之后,又能够得以恢复与延续的一个生动写照。

对藏书票我完全是外行,不敢贸然品说。但我为俊学兄的发展感到高兴,遂乐于记叙我与潘家园的渊源,记叙与俊学兄的巧遇,谨以此为序,并为潘家园的演变提供一些文字的记忆。

2002 年 12 月 1 日

辑三　贩书偶记

藏书家伦哲如[1]

孙耀卿

伦讳明,字哲如,亦作喆儒,广东东莞县县学廪生,清光绪二十七年(公元 1901 年),中试举人。哲如先生为东莞县望族,世居溪乡望牛墩,世传孝友。自幼嗜书,无所不读,在北京居住甚久。1916 年,耀卿在小沙土园文昌会馆内会文斋供职时,开始认识伦先生,因志同道合,终于成为莫逆交。伦先生说过:"小时候与诸兄弟入塾读书,日得买茶点的钱,尽用来买书。"耀卿与他交历三十载,印象最深。他生平酷嗜杜甫、韩愈的书,并佩服清初王阮亭、吕晚村的著作,一生工诗文,又致力于目录学。壮年时多获藏书家旧物,晚年学益精粹,嗜书成癖,收储至富。偶闻别处有奇书珍籍孤本秘册,如果不能得,就去抄下来。他的藏书原在家乡,因广东潮湿,因而移来北京。他喜爱书,自朝至暮手不停地翻阅。历年为他抄书的有二三人,修补书的一人,抄后校

---

[1] 本篇发表时,篇首有笔录整理者雷梦水先生附记:"1956 年,舅父孙殿起(按即《贩书偶记》作者)以多病亡身,命我代表录他与藏书家伦哲如先生的交往。今整理成文发表。"

对,昼夜不停。他每得一书,如获至宝,遇有衬纸的就要换过纸,不衬纸的也要加装潢,换好书皮,做好布套,改订厚册,甚至有三四册装作一册的。他修补书不用面粉,独用广东寄来的一种形似麒麟菜的干菜,以滚水浸烂补之,着潮也不生虫。有一年,天津书商以重值购入清朝翁方纲未刻稿数种,他赶赴天津,因书价奇贵而没有买到,他就用了三昼夜时间抄了这几种书稿的摘要,其努力抄书可见一斑。1917年,他任国立北京大学文学系教授,兼任参议院吴景濂的秘书,所获薪俸大多用于购书。工余必至书店搜罗。身着破大衣,破鞋袜,人们赠他一个绰号:"破伦"。凡北京城中卖书的大小书铺约百数十家,不论书店伙计、只身卖书的书摊贩,没有一个不认识伦先生的。因他待人和蔼,加上他对残编断简的零书小册也都搜罗,故受欢迎。有一天,他偶然听到晋华书局一位姓孔的购书一批,就前往去看,得知书目中有《倚声集》,很高兴。当询其书,孔回答:那书刚刚派店里的伙计送往某宅门去了。他听后当即乘人力车追逐至某宅门前等候,不一会店伙计挟书包而来,遂尽得其书。书商结账,无论大小书铺及摊贩,伦先生都不少分文。1926年他任道清铁路局总务处处长时,工余常往开封购书,后来撰有《丁卯五日诗》,有"卅年赢得妻孥怨,辛苦储书典筥裳"之句。他家中的人与耀卿说过:"我家主人宁吃残羹剩饭,身着破衣烂履而不以为然。"这样,未免财力时感困难,他就把善本秘籍抵押与人,或借债。他那部《吴柴庵全集》押出去以后,就未能赎回。耀卿曾劝伦先生嗜书不可太劳精神,他说:"生平无一日记其心静耳。"他的藏书有一书两三部者,如《七录斋集》即是。逢有欲得的书而款又拮据，他就把夫人的奁物变作购书之款，真所谓典衣销带所不顾者，正斯人也。他很自豪地说："鄙藏之书，可作续修四库资料者，已达十之七八，岂料近来之书愈购而可收者愈多，不胜望洋之叹。"他藏书数百万卷，分贮的箱橱有四百数十只。耀卿每入其书斋，无踏足之地。其所储藏，杂取古人著书，《四库全书》中已见者十之二三，其未见者十之七八，多属初刻原本。他藏书最重于搜集续修《四库全书》的资料，自命斋名"续书楼"。他的藏书皆不书签条，亦不加盖藏印。如需某书，他能指出在某房第几箱几橱，一一无误，甚至某书第若干卷缺页，第若干页缺字也知道。平时他告诉家里人等任何人不准擅自动他的书籍。一般朋友难进他的书房。惟独耀卿例外，可以随意进去翻阅，他也没有不满。他在北京所储藏的书，写记目录凡两次，20年代奉派杨宇霆、郑谦为张学良抄过一次，因故中辍；1938年他眷属南归，又抄一次，计十余册，每册五十页。由他的眷属携归，经友人借阅佚去数册。1917年至1943年，他在广东所存的书，耀卿曾经看过，其中以粤人所著书居大半。伦先生著述有《续修四库全书刍议》、《辛亥以来藏书纪事诗》、《续书楼读书记》、《续书楼藏书记》、《丁卯五日诗》、《王渔洋著书考》、《建文逊国考疑》、《版本源流》(一名《版本学》)、《续修四库全书提要稿》等数十册。以上陆续付印，其未付印者、杂文等堆稿盈尺，还藏在家里。1937年7月，他回广东扫墓。不久背疽忽发，经医生调治痊愈之后，曾任广州省立图书馆副馆长，兼岭南大学教授。工余则与当时名流结诗社，用力过度，伤劳成疾。伦先生经手校订过的书百数十种,汇为丛书者如张氏"双肇楼"即《燕都黎园史料》正续编及董氏《邃雅斋丛书》,都靠他的帮助而成。1941年秋,耀卿三游广州,见他形体渐瘦,精神亦衰,是时伦先生方著《送钟君宝华任罗浮酥醪观都管数百韵》。他与耀卿说:"吾近数年撰提要稿于学问尤见进益,至其群经传授源支派无不洞悉,近年在粤有所闻见,辄笔书之,积稿盈箧。"他又出示近数年在广州所得之书,其中最得意者为清朝顺德人吴梯撰写的《读杜姑妄》(咸丰四年刊),清朝丹阳人姜筠撰写的《名山藏》(道光二十七年元孙华刊木活字本)。伦先生当时还列举他的藏书,谈至深夜,讲到文辞之学须通经史,不然学问则无根底。至1943年夏,耀卿将北归,与伦先生握别,视其疾加剧,步履艰难。他说:"君先回北京,吾待交通恢复,即行北上,再与我君畅谈。"1944年春,伦先生哲嗣绳叔润荣忽接噩耗,惊悉伦先生已于客岁10月某日疾终里第。耀卿伤悼悲恸,不能自已。伦先生生于清光绪元年十一月(1875年),享年七十岁。1947年冬,他在北京所有藏书,已全部归于北平图书馆收藏。

(原载《随笔》总第9期)

我的从业经历

雷梦水

我出生于河北省冀县谢家庄村,幼年常看到父亲伏案阅读古籍,受到熏陶,所以自幼也喜欢读书。因家庭生活艰难,投舅父孙殿起先生为师,于北京琉璃厂通学斋书店学业。孙师给我讲授版本学及传本、价值。我随听随记,才决心写记目录,得暇必缮录,以图强记书名、作者,至略识版本,涉检诸家目录,以作考证。

由于售书和送书,我结识了不少专家、学者。我常到燕京大学售书,认识了邓之诚教授。先生非常注意顾亭林著述的不同版本,几乎搜罗殆尽。我为他觅到徐嘉《顾诗笺注》以及光绪间幽光阁戴子高家藏潘次耕手抄印本,还搜罗到乾隆年间孔氏玉虹楼校刊本《菰中随笔》等名贵书籍。他特别高兴,一日忽告我,顾亭林《日知录》初刻八卷本,刻于清康熙九年,传本极稀,以前缪荃孙藏有一部,后归傅沅叔先生,他屡次借阅而不得,引为憾事,嘱我为他搜罗此书,可惜一直没有搜到。

因为经常为邓教授代觅古籍,我了解他的需求,主动满足他在学术研究方面的要求。例如"七七"事变以后他利用几年的时间收藏了七百多种明末清初人的集部书籍,作为他研究明末清初历史的资料。比较罕见的如孔东塘《湖海集》、田茂遇《燕台文选》、王鸣盛《西沚居士集》,以及最稀见的清黄仲坚《蓄斋二集》十卷,为乾隆间棣华堂刊本,一般公私书目均不见著录。在邓先生藏书中可谓凤毛麟角,故视为珍宝。

我为他买书的过程,也是向他学习的机会。因他对明末清初的历史有深入的研究,每当我觅明末清初人集子时就向他请教,他也乐意为我讲述,谆谆无倦容。例如我为他送去朱彝尊的《腾笑集》,他即谈及此集大部分为朱氏重要作品,为《曝书亭集》所未收,刻工甚佳,传本亦稀。对于清孙枝蔚的《溉堂集》,他告诉我此书分前集、续集、文集、诗集、后集五部分,惟后集是作者殁后刻的,故传本为罕见,等等。这些知识都是我闻所未闻的,他的教诲使我在版本目录学方面受到很大教益。

北京解放前,我每周都要去清华大学、燕京大学送几次书。有一次,来到清华大学国文系,碰到了著名学者朱自清先生。

从我给朱先生买书过程看,他喜欢一些珂罗版画册,但是收藏不多。也收藏戏曲、小说以及有关唐宋诗方面的书籍。不管他是个人买,或替系里买,我总是千方百计替他找些合意的书,我感觉他最满意的是明洪武刊本《读杜愚得》等,这些都是比较稀见的书。

有一次，我给朱自清先生送书，他忽然和我谈起写作的问题来，他说："雷梦水，你可以练习写作呀！"我说："我是个卖书的商人，文化程度低，哪能写出东西来？"他正言厉色对我说："唉！你看宋代的陈起，现在你的舅父孙殿起，不都是卖书的吗？只要你自己树雄心，立壮志，肯刻苦学习，坚持锻炼。"像朱先生这样的好老师，我终生难忘。

解放后，我常往国家文物局送书，又认识了著名的考古学家王冶秋局长，至今长达三十年之久。他酷爱古书，与先师孙耀卿友善。他常代图书馆选书购书，偶尔也买一些零本小册，罕见本也不少。因他与鲁迅先生友善，因而也喜欢鲁迅译著的初印本。他平易近人，使我感动。他屡次鼓励我写文章，我深受教益。我先后代孙师耀卿编写和整理的《庚午南游记》、《记伦哲如先生》等，大部分都是在王冶秋局长亲切关怀和指导下编写出版的。

著名的历史学家谢国桢教授也是我的老师之一。他曾来店购书，适我外出，他就在店中买了他的大作《明清笔记丛谈》一册题后赠我。当晚他还为我写了诗：

> 感君别具骊黄手，选入不登大雅堂；
> 将化腐朽当神奇，彰函发潜在公方。

谢老的诗无疑是赞扬我从事古旧书工作的微小成绩，使我汗颜。

我研究版本目录学,受到各方面的鼓励。1961年初中国书店设立审读员,经理张问松任命我为审读员,正投我所好,得以博览群书,提高业务水平。1978年至1979年中国书店主办古旧书业务学习班,委我协助编写《我国古籍简介》,并由我编写了《丛书》部分。我还担任了教学课程。因而在店内荣立一等功。1981年10月,店内设立业务顾问会,我是成员之一。1983年,政协北京市委员会又聘我为文史资料研究委员会委员。

一位古旧书商的从业经历

王继文

我在开封经营古旧书业,始于1934年,前后共四十余年。当时有北京收购古旧书之客人崔润生先生,常在开封专收古旧书籍,带回北京出售。他以后流落开封,我即称他为师,与他合伙经营古旧书籍等。他为人直爽,对古旧书版本颇有鉴别能力。他教我一些版本学知识、刻印知识等。我俩合伙经营到1945年。日本投降后他返回原籍冀州,1947年卒于家中。

开封古旧书业之概况

开封古旧书业始于清末民初。开设最早的一家古旧书店为好古堂,以后又陆续增设了四家,其中三家之店主人为好古堂之学徒。从清末民初到解放时止,开封共有五家古旧书店:(1)好古堂:位于南书店街路西,有营业室两间,学徒三人。店主人王某,豫北沁阳县人。(2)博雅堂:设于东大街东头路南,有营业室两间。店主人韩某,沁阳县人,系好古堂之学徒。(3)贻古堂:设于河道街东头路南,营业室两间。店主人乔某。(4)万松山房:设于河道街中段路南,营业室一间。店主人周茂青,沁阳县人,为好古堂之学徒。(5)文盛书社:开设于1934年,位于相国寺内西院路东,店主人即作者本人,原籍长垣县人。营业室两间。一直经营到1958年并入土产废品合作商店书报门市部。

古旧书之来源与收购方式

开封为我国著名古都之一,历史上曾是封建王朝的政治、经济、文化中心,是当年的达官贵人聚居之地,书香之家颇多。随着日月之转移,不少读书世家之后人,多不重视古旧书籍了,有的作为废纸贱价出售了,有的则束之高阁,有的散落别处,这就是开封市古旧书业收购的主要来源。

另外,开封附近之各县,也有携古旧书到开封出售者,我往往从这些人中得到藏书线索,即问明是否还有。他们则介绍说:某某家有。我问清某某村某人后,即径前往,登门收购。

卖古旧书的人,多有一个特点,即是不论好坏、新旧,整套或残缺,愿意悉数卖完为快。我则只要其中有少许有价值的古旧书,即全部买回,然后挑选整理,残缺者逐渐配套。

我与专家、学者及京津旧书商之交往

我在开封收集了不少珍本古籍,大部分售于专家、学者及院校图书馆,对他们的藏书起了填平补齐、拾遗补缺的作用。

许多学者、教授、知名人士等,常常约我代购古旧书,如河南大学教授邵次公、李笠、朱芳圃等,知名人士刘秋学、靳志及前河南省省长吴芝圃等,都是我的老主顾。他们对我非常亲热、尊敬,毫无瞧不起古旧书商之态度。

吴芝圃虽身为省长,却常以普通顾客身份到我店选购古旧书。他买书的重点是河南籍作家的著作。他亲告我:"凡河南省人之诗文集,一些丛书、全集、地方志,以及金石、书画等,都可以给我留下。"1958年大跃进时,我的古旧书铺被合并为开封市土产废品合作商店,吴芝圃省长仍不断给我写信,索购古旧书。我售给吴省长的古书计有清道光版耿逸安著《敬恕堂文集》、清嘉庆刻本《四书玩注评说》、清活字本《吴氏一线谱》(即吴氏家谱)、民国刻本《四书备要》等。有一次他购书时没带钱,先把书取走,后又恰巧出差两个余月,他回来后亲送书款到店,还说些道歉的话。

邵次公教授购买古旧书的特点是,非善本不要。我送书到他家里,他均十分热情接待,从不讨价还价。开封师范学院教授万曼先生,曾在我处购买旧书、旧杂志,其中一册书有他的诗数首,他说:"几十年未见过了,今天在你处见到了,幸遇!幸遇!"

我收购的古旧书,有时也寄给北京、天津之同业者,他们收后再售给京、津学者、教授或图书馆。四十多年中,经我收购、出售之古旧书籍,有不少珍本、善本、旧抄本,绝大多数为明清版本,宋、元本极少,抗日战争前我和崔老师只收购过一次,系南宋刻本《礼记》残存,只一册,元刻本《古今事文类聚》,残存,只四本,这是极稀有、极珍贵之版本,我一生只见此一次,售于何处已记不清了。

1966年"文革"开始后,我所在的土产废品合作商店被撤销,我的工作改为收购废旧物资。在"文革"期间,我们收购站收了不少废纸,我从中拣出不少珍贵资料图书,如明万历刻本屠隆辑《国朝六名公尺牍》、民国版郑振铎编《插图本中国文学史》、旧抄本清吴敬梓著《文木山房遗集》等。

古书店从业记

马栋臣

1939年农历正月十六,我在同村一位远房爷爷的带领下,从深县来到北京,去琉璃厂宝铭堂找我叔叔。我叔叔名叫马德元,他在宝铭堂"住闲"(关于"住闲",下面再谈)。宝铭堂老板李叔谦是他师叔。这天晚上,我就和叔叔合睡在一张用三块板铺就的床上。

第二天晚上,叔叔和我商量着怎么去找工作。叔叔打算把我介绍到一家红木小器作去学手艺。李老板见了我说:"看他个儿不小,五官端正,长得不错。"还说"干手艺没出息,不如到富晋书社去学徒"。他可以和王富晋先生去说说。

过了三四天,李老板说:富晋书社王老板同意了,让我先去他店里试工。

富晋书社是家有一定规模的古书店。三开间门面,还有楼。老板王富晋因买了吴氏测海楼的书,发了点财。这当然是我后来才知道的。那是民国十九年(1930)的事,据说还闹了很大纠纷,原因是江南一些藏书家不同意把测海楼的书运往北京。交涉了好几个月，最后还是请董康出面调解方才解决。董康是著名藏书家，曾做过北洋政府司法大臣。后来一部分书运北京，一部分书留在上海开了富晋书社分店。王老板为收购这批书，向银号借了钱，利息高，所以急于要脱手。这批书中间有一部殿版《古今图书集成》，是御赐的，还有康有为写的二三页题跋。这部书后来卖给了中华书局。另外还有不少稀见地方志，由张元济先生买去。其余大部分给了鸿英图书馆（馆长蒋维乔）。从此富晋就有了南北两店，上海富晋由王老板的弟弟王富山主持。

那一天，我由李老板领着去富晋书社，王老板坐在门市部后面的柜房屋里，我向他磕了头。又见过师兄们。那天叔叔特地带我去瑞蚨祥买了一件大褂（士林布料的），一件夹袍，一双礼服呢鞋，千层底的；又买了一双皂布做的，叔叔说这鞋平常穿，家里带来的作替换。那时候待人接物挺讲规矩，如果送书到宅门（即著名人士家）去，遇到天热，只穿小领衫，也得把大褂包着，到了那人家门口，再把大褂穿上，然后再敲门、进去。

师兄看着我的脚大，就说：这么大脚，多难看，去买副龙头细布，把脚包着。还说要喷点水，不能太干，才包得紧。我包了几天，实在难受，偷偷地撤了。

富晋书社门市的书很多，都按经、史、子、集、丛书等分类排列着，丛书在最上端一格，写着较大的书名签条。我的工作是在书架旁边站着，看到有人进来就沏茶、掸土。北方风沙大，外出的人身上常沾满了灰土，得用布条扎成的小帚掸土；要是身上土特多，就请到院子里掸。书架的尽头也安放了一个小凳，在没有客人来、也没有什么事的时候,可以稍坐一下。师兄把一本张之洞的《书目答问》给我,让我多看看。又说:"书架上的书要多看、多记,不要一问三不知。"

那时富晋有十五六位职工,两桌人吃饭。吃饭的时候,要看着哪位师兄饭吃完了,得赶紧起立,帮他盛饭。万一没有看着,师兄会把筷子在碗边敲响,两眼朝你一瞪。自己吃饭要吃得快,否则师兄们都吃完了,自己还在吃,不像话。有时候顾了给师兄们盛饭,自己却没吃饱。烧饭的师傅知道我没吃饱,低声告诉我厨房里还有二三只馒头,让我进去吃,我心里很感激。那时店里的伙食就是两菜一汤,很少有荤的。伙计们有一首顺口溜:"鱼升火,肉生痰,青菜豆腐保平安,要吃犒劳难上难。"

夜里睡觉的时候,要为师兄们把床位铺好(过去书店一般都没有寝室,在店堂里用几块木板搭个床),再把每个人用的夜壶(小便壶)放好,每天早晨再给他们清洗,还不能把各人用的搞错了。记得有一次,我怕把各人用的夜壶搞错,在上面贴了一块写着各人姓氏的小纸条,师兄见了,把我臭骂一顿。

现在再讲讲"住闲",这是北方商店里一种传统的帮工方式。住闲者是与老板有情谊的人,可以在店里吃、住,但没有工资,也不规定做什么工作,但有时也帮助店里做点杂事。举一个例来说:我的师兄赵洪江的父亲赵智丰,就是在北京邃雅斋住闲的,他和邃雅斋的董惠卿老板有交情。一次,赵对董说,想到南方(湖南、江西等地)去跑跑,弄点书来。董先生就给他五百元钱。过了几个月,赵回来了,把收到的书让董先生看过,董说:那些留下吧;那些不要,"封货"去吧。

"封货"是北方古书业一种销售方式,和现在的"拍卖"有些相似。封货的地点在文昌馆,也就是书业公会所在地。进馆者都应是公会会员。封货开始,先由公会的头面人物率领大家焚香,拜过文昌帝君。然后就说:大家看看吧。同行们边看书,边记录要买的书和自己开出的价格,然后把书价单密封,投入票箱。二三天后,再没有人来看货了,就由公会领头的开封,看这书谁开的价高,就给谁,不能反悔,也不得拖欠。据说有一次闹了笑话,某书某人开价9元,某人开9.90元,某人开9.99元,又有某人写的是"9.99……元"。这几个点儿算什么呢?因为"分"是最小的辅币单位。

凡是在"封货"的时候,总有一位先生,拿着几十张小纸条,还有短铅笔,把书名、著者、版本等一一记录,但并不是为了买这些书。他就是孙殿起(耀卿)先生。孙先生把这些纸条拿回家,一一整理,遇有疑问,必再查清,然后投入瓮内。后来他把这些资料编成一部书就是《贩书偶记》。我到上海以后,大约在1941年,又曾见到过一次孙先生。他要转道从上海到广州去,富山先生叫了两辆黄包车,要我送他上码头。码头在外白渡桥过去的一个地方。到了那里,孙先生叫我称几斤羌饼(一种用面粉烘制的直径很大的饼),还关照要买冷的、干的,这样不会发酸、发霉,可以在路上吃几天。可见他是多么克俭啊!

1939年7月,王老板调遣我到上海富晋书社,从此我就一直在上海工作了。当时上海富晋有八九个人,经理是老板的胞弟王富山，职工有崔梓桢、张馥孙、张宝华、于士增、王廷栋、严仲生等。

此时上海已有多家北方人来沪开设的古书店，最早的要算李紫东开设的忠厚书庄。李老板比我大五十岁，好喝酒。忠厚书庄生意很好。他有两个大买主，一个是哈同的大总管姬觉弥。李老板把书送去，差不多都能买下，过几天去取钱就是。有一次李老板送去的书比较珍贵，值五百元大洋，姬老板一高兴，说付现钱，李老板一看呆了，说拿不动啊，姬觉弥就叫了一个保镖拿着，跟着李老板一起回到书店。另一位大买主叫叶德辉，湖南有名的大藏书家。李老板能投其所好，把他要的书给留着，叶德辉很满意。叶德辉还给李老板写了一副对联，一直挂在忠厚书庄。大约在1941年，李老板把书庄让给了袁西江、黄廷斌二人，他们在忠厚书庄招牌上加了"合记"二字。

1944年，于士增得到中南银行老板的支持和鼓励，想离开富晋自己开店，约我和赵洪江、于树枫入伙，不久就在常熟路开设了萃古斋书店，招牌字是请张元济写的。

这时上海是沦陷区（英法租界还存在，1941年12月太平洋战争爆发后日军进占租界），进步文化人受到压迫，有的去了内地。在上海的郑振铎常常东躲西藏，有时不能回家，便住在来薰阁的阁楼里。耿济之也是一样，拒绝与日本人合作，为维持生计，与郑振铎合作开了一家蕴华阁书店，一半卖书，一半卖文具，地址也在常熟路。他在书店靠近门口的窗户下放了一张写字台，一边照看书店，一边写作，还能随时观察门外的动静。如果看到郑振铎等熟人来了,立即起身迎进;如果看到来的是一个不三不四的陌生人,立即从后门走掉,免遭麻烦。大约在1947年,耿济之把蕴华阁卖给了萃古斋,职工孙景润也到了萃古斋,孙后来去了中国书店。

抗战胜利后,从内地来了许多官员,有的人为了摆场面,附庸风雅,买部百衲本《二十四史》放在家里,后来百衲本卖完了,局刻的也很好卖。1946年春天,我们又去南京太平商场摆了个摊;温知书店也去南京开了分店。这时南京是首都,买书的人很多。于右任、王云五等常来看书,于右任还为我们写了一幅字,内容是唐诗,我一直珍藏着,可惜在"文革"中毁了。

抗战胜利后好景不长,1947年国民党又发动内战,书业界生意清淡。我们把南京的摊撤了回来,温知的分店也撤了。

有一次,我从淮海路(当时叫霞飞路)一户人家收到一批书,其中有很多英文书。书尚未整理,黄裳来了,他挑选了几种,清初刻的词曲小说,价比较高。另外有一部《仪礼》,我当普通书卖给他,后来才知道是天一阁的明抄本,书上没有盖章。天一阁的书有一个特点,就是书根上写的书名不论字数多少都是从右至左顶头写的。黄裳是书店常客,他也常介绍一些人来书店看书。

我又曾在传薪书店徐绍樵那里买到四本顾曲斋刊《元曲选》。徐说是不全的,很便宜。后来查目录,才知道这书没有全的,北图有十三种,上图有十六种,很稀少。后来这四本卖给了上图。徐绍樵还弄到一批商务版的《四库全书珍本》,除《西清砚谱》等外,都论斤卖了废纸,很可惜。

不久上海解放。1956年萃古斋并入上海古籍书店,我调在收购处工作,经常到全国各地去收购。有一次在宁波市外天童镇过去的一个地方,收购到一百多箱书,其中浙江的地方志很多,还有地方文献如《四明谈助》的活字本,还有丛书。这时候已临近春节,怎么把这许多书运回上海?幸亏新华书店的同志帮助,雇了挑夫,又雇了船,才运回宁波,再转运到上海。

1958年,书店组织八路大军去各地收购古旧书。这时因各地书店都外出收购,引起不少矛盾,文化部特发了通知,各地书店应限于在本地区收购,只同意上海古旧书店和北京中国书店可以到各地收购。我被分配去湖南、湖北、四川这一带收购。从清明后出发到7月份才回来。一路上有的地方坐火车,有的地方只有汽车,甚至手推车,也收到了一些好书。如在汉中,收到一整套《新青年》杂志,出让者说是他祖父留下的,捐献也可以。我们说明书店是企业,不接受捐献,给了一百二十元钱。又在一个地方收到一部《大明会典》。我们回沪经过休整后,下半年又出发了,这一次是从武汉到重庆,再去贵阳、昆明等地。也收到一些好书,其中有一部《续蒙自县志》稿本,后来影印了。在昆明,我们遇到了北京中国书店派出的人也来收购,为了避免矛盾,协商决定两家联合收购,收到的书各人拿一半。其中有两部大书:一部《古今图书集成》、一部《四部丛刊》初二三编,各家拿一部。然后我又到靠近越南边境的地方去收购,等我回到昆明,中国书店那位同志却把两部书都运走了。我很生气,他说那就把多部地方志都归你吧。当时这些矛盾时有发生,因为各自要完成自己的任务。后来我又去了建水、石屏等地,很快就到年终了。我从重庆到成都与袁西江交接后,经西安回上海。

1959年是建国十周年,福州、厦门要开古旧书店,福建省店要我们派人去帮助。我和陈玉堂两人去了福州,受到省店领导的热情关怀。省店业务科长还把自己家里的蚊帐、电风扇拿来给我们用。另一位尹言顺同志去厦门,不料突发中风去世,后来葬在厦门大学后面一座小山上了。

(俞子林记录整理)

我在上海旧书店当学徒

尹善甫

1943年,我在上海西摩路(今陕西路)一家旧书店当学徒。有一天,朱老板和张师傅都外出不在店里。午饭后,一个身着西装,足穿皮鞋,年纪约在三四十岁的男子,手拎包袱跨进店堂问我:"你们老板呢?"我说:"外出有事。"他将蓝布包袱解开,取出一部十六册线装的木刻版本《庄子南华经》说:"我先把这部书放在店里,等你老板回来再谈价钱,你可先付些定洋给我。"我付了定洋给他后,只见他朝沪西有名的六国饭店去了。

这天傍晚,朱老板和张师傅回到店里,他们一见此书,顿时喜形于色,但因朱老板对此古版的书籍鉴别经验有限,因此在难以吃准底细的情况下,他马上叫了一辆黄包车急忙到汉口路来青阁书庄讨教,经该店一个见多识广的老店员的鉴定,确认此书乃是北宋年代版本,国内实属罕见,且已绝版。朱老板如获至宝。他又立即回到店里与久等的卖书人讨价还价,此时才弄明该书的持有者是李鸿章的后代,最后以三担白米的折价收购下来。不久,有人向我告知朱老板以两根金条的代价卖给来青阁书庄,听说来青阁书庄以六根金条卖给书贩掮客,后来又听说此部古书已出洋到了美国。

不久后的一天,我跟朱老板去上海泰兴路李鸿章家中收购旧书,我们走进一条里弄中的一幢石库门,进入书房,只见一排一排的书架上皆堆放着各类善本古籍。由此可见,这位在清朝赫赫有名的大官李鸿章,不仅是个政治家,而且还是个著名的藏书家。

我在那旧书店当学徒的年代中,常来店里的顾客不仅有知名的左翼作家郑振铎等,而且还有一些日本和汪伪的文化官僚。有一次,戴着深度眼镜的著名左翼作家阿英,他挑选买好了一大堆的各类旧书后,叫我帮他送到他的住处。当我进入客堂时,见到他的书房内尽摆放着各种古今中外书籍。大作家毫无一点架子,边倒茶边与我聊天。临走时,他还亲自把我送到门外。

著名电影艺术家刘琼,也是我们旧书店的老顾客,他待人十分客气,一脸笑容,和蔼可亲。有一次,他买了旧书,叫我帮送到他的住宅,顺便再叫我把买书的款带回来。进了他的家门,他忙泡茶,又递香烟和水果,还特地赠送给我一张内部招待电影票,把我当作"贵客"招待呢。

故纸情深

虎 闱

1979年,从北大荒务农返城的我,回到上海,入福州路上上海旧书店就业,在期刊大库工作。一夜间,身份由下乡知青变成了旧书鬼。

在上海古旧书业内,称书库为栈房,栈房的安全防火规定其中一条是,必须用不超过四十瓦的白炽灯,而且限制了灯的间距。故而高大的库房昏暗阴森。更有甚者,期刊库书架排列狭窄,让人压抑,且灰尘扑鼻,工作条件相当差。通常,工作人员在完成整理配套指标后,便立即起身去门外休息室呼吸新鲜空气,抽烟聊天,喝茶打扑克。刚入"庙"门,我自然亦与同事们一道遵循此习惯。然而,从老期刊的字里行间,我时常翻到林语堂、胡适、梁实秋、徐志摩、叶灵凤等一些人的文章,那年头,市面上压根儿见不到他们的作品,连这些名字我还是在"文革"中从鲁迅著作中方得一见。于是,我利用工间喘气及中午休息时间,阅读此等文字,埋进书堆、趴在地上是常事。

起初,我整理到什么杂志就看什么,只要是鲁迅提及过的人物,很无序。自从读到姜德明、倪墨炎等诸位的书话,便理性起来。面对库内成千上万种老期刊和随时可求教的沪上福州路著名期刊老法师林豪、陈玉堂、吴青云、陈世芳等专家,有这般便利的学习条件,我笑得合不拢嘴。况且,在店堂内还有诸多机会接触施蛰存、赵家璧、范泉、周楞伽、魏绍昌、周黎庵、倪墨炎、周振鹤、陈子善、李福眠、龚明德、薛冰、徐雁等各年龄段的专家学者。遗憾的是,姜德明先生在上世纪80年代曾多次来沪淘觅老期刊,当时轮不到我接待,虽近在咫尺,只能眼睁睁失去讨教的良机。

  1986年,有幸拜读朱金顺先生的《新文学资料引论》,这是一部指导人们如何搜集整理现代文学资料进行考证的文献学专著,也是对我一生中影响最大的一本书。原来,对老期刊的钻研,也可移用清代考据学之法。这一科学方法,使我完全有条件、有计划地利用那些唾手可得的老报纸和老期刊,并及时摘录下有价值的资料,带回家研究研究。与此同时,有一位比我年轻几岁的同事许志浩也在做同样的工作,他专攻老期刊中的美术杂志画报,并著有《中国美术期刊过眼录》和《中国美术社团漫录》二书。尽管许兄十多年前就离开福州路旧书店,但我可以负责地说,他至今仍是该领域的权威。

  二十六年来滚爬在故纸堆中的收获,使我逐步对民国时期的老期刊和旧平装如同心里有本小账,从众所周知的《新青年》、《新月》、《良友》、《幻洲》、《现代》、《中流》、《清明》,到鲜为人知陆象贤的《北斗》、化铁的《蚂蚁小集》、荆有麟的《鲁迅回忆断片》和破额山人的《夜航船》。但最看重的无疑是施蛰存、杜衡、汪馥泉三位先后主持的《现代》。旧时,文艺杂志大多是同人刊物,《文学周报》、《创造季刊》、《学衡》、《新月》、《狂飙》等比比皆是,而《现代》则实实在在地包容了各门各派文坛高手,并涵盖小说、散文、诗歌、戏剧、翻译、文学评论、文艺理论等所有文体,云集了当时中华一流名家,周氏兄弟、茅盾、郁达夫、戴望舒、郭沫若、周扬、韩侍桁、杜衡、穆时英、李金发、路易士、巴金、冯雪峰、丁玲、老舍、张天翼、沈从文、叶圣陶、洪深、金克木、沙汀、徐迟、欧阳予倩、赵家璧等等撰文者个个如雷贯耳。年仅二十七岁的施蛰存居然有如此魅力,办刊可吸引如此人物捧场,不能不说是奇迹。有关"第三种人"的争论,他照登,京派海派别苗头,他照登。也许,正由于这两次笔战抢风,使《现代》更具生气。我以为《现代》带动起上世纪30年代的文学繁荣,欲解读那时期的文坛风采,研读《现代》应是最佳捷径。

至于书话,我涉足较晚,也写得很少。原本仅在上海报纸的文艺副刊上撰些散文随笔,业余爱好而已。直到1995年,我任职的上海博古斋介入古籍善本拍卖后,方小试牛刀。反观许多出了名的老期刊和旧平装,在上世纪50年代,一些当事人已介绍过一部分,80年代,仍健在的老先生如姜德明、朱金顺、倪墨炎、陈子善、龚明德等人又拾遗补阙了一些,况且当代书话形式的开先河者姜德明在他的《书叶集》后记中,对书话有过中肯的要求:"写作时我注意到不讲或少讲别人讲过的话,否则对于读者和个人都是无益的。"只因我守住了书话的游戏规则之底线,故所撰书话的量不多。

按理说,"旧书鬼"的职责只须了解老期刊和旧平装的书皮已足够混口饭吃,谁让我在"文革"中多看了鲁迅的书,有缘一头扎进故纸堆后,会对被他提及过的人发生好奇呢?

故纸堆中不老松

虎 闱

吴青云是古旧书业的前辈,也是我的恩师。他身材高大魁梧,为人谦谦儒雅,堂堂正正,在业内颇具名声。

上世纪70年代末,我刚进福州路旧书店之际,吴老师正任抢救组领班。那年头还是计划经济时代,政府有权协调国营旧书店,派人设点在各区的废品回收总站,以从送造纸厂化浆的废书刊中,抢救出还可利用的读物。故而吴老师每日往返众回收站之间,不顾尘满面、鬓如霜,自数以万计的故纸堆中挑觅珍书异刊、革命文献。惟有每星期二上午在总部的一小时学习时间,我方能见到忙忙碌碌的吴老师,追着讨教版本知识。

几年后,计划经济转向市场经济,废品站抢救组消除,五十好几的吴老师奉命回门市主持老期刊业务工作。自此,我可随时有求必应。这期间,吴老师每天接待的现代文学老先生很多,赵家璧、郑逸梅、魏绍昌、周楞伽、范泉等数十人均为熟客,他常安排让我有机会得这些文化老人之气。尤其是周楞伽,他又聋又哑,有时,吴老师忙着招呼众人,无暇与他交流,于是,令我与其用纸、笔对话。通过多次"笔谈",我获知大量文坛旧事、秘闻。

难能忘怀的是,吴老师曾携我去老市长汪道涵家收购书,这是个不易得到的机会。第一次,是在那淮海路的花园洋房,老市长藏书丰厚,古典文学、诗歌集子占了相当比例,从标价章上可见,还有不少淘自北京中国书店和上海旧书店,甚至琉璃厂地摊。吴老师和汪市长很熟,汪市长更随和,一任我摆弄他的宝贝书们。中午,吴老师谢绝市长的午膳招待,领我们去附近的他家用餐,师母热情慈蔼,那碗需凭票限量供应的大厚"走油肉",吴老师为我挟了一块后,师母又给我添加一块,此情此景让我至今记忆犹新。第二次去康平路的汪市长家收书乃两年后,此回,吴老师事先已与老市长联系好,让我单独带一同事前往。吴老师这一放手,不仅放了我的胆,而且放了我独立操作的风格,对我日后成长,意义深远。

之后,年满花甲的吴老师,移师新文化服务社当经理。该处是上海图书公司扶持退休职工办的旧书店,原来因没有领头羊,门庭冷落车马稀,业绩平平。自吴老师掌舵起,形势骤然改观。首先,他盘清家底,剔除积压坑子货。然后,调整经营理念,启动多年积聚的上下家关系,以致旧书货源源源不断,店堂人气时刻旺盛,惹得华夏各地的书迷,只要一到上海,没有不去新文化淘书的。于是,报刊、电视媒体竞相报道,就连域外的记者亦来凑热闹,不计名利的吴老师一时间成了明星,他的名字成了无形资产。

新文化服务社的员工结构,多为老头老太,在吴老师身先士卒的带动下,个个青春焕发,他们顶着严寒酷暑,不论风吹雨打,四处收购,即便是郑逸梅等一些专家、文人的身后藏书,吴老师也千方百计收购到手,使库存大变模样。服务上,吴老师继续发扬为读者找书、为书找读者、送书上门、代垫书款的优良传统。这些爷爷奶奶们在忙得热火朝天的同时,收入亦大有改善。记得1994年秋天,我去新文化看望吴老师,进门,众老人无不伸出拇指,向我念叨吴老师的好处。这天,他让我参观那平日里闭门谢客的书库,只见珍籍善本成群结队,好生诱人。我敢说,这等优质库备,倘若他们停止收购,放马南山,亦足够应付店堂三年的。真令人咋舌。

新文化正在兴旺时期,不意遇到市政动迁,旧书店无奈从有人流量的长乐路街面,搬到瑞金二路那不起眼的弄堂内,使读者购书大为不便,即使你费力摸进弄堂口,也需七拐八弯,方可探到书店大门。但是,年逾七十的吴老师宝刀不老,他开始因地制宜营造石库门特色淘书氛围,好在早有准备的吴老师,及时托出镇库的部分抢手货,这些陈年"好酒",使巷子深处弄堂书店迅速走出低谷,门庭依然若市。石库门里淘旧书的盛况,照旧被新闻媒介争相报道。

旧书店之美谈

虎 闱

旧书店,历来为文人雅士常去的地方,他们不仅可在那里淘到梦寐以求的珍书异刊,偶尔还会与旧书店员工交上朋友,增添色彩。更有些专家学者在那店堂中留下佳话,成为日后美谈。

周振鹤——抬举"旧书鬼"

与周振鹤接触,乃上世纪80年代初期。那时,他还是复旦大学的一个讲师。眨眼二十年过去,周教授已为华夏著名的博士生导师,然而,至今我仍以当年叫惯了的老周相称。

老周是神州路旧书店的常客。一腔闽南普通话,和颜悦色,很受老老少少的书店员工尊重。他淘书颇杂,对清末民初那鲜有人问津的中外字典尤感兴趣,倒让人纳闷。为了成全他这一莫名的癖好,我每每遇着,便总替他保留着,好在他一概照单全收。至于那些破旧字典究竟有何用途,他不说,我也不问。

我们这些旧书从业者,社会地位不高,贱称"旧书鬼"。但老周却不如此认为,他说:"这是门偏学,属另有一功的文献学。"此般高看抬举,"旧书鬼"们无不由衷感激。那年上海图书公司为振兴旧书业,请各界神圣与会献计献策。不巧,老周正腰伤旧病发作,但他义无反顾出席,强忍疼痛由弟子扶将到场,并有精到发言:"旧书行业盈利是动力,抢救文化遗产才是重大的意义所在。"他对读书人的境界独有看法,认定懂得如何淘书了,读书人也就上了一个台阶。此举正可谓是对旧书店常年为其服务的真情回报。

老周和我不可谓不熟,在当年闲聊中得知我与他老伴同是湘籍后,于十多年前就发出去他家看藏书,并尝尝那家常湖南菜的邀请。但我至今未曾应邀。其实,我好生想去,只因不忍侵占他的宝贵时间。

倪墨炎——开心煞哉

倪墨炎是当今的新文学研究之大家。虽然他为寻觅资料而云游四方,也时有收获,但淘得最多处,无疑应属沪上福州路。

倪老师与上海旧书店相当熟悉,购书久得优先权,这不仅仅是他曾供职出版局,属书店的上司,更是因其考据、挖掘出的现代文学史料的成果,给旧书业工作带来莫大帮助。

倪老师移居上海虽已过半个世纪,但他仍操一口家乡绍兴话,好在上海是个移民城市,原籍江浙两省者又居多,越剧在沪上更堪称观众大有人在,故其语言亦与他在福州路淘书一样,通行无阻。

直到三年前,他还在我手中淘去五部老期刊和旧平装。那日,倪老师进店堂东翻西翻,不到十五分钟,便捧得一叠书刊招呼示购。其中有1937年5月创刊、朱光潜主编的《文学杂志》,1945年9月创刊、由唐弢、柯灵主编的《周报》和《出版周刊》及商务印书馆1936年钱穆的初版本《先秦诸子系年》与1934年5月由作者自费出版的《李显西南写生画集》。尤其是后者珍稀之极,该书是画家李显自抗战起,在西南地区的四年羁旅中所画的风土民情、难民惨状及抗战军民浴血奋战之壮举,共四十幅,史料价值不言而喻。此刻,倪老师一脸喜气,口中连说家乡话:"开心煞哉,开心煞哉。"

任政——长者风范

已故书法家任政,是古旧书店的老客。他的二公子阿范,为我三十五年前下乡北大荒时的患难"插兄",故我对老人格外相敬。当然,他更是我所服务的读者。

他光顾旧书店,大多淘些碑帖拓片、书法理论名篇或古典诗词。老先生进店脚步很轻,但因名人缘故,店员及在店堂内的淘书者往往即刻将其认出,更有书法爱好者不失时机上前求教。这时,任老照例向众人抱笑致意,有求必应,实具长者风范。

任老淘书眼力极佳,在碑帖堆中稍稍拨弄,便能迅速选出一二。付款结账后,从未忘了向在一旁的我如此这般传授碑帖知识:《散氏盘铭》,为周代钟鼎彝器上之文字,又称《西宫盘》;《乙瑛碑》中"辟"字可见笔画者属最早本;《玄秘塔》内"上"字未损者是宋拓本……事实上,我的碑帖业务能力,大多是任老所赐。

任老为人讲诚信,不少书店员工曾向其求过墨宝。每每此际,他总能和蔼地记下各人姓名,当数日后再次踏入店门时,一幅幅精美作品必定送到你手中。与此同时,略带口吃的任老还会期期艾艾地说一句:"请指教。"其实,他对任何求书者无一例拒绝,即便是素不相识者,这是有口皆碑的。

当年,任老的字于众多书法家中脱颖而出,被选中制成字模,在报刊上广泛应用,直至而今被电脑采纳,是他书艺成就最有力的肯定。目前,任政的书法作品被世人追捧,在拍卖行走红的场面,更是雄辩的证明。

贩书杂记

魏广洲

我自十四岁起,由河北冀县来北京琉璃厂松筠阁旧书店学徒,数十年来结交了不少买书的学者。我从他们那里受到不少教益,学来不少知识。谨就记忆以及随手留下片断旧影,总题为《贩书杂记》。

向达教授

向达先生(1890—1966),字觉明,湖南人,土家族。任北京大学历史系教授,他的代表作是《唐代长安与西域文明》,问世以来,多次重版。他也被人们誉为敦煌艺术的拓荒者、西域文明的采珠人。约从1953年,他又任北大图书馆馆长的职务。一向办事认真的向先生,亲自采访图书以充实馆藏,无论多少书贩送书,他都过目检阅,对送书人说话和蔼,平易近人。每次送去的书都要当时看完,有时看到下午一时多才回家吃午饭。他常说你们从城里骑车跑路数十里,够辛苦的。

我头一次遇见向先生是1932年中秋节,由谢国桢先生介绍认识的。那年我才二十一岁,在松筠阁学徒满数年了。这天到谢先生家送书账单,碰巧向先生正在那里。松筠阁书店开设在和平门外南新华街,经理刘盛虞。这个书店有一个好传统,对于顾客不是专看"钱"。知道某人研究哪一方面的学问,需要哪些书,我们就登门送书,供其选购。有的当时决定,或者留下考虑,日后再定。不合适则看完退书。有时对方决定要买,而当时手中不便,书款可以记账。每年三节送上书单。如还不能算清,或先付若干,下节再说。在谢先生家结识了向先生,以后就经常给他送书。他曾经称赞我如同飞鸟似的不停翅膀,一天不定要拜访几户主顾。

七七事变以前,向先生在北京图书馆任研究员,住景山后街碾儿胡同,我经常到那里去。那个房子分里外院,向先生住里院,外院住的是研究唐史的著名学者贺昌群先生,因此,我又得识贺先生。

建国以后,北京大学从沙滩迁到海淀燕京大学旧校址,图书馆工作也有发展。在这个时期,向先生经手给北大图书馆买了很多善本古籍和罕见孤本及朝鲜刻本。其中明铜活字本《曹子建集》及《刘随州集》就是我卖给向先生的。1957年琉璃厂书店公私合营前,我去天津收书,在劝业场楼上文物商店遇着曹伯方老先生,他从方药雨家收购梵文贝叶经约二百叶,还带着原来红漆木夹板一副,黄色布包袱一方,我用了一百元买到手的。在火车上越看越高兴。回到北京,即携书骑车奔赴北京大学,向先生一见就决定图书馆可收。当时尚须书业公会议价,但我送到公会,议价人却说:没见过,不懂是什么文字,并说佛经没有人要,不值钱。最后勉强定了一百二十元。向先生学识渊博,买书也有眼光,我是货卖识家,当时就按议价让给了北大图书馆,而向先生温文尔雅的形象,至今仍深深地印在我的脑海中。

张申府的题字

张申府先生(1893—1986),早年投身五四运动,后在清华、北大任教授,著有《所思》、《所忆》等。解放后,由周恩来总理推荐加入北京图书馆,负责古籍善本书的收购工作。我在贩书时遇到珍贵版本,首先想到卖给国家。例如宋版《礼记释文题跋》一书,原为海源阁杨家藏书中四经四史之一。北京同业将拍此书,我事先与张先生取得联系,最后由我购得,送归北图,终于使杨家旧藏宋版四经四史破镜重圆。

张先生对此时常念及,认为我的做法值得称赞。二十年前,张先生曾经给我题字留念,原文见后:

> 常翻旧书,辄忆昔日游厂肆,串庙寺之乐。思及厂肆旧人,怀念辄不能置,总期有缘一日相会一堂。就中相识最早,带我聚书最久最多者,首数魏广洲君,时复偶来相顾,今年他已年过六旬了,从事古籍多年,于古籍已深有情愫,赓

续钻研不辍。比以名砚精拓索题,益不能不动怀旧之感。
辄率书多日来徘徊脑中者以报。

张申府　一九七五年八月十二日,时年八十有三矣

张先生故去已十余年,每见先生手迹,不禁回忆当年为他觅书的种种情景,能不令人追念乎。

知堂卖书

真正爱书访书的文人学者,对于我们这些卖旧书的店员平等相待,乐于同我们交朋友。郑振铎先生鼓励我们说,贩卖旧书是挖掘古籍,有功社会。他说过,一部古书,任何人也没有资格说出它究竟值多少钱。史学家邓之诚先生更嘱咐我:"文人买书是为了研究的需要,没有多少富余钱,你们应该收取薄利。对于那些买书为了讲排场的阔人,则是另外一回事。"

周作人也是琉璃厂的老主顾,常到松筠阁来看书,我也给他送过书。记得"文革"以前,有一天我去看谢国桢先生,他告诉我广东中山大学的史学家刘节先生(著有《楚器图释》等专著)到京,被邀请来参加标点《二十四史》,每星期日都在他岳父钱稻孙先生家。届时我到了钱家,闲谈中钱先生问我去看过周先生了吗?钱宅在西四北受壁胡同,出西口往北便是知堂的家。因此我又去拜访了知堂老人。周说他的藏书已经很少了,接着便从书架上取下一部《全浙诗话》。此书为会稽陶元

藻辑,嘉庆元年怡云阁家刻本,共五十四卷,原装二十册,带两个蓝布书套。书品极佳,并有平步青朱笔批校,蝇头小楷,工整秀丽。我跟知堂说,现在个人不能随意定价,得要带书回去,由公家有权的人说了算。最后决定只给二十元,多了不收。知堂接受了这个条件。以后,我再也没有经手收购过他的藏书。

我手边还保存着知堂于1963年3月6日写给我的一封信,那是托我找书的。原信如后:

魏广洲同志:

《古代汉语大概》是找不到吧,那也罢了。见报载有些《万有文库》另本出售,请你一看其中有王筠的《说文释例》否?假如有则乞为留下一部为荷。此致

三月六日　周启明

知堂信中所要找的两部书,我先后都给他找到了。可见他当时虽然已把大部藏书卖掉,同时为了研究的需要仍继续买书,多为普通的版本。总的来说,是卖书的时候多,买书的时候就比较少了。

谢国桢爱书如痴

谢国桢先生字刚主,河南安阳人,早年从吴北江先生学习诗

和古文。1925年考入清华大学国学研究院。那时梁启超、王国维、陈寅恪诸大师都在该校任教。谢先生在他们的训诲下,从事研究,为他后来写出《晚明史籍考》打下了良好基础。

我认识谢先生时,他已在北京图书馆工作。1931年中秋节刚过,我给他送书去。当时他家住在府右街,一见就给我月饼吃,谢夫人段庆芬又送一杯茶过来。我一个书店的小伙计,先生这样接待我,使我很受感动。

后来谢先生迁居西城小水车胡同。房屋也比较宽绰,他的藏书渐丰,收购了不少明清两代刊刻的善本,如我卖给他的宋罗大经所著《鹤林玉露》十六卷,是明刻本白棉纸的书,蓝绸书衣原装;《钦定词谱》四十卷,是清康熙五十四年王奕清等人奉敕编的,原装黄绸书衣四十册,外有黄绫书套四个。

日本投降后,谢老在天津南开大学任教数年,最后又回到北京,在社会科学院历史所任研究员。五十年间,我们的交情超出了卖书买书的关系。1964年,我给他买到一部明田艺衡所著《留青日札》,此书明本竹纸六册,是他求之多年而未得的书,他高兴极了,曾手题一跋于书后,其大意云:"余嗜读明代乙丙两部之书,恒欲纂辑丛残,揭其精华,蔚为一编,以是书为有明一代杂家之冠,求之多年,虽见有此书,乃以阮囊奇涩,寒士青毡,纵见之而不能有,然未尝不企予望之。一日傍晚,新雨初霁,斜阳在树,坐窥窗外,见书友骑自行车,持蓝布书袱挟是书至矣,乃摒挡故物,竭其所有而得之。晴窗展玩,偶一读之,足以使吾老眼犹明也。"据我所知,他的藏书中留有题跋的不在少数。爱书痴情尽在其中。

　　谢老晚年喜欢作诗,我曾两次求他墨宝。一次写七绝一首,题为《甲寅除夕述怀》:"文章何堪与世争,胸怀辽阔自峥嵘,不必秦宓虚谈论,俯首工农作老兵。"时在1974年。谢老的行楷极精,我经常取出来欣赏。

《书林琐记》及其他

黄 裳

多少年前在书坊中走动,曾经劝说一些上了年纪的书友,如郭石麒、杨寿祺、孙实君等,抽闲将他们肚子里的书林掌故写下来,可是始终没有结果。随着他们的离去,这计划也终于成了泡影,觉得是难以弥补的损失。过去我们只知道有《书林清话》这样的书,是通论古今典籍聚散、版本流别、藏书掌故的,可惜的是对近代的史实着墨不多。叶昌炽的《藏书纪事诗》也一样,为了补救这缺失,后来又出现了伦明、徐绍棨、王謇、吴则虞等人的"续补",这些以诗为主的"纪事诗",虽然诗后都附有小注,但往往语焉不详,很难满足读者的要求。这些作者,本身是藏书家或留心书林逸事的有心人,但见闻毕竟有其局限,这就不能不让从事书业的老板或店员显示出其特有的优越性来。他们是书贾,经营的是营利的事业,书籍在手中流转得快,见得也就多,绝非偶尔购买一两本书的顾客所能比。为了营利,他们又必须细心研究,于版本之优劣、流传的多寡、风气的转变都不能不随时留意,因之就掌握了大量的灵通的信息。将这些信息随时记录下来,也就是珍贵的史料。在爱书人看来,是不但有益而且有趣的。

好像很久以前就有人看出了其中的奥妙。很有不少人就用开书店的方法来搜集书籍,罗振玉是开过书店的,他的兄弟罗振常在上海开设过蟫隐庐,前后三十年,所见古书辄加疏记,成《善本书所见录》四卷,1958年由商务印书馆印行。更为成功的是伦明,他在琉璃厂开设通学斋书店,委托孙殿起经理,孙氏集数十年的见闻,先后撰有《贩书偶记》、《丛书子目拾遗》等若干种,成为《四库》未收书的重要簿录,是谈版本目录之学的必备参考资料。其特点是所收各书都是目睹的纪录,是确凿可信的,绝非《千顷堂书目》之类的多由第二手资料辑成者可比。屈伯刚(燨)也在北京开设过"穆斋"书铺,南归后又在苏州与邹百耐合设"百双楼"书肆,目的都是为了收书。琉璃厂的王晋卿,也积数十年的见闻,撰成《文禄堂访书记》,是汇粹古刻善本的目录巨观。近时出版的傅增湘《藏园群书经眼录》更是一部可以反映近代古籍流转存佚的大规模的著录书,作者就自藏、公私藏家、书肆所见的善本勤加辑录,花费了巨大的精力。他虽然是藏书家,但并不像图书馆那样的只收不出,也常常进行交易,因此见识之广、流转之速是并不下于书坊中人的。这也是这部《经眼录》收罗十分广泛的重要原因。缺点是他的取舍标准毕竟陈旧了些,心目中有一条时代的界限,于晚明、清代的集部书、地方志、戏曲小说插图书等都很少著录。这就不能不由《贩书偶记》加以补足了。

这类书林记事大略可以分为两类,其一是目录,还有就是琐记,也就更是随笔的了。上面所说的几种,大抵都是古书目录,说起来足当傅增湘《经眼录》先河的应推叶菊裳的《缘督庐日记钞》。时代也较早,前后与傅书正好衔接。日记的文体更自如,也更多风趣,中间有许多人事往还的记事,也都富于史料价值。再往上推,我以为最先写作这类随笔的应推徐康的《前尘梦影录》。徐子晋也是一位书贾,他的这部随笔是杂记平生所见古墨、旧纸、印章、名砚、金石的记录,古书只是其中的一部分。书由江标刻于光绪中,江序略云:

> 标生也晚,年十六七时,曾见窀叟于元妙观世经常书肆中,闻述访古源流,皆非寻常骨董家数。……未几闻叟已归道山。访问遗事,潘笏庵(老万)为余言,有《前尘梦影录》在,匆匆七八年,始介笏庵问翰卿(康子)乞得副本,读而刻之。仍如对叟坐于元妙书肆也。书肆为湖州侯念椿所设。侯年亦六七十,目睹各家藏书兴废,分别宋元椠刻,校钞源流,如辨毫厘,尝称之曰今之钱听默。曾属其将数十年来藏书见闻,杂写一册,亦吾乡掌故也。

江建霞的这种意见是有道理的,与我上文所说的意思相同。而事关书林史料,并不只是三吴掌故而已。

徐子晋记藏书逸事,往往只是寥寥数笔,但都是非常有趣也极有价值的。如他记金冬心所刻书云:

> 旧藏冬心翁著作最备。其自序一卷,用宋纸,方程古墨,轻煤砑印。每半叶四行,行二十余或十余字,丁钝丁手书精刻。古香古色,不下宋椠。虽在灯下读之,墨彩亦奕奕动人。余如三体诗、画竹、画梅、画马、自写真、画佛,共题记五种,皆以宋红筋罗纹笺砑印;诗集、续集、研铭用宣纸古墨刷印,皆墨笺作护面,狭签条。所未见者自度曲一卷而已。

金冬心的著作都是自刻本,开版、用纸、印刷也都由自己精心经营,在有清一代刻书中,是无疑应列入无上精品的。只是流传特别稀少,比起一般明代刻本来更是罕遇难求。二十多年前曾在来青阁见到四五种,都是原刻精本,可惜已为郑西谛购定了。直到前几年,才在北京图书馆的善本室中重读,回忆徐子晋的这些话,真是一些都不夸张。

徐氏还有记柳如是著作的一节,也是很有趣的记事:

> 先叔父鸿宝公尝携弟子张、陆两生同至平桥书肆小憩,书贾出河东君诗四本,卷帙甚薄,丹黄殆遍,系河东君手录底本。中有与松圆老人倡和及主人红豆诗甚多。索价四金,订以少顷携值往取。讵叔父归舍,旋赴会文之约,二鼓始返。翌日遣弟子持资去取,书贾复云,昨日令师去后,即有人来如数付价取去。人海茫茫,无从踪迹,叔父为之怅然者累日。

这一则记事看来也不大像是捏造的。陈寅恪撰《柳如是别传》,好像也不曾看到这条资料,《别传》特别注意到柳如是与程嘉燧的关系,他们之间曾有许多倡和,是在情理之中的。记得前些时印行的虞山赵氏《旧山楼书目》,中间就有柳如是稿本数种,不知是否即是这里所说的稿本。

陈乃乾有《上海书林梦忆录》,是南方古书业自民初直至40年代的详尽的纪录。作者是中国书店的主持人,又是有学识、阅历的版本目录学家,所记南方一些著名藏书家藏书流散的经过,详尽无遗。记北方藏家故实的就有新近由人民日报出版社出版的雷梦水著《书林琐记》,也是随笔性质的文字。他还有一本《古书经眼录》,1984年齐鲁书社版,则是目录性的专著。雷梦水是孙耀卿的晚辈弟子,受孙的熏陶,多年来在售书之余,辛勤记录所见古书版本异同,尤重稿本,在在可以看出北方学人的朴实学风。每记一书,往往罗列前后诸种刻本,并著异同,指出何者最善。对丛书的另种、单刻和随刻随印等版本异同,也注意标出。这些看起来虽然琐细,但没有多年经历,多见异本,细心比勘,是无从着手的。只有在书店中长时期工作才能有此方便,而缺乏锲而不舍的韧性功夫,也无法取得应有的成就。同文书局早期的石印本书,过去藏家是往往不屑一顾的,但这里也并不歧视,详加辨析。清末的铅字排印本同样也不被放过,如《痛史》,就补足了《中国丛书综录》所收本的不足。又如程瑶田的《通艺录》,作者指出书肆往往因所得非足本而视为残书,其实"盖不知原系随刻随印之书,初印本仅有如是,然其书可称初刊,非足本,不可以残书论也"。从以上种种特点,可以看出雷梦水是谨守孙氏治学道路的,并无偏见,不因近刻而不予重视,与古刻善本同样对待,在并世书林中开辟的是一种新的风气。

《琐记》中谈到藏书家傅增湘、陶湘、伦明、傅惜华、朱自清、邓之诚等的佚事,都是很有风趣的散文,也是难得的史料。作者以一个挟了书包送书的书店伙计,得以与许多学人交往,朴实的记事中自然流露出深厚的情谊。他记朱自清对他说的一番话是值得注意的:

> 有一次我在给朱先生送书时,先生忽然和我讲起写作的问题来。他说:"雷梦水,你也可以锻炼锻炼写作呀!"我说:"我是一个卖书的,文化程度又很低,哪能写出东西来?"朱先生正言厉色地对我说:"唉!你看宋代的陈起,你的舅父孙耀卿,不都是卖书的吗?只要自己能树立雄心壮志、肯刻苦学习,还要坚持,锻炼锻炼,不就行了吗?"他还告诉我:"写文用字要用日常语言所用的字,语言声调也要用日常语言所有的声调。……写完后再请文化程度高的人予以改正,不就可以了吗?"

《琐记》中最着力之作应属《琉璃厂书肆四记》。自从李南涧、缪艺风以还,记厂甸书肆者不绝如缕。孙耀卿撰有《三记》,经过细密的调查研究,所记较李、缪二记为详密,不过缺少文学意味,只以史料见长。《四记》起1940年左右,至1958年公私合营为止,一依《三记》旧例。其中最可贵的是记录了历年诸肆所得善本古籍,有时还记下了书价与归宿之地,这些琐细的记载,都有很高的资料价值。可惜的是所记尚未赅备,在读者看来只是尝鼎一脔而已。

1988 年 11 月 13 日

(原载《榆下杂说》,黄裳著,上海古籍出版社1992 年 3 月版)

说说《中国旧书业百年》的书香

童翠萍

半个多世纪以前,正月里的琉璃厂,虽然不时雪花飘飞,但是熙来攘往,正是一派过年的气象。厂东街多半是南纸店、文具店、胡琴店、中药店,西街可大部分是旧书店:这边厢是来薰阁旧书店的店堂,老板陈杭正在埋头抄写《来薰阁书目》,一个夹着蓝布包袱的书铺伙计,恰好从西郊燕大、清华送罢"头本"回来;那边厢是文雅堂,老掌柜的正和朱自清先生谈论着杜甫诗集的搜罗情况,少掌柜虽然一脸麻子,可总是笑脸迎人,几个穿长衫的大学生依着书架正入神地看着手里架上的线装书。不远处,游国恩先生竟然冒着漫天飞雪,把他女儿也带来逛厂甸书摊了……

这一幕场景,是读完南京大学信息管理系教授徐雁先生的《中国旧书业百年》(科学出版社2005年5月版)以后,不由自主地在脑海里浮现出来的。倘若善绘者将之诉诸丹青的话,当是一轴类似《清明上河图》般的《正月淘书图》吧。

在《中国旧书业百年》中,作者描摹了以燕京、江南诸地为典型的中国旧书业,在近代长达百余年的历史长河中兴亡存败的沧桑。他用洋洋一百零七万余字写出了中国百年旧书业的风情长卷。首先,他以弁言叙述了中国古旧书业的历史概貌,然后依次叙述了百余年来燕京和江南旧书业风景,掠影了北京、南京、扬州、苏州、杭州、上海等历史文化名城的旧书业风情和旧书市场,披露了近现代以来内忧外患所造成的七大"书厄",回顾了郑振铎、阿英等有识之士在社会动荡岁月,保护和抢救中华典籍文献的义事壮举,反思了"公私合营"造成我国旧书业经营传统的缺失,最后冷静剖析了在"救救旧书业"的众多呼声之后,当代古旧书业的症结,探讨了挽救、保护和复兴中国旧书业的可能之策。

未及开卷,先声夺目的便是出自方成先生笔下的本书封面画,那幅手上提着书、腋下挟着书,可眼睛还是盯着铺子里陈列的书,一个见书迈不开步的书痴形象。会心一笑之余,让人不觉进入了作者设定的一个爱书、惜书、恋书的"场"。而"弁言"更是这一"场"的拓展和延伸,也是作者自己爱书之情、淘书之乐以及对旧书业日渐式微而情愫心伤的一次集中宣泄,它决定了叙事的语境,奠定了论述的立场。正是在此基础上,中国百年旧书业风情长卷徐徐展开了。

第一部分是"燕京旧书业风景"。北京做过中国五六百年的首都,文化底蕴深厚,是古旧书最完整的地方。作者概述了北京"南厂东寺"和"东场西场"的总体布局、旧书业经营的传统氛围和20世纪北京旧书业的时期划分后,具体而微地介绍琉璃厂书肆、隆福寺书肆、东安市场书铺、厂甸旧书集市等的兴衰史。正如作者自道："本书不以复述百余年来淘书客、藏书家与旧书业结缘的故事为职志，但字里行间，却对于历代文人学士与旧书业的深情厚意往往无可回避。"鲁迅、钱穆、朱自清、刘半农、周作人、钱玄同、浦江清、胡适等现当代文人学士与厂肆旧书铺的渊源都能在这一部分里有所反映。不仅如此，连在旧书业务中"勤学苦修，习成一技之长，从而游食书林，交际文坛"的经营者，如孙殿起、陈杭、张宗序和魏隐儒、郭纪森、雷梦水、刘际唐、刘殿文父子、孙锡龄、孙诚俭父子、王文进、张金阜师徒、张问松、周岩先生等也都有传。

由北而南，转至第二部分"江南旧书业风情"。作者以时间顺序叙述了百余年来南京、苏州、扬州、杭州、上海等地的旧书业发展脉络。各地有名的老字号书铺如李光明书庄、抱经堂书局等，书贾、文人的江南访书经历在此部分也有涉及。五四运动之后，新书出版业在上海萌芽，使上海成为中国出版业的新中心，出版业的发展带动了旧书业的昌盛。所以，作者在江南几个城市中对上海旧书业着墨颇多。从晚清时书业荟萃之地棋盘街、民初的福州路文化街到以城隍庙为代表的"老上海"淘书处，以及其后继往开来的上海图书公司，作者无不侃侃道来。

中国百年旧书业史，是中国社会百年离乱史的一个文化投影——"太平军"的战火、帝国列强的侵华铁蹄、明末清初的战乱、日寇的炮火、中华古书向海外的流失、线装旧书的化浆还魂……这一百年来，旧书业经历了太多的波折，被烧，被抢，被化浆,被撕毁,终于千余年来缓慢积累下来的古旧书资源一泻千里,作为一个古老的行业也逐渐式微,日趋衰亡。作者笔下的"近现代书厄痛史"部分,是令人不忍卒读的。

因此,也就有了分作上、下两篇来写的"抢救和保护古旧书刊":"护书天使"郑振铎、"冷摊掇拾"的阿英、"书话主人"唐弢、"藏词妙手"李一氓、"榆下说古书"的黄裳、"书摊寻梦"的姜德明都在以自己的绵薄之力,在一次次"书厄"中抢救于万一。中华人民共和国建立以后,更有"文物保管委员会"的成立,限制珍贵古旧书继续外流的政策颁布,针对"土改"中出现的毁弃古书现象而发布的处分令,以及阻止古旧书被化为纸浆"还魂"、集中雕版版片进行保护利用的举措……

新中国成立后,对旧书业的一项大举措便是"社会主义改造"。虽然当时国务院副总理陈云指示说:"对古旧书业的改造要慎重些",各地的古旧书业还是暴风骤雨式地开展了,以致古旧书业的生机和活力渐行衰竭,"代客户从各地搜觅图书"之类的优秀行业传统开始中断。当读者还在对旧书业的"社会主义改造"进行功过评判时,这一幅旧书业画卷已展开至罄竹难书的"当代书厄"部分。红卫兵"破四旧"活动和绵延十年的"文革",无异于釜底抽薪,使得我国民间古旧书资源遭受了灭顶之灾。虽然此后,作者还有两篇的篇幅叙述拨乱反正之后种种弥补措施,引他山之石为"振兴当代古旧书业"出谋划策。但整个中国古旧书业的元气已再难复苏。古旧书业历经这百余年的天灾人祸,终究"无可奈何花落去"了。

"从琉璃厂出来,身穿粗布长衫,腋下挟着几卷宋椠明版的,是王国维、梁启超、胡适、闻一多、顾颉刚、张元济、陈寅恪……一大串长长的名字,他们代表了一代学人的风范,成为一种文化象征;他们渐行渐远,已消失在历史苍茫的暮色中……"而随他们"渐行渐远"的,是中国古书业曾经的辉煌。在这幅旧书业风情画卷之后,一方"古砚田已芜"的朱文印跃入眼帘。想到中国旧书业经历千余年的积累繁衍,从无到有,有且日盛,却在最近的百年来盛极而衰,已经回天乏力,我们对中国百年旧书业的感伤,不由得"才下眉头,却上心头"。

虽然古旧书行业衰微了,但是有徐先生这部《中国旧书业百年》,为包括厂肆书坊在内的旧书铺立传,为百年中国旧书业存证,此举圆了的是中国学术文化界的一个世纪之梦。作者自述其写作心路云:

> 多少年来读书、淘书和藏书,令我深以为憾的,是有关中国旧书业只有若干回忆性的文章发表,却始终缺乏学理性的系统著述。我意识到,曾经目睹我国旧书业最后一片风景的吾辈,假如再不复及此,投入时间和精力凝神从事撰著,那么这一古老行业的往日风情,就可能犹如线装古书的散叶一般,随着最后一代坊间书友的纷纷故世而在人间风流云散,不复踪迹。

正是有了这样强烈的责任感和自觉的使命感为支撑,徐先生多次走访内地和香港都市硕果仅存的古旧书店,并考察城乡各地新兴的旧书集市,拍摄图片千余帧,爬梳文献数千种,积三四年之功,筚路蓝缕,奉献出了这样一部系统探讨近现代中国古旧书业发展历史和经营业态的原创性专著,从而高水准地一举填补了这一领域的学术空白。从这一层意义上说,古旧书行业虽然衰败了,但是通过作者的笔墨,却已建立了一座纸上的"中国旧书业博物馆",它为我们重现了百余年来旧书业的风云录,也重播了上个世纪前叶曾经笼盖华夏的旧书香。

"一个人如何才能在百年人生中高尚其志趣,纯净其品质,坚韧其精神,勤奋其笔墨,从而为中华民族文献的积累、文化的传承和知识的创新做出自己的贡献"?这是徐雁先生在书中的一处设问,足以令读者闻其言而自省思。煌煌一部《中国旧书业百年》的结撰,大概正是作者此种人生价值的追求和人文情怀的寄托所在吧。

2005年8月写于南京陶园

坊间书友何在(代后记)

徐 雁

当我上世纪80年代初,从苏南北上求学,负笈燕园之初,其实并不认得线装书为何物,虽然我进北京大学读的专业是"图书馆学"。而图书馆,正是近代以来收藏着大量线装古书和旧平装书的地方。

所喜北京大学图书馆在那年头,还没有把馆藏线装书当作"国宝"来典藏。有几个阅览室贴墙就放着从不上锁的大书橱,里面就是《太平御览》、《渊鉴类函》和《古今图书集成》等一个个蓝布函典藏着的线装书,读者可随意开门取阅。我那时正上着中文系的中国文学史课程,于是时常于课间转悠进去,挑出感兴趣的某一函胡乱翻看,摘抄一些资料卡片。

那时候的大学是有传统的,在制度上是很看重来读本科的大学生的。一张绿皮的本科生借书证,可以借出十本书,其中的关键之处在于,清代以来的线装书也在外借之列。如今看来,却已是了不得的事!

我就曾通过学校图书馆的出纳台,借过好几函线装书到宿舍里,放在桌上枕边悠着看。大学三年级的春天,系里号召高年级学生为北大传统的"五四科学讨论会"准备"论文"。我记得无意中借过的一部《而庵说唐诗》,卷首卷尾各装帧着一页"万年红纸",正好用来说明我要宣讲的中国古书保护技术中的"染纸避蠹"问题,于是把那清刻本再次借出来,并在讲台上展示给大家看,橘红色的染纸"万年红"很亮眼,虽然线装书叶上仍然有着蠹过的虫眼。从此老师同学都认为我在专业领域里,是要走古的那一路的。现在回头看去,果然如此。

其实那不过是大三年级的事儿,二十岁上下的年龄,谁就一定"决心"走"那一路"了?无非是在课上课下的潜移默化中,无形中"着"了中国传统文化的"道儿"。由此想到线装书的流通与国学普及之间的关系,古旧书的易见易得,绝对是养育"国学种子"的一个"道儿"了。

在以往只有私家藏书,没有公益性的图书馆机构之前,寻常人家的学子往往是通过街头的书摊、坊间的书铺和都市间的书店来求知进学的。邓云乡先生在《鲁迅与北京风土》中说:

> 常去书铺,坐坐也好,谈谈也好,在答问之中,都有不少学问。如果顾客是位专家,铺主也就在买卖之中,顺便讨教,增长知识。如果买的人学识较差,店主也会娓娓不倦地向你介绍。这一方面固然为了做生意,另一方面也使你增长不少知识。经常浏览琉璃厂书铺,那便版本、目录、校勘之学,与日俱增了。在琉璃厂书铺中,各个时期都有不少版

本、目录专门家……那些一般的书店伙友,也要有一定的专业知识和专门技艺,才能胜任工作。

能够到书铺里坐坐谈谈的,其实已经不是一般学子所能为的,那至少得有个"文人"、"学者"的桂冠,至少也得有个"专家"、"教授"什么的头衔。否则,即使老板看茶上座,你大概也难得坐下来;即使偶然坐下来了,也不一定能够坐得住,坐得长。为什么?肚皮里的知识不足以从容答问呗!书铺老板的花茶,要是腹笥里不先有半斤八两的学问贮备着,是难得痛快喝下去的。

不喝那花茶也能看到书,不过得吃点苦,像那王充那样站着读,香港业界称为"打书钉"。

北平学子的福分在于每年正月间厂甸举办的庙会上。那十天半月的,卖古旧书的摊位多的是,喝着西北风就能把书给看了,学问长了。周祖谟先生晚年在自传中说,他家因为住在琉璃厂近旁,每年厂甸庙会上,经、史、子、集各类真是琳琅满目,无所不有,任人挑选。"我从小学到中学每年这个期间,除了下雪天以外,几乎每天都要到书市上去看看。可尊敬的终身在传播文化的书商,是竭诚欢迎人来自由翻阅的。从十六七岁起,我就慢慢买起喜爱的古书来了。"

他说:"在买书看书的过程中,跟许多位年长的书商交往熟了,从他们的口里,又学得有关书籍的纸张和版刻的知识。如对连史纸、皮纸、官堆纸、开化纸,以及不同产地的竹纸和各省雕版字形的特点等都有所了解。这对我后来注意版本目录的学识大有裨益。"①

周先生说的"可尊敬的终身在传播文化的书商",就是我们常说的书估、书贾,也就是"坊间书友"了。他们自有他们那一行的看家本事,或者说是"吃饭家伙"。梁实秋先生在《书》中,曾经生动地描述说:

> 旧日北平琉璃厂、隆福寺街的书肆最是诱人,你迈进门去向柜台上的伙计点点头便直趋后堂,掌柜的出门迎客,分宾主落座,慢慢的谈生意。不要小觑那位书贾,关于目录、版本之学他可能比你精。搜访图书的任务,他代你负担,只要他摸清楚了你的路数,一有所获立刻派人把样函送到府上,合意留下翻看,不合意他拿走,和和气气,书价嘛,过节再说。

其实,即使在现代有了图书馆以后,由于典藏管理制度的种种限制,一般读书人坚持自己淘书、访书、买书的,也大有人在。范用先生在《买书琐记》的前言中就曾说:"我爱跑书店,不爱上图书馆。在图书馆想看一本书,太费事,先要查卡片,然后填借书单,等待馆员找出书。上书店,架上桌下的书,一览无余,听凭

---

① 周祖谟《中国当代社会科学家传略》第十一辑,书目文献出版社1990年7月版,第192—193页。

翻阅。看上的,而口袋里又有钱,就买下。生平所到的城市,有的有书店街,如重庆武库街,桂林太平路,上海福州路,都是我流连忘返的地方。旧书店更具有吸引力,因为有时在那里会有意外的惊喜,如重庆米亭子、桂林中北路、上海卡德路、河南路……跑书店的另一乐趣是跟书店老板、店员交朋友。"

到了上世纪50年代初期,华夏大地虽然换了人间,但是集中在首都工作和生活的知识分子,一方面享受着"社会主义新中国"的政策优越性,一方面仍然沐浴着"北平文化古城"的惯性氛围,无论在物质生活还是在精神生活上,感觉还是比较舒服惬意的。为本书题签的黄苗子先生就曾在《吴道子和唐绘画》一文中无比眷恋地说:

> 当时正是北京研究点学问条件最好的时期,琉璃厂和隆福寺的旧书店还是按老规矩给客人送书上门,伙计们都知道老主顾要什么书,他们一捆捆地放在脚踏车后面,送到你房里,一放就是一周半月,然后凭你选中的付钱,选不中或买不起的可以退回或赊账……在解放初的六七个年头,我享受了这种读书的乐趣。

当然随着旧书业整体的"公私合营",后来的"破四旧"和文化大革命,这一切都成为了"明日黄花"。黄先生在《旧书店》一文中无比眷恋地说:"北京那时不但旧书多,而且搜罗易,那时旧书店保留了一个优良传统即对熟悉客户送书上门……由顾主从容挑选,年节结账,落选的书,由伙计下次来时带回店去。便利学者,莫此为甚。"可惜"好景不常,'文革'劫后,旧书遭了大殃,知识分子老爷,送书到门之福,也早已事如春梦了"。

1974年春,何其芳受方敬的委托,替他在北京中国书店的门市部留心购买几个特定类别的旧书。他发现,自从私营旧书业"合并"成为地方国营中国书店以后,已经很难碰到一次性出售章士钊、盛澄华等名家老屋中散出旧书这样的"盛况"了。他由此总结出一条当时买旧书的规律:"你计划要买的书总是难于碰到的,只有临时见到有什么书就从中挑选一点。"这当然是对被钱穆称誉为"如一书海"的北京书业的一种揶揄了。

我是于1980年9月到北京大学图书馆学系注册上学的。当其时也,偶尔去闲看一刻的主要是一狭长开间的中国书店海淀门市部,印象中线装书在门市上已是看不到的。可能是二年级的时候,我父亲到北京开会,课后陪同他和妈妈一起到海淀街上去,他居然从中挑选了一摞子农学方面的旧平装书带回太仓家里去。

我个人开始逛旧书店淘旧书,主要是为了寻觅唐弢先生的那部《晦庵书话》(三联书店1980年版),因此才慢慢地对北京、苏州的旧书店开始有了一点感觉。不过就读者方面来看,那时候,买卖旧书的中国书店和专营新书的新华书店,在经营方式上的惟一差别就是开架不开架,因为你要想同这些中青年"伙计"谈谈,是绝不可能的。即使问一个简单的书名,也只能得到千篇一律的回答:"什么书?我怎么知道?自己架上找去!"

"什么书"其实"你"是该"知道"的。

在"公私合营"以前,那些"老板"也好"伙计"也好,都是要从熟读《书目答问》起步,而且据说小学徒开铺门以后的第一件业务上的事,就是把昨天掸过的线装书再一册一函地掸上一遍——其作用是为了把藏在线装书页和函套中的蠹鱼赶跑,但更重要的,是因为这种天长日久的一遍遍重复,使得伙计对于何书在何架,有无函套,一函几册,全抑或残,乃至何人题签,毛边纸还是白棉纸等等信息,了然胸中,熟在口边——厂寺的旧书老板,不少就是从学徒到伙计成长起来的——这样的坊友是可聊的,何况他还有一肚皮走南闯北、串家过户的访书传奇、收书故事呢!

启功先生在年轻时,与隆福寺的修绠堂主人孙助廉、西琉璃厂口里的萃文斋主人骆竹君最为熟悉。他在晚年回忆起当年北京旧书业的这些个"老法师"时,头头是道地说:

那会儿进书店先当学徒,每天要干这样几件事:头一样是早晨起来拿掸子掸书上的土,掸干净了放回去,这样掸土的同时也就慢慢记了书名、册数;然后学着修书,书老得翻动,书口容易坏,要用糨子、薄纸粘贴,这叫"溜口"。线装书,那线最容易散,所以还要学"订线",这都是最简单的;要说费力的,像"补字"。书的年头儿一长,保不齐哪儿就撕了扯了,有那善书法的师傅能找来同样的书把缺字补上。还有手艺更好的,会补说部书里的那些"绣像"。这人我见过,姓王,名字忘记了,通县人。补出的"绣像"非常漂亮。

　　书店里的人因为卖书,天天和书打交道,日子一长,许多人成了版本专家。你别看咱们是教书的,遇到版本问题,不得不多向人家请教。人家卖一辈子书,经眼无数,版本知识不得了。在他们面前,咱们还不能端架子,要虚下心来,多问多受益。比如,有的师傅待顾客非常热情,你在那儿挑了半天书,末了想买一部,刚要付钱,他过来了,说您买的这部书不全,是八卷本,那边有个十二卷本是全的,您再看看。

　　除了刻苦学艺自求深造以外,启功先生还指出了当年旧书业者业务提高的另一途径:"书店的人,也常常给各个学校的学者送书。这些学者都是精通版本的行家,他们在挑书选书的时候,要对书的版本优劣作些评论,对书的内容进行考察,这样送书的伙计便能得到不少知识。知道哪个版本好,哪个版本是大路货,哪个全哪个不全,哪个是先印哪个是后印的,哪个遭过禁毁。"[①]

　　当年商鸿逵先生在《北平旧书肆》中也说:

　　　　说到做生意方法,旧书肆与新旧出版家又大不相同。
　　　　新书是要拉些有名作家作后台,旧书却全靠采护所得,

---

　　① 陆昕《传统文化的传播者——启功谈中国书店》,见《北京日报》,2002年11月10日。

大一些的书肆，差不多常年要派人到各省各县去收买，性质颇近古董商，有时虽一无所得，有时可获利无算……卖书还需有一种手腕，是攀交名流。名流作甚呢？名流能替介绍主顾，凭他一言，书既可留，价且多给，名流乐得接近他们，一来能借着多见些好书，长长见识；二来，高明些的书贾，他那点"横通"功夫，却真也"颇有可以补博雅名流所不及者"（章实斋语）……这般书贾的记忆力也特好，谁已有何书，谁尚阙何书，谁欲觅何书，谁不收何书，胸中都有个大概，他在收买时固早在留意，拿来时你也定会十九中肯。①

有心的坊贾，还在书里书外忙活之余，做了文章著成了书呢！

文禄堂主人王晋卿有《文禄堂访书记》，通学斋主人孙殿起有《贩书偶记》和《琉璃厂小志》，松筠阁主人刘殿文有《中国杂志知见目录》，天津古籍书店雷梦辰有《清代各省禁书汇考》，苏州古籍书店江澄波有《古刻名钞经眼录》，杭州古旧书店严宝善有《贩书经眼录》，中国书店雷梦水有《古书经眼录》和《书林琐记》等，这些书莫不是他们在日常经营之余，以自己的有心、用心、苦心和恒心，为中国学术文化史作出的知识积累和资料贡献。

---

① 商鸿逵《北平旧书肆》，见《如梦令——名人笔下的旧京》，北京出版社1997年8月版，第260页。

话休絮叨。且说当年在新华书店挑书买书，是要隔着至少半米宽的柜台，脖子须得像北京挂炉烤鸭般伸长了才能望见一排排书脊的；而在中国书店各个门市部的书架前，却毋须如此，而且记得那里的店员是从来不赶人的——这就是我上世纪80年代记忆中的"坊友"了，不，是地方国营中国书店店员的印象了。

"坊"是中国民间一个古老的概念，在《礼记》中，是与"堂"并举的一种建筑物。到后来约定俗成为都邑居处称"坊"，田野居处成"村"以后，它便成为了十分基层的一个社区单位。

五代以后，民间书坊为市场翻版刻印的书籍，被称为"坊刻本"。不过在中国书籍史上，坊本却一向不能赢得学者们的尊敬。朱熹说过"误本之传，不但书坊而已"，毛晋说过"向见坊本混二书为一，十失其半"，缪荃孙更说过"藏书家不甚重之，坊贾又改头换面，轻易名目"之类的话，显然一涉及具体的书籍，学人雅士们从来是把坊本看作草率编书、马虎校书的一个坏典型的。可是在文献不足、传播不畅的中国古代社会里，坊肆却又是人们不可或缺的一个重要知识管道。如平步青曾为访一位乡先贤的著述书目，就不能不"访之丰城司空后人及省城坊肆，皆乌有"，于是怅怅。

欲求而不得，这就为书坊的经营提供了市场空间，于是职业性贩书的书贾得以见缝插针，由小而大地把这一行做了起来，甚至一度做得很辉煌。我生也晚，但还是有幸与最后一代坊友有过一点浅浅的交往，那就是雷梦水先生。

雷先生是河北冀县谢家庄人,生于1921年,卒于1994年10月间。这些个人信息都是我近年来从文章中读得来的。在今春出版的《中国旧书业百年》(科学出版社2005年5月版)中,我曾为他做了一篇两千字左右的人物小传,今儿个且来说说交往中的那一点故事吧!

话说1988年我主持翻译的《清代藏书楼发展史》与校点的《续补藏书纪事诗传》合刊本在辽宁人民出版社问世后,觉着有关孙殿起等一些史实仍有向方家求教的必要,于是就寄赠了一册书给雷先生,他在1988年12月14日给我回了函,于赠书事逊谢数语后回应道:

> 又及,刘声木续《续藏书纪事诗》有目而未见其书,一般公私藏书目录亦未载入,疑未刊行。
>
> 关于孙师传记,拙编《孙耀卿传略》一篇,以及孙师口述稿《记伦哲如先生》一文,皆载入《北京文史资料选编》第十二辑内。又《何厚甫传记》,散见于孙师《琉璃厂小志》内,又拙著《王晋卿先生传略》一篇,载入《学林漫录》第九、十集之《书林琐记》内。

临末还关照一语:"吾兄日后需用何书或委办何事,不妨来函,吾当即照办不误。"这一句附言式的话,我如今想去,该就是"坊友本色"了吧?

有此一语,所以才有了我后来计划校点乡先辈潘承厚先生

(1904—1943年)编纂的《明清藏书家尺牍》时,因借阅不方便,就起意索性收藏一部,并前往琉璃厂中国书店的一面缘。

那天我到海王村寻他,有店员指示说,人就在院内后楼一层的机关读者服务部。我走进往常几乎没有进去过的那座旧色旧香的小楼一层,记得正对楼门有一间大屋子,书架旁边有一张桌面向外的书桌,坐着一位土头土脑的老先生,穿着一身中国书店店员那时通行的蓝布制服。我走上去问过,老者站起身来应道:"我就是,我就是。"

话语间我顿时热络起来,声音回荡在那空落落的大屋子里。可是他似乎不是一个健谈的人,也可能是书店的安静环境,或者长期与书本静物打交道的职业习惯使然吧,古旧书之外他并没有更多的话可说,我把拜托求书一事情说过以后,他满口应承下来"找找",便引我到服务部(那时规定:一般读者原则上是不允许到这里来选书的)书架前观书。

记得他当时还热情地介绍了架子摆出来的好几种线装书,我呢,一则那时囊中羞涩,心里怯弱,根本没有任何购买力可言;二则读过了图书馆学专业那些"死书"后"食而未化",当时在观念上觉得无论什么书,都可以到图书馆借阅得到,所以根本没有把他的推荐朝自己的心里放。

我现在相信,他一定是看出了我的心不在焉,尤其是对话的功底不足,因此只客气了一句什么话,就回到案头忙他自个儿的事情去了。是1987年10月2日午前吧,他给我回了信,还在信末留下了他在中国书店业务室的联系电话号码:

日前吾兄嘱觅《明清藏书家尺牍》,当搜遍各库房无存书,今由收购部门收进一部,后并附《明清画苑尺牍》,计十册,定价二百元,珂罗版,书品整齐,合意与否,皆望抽暇示知,余言另叙。

要二百元?每册二十元!我当时便蒙了。因为那时节我每月工资不过一百五十元左右,至于在机关工作之余在专业期刊上写文章,每千字也只换得十来元稿费。要知道,那时候一年也就发个十来篇文章啊。以二百元买一部不到半个世纪的线装旧书,在我实在是过于奢侈了。

我大概为此犹豫了有个把月,终于计上心来,便给雷先生复了一信,大意是说我需要的只是《明清藏书家尺牍》,并不需要那部《画苑尺牍》,而前者只有四册,若能拆卖分售,那我就可用80元买下我要的那部分。也许这件事让他为难,因此记得在办公室接过他的一个电话,他客气地表示,那书就不再给我留了,我自然满口答应。但放下话机,心头不免怅怅。

似乎是赌气,其实更是需要,我利用到南京办事的机会,找到位于城北颐和路的南京图书馆古籍部,在阅览室看到了这部《明清藏书家尺牍》。原来这是依叶昌炽《藏书纪事诗》序次,搜集影印的明清两代藏书人士的书信手迹,总共有一百四十八人。由于内容并没有多少是谈到藏书的,所以计划为之校点的事也就作罢。记得走出馆外的时候,心里还闪念过庆幸,幸亏当初在北京没有咬牙跺脚地花那二百元!

然则天不转地转,古旧书发展到时下这种行情,却是任谁也预想不到的。因此,若今日要再咬牙跺脚的话,那可就是为了另外的那点"意思"了!

虽然《明清藏书家尺牍》最终未能买成,但因此而与雷先生有了一回浅浅的交道,使我切身体会到了坊友忠于职事、信于顾客的那点厂贾遗风。我想,正是这种"忠信"品质,才使得琉璃厂旧书业由小而大,并曾经做成了这个歆动中外的具有中国传统特色的文化产业。

写到这里,不由得想起十年前姜德明先生写的《卖书人》(本集改名为《卖旧书的老人》)一文,其开篇和结尾写道:

> 1994年10月26日,一个卖旧书的人走了。
>
> 他来自河北农村,十六岁进京,在琉璃厂通学斋旧书铺学徒,掌柜的是他的舅父,著《贩书偶记》的孙殿起。解放后,他是中国书店普通的店员,又协助孙氏整理了《贩书偶记续编》、《琉璃厂小志》……
>
> 琉璃厂书肆培育了这位有教养的读书人。数十寒暑,清贫如故,爱书的心却没有变。好容易晚年有了新居,也享受了专家的待遇,他却去了。他对得起读者,也对得起滚滚而来、又一本本从这里散出去的书。他为这古老的书坊留下些什么?以后人们还会记得他吗?
>
> 一个卖旧书的老人悄悄地走了。

由姜先生动情的笔墨,不禁想起了五年前鲍世远先生在《从买书想起雷梦水》文末的设问:"时代不同了,'雷梦水'还会有吗?"

看来,曾几何时,雷先生已经成为坊间"学人型书贾"的一个精神象征了。

由此又不禁联想到两年前的8月26日,国家通令宣布从此废止的文件目录中,赫然出现了《关于加强古旧书业工作的意见》(1993年4月1日发布)——这是不是意味着连行业主管部门都失去了"加强"国营古旧书业的信心了?

假如真是这样的话,那么大半辈子竭诚为中国书店服务的店员雷梦水的生命价值何在?当古老的线装书流传稀少至为凤毛麟角的那一天,"人们还会记得他吗?"经过历史天空的反反复复,我们不禁要继续追问这一句:"时代不同了,'雷梦水'还会有吗?"

《旧时书坊》是继《旧书业的郁闷》(晓雨、安然编,河北教育出版社2005年版)之后问世的又一部新文集。2004年夏,江少莉同学自福建师范大学本科毕业,旋即研学金陵,注册吾门,有志于深造中国文化堂奥。于是指以"图书文化与知识传播"一途,嘱其读书作文,而坊间书友固中国传统文化之传播使者也。入秋,乃授以编校本书之任。

本书着意于从学人文士眼里的书坊、心中的坊友以及坊友自身的作为等角度选编文章,借此回溯了自清初扫叶山房以来,北京、济南、西安、南京、扬州、苏州、镇江、上海、杭州、长沙、福州、香港、台北等地旧书流通业的历史风貌,其中有关坊间书友的或长或短的记述,如清末以来的私营业者李光明、柳蓉春、王文进、孙殿起、董金榜、陈方恪、朱甸清、陈济川、陈乃乾、杨寿祺、郭石麒、徐绍樵、孙实君、孙助廉、朱惠泉、王富山、袁西江、王淡如、朱遂祥、张银昌、王继文、宋天霞、欧阳文利,以及长期服务于公私合营或地方国营古旧书业界的郭纪森、魏广洲、魏隐儒、徐元勋、张振铎、王松泉、江澄波、臧炳耀、王炳文、马春槐、蒋素华、魏克乎、马栋臣、吴青云、虎闹,以至黄裳先生笔下不知其名的"老板",尤为中国旧书业不可多得的人物资料。

"雷梦水"们通过古老的书坊在人间"留下些什么",也许人们借助这部《旧时书坊》可以获得些许答案吧。

2005 年 8 月 14 日于金陵江淮雁斋